크림반도 견문록 2

나남
nanam

한국연구재단 학술명저번역총서
서양편 417

크림반도 견문록 2

2020년 11월 30일 발행
2020년 11월 30일 1쇄

지은이 예브게니 마르코프
옮긴이 허승철
발행자 趙相浩
발행처 (주) 나남
주소 10881 경기도 파주시 회동길 193
전화 (031) 955-4601 (代)
FAX (031) 955-4555
등록 제 1-71호 (1979. 5. 12)
홈페이지 http://www.nanam.net
전자우편 post@nanam.net
인쇄인 유성근 (삼화인쇄주식회사)

ISBN 978-89-300-4062-4
ISBN 978-89-300-8215-0 (세트)

책값은 뒤표지에 있습니다.

'한국연구재단 학술명저번역총서'는 우리 시대 기초학문의 부흥을 위해
한국연구재단과 (주)나남이 공동으로 펼치는 서양명저 번역간행사업입니다.

한국연구재단
학술명저번역총서
417

크림반도 견문록 2

예브게니 마르코프 지음
허승철 옮김

Очерки Крыма

Евгений Львович Марков

일러두기

1. 이 책은 러시아 혁명 전에 네 차례(1873, 1886, 1902, 1911년) 출간되었다. 1902년 출간본(2009년 현대판으로 재출간)이 이 번역본의 저본이 되었음을 밝힌다.
2. 원본은 1부(1~15장). 2부(16~20장), 3부(21장)로 구성되었지만, 번역본은 부를 나누지 않고 1~21장으로 구성했고 1, 2권으로 분권했다.
3. 외래어 표기는 국립국어원의 외래어표기법을 따르는 것을 원칙으로 했다.
4. 러시아나 크림 지역의 고유명사는 러시아어 발음을 따르고, 유럽 각국의 고유명사는 해당 원어 발음을 따르는 것을 원칙으로 했다.
5. 1902년판에 실린 미주는 번역하여 일반 각주로 처리했고, 역자가 추가한 각주는 〔역주〕로 표시했다.
6. 단행본은 겹꺾쇠(《 》)로, 신문·잡지·작품의 제목은 홑꺾쇠(〈 〉)로 표시했다.
7. 러시아어 대화는 큰따옴표 안에 정자체로 표기하고, 우크라이나어나 수르지크어(러시아어와 우크라이나어의 혼합어) 대화는 큰따옴표 안에 이탤릭체로 표기했다.
8. 사진의 대부분은 1902년판에 실린 것을 다시 사용했고, 일부 현대 사진도 포함했다.

차 례

— 2권 —

일러두기 5

16장 남부해안 9

17장 고트인들의 옛 수도 81

18장 체르케스케르멘에서 추푸트까지 133

19장 크림의 마지막 동굴도시까지 여행을 이어가며 173

20장 돌아오는 길과 새로운 인상 207

21장 여행편지: 남부해안으로부터 247

부록: 크림반도의 자연환경과 역사 287

옮긴이 해제 329

찾아보기 341

지은이·옮긴이 소개 357

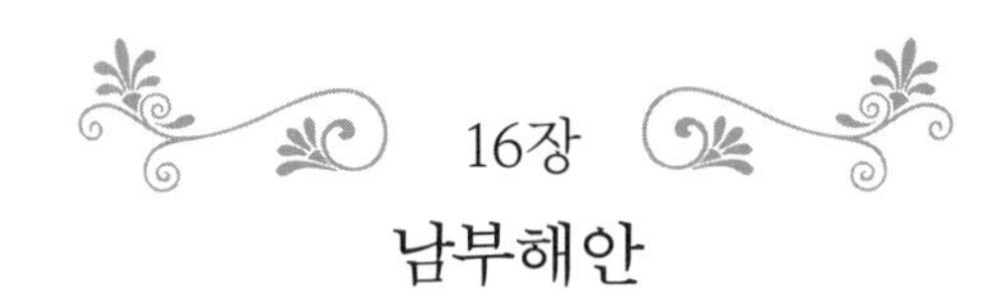

16장
남부해안

발라클라바 — 바이다르 대문 — 남부해안이 우리 러시아인에게 의미하는 것 — 메르드벤, 남부해안 바위들, 뇌우, 크림반도의 별장지대, 오레안다, 리바디아, 얄타, 우찬수폭포, 포도밭, 구르주프, 아유다그 주변, 알룹카의 정원과 성

나는 무서운 천둥과 뇌우가 치는 여름밤을 만났다. 타타르 마부도 겁에 질렸고, 말들도 겁먹었다. 우리는 어디로 달리는지도 모르고 달렸다. 사방이 마치 검은 천 같은 무서운 밤의 어둠에 둘러싸여 아무것도 보이지 않았다. 세바스토폴의 불빛은 도시 뒤로 사라졌고, 오직 등대의 붉은 눈만이 어둠 속에서 회전했다. 그것이 바다를 향할 때는 불빛이 사라지고, 우리가 가는 길 쪽으로 돌아오면 밝게 빛났다. 쉴 새 없이 하늘과 땅을 밝히는 번개가 내리치고, 폭풍우를 잊게 할 정도로 무서운 이 상황에서 등대는 마치 어둠 속에서 자신의 사냥감을 찾는 괴물의 눈 같아 보였다.

우리는 깊은 밤에야 발라클라바에 도착했다. 우리는 몇 집을 잘못 찾아간 후에야 역참을 간신히 찾아내어 문을 손으로 더듬어 찾았다. 나는 안으로 들어갔지만 실내는 깜깜했다. 역참지기를 불렀지만 아무 대답도 없었다. 그러다 갑자기 귀에 익은 여자의 목소리가 내가 부르는 소리에 답을 했다. 나와 친분이 있는 여행단이 머물고 있는 숙소에 들어온 것이었다. 이 여행단은 지리탐사단이었는데, 그 단원 중 한 명이 내가 잘 아는 여자였다.

모두가 불편함 속에 밤을 보내야 하는 것을 끝낼 수 있는 좋은 구실을 찾아내 기뻐하는 것 같았다. 불이 켜지고, 식탁에 차와 먹을 것이 차려지고, 끊이지 않는 폭풍우 속에 대화가 무르익고 웃음이 터져 나왔다.

발라클라바는 따분하고 지저분한 작은 도시였는데, 이제는 매부리코에 검은 머릿결과 검은 눈을 가진 그리스인들이 바글바글 모여 사는 작은 마을에 불과하다. 이들은 어족자원이 풍부하지만 바위투성이 황야에 고립된 만(灣)에 자리 잡고 살던 순수한 매의 종족(племя коршунов)이다. 이 사람들은 고기를 잡고, 고기를 먹고 살고, 고기를 팔아 생활하는 것 외에 다른 것은 알지 못했고, 알려고도 하지 않는다.

이들은 나바리노 해전[1] 후에 이곳에 정착한 그리스 해적의 후손이다. 나는 코가 크고 이마는 좁고, 강렬하면서도 무지해 보이는 눈을 가진 이 탐욕스러운, 새 같은 얼굴을 한 그리스 사람들로부터 특별히 불쾌한 인상을 받았다.

---

1 〔역주〕 나바리노(Navarino) 해전: 1827년 그리스가 오스만터키에 대항하여 독립전쟁을 벌이자 오스만터키는 이를 무자비하게 진압했다. 이에 영국, 프랑스, 러시아 해군이 연합하여 펠로폰네소스 서쪽의 나바리노에서 터키-이집트 연합 해군을 격파했다. 결국 오스만터키는 런던 조약을 맺고 제국 내 그리스의 자치를 허용했다.

발라클라바만[2]은 산악지형의 해안에 좁고 깊은 혀처럼 튀어나와 있다. 이보다 더 은밀하고 더 안전한 배들의 정박지나, 이보다 더 편한 해적들의 보금자리를 찾기는 어렵다. 리테르(K. Риттер)는 발라클라바가 호머 이야기에 나오는 레스트리고네스 식인종들[3]이 사는 곳이었다는 것을 설득력 있게 보여 주었다. 크림의 고고학자 대부분은 명칭의 유사성을 근거로 발라클라바가 고대 팔라키온[4]이었다는 것을 인정한다.

그리스 역사가 스트라보[5]의 말에 따르면, 팔라키온은 미트리다트 옙파토르[6]에 대항하기 위해 스킬루르[7] 황제의 아들인 스키타이의 지도자

---

2 〔역주〕 발라클라바(Балаклава)만: 고대 그리스인들이 정착하여 해상무역의 거점으로 사용되다가, 비잔틴제국과 제노아에 의해 차례로 지배받았다. 크림전쟁 때에는 영국 경기병 여단이 잘못 상륙하여 러시아군의 포위공격을 받아 큰 피해를 입었다. 천혜의 지리적 조건으로 소련시대 흑해함대 잠수함 기지로 사용되었고, 현재는 많은 요트가 정박해 있는 관광항구가 되었다.

3 〔역주〕 레스트리고네스(Laestrygones) 식인종: 고대 그리스 신화에 나오는 거인족으로, 시칠리아섬 남부에 거주했다고 전해진다. 호머의 〈오디세이〉에 그리스군을 공격한 거인족으로 등장한다.

4 〔역주〕 팔라키온(Παλάκιον): 크림 스텝지역에 존재했던 스키타이인들의 요새이다. 고대 그리스 역사가 스트라보가 이 요새에 대해 언급했다. 헤르소네스 지역에 남아 있는 묘지에 새겨진 글이 이 요새에 대한 유일한 정보를 전한다.

5 〔역주〕 스트라보(Strabo, 기원전 64/63~기원후 24?): 그리스의 지리학자, 철학자, 역사학자이다. 그가 쓴 《지리》(*Geographica*)는 당대 세계의 여러 지역의 지리와 역사를 서술하여 고대시대에 대한 소중한 정보를 전한다.

6 〔역주〕 미트리다트 옙파토르(Mitridat Evpator): 폰투스의 왕이던 미트리다트 4세의 별명이 옙파토르였다. 크림반도의 서쪽 해안에 그의 이름을 딴 도시 옙파토리야(Евпатория)가 있다.

7 〔역주〕 스킬루르(Skilur): 스킬루르스(Skilurus)라고도 불린다. 기원전 2세기의 스키티아의 왕으로, 올비야의 폰투스 지역과 현재 우크라이나 남부인 타브리아 지역을 통치했다고 알려졌다.

© Vinnserg

쳄발로 요새

팔락(Palak)이 만든 곳이다. 스트라보는 발라클라바만을 알고 있었던 것이 분명하다. 그는 입구가 좁다고 정확히 묘사했고, 이곳이 흑해를 오가는 배들을 약탈하던 타브로스키타이 해적들의 집결지였다고 언급했다. 이탈리아인들은 발라클라바를 쳄발로라고 불렀고, 러시아인들과 터키인들은 발리클레야[8]라고 불렀다.[9]

발라클라바의 역사는 남부해안 지역이 그리스인들의 손에서 제노아인들에게 넘어간 14세기 중반 이후부터 정확히 알려지게 되었다. 쳄발로 요새는 접근이 어렵고 흑해의 가장 뛰어난 부두를 방어하고 있었기 때문에 흑해의 제노아 식민지[10]의 가장 중요한 요새가 되었다. 지금도

---

8 〔역주〕 발리클레야(Балыклея) : 터키어로 발릭(*balyk*)은 '물고기'를 뜻한다.

9 〔역주〕 스트라보는 발라클라바를 포르투스 심볼로럼(Portus Symbolorum)이라 불렀다.

이곳에 와 보면 만 위에 그림같이 매달려 있는, 사람이 닿기 어려운 바위산에 남아 있는 고대 쳄발로의 탑과 성벽을 볼 수 있다. 이 유적들은 황량한 도시와 만의 정경을 더욱 쓸쓸하게 보이게 한다. 이것들만이 발라클라바를 찾는 관광객들에게 유일한 볼거리를 제공하고 있다.

라마르모라[11]는 쳄발로 요새의 이탈리아인을 위한 마지막 고고학적 유물을 자신의 고향에서 사르디니아인들과 함께 가져왔고, 이 유적은 세바스토폴전쟁 전까지는 잘 보존되었지만, 지금 요새 유적에는 아무것도 남아 있지 않다. 그 후 영국인들이 발라클라바에 멋진 목조 부두를 선사했는데, 발라클라바의 알바니아인들[12]은 아마도 이것을 목재로 팔아먹고 있는 듯하다.

발라클라바에는 오래 머물 필요가 없다. 경치가 좋은 산림에 덮인

---

10 〔역주〕 흑해의 제노아 식민지 : 제노아는 13세기부터 지중해와 흑해 연안에 광범위한 식민지를 보유하고 해상무역의 거점으로 삼았다. 몽골제국과 중앙아시아를 유럽과 연결하는 무역 거점이었던 카파(Caffa, 현 페오도시야), 솔디오(Soldaio, 현 수다크), 보스포로(Vosporo, 현 케르치) 등이 흑해의 식민지였고, 아조프해의 타나(Tana, 현 아조프), 마트레가(Matrega, 현 타만), 마타(Mapa, 현 아나파), 바타(Bata, 현 노보로시스크), 수쿠미(Sukhumi), 우크라이나의 벨고로드-드니스트롭스키와 오데사의 일부 지역에도 식민지가 있었다.

11 라마르모라(Alfonso La Marmora, 1804~1878) : 처음에는 피에몬테공국, 후에는 이탈리아의 장군 겸 정치가였다. 1849년부터 1859년까지 사르디니아 전쟁장관을 맡으면서 크림반도 원정을 했다. 세바스토폴 포위전 때 중장 계급이었고 7,000명의 사르데냐 군단을 지휘했다.

12 〔역주〕 현재 알바니아의 선조들이 아니라 기원전 2세기 카프카스 동부지역(현 조지아, 아제르바이잔 지역)에 존재했던 알바니아에서 온 정착민들을 가리킨다. 이 국가는 현재 알바니아와의 혼동을 피하기 위해 카프카스 알바니아(Caucasian Albania)라고 자주 불린다.

바이다르 대문

산을 지나 폭이 넓고 물과 나무가 많은 바이다르 계곡으로 서둘러 가서 바이다르 역참에서 밤을 보내는 것이 좋다. 거기서 해 뜨기 전에 등정을 시작해 해가 떠오를 때는 바이다르 대문(Байдарские ворота)에 가 있어야 한다. 이것은 크림반도를 여행하는 여행자가 수행해야 하는 의식이다.

당신은 바다를 보지도 못하고, 곧 바다가 나타날 것이라는 느낌도 전혀 갖지 못한 채 계속해서 산을 올라가야 한다. 길은 점점 험해지며 여행자들을 바위와 숲속으로 밀어 넣고, 아름다운 풍광은 거의 사라진다. 고생하며 산을 오르느라 당신은 아주 지루한 기분[13]을 갖게 되고,

---

13 〔역주〕 러시아 단어를 그대로 번역하면 '산문적 기질' 또는 '산문적 기분'(прозаический тон)이라 할 수 있다. 러시아어에서는 지루한 일상을 '산문적'으로, 낭만적 생활을 '시적'이라고 표현한다.

바이다르 대문의 터널

당신이 역참을 나올 때 가졌던 즐거운 환상은 머리에서 사라진다.

암벽이 하늘의 거의 절반을 가리는 가장 험준한 등정 코스에서, 길을 겨우 낸 틈은 바위로 된 대문에 차단당한다. 이 바위 대문은 그것을 둘러싼 바위 절벽처럼 어둡고 견고하다. 정확하게 자른 돌들이 아니었으면, 이 대문을 자연적으로 형성된 터널로 착각할 수도 있다. 여기 당신은 어둡고 무거운 아치 밑에 서게 된다. 이 아치는 어두운 모양으로 어둡고 힘든 등정길 위에 있다.

갑자기 말들이 멈추어 서고 당신은 놀라서 뒤로 흠칫 물러선다. 지금까지 가졌던 모든 생각이 돌풍 같은 먼지처럼 사라지고, 마치 한 세상에서 다른 세상으로 갑자기 옮겨온 듯한 느낌을 갖게 된다. 당신은 바이다르 대문을 통과한 것이다.

온갖 고생을 하고 올라온 협소한 길이 끝나며 등정도 드디어 끝난다. 산들이 갑자기 널찍하게 아래로 펼쳐지며, 땅속 깊은 곳이 깊게 벌어져 있다. 지금까지 어렵게 산위로 기어오른 당신은 갑자기 새의 날개 위에 올라탄 것처럼 끝없는 심연 위에 매달려 있다. 이 심연은 바다 전체이고 나라 전체다. 크림의 남부해안은 숲과 바위와 마을들과 함께 넓게 팔을 벌리고 당신 발아래 깊게 누워 있다. 당신 앞에 아시아의 물결과 지금까지 여러 날 걸려 달려온 먼 산악의 돌출부가 펼쳐진다. 마치 무슨 마술 오페라에서처럼 무대장치가 순간적으로 예기치 않게 바뀐다.

갑자기 나타난 완전히 대비되는 경치에 미처 적응을 못한 머리는 이 매혹적인 낭떠러지 위에서 당황하고 정신이 아뜩해진다. 다시 저 아래로 내려가야 하고, 내려갈 수 있다는 것이 믿어지지 않는다. 이곳에서는 모든 마을들이 하얀 점으로 보이고, 모든 바위산들이 작은 돌멩이처럼 보인다. 그러나 전혀 예기치 못한 전경의 급격한 변화 속에서도 바이다르 대문에서부터 펼쳐지는 파노라마는 어디서도 볼 수 없는 가장 장엄한 장관이다. 나는 유럽의 유명한 경치 좋은 곳을 많이 알지만, 그곳에서는 이만큼 서로 대비되는 경관들이 아름답게 결합된 것을 보지 못했다.

온갖 색의 벽옥(碧玉)이 흘러내리고, 바람과 비로 뜯어 먹혀 벗겨진 포로스(Форос) 바위산이 당신 오른쪽에 바다로 뻗어 있고, 당신에게서 불과 몇 발자국 떨어진 곳에 있는 이 바위산이 발꿈치부터 정수리까지 다 보이고, 그 뒤에 있는 바다, 하늘, 바위산들, 모든 것을 포로스 바위산이 가로막는다. 떠오르는 해가 바로 그 바위산의 가슴을 햇빛으로 때린다. 벌거벗겨진 산정상과 벗겨진 산 옆구리에는 햇빛이 비추지만,

예카테리나 여제 초상
(에프. 로코토프, 1763)

바위산 발꿈치는 바다 위에서 피어오르는 하얀 안개에 둘러싸여 있다. 연기의 소용돌이처럼 이 안개들은 서로 엉켜서 움직이지 않는 바다의 정상에서 내려오고 있었고, 아침 파도의 강렬한 푸른빛이 엷어지는 안개 아지랑이 사이로 점점 넓게 퍼져 호수처럼 관통하며 점점 접근해 왔다.

왼쪽에는 소나무 숲이 갈기처럼 무성하게 자란 가파른 야일라 벽이 하늘을 응시하며 당신 시야에서 왼쪽 지평선 전체를 잘라낸다. 왼쪽을 보면 이 도달할 수 없는 구름에 닿을 듯한 아주 높은 벽 위에는 밤의 어둠이 아직 쉬고 있고, 오른쪽에는 떠오르는 아침해의 붉은빛을 받고 있는 무서운 포로스의 깎아 세운 듯한 바위가 이 경이로운 그림에 경이로운 액자를 만들고 있다. 위협적인 난공불락의 이 성채 같은 바위가 이렇게 가까이 있고, 그 강렬한 빛깔과 우아한 윤곽은 부드럽고 안개에 싸인 분위기와 놀라운 대조를 만든다. 여기로부터 끝없이 먼 곳까지 펼쳐지는 바다와 마치 돌로 된 액자의 틀에 들어간 듯한 남부해안의 녹음이 우거진 비탈을 볼 수 있다. 남부해안은 바이다르 대문에서부터 시작된다.

예카테리나 2세는 러시아 남부지방으로의 화려한 여행을 이곳에서 마무리했다.[14] 전해오는 이야기에 따르면 포템킨[15]은 지금 대문이 서 있는 자리까지 여제를 모시고 왔고, 그의 북쪽 나라 여제는 산 정상에서 자신의 북쪽 아들들의 피로 얻은 낙원 같은 지역을 내려다보았다고 한다. 당시에는 남부해안의 바위산을 따라 여행하는 것은 불가능했다. 바이다르 대문부터 연결되는 신작로는 거의 예술적 공학 작품이다. 보론초프[16] 공작이 니콜라이 1세를 처음으로 이 길을 따라 안내했을 때, 차르는 이제 드디어 '나의 심플론 길'[17]을 가지게 되었다고 말했다고 한다.

바이다르 대문에서 하얀 실같이 보이는 신작로가 달려가는 무섭고 끝

---

14 〔역주〕 러시아는 오스만터키와의 전쟁(1768~1774)에서 승리한 후 오데사, 미콜라예프 등 현 우크라이나 남부지역을 획득하고 1783년 크림반도를 합병했다. 예카테리나 여제는 1787년 1월부터 7월까지 새러시아 지방과 크림반도를 시찰 여행한다. 예카테리나 여제는 "내가 러시아에 시집올 때 결혼 예물을 가져오지 않았지만, 오데사와 크림은 내 왕관의 보석이 되었다"라고 말했다고 한다.

15 〔역주〕 포템킨(Григорий Александрович Потёмкин, 1739~1791) : 러시아 · 터키전쟁에서 세운 공으로 러시아군 총사령관이 된 인물로, 예카테리나 여제의 애인으로 알려졌다. 1774년 새러시아 지방의 총독으로 임명되었고, 1787년 예카테리나 2세의 새러시아 및 크림반도 여행을 수행했다. 이때 여제에게 보이기 위해 급조한 가짜 마을들은 '포템킨 마을'(Потёмкинская деревня)이라 불린다.

16 〔역주〕 보론초프(Михаил Семёнович Воронцов, 1782~1856) : 나폴레옹전쟁(1812)과 카프카스전쟁(1844~1853)에서 큰 공을 세웠고, 새러시아 총독(1822), 카프카스 총독(1844)을 역임하였다. 남부지방 유형 중 오데사에서 보론초프 공의 부인 엘리자베타 보론초바를 만난 푸시킨은 그녀를 대상으로 여러 시를 남겼다.

17 심플론(Simplon) : 펜니네 알프스(Pennine Alps)와 레폰티네 알프스(Lepontine Alps) 사이, 스위스 발레(Valais) 주에 위치한 산속 통로다. 1800~1806년에 나폴레옹의 명령으로 도로가 설치되었다.

이 없어 보이는 깔때기 모양 지형을 보면 이 실은 완전히 나사처럼 보인다. 이 거대한 나사형 계단을 걸어서는 다 내려갈 수 없어 보이지만, 이 길을 따라 대형 화물운반용 6두 마차나 8두 마차만이 쏜살같이 달려 내려간다. 오로지 남부해안의 마부만이 이 위험한 운행을 감당할 수 있는 것은 사실이다. 여기서는 제동장치도 소용없고, 모퉁이의 꺾어지는 각도가 안전하고 길이 매끄럽다는 사실과 크림산 말의 강철 같은 다리를 믿는 것만이 중요하다. 나는 기적이 아니고는 롤러코스터 정상에서 나는 듯한 속도로 미끄러져 내려오는 작은 썰매 같은 높고 불안정한 마차를 타고 이 가파르고 빙빙 돌아가는 모퉁이들을 돌아 심연의 바닥에 떨어지지 않고 어떻게 해안에 다다를 수 있었는지 도저히 이해할 수 없다.

이곳에서 보이는 바다의 정경이 더할 나위 없는 장관이지만, 나는 앞보다 자꾸 뒤를 보았다. 나는 모든 정경을 호령하는 듯한 포로스 바위산으로부터 눈을 떼지 못했다. 거기서부터 절벽들과 바위들이 시내를 이루듯 아래로 흘러 바다로 내려가고, 길은 이 그림 같은 절벽 사이를 때로는 좌로, 때로는 우로 틀어가며 꾸불꾸불 내려간다. 멀리 펼쳐지는 깊은 계곡 속에 작은 마을들과 포도밭들, 숲을 이룬 부분들도 이 지역의 특성을 이루는 이 혼란스러운 바위들 사이에 붙어 있다. 포로스의 일가(一家) 같은 바위들은 바다까지 널리 펼쳐지고, 해안가에 밀려오는 파도를 시끄럽게 하는 반질반질한 예쁜 작은 자갈돌에까지 다다른다. 아마도 크림 산악지역의 어느 부분도 바이다르 대문과 알룹카 사이의 바위 산악지역만큼 만성적으로 붕괴가 일어난 기록을 갖지 못할 것이다. 이곳에서 우리는 아직도 강렬하게 작용하는 지질적 힘을 발견한다.

길은 아주 짧아 보이지만 서둘러서는 안 된다. 당신은 열 번 이상 거의 같은 높이에 있는 같은 절벽 근처에 있게 된다. 길을 만든 기술자는 벼랑뿐만 아니라 통행인들도 속게 길을 만들었다. 이곳을 통과하는 사람은 계속 평탄한 길에 있으면서 낭떠러지를 수평으로 가로지른 횡목을 따라 줄곧 한 장소에서 뱅뱅 도는 느낌을 받는다. 길의 굽이는 귀족적 호텔의 편안한 계단처럼 경사를 느끼지 못하게 해서, 같은 경계 안에서 매분마다 코너를 도는 느낌을 준다. 정신을 집중하게 하는 마차의 속도만이 당신이 지금 무서운 심연의 경사 속으로 내려가고 있다는 것을 알려 줄 뿐이다. 그러나 이러한 코너도 많지는 않다.

길을 완전히 가로막는 절벽 안쪽에 구멍을 내는 것은 피할 수 없다. 지금 당신은 바이다르 대문이 아직도 보이는 곳에서 통과해야 하는 구멍같이 느껴지는 터널을 지나가고 있다. 그 너머에는 해안길이 구부러지고 다른 정경이 펼쳐진다. 이론의 여지없이 여기가 남부해안에서 가장 아름다운 장소다. 바이다르에서 알룹카까지, 라스파(Ласпа) 마을에서 아이토도르(Ай-Тодор) 마을까지의 해안만이 엄격하게 말해 남부해안이라 할 수 있다. 차르의 별궁과 얄타(Ялта)의 다차들이 위치한 아이토도르 너머는 길이 심하게 구부러지고, 남동부 해안으로 불린다. 라스파까지는 좀더 정확히 말해 남부라기보다 남서 해안이다.

만일 독자가 우리의 매일 반복되는 산문적 삶에서 벗어나 몇 주간 진정한 아름다움이 생동하는 샘에 빠지고 싶거나, 시적인 낭만적 일상을 보내고 싶다면, 이탈리아나 안달루시아에 갈 필요는 없고, 당신의 조국인 크림의 남부해안에서 그것을 발견할 수 있다. 예카테리나 2세는 크림을 자신의 왕관의 보석이라고 불렀다. 그러나 그녀는 크림의 보석이라고 할 수 있는 마법 같은 이곳을 절벽 위 높은 곳에서 단지 멀리서만 보았을 뿐이다.

독자들은 이탈리아를 가 보아야 크림의 남부해안이 당신을 놀라게 하는 것만큼 감동받지 못한다. 이탈리아로 이동하기 위해서는 여러 단계와 준비를 거쳐야 한다. 그러나 이곳에서는 아름다움과 신기함이 단번에 자신의 색을 강하게 드러내지 않고, 남쪽으로 이동할수록 의식하지 못하는 사이 자신의 색을 서서히 짙게 하고 깊게 한다. 스위스의 작센 지방, 라인강, 슈바르츠발트는 당신의 정신을 시적 환희에 싸이게 하고, 당신이 아직 경험하지 못하고, 보지 못한 것에 대해 말해 준다. 스위스는 당신의 상상에 마법의 주문을 걸고, 당신이 이탈리아로 넘어가는 순간 자연의 모든 가능한 아름다움과 온갖 아름다운 형태, 미, 따뜻함, 빛으로부터 받은 인상으로 가득 찬다. 당신이 처음 보는 사람들, 알지 못하던 관습, 경험해 보지 못한 장소들이 여러 번 줄을 서서 당신 눈앞에 지나간 다음에야 시칠리아 여자와 나폴리 도둑들에게 시선이 간다.

그러나 크림의 남부해안은 당신의 눈과 당신의 정신에 경탄할 만한 뜻밖의 정경으로 다가온다. 전혀 기대하거나 추측하지 않고, 어떤 것과도 닮지 않고, 당신이 전에 본 적도 없고 경험해 보지도 못한, 다른 어떤 것도 제공해 주지 못하는 것을 보여 준다. 소러시아와 새러시아[18]

---

18 〔역주〕 새러시아(Новороссия, New Russia) : 1764년 예카테리나 2세는 헤트만령을 철폐하고 우크라이나 남부지역을 러시아 행정단위에 포함시켜 '새러시아 지방'(Новороссия губерния)을 만들었다. 1774년 오스만터키에 속했던 지역을 여기에 포함시키고, 1775년 자포로제 시치를 철폐하면서 우크라이나 남부지역 전체가 새러시아 지방에 들어갔다.

에 끝없이 펼쳐진 단조로운 평원을 지나서, 작열하는 햇볕이 내리쬐는 페레코프[19]의 우울하고 물 없는 염전을 지나 당신은 갑자기 물이 넘쳐 나는 사납게 날뛰는 바다와 녹음과 절벽을 보게 된다. 러시아의 평원은 스위스 절벽과 스위스 산봉우리로 변신하고, 흑토[20]는 바위산으로 변신한다. 북쪽 지방의 회색빛의 낮게 드리운 하늘은 이탈리아 하늘의 깊고 푸른색으로 바뀐다. 이제까지 무색과 평면이 자리 잡았던 곳에 강렬한 색들과 날카롭게 솟아오른 그늘이 펼쳐진다. 잠이 오게 만드는 삼밭 향기와 곧게 선 줄기로 들어찬 빽빽한 숲이 사라지고, 그 대신에 꾸불꾸불 몸을 꼬며 올라가는 포도송이를 주렁주렁 매단 황금빛을 띤 포도 넝쿨이 나타난다. 포도줄기도 향기를 호흡하고 향기를 내뿜지만, 이 향기는 잠을 불러오는 것이 아니라 원기와 생동감을 준다. 삼밭과 함께 우리가 러시아 흑토지대라고 부르는 끝없이 펼쳐지는 한없는 밀밭의 바다도 사라진다. 한 군(郡)에서 다음 군으로, 한 주(州)에서 다음 주로 이어지는 한결같은 밀밭은 끝없이 이어지는 담장을 이룬다.

남녘 태양의 계시를 받은 이 뜨거운 남부 토지는 자신의 배에서 생활에 덜 필요하지만, 좀더 우아하고 더 귀중한 열매를 생산한다. 남부 토지는 풀과 나무에 전분용 마른 밀이 아니라 향기로운 식용유, 설탕 맛이 나는 음료와 강렬한 색채를 선사한다. 이곳은 열매와 꽃들의 왕국이다. 여기서는 올리브, 무화과, 복숭아가 익어간다. 여기서는 겨울 내내 장

---

19 〔역주〕 페레코프(Перекоп) : 우크라이나 본토에서 크림반도로 진입하는 길목에 있는 염전과 논이 많은 곳으로, 크림반도의 고려인 상당수가 이 지역에 살고 있다.

20 〔역주〕 우크라이나 동남부지역은 세계 3대 흑토지대의 하나다.

미와 제비꽃이 피어난다. 러시아 전역 어디서나 볼 수 있는 습하고, 줄기 속이 텅 비고 비틀거리는 듯한, 무만큼 쉽게 베어지고, 무처럼 쉽게 썩는 우리의 버드나무는 이곳에는 없다. 그 대신에 몸매가 곧고 다부지며, 단단하고 쇠처럼 썩지 않는 사이프러스나무가 서 있다.

식물 분포뿐만 아니라 동물상(動物相)도 마법처럼 바뀐다. 검은 물소가 마자라(мажара)라고 불리는 긴 카프카스 수레를 끌고 있고, 산에서 흘러내려 오는 숲이 우거진 냇물 가에는 사슴 떼가 뛰어다니고, 바다 파도 위로 돌고래 떼가 뛰어오르며 연안의 바위를 따라 이동한다. 모든 것이 새롭게 보이고, 사람조차도 새롭게 보인다. 유럽인종과 기독교인들은 이곳에서 수염을 깎아 밀고 두건을 쓴 아시아인으로 바뀐다. 일부다처제를 지키는 이들은 손에 마호메트의 《코란》을 들고 있다. 이들은 의자가 아니라 마룻바닥에 앉으며 다리를 십자 모양으로 꼰다. 이들은 모자를 벗는 것이 아니라 신발을 벗는다. 밀밭을 경작하는 사람들은 과수원과 포도밭을 가꾸는 사람으로 바뀐다.

가옥도 우리 눈에 익은 그런 형태가 아니다. 통나무와 밀짚 대신 돌과 기왓장으로 만든 집이 나타난다. 커다란 굴뚝 대신에 유리가 없는 창문이 있고, 이것은 온기를 보존하기 위해 나무로 쇠살대를 하고 있다. 그곳에는 집안 북쪽 면에 십자가가 있고 종소리가 나지만, 이곳에는 초승달과 '기도 시간을 알려 주는 무에진'의 외침이 들린다. 마지막으로 북쪽에는 땅이 있고, 오로지 땅만 있고, 똑같은 토지만 있지만, 여기에는 바다와 산, 높은 곳과 깊은 곳, 움직임과 움직이지 않는 것이 있다.

독자 여러분도 크림 남부해안에 다다르면 자신의 상상력을 당황하게 만들기도 하고, 매혹되기도 할 것이다. 당신의 현재와 과거 사이에 넓은 심연이 생겨나고, 자신이 뭔가 전혀 새로운 세계에 사로잡힌 듯한 느낌을 갖는다. 이곳에서 바라보는 모든 것은 마치 꿈속에서, 그것도 매우 유혹적이고 믿어지지 않는 꿈속에서 보는 것 같다고 느낄 것이다. 당신은 자신 주위에 펼쳐지는 마법과 같은 장식을 오래 믿지 못할 것이다. 하늘과 붙어 버린 파란 바다, 구름에 닿은 듯한 바위산의 벽, 혼잡하게 펼쳐진 절벽과 푸른 녹음 사이에 누군가 무심코 떨어뜨린 듯한 장난감 같은 작은 마을 등 당신 눈앞에 펼쳐지는 정경들을 믿지 못할 것이다.

당신이 남부해안을 떠나서 마법 같은 풍경이 당신으로부터 멀어지면, 마치 잃어버린 낙원을 그리워하듯 당신의 마음은 그곳을 그리워할 것이다. 당신이 상상으로 꾸었던 꿈은 현실의 실제 꿈으로 바뀔 것이다. 이 꿈이 안개에 싸인 듯한 희미한 색으로 그려진 자신의 그림으로 당신을 흥분시킬 것이다. 이 그림들은 덜 분명해 보일수록 더 사람을 잡아당기고 더 집요해진다. 마치 바빌론 강가에 앉아 '시온을 생각하며 앉아 울던' 유대인[21]과 마찬가지로, 크림에 한동안 살면서 크림만이 줄 수 있는 달콤함을 맛본 사람은 이를 절대 잊지 못한다.

---

21 〔역주〕 바빌론 강가의 유대인: 기원전 6세기 바빌로니아의 느부갓네살 왕이 이스라엘을 멸망시키고 3차에 걸쳐 유대인들을 포로로 잡아가 유프라테스 강가에 유폐시켰다. 바빌로니아의 뒤를 이은 페르시아 키루스 왕 시절에 일부 유민이 예루살렘으로 귀환하여 성전을 재건했다. 《구약성서》, 〈예레미야〉, 39~43장, 〈열왕기상〉, 18~25장, 〈에스라〉 등에 자세히 기록되었다.

러시아에는 단 하나의 크림이 있고, 크림에는 단 하나의 남부해안이 있다. 우리가 좀더 개화가 되고, 오로지 이익만을 생각하거나 배를 가득 채우는 만족감만 생각하지 않는다면, 크림 남부해안은 의심할 여지없이 러시아 수도들22의 단 하나의 순수한 다차가 될 것이다. 남부해안에는 공원, 포도원, 주거지로 바뀌지 않은 땅이 남아 있지 않게 될 것이다. 이러한 다차는 8,000여만 명 인구를 가진 나라의 다차로는 너무 작다. 자본은 이런 다차를 흥분해서 집어삼킬 것이다.

현재는 러시아의 보석에 대한 관심이 없지만 시간이 지나면 큰 도박의 열기가 이런 무관심을 무색하게 만들 것이다. 허랑방탕한 사교계 생활에 자신의 건강을 망치고, 영혼을 일그러뜨린 여인과 같은 러시아는 남부해안의 계곡들이 제공하는 따뜻하고 촉촉한 대기에서 생명의 공기를 마시고 싶어 할 것이다. 그녀는 잠 못 이룬 밤의 열기와 거짓된 원기왕성을 크림 포도주스의 치유력과 크림 바다의 살아 있는 물로 몰아내고 싶어 한다. 와서 달라붙을 수 있는 힘을 가진 모든 것은 이곳으로 와서 따뜻한 기후, 밝은 햇빛, 바다, 포도에 달라붙는다. 수도생활의 일그러진 거짓말은 구원받기 위해 이 소박함과 자연의 진실로 몸을 던진다. 앞으로 가까운 장래에 세바스토폴까지 철도가 연결된 후 남부해안 땅값이 얼마나 황당무계할 정도로 뛸지는 예측하기 어렵다.

1868년 여름 기준으로 얄타와 알룹카 근처의 마치 깨진 기왓장 더미 같은 황량하고 돌이 많은 비탈진 곳의 땅이 1사젠에 10~12루블에 거래되었고, 이 가격은 데샤티나당 2만 4,000~3만 6,000루블에 해당된

---

22 〔역주〕 상트페테르부르크와 모스크바를 뜻한다.

다. 땅값과 함께 다차 임대료와 다차 생활비도 같이 뛴다. 이렇게 사람이 몰려드는 것을 감당할 수 없는 남부해안 소유자들에게 이것은 낯선 자연재해다. 이들은 자본의 힘에 눌리거나, 아니면 혹하는 제안에 유혹되어 조금씩 남부해안 전체를 자본만 가진 대기업에 팔아넘긴다.

이렇게 되면 알타나 사람이 넘치는 다른 지역에서와 마찬가지로 남부해안의 목가적 생활의 매력은 사라지게 된다. 반(半) 야생적이고, 고요한 황량함과 원시적 생활양식이 가장 큰 매력이던 화려하고 따뜻한 계곡에는 상업적 착취에 집중한 부산한 정신이 넘쳐난다. 삼림이 벌목되어 야생동물들이 도망가고, 산에서 졸졸거리며 흘러내리는 냇물이 마르고, 아시아식 복장을 한 타타르인들은 서커스에서만 볼 수 있게 되고, 물소와 타타르식 마차 대신에 기관차가 달리고, 마른 가지로 만든 굴뚝이 달린 타타르인들의 사클랴 대신에 안락한 유럽식 주택이 들어서고, 사막이 도시로 바뀌고, 고요한 숲이 시끌벅적한 시장으로 바뀌고 말 것이다.

이러면 누가 이기겠는가? 독자여, 이런 것들로부터 안락하고 예쁜 크림의 동네가 나타나겠는가? 아시아인들이 자기 옷을 벗고 독일식 옷으로 갈아입는 것이 당신에게 더 즐겁겠는가?

남부해안은 거대한 온실이다. 4,000~5,000피트 높이와 100베르스타에 달하는 바위산으로 된 산등성이 담장이 둘러싸서 북극에서 불어오는 눈보라와 스텝의 건조한 열풍으로부터 남부해안의 좁은 띠 모양 땅을 보호하고, 남부해안은 남쪽 바다의 습하고 따뜻한 공기를 호흡한다. 어떤 곳은 이 띠 모양 땅이 수백 사젠에 불과하지만 다른 곳에서는 몇 베르스타에 이른다. 남부해안을 이동하다 보면 몇 베르스타를 가도 남부해안에서 벗어나서 이 바위산 벽을 넘어가지 못하는 곳이 있다.

조금만 더 들어가면, 거대한 울타리가 된 바위산 담장을 넘어갈 듯한 습하고 녹음이 우거진 계곡이 뱀처럼 꾸불꾸불 돌아가고 있다. 샘들이 시끄러운 소리를 내는 계곡들은 험하고 단단한 바위 사이에 길을 내어 바위산 벽의 정상과 그 너머 광활한 스텝으로 나가게 된다. 이 계곡 입구들은 산악의 땅속 깊은 곳에서 나오는 수분을 마시는 것과 동시에, 남쪽 바다의 상쾌함이 가득한 남녘 태양의 온기를 들이마신다. 이런 환경 덕분에 이 안에는 온갖 생명이 놀라울 정도로 풍부하게 군집하고 있다.

그래서 야일라 뒤쪽 방향의 크림과 남부해안 크림 사이에는 몇 도의 위도 차이가 나는 곳에 위치한 마치 두 나라 사이처럼 극도로 대비되는 기후와 식물상이 있다. 야일라의 산등성이는 우리가 지도 위에 의식적으로 그리는 등온선과 여타 선과 같지 않은 선명한 윤곽을 스스로 그려낸다. 이 산등성이는 너무 선명하고 명료하게 두 지역을 구분하므로, 그 정상에 서면 한눈에 양쪽 지역을 비교해 볼 수 있다. 이쪽 방면에는 포플러나무, 그리스호두, 복숭아가 자라고, 남부해안 쪽으로는 사이프러스나무, 올리브나무, 상록의 월계수, 목련, 서양 협죽도가 자란다.

두 지역은 풍광도 다르고 사계절도 다르다. 심페로폴에 눈이 내릴 때 얄타에는 장미가 핀다. 심페로폴에서는 난로를 피우고, 이중창을 설치한다. 얄타는 벽난로는 알지만, 이중창은 알지 못한다. 얄타와 알룹카에서는 1년 내내 창문을 열어 놓고 지낸다. 1년 내내 모피코트 없이 지낼 수 있다. 또 1년 내내 들꽃을 따고 목초지에 가축을 방목할 수 있다. 남부해안은 병풍처럼 펼쳐진 바위산 덕분에 러시아 왕국의 드넓은 벌판에서 무슨 일이 일어나는지 전혀 알려고 하지 않는다. 탁트인 스텝과 크림의 산을 등진 지형에는 이 왕국으로부터 오는 추위와 건조한 바람을 막아 줄 것이 아무것도 없다.

이런 행복한 지방을 조국의 온실이라 부르지 않을 수 있겠는가? 이곳은 자연의 장난에 의해 스키타이인의 땅에 붙은 이탈리아의 땅 조각이 되었고, 눈의 왕국 속에 자리 잡은 상춘(常春)의 지방이나 마찬가지다.

이러한 낙원에 들어가기 위해 나름대로 노력해야 한다는 사실은 전혀 놀라운 일이 아니다. 바위산으로 만들어진 울타리를 뚫고 들어가는 것은 어떤 타협이나 단계적 접근도 허락하지 않는다. 벽이 끝나는 곳은 너무 높아서 사다리도 놓을 수 없다. 그리고 사실 얼마 전까지도 남부해안에 다다르려면 사다리를 놓고 바위산을 내려가야 했다. 사다리라니! 타타르인들은 이 통로를 '마귀할멈의 사다리'[23]라고 불렀는데, 그렇게 부르지 못할 이유도 없었다. 이 '마귀할멈의 사다리'를 제노아인들은 '스칼라'[24]라고 불렀고, 지금은 단순히 메르드벤(Мердвень) 이 일반 명칭이 되었다. 그런데 이탈리아어의 스칼라라는 명칭도 아직 살아 있다.

이것은 바이다르 대문을 지나 키키네이즈(Кикинеиз) 마을 주변 신작로에서 조금 떨어진 곳에 있다. 호머 이야기에 나오는 레스트리고네스 식인종이 여기를 만들었거나, 아니면 이 길을 따라 걸어 다녔을 것이다. 우리 인간 종족의 보잘것없는 사이즈에 비해 이 계단은 너무 크다. 이 계단은 거인의 발걸음에 맞게 만들어졌고, 키클롭스[25]의 마음에만

---

23 〔역주〕 마귀할멈의 사다리(чертовая лесница) : 샤이탄메르드벤(Шайтан-Мердвень).
24 〔역주〕 스칼라(*Scala*) : 이탈리아어로 '사다리', '계단'을 뜻한다.

들고, 그들의 몸에만 어울렸다. 거대한 계단은 거의 깎아지른 듯한 벼랑을 잘라 만든 것이다. 키가 작은 크림의 말은 계단 한 단에서 다음 단으로 발을 옮기기 위해서는 배를 깔고 누워야 한다. 사람은 말 위에 올라타서 가는 것은 불가능하고, 말에서 내려 걸어가야 한다. 이 계단은 마치 아주 늙은 노인의 치아처럼 오랜 세월이 흐르면서 부서지고 으스러졌다. 일부분은 절벽에 깊이 박혀진 나무판으로 대체되었다.

나는 사람들로부터 바이다르 계곡 방향에서 남부해안으로 가는 다른 길이 없던 시절에 대한 얘기를 많이 들었다. 1828년에야 신작로가 만들어졌다. 메르베덴 위쪽으로 올라가기 위해서는 말꼬리를 잡고 올라가는 방법밖에 없었다. 말과 염소의 혼합종 같은 크림 말들은 다른 말들은 도저히 할 수 없는 고산 등정의 위업을 이룰 수 있는 능력이 있다. 바흐치사라이의 분수를 노래한 작가[26]는 그 시기에 이미 이런 힘든 비극적 여행을 하고, 이것을 푸시킨 특유의 촌철살인의 유머를 섞어 자신의 동료 시인 델비그[27]에게 이야기해 주었다.

---

25 〔역주〕 키클롭스(Cyclops) : 그리스 로마 신화에 나오는 이마 한가운데 외눈을 가진 거인이다.

26 〔역주〕 푸시킨을 뜻한다. 사회개혁과 자유주의 사상이 담긴 작품을 쓴 죄로 1820년부터 카프카스, 크림반도, 몰도바 지역 유형에 처해졌다. 이때의 경험을 바탕으로 1823년 〈카프카스의 포로〉와 〈바흐치사라이 분수의 눈물〉을 발표했다.

27 〔역주〕 안톤 델비그(Антон А. Дельвиг, 1798~1831) : 푸시킨과 함께 차르스코예 셀로(Царское Село)에서 수학한 친구다. 저널리스트로 활동하며 잡지 〈북방의 꽃들〉(*Northern Flowers*, 1825~1831)을 발행했고, 푸시킨은 정기적으로 이 잡지에 기고했다. 1830~1831년에는 푸시킨과 〈문학신문〉(*Literaturnaya Gazeta*)을 공동으로 발행하기도 했다.

바위산을 오를 때 말 위에 앉아 있는 것은 아무나 할 수 있는 일이 아니다. 위로는 절망적인 수직 절벽과 아래로는 계속해서 다리미로 다린 듯한 판석과 무너져 내리는 돌더미가 쌓이는 가운데 걸어가는 말의 발굽 아래에 입을 벌린 듯 펼쳐지는 깊은 해안의 심연을 보면 심장이 아무리 강한 사람이라도 크게 당황하지 않을 수 없다.

등정을 위해 없어서는 안 되지만, 몇 걸음마다 급하게 꺾어지는 계단은 공포와 위기감을 더해 준다. 이러한 꺾어지는 길목이 50개나 된다는데, 이를 하나하나 세어 볼 엄두는 나지 않았다. 고대 시절에 메르드벤은 단지 키클롭스 같은 거인이나 오르내릴 수 있는 계단이었다. 이 계단은 틀림없이 크림 역사의 모든 시기를 다 보았고, 남부해안에 거주했던 모든 종족을 차례대로 통과시켰을 것이 분명하다. 이 계단이 언제 만들어졌는지는 짐작조차 할 수 없다.[28]

여행자가 굳이 체르토프 내리막길의 공포를 직접 체험해 보고 싶지 않다면, 그래도 여전히 바이다르에서 키키네이즈에 이르는 멋진 남부해안 도로를 따라 펼쳐지는 독특하고, 아찔하게 아름다운 경치를 감상할 수 있다. 이것은 남부해안을 대표하는 경치다. 바이다르에서 키키네이즈에 이르는 지역에만 산들이 바다를 향해 돌출해 있으면서 연속적으로 벽을 이루고 있다. 얼마나 멋진 벽들인가! 이 벽이 당신 위에 서 있는 것인지, 공중에 매달려 있는지를 알아채지 못할 때가 종종 있다. 그 안

---

28 일부의 추측에 따르면, 샤이탄메르드벤(Шайтан-Мердвен)은 신석기시대의 강력한 지하 진동의 결과로 형성된 것이라고 한다.

에는 벽돌 대신에 단지 네모난 절벽들이 벽에 난 세로와 가로의 균열들로 튀어나와 있다. 어떤 때는 이 무서운 육면체들이 벽의 꼭대기에 아슬아슬하게 걸린 채 도로 위에 매달려서 산기슭을 사방으로 감아 돌며 가장 기분 나쁜 불길같이 험악한 얼굴로 아래를 내려다보고 있다. 당신은 내내 이러한 바위 밑을 지나가며 잠시도 여기서 눈을 뗄 수 없다.

나는 이후 언젠가 여성 여행자와 함께 그녀를 기분 좋게 하기 위해 소풍을 가듯 이 지점을 지나간 적이 있다. 그러나 여자들은 이 운명적인 바위로 된 군중을 보고 견뎌낼 심장을 가지지 못했다. 이 여성 동반자는 겁에 질려 이 바위벽에서 시선을 돌렸지만, 이번에는 무서운 나락 같은 바다를 마주쳐야 했고, 이 나락에서 시선을 돌리면 다시 통과할 수 없는 단단한 바위벽을 바라보아야 했다. 나는 이 무서운 장관의 품에서 한시 바삐 벗어나기 위해 마부를 재촉하는 수밖에 없었다. 이 경치는 너무 남성적이어서 우아하고 사랑스런 경치에만 익숙해진 사람은 감당할 수 없었다.

남부해안의 바위들은 이렇게 위용이 있다. 바위들은 끊임없이 이어지는 동시에 다양한 장관을 연출한다. 크림의 태양 아래서 이 바위들은 검정색, 검붉은색으로 시작하여 백묵 같은 흰색에 이르기까지 다양한 물감으로 넘쳐난다. 때로는 독수리 둥지로만 걸맞은, 염소도 올라갈 수 없는 깎아지른 단일한 정상이 솟아 있기도 하고, 때로는 마치 거인들이 올림푸스 신을 공격할 것 같은 요새 울타리 같아 보이는 벽들이 위에서부터 촘촘하게 잘라져서 이어지기도 한다. 땅속 깊은 데서 불쑥 솟아오른 듯한 두꺼운 바위 한가운데에 검은 틈과 균열들을 볼 수 있다. 이것은 거인들 담장의 벌레 먹은 구멍처럼 보인다. 이것이 분해와 와해의 첫 암시이다.

이 정맥으로부터 눈에 보이지 않지만, 무시할 수 없는 움직임이 시작되고, 가장 무시무시한 성채가 조금씩 무질서 상태로 바뀌기 시작한다. 그 한가운데를 우리는 지금 통과하고 있고, 산기슭을 덮고 바다로 향하는 경사면을 빈틈없이 덮고 있는 돌로 된 쓰레기 더미를 지나고 있다. 이 분홍빛, 초록빛, 연한 보랏빛 줄이 새겨진 작은 돌들은 일부는 달걀처럼 깎이기도 했고, 일부는 성찬용 빵처럼 부드럽고 섬세한 모양을 하고 있다. 밀물 때는 파도가 마치 값비싼 장난감 같은 수억 개의 이런 돌들을 가지고 장난을 치기도 하고, 이 돌들은 바다 바닥의 무늬를 모자이크처럼 만들기도 한다.

이 모든 봉우리들과 벽들은 지금 산 정상에 걸린 구름 속에서 웅장하게 수영하고 있다. 모든 것을 먹어 치우면서도 배부른지 모르는 괴물인 크로노스[29]가 이 모든 것을 깨물 것이다. 이 괴물은 먹어 치우지 못하는 사물이 없고, 생명이 없는 자연도 죽음을 맞아야 한다. 바다는 이 모든 것을 먹어 치우고, 그 자궁 속에는 존재하는 모든 것의 탄생도 있고 무덤도 있다.

남부해안 절벽에는 오래된 울타리에 자라는 싸리비처럼 나무들이 작은 다발을 이루며 홀로 떨어져 자라고 있다. 특히 땅에 바짝 붙어 있는 모가 나고 굽어진 소나무들이 그렇게 자란다. 어느 방향으로 소나무가

---

29 〔역주〕 크로노스(Cronus) : 그리스 신화에 나오는 초기 거인으로, 우라누스(Uranus)와 가이아(Gaia) 사이에 태어났다. 로마 신화에서는 제우스, 헤라, 포세이돈의 아버지로 알려졌다.

자라든 간에 무엇이든 근처에 있는 것과 단단히 결합한다! 때로는 아무것에나 옆구리에 달라붙는다. 때로는 좁은 틈을 따라 뻗어 올라가고, 어두운 돌 틈에서 압착기에 눌린 것처럼 스스로 몸을 압착한다.

그리고 마치 감옥에 갇힌 고행자가 자신의 여윈 팔을 내밀 듯 거기로부터 견고한 가지를 뻗어 빛이 있는 곳으로 팔을 뻗어낸다. 소나무의 모든 정수리는 하늘을 향해 있다. 기적을 행하는 강철 같은 힘이 모든 장애를 무릅쓰고 이들을 위로 밀어 올린다. 어떤 때는 나무줄기가 땅과 평행하게 옆으로 뻗어 나간다. 이 은둔자 같은 나무들은 어떻게 생명을 유지할 수 있는 것인가? 어떻게 나무의 뿌리털들은 돌덩이를 마구 헤적일 수 있는 것인가?

그렇지만 이 절벽의 나무들은 단지 살아 있기만 한 것이 아니라, 깨뜨릴 수 없을 정도로 견고하다. 바다에서 불어오는 폭풍은 노출된 머리 위 머리카락 같은 이 나무들을 사정없이 잡아 찢지만, 이 나무들은 여전히 자신의 바위를 단단히 붙잡고 있다. 그리고 나무의 정상을 하늘과 빛을 향해 뻗어 올린다. 바위도 자식을 낳고, 자신의 빳빳한 젖가슴으로 자식들에게 수유하는 것 같다. 자신이 원하는 특별한 열매만 생산하고, 주문된 모형대로 열매 맺기를 거부하는 죄밖에 없는 사람의 정신을 우리는 자주 불임(不姙)이라고 부른다.

당신 왼쪽에는 바위들이 있고, 당신 오른 쪽에는 자신을 산사태 같은 무질서로 뒤덮은 남부해안의 숲이 있다. 이 숲은 절벽을 따라 회색 바위들과 함께 바다로 질주하고 있다. 당신은 이 숲들의 정수리를 보고 있다. 이 정수리는 지금 진녹색으로 물들고, 신선한 빛을 내뿜고 있다. 멋진 화관과 원두막 같은 야생 포도와 향기 좋은 클레마티스 넝쿨들이 이 숲을 장식한다.

저 아래 녹음과 회색 바위와 파란 바다를 배경으로 다차들과 통나무 집들이 작은 장난감처럼 또렷이 드러나 보인다. 먼저 포로스가, 그다음으로 무할라트카(Мухалатка)와 므샤트카(Мштка), 멜라스(Мелacc)가 차례대로 나타나는데, 하나같이 그림처럼 아름다우면서 하나같이 야생적이다. 당신들은 고지대인 여기서부터 이 산악의 야생지대에 우아한 별장들이 둥지를 틀고 있고, 넓은 포도밭이 경작되고 있다는 것을 의심하지 않을 것이다. 많은 것의 기원을 분명히 알 수는 없지만, 이 모든 것이 어두운 고대시대부터 정착된 것이다. 포로스만이 역사적 기원을 가진 지명이다. 이 장소에 제노아인들의 식민지인 포리(Фори)가 있었고, 그 이전에 이곳은 그리스인들의 정착지였다.

나는 12베르스타 거리만 산악지형을 즐길 수 있었다. 비를 동반한 안개구름이 밤새도록 하늘을 뒤덮었고, 태양은 아직까지도 기어가는 듯한 거대한 안개구름의 대군(大軍)을 몰아내고 있다. 마침내 안개구름은 물러났으나, 서로 밀접히 결합되어 비로 폭발되었다. 이것은 러시아에 흔히 내리는 비가 아니었고, 내가 아직까지 보지 못한 무서운 열대성 폭우였다. 2시간 동안 전혀 끊이지 않고 진정시킬 수 없는 속도로, 구멍이 난 구름으로부터 하늘의 물이 연이어 쏟아져 내렸다. 신작로는 더 이상 보이지 않았다.

역마차는 성난 계곡물의 바퀴를 따라 산 아래로 쏜살같이 달렸다. 산악의 거친 계곡물들은 옆에서, 산 위에서, 절벽에서 쪼개지고, 빙빙 돌고, 거품을 만들며 튀어 오르며 말들에게 물보라를 끼얹고 말의 발을 흠뻑 적셨다. 계곡물은 콸콸 소리를 내고 번쩍거리는 빛을 발하며 길을 가로지르고, 숲으로 덮인 절벽으로 흘러내렸다. 계곡물은 바다로 치닫기 위해 귀가 멀 듯한 소리를 내며 깊은 나락으로 떨어져서, 이것을 광란의 춤을 추는 산 위 광야의 악령으로 여길 수도 있었다.

번개는 불을 번쩍거리지는 않고, 눈이 멀 정도로 드넓은 하늘의 놀을 만들며 쉬지 않고 쏟아져 내리고 있었다. 바람은 비와 우박을 나와 말들의 얼굴 정면으로 몰아 왔다. 비와 우박은 산탄 탄약통처럼 우리를 채찍질하고 있었다. 우박은 흰색 식탁보를 씌우듯 우편마차의 모든 물건들을 뒤덮었다. 우리가 걸친 펠트 망토와 우산은 아무 소용이 없게 되었다. 이런 날씨에 익숙한 타타르 말들은 아무것도 무서워하지 않았지만, 때때로 당황하거나 한기에 몸을 떨며 달리는 것을 멈췄다. 사방에서 내리치는 물방울과 공기를 가득 채운 소리와 회오리바람으로 인해 이 말들의 머리가 빙빙 돌아가는 것 같아 보였다. 마부는 몇 번이나 말을 모는 것을 포기하고 바위 아래 숨어 사정없이 쏟아지는 우박으로부터 몸을 피했다. 결국은 마부와 말 모두 재촉해야 했다.

우리 앞에도 우리 뒤에도 온통 산에서 쏟아져 내리는 물과 같은 정신 나간 용기를 가지고 우리는 산 아래까지 달려내려 왔다. 우리 마차가 왜 열 번 전복되지 않았는지 신기할 따름이었다. 우리는 마치 적에게 쫓기는 병사처럼 전속력으로 키키네이즈의 역참으로 돌진해 들어갔다. 역참도 물위에 떠 있는 것 같았다. 역참을 가로질러 걸어가거나 마차를 타고 가는 것은 불가능했다.

짐마차와 나무를 이용해 고생고생 끝에 나는 간신히 뒷마당을 지나 정강이뼈 이상으로 물에 잠긴 부엌으로 들어갔다. 나의 옷은 실오라기 하나라도 물에 젖지 않은 부분을 찾을 수 없었다. 나는 역참지기가 사모바르에 아침 차를 끓이는 것을 보고 너무 행복하고 기뻐서 어쩔 줄을 몰랐다. 사모바르 주변에는 말쑥하게 차려입은 단정한 가족이 있었다. 시골 크림을 넣은 뜨거운 차를 마실 수 있고 몸에서 완전히 물에 젖은 옷과 장비를 벗어 버릴 수 있게 된 이 행복한 응석받이 사내는 이 크림의 소나기 샤워 이후 더 바랄 것이 없었다.

키키네이즈에서 알룹카까지도 지금까지와 같은 야생과 혼돈의 자연이 이어진다. 바위산 모습은 덜 경이롭지만, 대신에 바다로 향한 경사면은 좀더 다양하고 멋진 풍광을 연출한다. 당신은 산악지역에서 점점 멀어지고 정원과 별장들이 있는 곳으로 다가간다. 이 지역에는 고대 유적들이 여기저기 남아 있다. 많은 갑(岬)과 작은 만(灣)들이 정착자들을 불러 모았다. 작은 만은 아늑한 선창이 되고, 사람이 쉽게 갈 수 없는 바다 쪽으로 튀어나온 바위산을 가지고 있어서 외부 침입에 대한 견고한 요새들을 제공해 준다. 이러한 방어적 지형으로 인해 바다를 통해 남쪽으로 접근하는 것도 어려웠고, 산악 부족들이나 스텝 문명인들이 산악통로를 통해 침입하는 것이 불가능했다. 키키네이즈 갑과 리메나 바위(Лименская скала), 얄타를 통하는 '옛 통로'(Старый проход), 키키네이즈 맞은편 에스키보가즈(Эски-Богаз) 근처의 바위산에는 요새 유적들과 잔해들이 남아 있다.

인류가 지구 위에서 거주지를 마음대로 골라 선택할 때 이렇게 아름답고 살기 편한 지역을 지나치는 것은 불가능했다. 야생으로 자라는 과실수와 흔치 않은 올리브, 그리스호두, 무화과나무, 야생 포도나무가 지천으로 널려 있어서 이 지역에 고대문명이 꽃필 수 있었다. 야일라의 해안 바위들이 계속 무너져서 사람이 만든 정원과 주거지를 그 잔해 밑에 묻지 않았다면, 이곳의 고대문명의 자취는 훨씬 더 많이 남아 있었을 것이다.

특히 바이다르에서 시메이즈(Симеиз) 사이는 혼란한 무질서의 자연으로 우리를 놀라게 한다. 여기는 절벽과 바위들이 바다까지 가득 차 있을 뿐 아니라 바다 위에도 널려 있다. 그림 같은 정경을 가진 리메나(Лимена)는 야일라의 이런 파편들로 가득 차 있다. 석회암으로 된 상층부는 종종 바다 쪽으로 심하게 기울어져 있고, 부서지기 쉬운 점토질의 역암(礰岩)층으로 된 구릉지 위에 놓여 있다. 오랜 세월 동안 산악지대를 흐르는 물이 이 불안정한 지주를 침식하면서 무거운 석회암층은 경사면을 따라 바다로 미끄러져 내려와서 휘어 버리거나 조각조각 부서졌다.

타타르인들의 말에 따르면, 옛날에는 바이다르와 키키네이즈 인근의 몇 개 마을들이 절벽으로 미끄러져 내려갔다고 한다. 키키네이즈의 쿠축코이(Кучук-Кой) 마을이 마당과 사원과 함께 무너져 내린 것은 타브리아 총독이 예카테리나 여제에게 보고한 역사적 문서에도 남아 있다.

리메나의 유서 깊은 부두 뒤로 나와서 야생적이고 바위가 많은 곳 뒤로 지나오면 바로 시메이즈 위로 올라서게 되고, 그곳에서 마치 손바닥을 내려다보듯 말초프(Мальцов)의 넓은 궁전과 정원과 작은 별장들이 눈에 들어온다.

이러한 준비를 거친 후에 알룹카(Алупка)로 들어가는 것은 남부해안 이쪽저쪽 다른 곳으로 들어가는 것과는 사뭇 다른 특별한 경험이 된다. 알룹카는 남부해안에서 가장 성스러운 곳이고 남부해안의 심장이다. 남부해안의 정겨운 아름다움과 야생적 경이감, 더할 나위 없이 부드러운 공기, 화려한 빛깔과 모양들이 모두 알룹카에 초점을 맞춰 집중되어 있는 것 같다. 알룹카를 아는 사람은 가장 적도적이고 고귀한 형태의 크림의 남부해안을 아는 것이다. 알룹카 뒤로 별장과 정원들이 빽빽이 들어차 있다.

먼저 크림반도에서 유일한 저 유명한 월계수와 올리브 숲을 가진 풍요로운 미스호르(Мисхор)가 나타난다. 여기는 크림에서 여행객들이 지내기에 가장 편안하고, 그래서 여행객들이 가장 사랑하는 장소 중 하나로, 정원 안에 작은 집들이 수없이 잠겨있는 듯이 보인다. 미스호르 다음에는 사람들이 많이 살고, 뾰족 솟은 석조 궁전들과 우아하게 꽃으로 장식된 별장들이 진흙으로 지어진 타타르인들의 오두막집과 뒤섞여 있는 쿠레이즈(Куреиз)와 가스프라(Гаспра)가 나온다. 여기서는 평평한 지붕을 가진 지저분한 상점과 멀리 가지가 뻗어 있는 호두나무 아래 타타르 마을의 더럽고 꾸불꾸불한 거리를 지나가고, 귀족적 정원의 정교하게 장식된 격자무늬, 대문, 정자 사이를 지나가기도 한다.

1830년대에 이곳에는 러시아 공공생활에서 중요한 역할을 한 아주 저명한 인사들이 거주했다. 이들은 알렉산드르 1세의 치세기 후반에 차르의 의지에 너무도 강하고 너무도 해악적인 영향을 미친 신비주의 정당 지도자들이었다. 성서연구회 전파자이자 '자유로운 과학'의 추종자로 저명한 교육・종교장관이던 골리친[30] 공과 대공녀 안나 세르게예브나 골리치나, 크류드네르[31] 남작부인이다. 골리치나 주변에는 그녀가 페테르부르크 궁정 사교생활을 한 이전과 마찬가지로 많은 신비주의자들이 모여들었다.

아이토도르곶은 남부해안에서 결정적인 지형적 전환점을 만든다. 여기서부터 해안은 계속 이어지는 여러 개의 말굽형 만과 함께 북동쪽으로 꺾여 올라간다. 그래서 당신은 알룹카와 얄타로부터 아이토도르를 선명히 볼 수 있다. 크림해안에서 가장 중요한 등대 중 하나는 아이토도르에서 빛을 비춘다. 또한 여기서부터 아이토도르는 제노아인뿐 아니라 고대 그리스인들의 항해와 지리에 중요한 역할을 했다. 바다

---

30 〔역주〕 골리친(Голицын, Александр Николаевич, 1773~1844) : 정치인, 알렉산드르 1세의 가까운 친구이자 유명한 신비주의자 겸 경건주의자이다. 러시아 성경협회장(председатель Российского библейского общества)을 역임했다. 크림반도에 '알렉산드리아'(Александрия, Гаспра) 영지를 소유했다. 차르 알렉산드르 1세 때 교육・종교장관 역임했다.

31 〔역주〕 크류드네르(Крюднер, Варвара-Юлия, 1764~1825) : 여남작으로 본성은 피틴고프(Фитингоф)다. 19세기 초 유럽의 유명한 신비주의적 경건주의 보급자다. 1815년 6월 4일 그녀는 빈에서 파리로 가는 길에 하일브론(Heilbronn)에 잠시 들른 알렉산드르 1세를 찾아갔다. 여남작과의 대화는 차르에게 큰 감동을 주어 차르는 그녀를 파리로 데려갔고, 그녀와 긴 대화를 나누고 자주 그녀의 조언을 구하곤 했다. 크류드네르는 1818년부터 러시아에 거주했다. 그녀는 1821년 안나 세르게예브나 골리치나(Анна Сергеевна Голицына) 여공작과 러시아 신비주의자들의 그룹(кружок)을 만났다. 차르의 여행을 계속 수행하면서 건강을 해친 그녀는 1824년에 딸 골리치나와 데 가쉬에〔де Гаше, 데 라머트 왈루아(де Ла-Мотт-Валуа)〕와 함께 크림반도를 향하여 출발했다. 그 여정에서 건강이 악화된 그녀는 카라수바자르(Карасубазар)에서 오래 머물렀고 그곳에서 생을 마감했다.

로 길게 뻗어 나온 이 평범하고 높은 곳에서만큼 많고 다양한 유적의 폐허가 발견되는 곳도 드물다. 여기서 묘지, 사원과 거대한 기념비의 폐허가 있고, 기둥, 수로, 조각상, 동전들이 발견된다. 이곳에 과거 어느 때인가 성 페오도르(Феодор) 기념 수도원이 있었던 것이 분명하다. 또 고대시대에 여기에 상당히 규모가 큰 주거지와 요새가 있었던 것도 확실하다.

아이토도르부터 얄타까지의 해안은 차르의 해안이라 부를 수 있다. 이 지역은 차르의 별장지대다. 먼저 야생적이고 황량한 고지대 오레안다(Ореанда)는 대공녀 엘레나 파블로브나(Елена Павловна)의 별장지대다. 저지대 오레안다는 대공 콘스탄틴 니콜라예비치(Константин Николаевич)의 별장지대다. 마지막으로 여제에게 속한 리바디아(Ливадия)가 있다. 남부해안 토지의 규모로 보면 이 모든 영지들은 최고로 큰 것들이다.

이것들 중 가장 뛰어난 것은 대공의 오레안다이다. 남부해안에는 오레안다보다 더 아름답고 독특한 장소는 없다. 자연적 경관의 아름다움도 알룹카보다 더 뛰어나다. 야일라의 주 산등성이는 이곳에서 바이다르나 알룹카에 비해 바다와 멀리 떨어져 지나간다. 그러나 아주 높게 곧추선 바위들이 길까지 튀어나와 있어서 바이다르의 좁은 길을 연상시킨다. 숲은 그 어느 곳보다 더 울창해진다. 그러나 가장 아름다운 정경은 길가에 있는 것이 아니라 길에서 오른쪽으로 벗어나 아래로 내려가야 만날 수 있다. 각양각색의 모양을 한 거대한 바위들이 바다 위에 서 있고, 선불리 도달할 수 없는 바위들의 얼굴을 아무것도 가리지 못한다. 어떤 바위들은 돌의 민낯을 보이고, 어떤 바위들은 마치 머리카락처럼 관목 숲을 뒤집어쓰고 있다.

가장 높은 곳에 세워진 십자가는 주위를 내려다보고 있다. 이 십자가에 기어 올라가면 한눈에 남부해안의 가장 아름다운 곳들을 내려다볼 수 있다. 좀더 왼쪽 아래에 있는 그림같이 멋진 다른 바위에는 아테네 스타일의 흰 돌기둥들이 서 있다. 이 기둥들은 녹음이 우거진 숲과 바다를 보는 조망을 자르면서 당신의 상상을 흰 조각상과 기둥으로 가득 찬 아티카 해안[32]의 아크로폴리스 신전으로 데려간다. 이 돌기둥에 서서 당신 발아래 펼쳐진 절벽을 내려다보라. 이 절벽 전체는 숲과 정원들로 가득 차 있다. 숲들은 정원들만큼 화려하고, 정원들은 숲처럼 오래되고 그늘이 많다. 거기 땅을 감싸고 있는 성성한 수양버들 아래에는 하얀 백조가 떠다니는 조용하고 그늘진 연못이 있다.

또 거기에는 양쪽과 위 모두가 포도나무 줄기로 빽빽이 무늬가 짜인 긴 회랑이 있다. 이 회랑 속을 반포장 사륜마차가 다닐 수 있다. 궁전 둘레의 예쁜 꽃밭들은 마치 형형색색으로 수놓아진 작은 양탄자 같아 보인다. 정사각형 모양으로 엄격한 양식에 따라 지어진 궁전은 정원들 사이에 희게 빛난다. 궁전의 백미는 안마당과 하늘정원으로 바뀐 테라스다. 장미와 다른 꽃들로 장식된 식물 넝쿨대, 꽃밭, 분수들이 화려한 궁전을 둘러싸고 있다. 대리석으로 만든 여인상의 기둥이 받치고 있는 넓은 발코니는 바다를 직선으로 응시한다. 그러나 아름다움과 엄격한 형태를 자랑하는 궁전은 이런 산악지형의 이슬람 정취가 나는 시골에서 너무 유럽적이고 평면적으로 지어졌다고 생각한다.

---

32 〔역주〕 아티카(Attika) 해안: 그리스 반도 남단에 있는 해안이다.

리바디아에서 바라본 크림반도 전경 (엔. 체르네초프, 1873)

먼 곳에 보이는 바위산은 이미 바다로 다가섰다. 이 바위산은 위대한 원시적 조망을 보충한다. 이 바위산 정상에는 마치 배 위에 있는 것과 같이 밧줄로 지탱되는 돛대가 설치되어 있다. 공작이 여기에 머물 때는 이 돛대 위에 그의 깃발이 휘날린다. 바위산들 위에 있는 십자가들과 돛대들과 기둥들이 크림의 가장 그림 같은 곳의 그림 같은 풍경을 더욱 멋지게 해준다.

오레안다의 숲과 정원을 걸으면 큰 위안과 만족을 얻을 수 있다. 특히 현수교가 매달려 있고, 봄철에 철철 흘러내리는 물소리와 물보라로 거의 검정색으로 어두워지는 골짜기 위로 떨어지는 오레안다의 폭포를 보면 더욱 그렇다.

리바디아는 알룹카, 오레안다와 남부해안의 다른 유명한 장소들과 완전히 다른 특성을 가지고 있다. 리바디아가 위치한 곳은 남부해안의 다른 곳과 비교하여 더 아름답다거나 고유의 풍취를 가지고 있다고 말할 수 없다. 길에서부터 경사진 바위산을 따라 숲과 정원, 차르의 별장들이 지면에 붙어 있다. 리바디아는 그리스어로 초원, 평원을 뜻하고 소러시아어로는 작은 삼림이나 방목장을 뜻하는 레바다(левада)이다.

리바디아가 가진 자산은 바위산이나 낭떠러지가 아니라, 짙은 녹음을 뽐내는 풀과 나무, 넓게 펼쳐진 포도밭이다. 리바디아의 멋진 신작로로 나가는 출구에 차르의 황금독수리 문양을 한 멋진 기둥들을 보지 않았다면, 당신 바로 앞에 차르의 별궁들이 있다는 생각을 하지 못할 것이다. 리바디아에서는 밝은 색상의 신체 벽화가 있는, 스위스풍인지 이탈리아풍인지 알 듯 말 듯한 수많은 작은 목조 주택들이 가장 예쁜 목가적 건축물이다. 포도와 등나무가 휘감은 작은 주택들은 신선한 내음을 풍기는 농장들이 펼쳐진 밭이랑, 온실, 포도밭과 농부 마당 사이에 여기저기 흩어져 있다. 도처에서 농사를 짓는 농부들과 집에서 기르는 가축들, 농기구, 일하는 소리와 움직임을 볼 수 있다.

하나는 황비 별궁, 다른 하나는 후계자 별궁인 리바디아의 두 궁전도 왠지 공중누각 같고, 완전히 남부적이며 완전히 농촌적 양식을 하고 있지만, 보스포루스 해협이나 금각만[33]을 장식하고 있는 경박한 빌라 양식을 떠올리게 하는 스위스풍 양식이 아니라 모리타니아식 양식에 가깝다. 별궁 건물 밖에 붙어 있는 계단과 동양 스타일의 현관도 아주 우아하다. 나는 보는 사람마다 황비 별궁을 방문해서 특별히 화려하지는 않아도 기품 있고 우아한 장식을 감상해 보라고 권유하고 싶다.

---

33 〔역주〕 금각만(金角灣, Golden Horn): 보스포루스 해협과 이스탄불을 연결하는 수로이다.

페오도시야를 방문한 예카테리나 여제 (이반 아이바좁스키, 1883)

황비 별궁 침실의 아름다운 무늬가 있는 원형 그림은 아이바좁스키(Айвазовский)가 크림 정경을 그린 작품이다. 다른 멋진 그림들도 있는데, 카프카스 정경을 담은 화가를 알 수 없는 커다란 수채화는 특히 멋있다. 별궁에 있는 교회는 장난감처럼 아주 작지만 멋지게 장식되어 있다. 이 교회는 러시아 비잔틴 스타일의 전형이며, 유명한 화가들이 그린 금 바탕의 이 성상화들이 오래전 양식을 따라 전면 벽 전체를 거의 채우고 있다. 이 이콘들은 고대 비잔틴과 구교도들의 무미건조하고 순진한 표현 양식을 쓰고 있다. 목각 장식, 모자이크 유리, 다면체 촛불이 가득한 이 순수한 러시아풍 교회는 너무도 안락하면서도 경건한 느낌을 준다.

리바디아를 방문하는 사람은 많은 공원을 실컷 돌아다니며 열대식물과 분수, 조각상과 화원들을 감상할 수 있지만, 내가 생각하기에 가장 흥미로운 곳은 많은 방문객이 알지 못하고, 많은 사람이 방문할 생각도 하지 않는 것 같다. 우편마차 길의 오른쪽으로 야일라 쪽으로 올라간 쪽에 녹음으로 우거진 가파른 길이 위로 올라간다. 리바디아에 속한 이 길은 야일라를 덮고 있는 짙은 소나무 숲으로 이어진다. 이 높은 산 정상에 황비의 농장이 있는데, 여기서는 고가의 스위스 암소를 키운다. 차르 가족들이 가끔 이 높은 농장을 방문하여 유명한 최상품의 우유와 치즈를 맛볼 수 있게 하기 위해 야일라의 경사면 쪽, 나무가 무성한 숲속에 멋진 신작로를 만들었다.

이 길은 최고의 공학기술로 만들어져서, 당신이 마차를 달릴 때 산속 길을 가는 것이 아니라 매끈한 평원을 가듯 편하게 올라가는 느낌을 받는다. 길에는 꺾이는 지점이 여러 곳 있는데, 각 굴곡점마다 아주 멋진 정경이 펼쳐진다. 필요한 곳마다 경관을 가로막는 나무들은 모두 벌목해 버렸다. 길이 구석을 꺾어져 돌아가는 곳은 가능한 전경이 파노라마처럼 멋지게 펼치지는 쪽으로 돌아가도록 만들어졌다. 앞쪽으로는 다양한 지형에서 온갖 형태의 모양을 뽐내는 거대한 소나무 몸통들을 볼 수 있다. 신작로가 생기기 전까지는 벌목공의 손길이 닿지 않은 이곳의 진정한 처녀림이 당신을 가까이 둘러싼다. 한 걸음 뗄 때마다 낭떠러지와 절벽, 아래로 향한 넓은 경사면이 펼쳐지고, 머리 위에도 소나무 숲이고, 발아래도 소나무 숲이다.

끝없이 펼쳐지는 푸른 숲의 경계 너머 갑자기 푸른 만에 꼭 달라붙은, 온갖 물감으로 천연색으로 칠한 것 같은 생동감 있는 알타(Ялта)가 나타난다. 온통 녹색으로 덮인 산악 초원과 제비꽃과 여러 꽃으로 뒤덮인 평원을 가다 보면 이곳이 바다와 면해 있고, 절벽과 도시들과 궁전들이 있다는 사실을 까마득히 잊을 수 있다.

마차가 달리고 달리다가 갑자기 멈춰선다! 마술의 한 장면처럼 시골의 전원 풍경이 갑자기 사라지고, 낭떠러지에 매달린 듯하다가 곧 낭떠러지 바닥까지 내려오면 오레안다가 나타난다. 무개마차를 타거나 말에 올라타 야일라에서 오레안다를 거쳐 황비의 농장까지 갔다 오는 것은 다양한 풍물과 정경을 담은 남부해안의 생동감 넘치는 사진 앨범을 한 페이지, 한 페이지 넘기는 것과 같다.

멀리서 보면 얄타는 작은 나폴리 같다. 얼마나 많은 바다, 태양, 색채, 생활이 거기에 있는가. 얄타의 멋진 집들이 하나도 남김없이 반원형 만의 낮은 해안가를 둥그렇게 감싸고 있다. 지금까지 가까운 산들에 둘러싸여 있던 야일라는 일정한 거리를 두고 얄타 주변으로 물러나고 거대한 반원형극장이 그것을 감싼다.

이렇게 바위산에 둘러싸여 있는 얄타는 마치 온실처럼 따뜻하다. 얄타는 오직 남쪽, 바다와 태양을 향한 쪽이 열려 있다. 구름은 이 반원형극장의 정상에 늘 앉아 있지만, 얄타는 늘 밝고 따스하다. 얄타 맨 꼭대기에 있는 것은 사이프러스나무 숲 한가운데 서 있는 교회이다. 얄타 뒤 야일라 쪽으로는 다차와 포도밭들이 산재해 있다. 여기가 해수욕보다 크림의 신선한 공기와 자연을 즐기려고 크림에 오는 관광객들이 가장 많이 찾는 곳이다. 관광객들은 단지 물놀이를 하러 크림에 오는 것이 아니라, 크림의 신선한 공기와 자연을 즐기러 온다.

얄타는 수영하기에 좋은 장소는 아니다. 해변에는 자갈이 많고 파도도 높게 인다. 특색 없는 옙파토리야나 페오도시야가 수영하기에는 더 좋은 곳이다. 얄타에서는 다른 곳에서는 맛볼 수 없는 포도와 바다,

20세기 초 얄타 전경

산 경치, 남부해안의 태양, 산과 다차가 줄지어 있는 해안가를 따라 산책하는 것으로 치료받을 수 있다. 얄타는 다차가 줄지어 있고, 그 안에서 여행객들이 둥지를 틀 수 있는 남부해안의 유일한 도시이다. 여기에는 상점, 시장, 오데사와 카프카스로 가는 돛배, 우체국, 전신국, 클럽, 도서관, 호텔, 선술집 등 모든 것이 있다. 남부해안의 어느 곳에서도 이와 같은 것들을 찾아낼 수 없다. 얄타는 여행자들이 쓰는 돈으로 살아가고 번영하고 있다.

그러나 여행자들은 얄타를 죽이기도 한다. 여름 피서철이 되면 얄타는 사람으로 넘쳐난다. 물가는 비싸고 시설은 부족하다. 음악, 해안거리, 댄스파티가 벌어지는 저녁은 얄타를 나름 최신 유행의 '물 좋은 곳'으로 만들지만, 건강과 안식을 가져다주는 진정한 시골생활은 찾을 수 없다. 거리에는 먼지가 일고, 마당에는 악취가 나고 집안은 더러워진다. 순진한 타타르인들은 얄타에서는 벌써 문명화된 약탈자이자 사기꾼이 되었다. 사방에 건축이 진행 중이고, 여기저기 땅이 파헤쳐지고, 사방에서 크게 바가지를 씌운다.

자연 속의 생활을 원하거나, 남부 타타르의 크림을 접하고 싶은 사람은 얄타를 빨리 탈출해 남부해안의 시골을 찾아가야 한다. 비록 그곳에는 도시와 같은 편의시설이 없더라도 감내하면서. 이런 면에서 얄타 뒤쪽 야일라 산 밑에 있는 작은 농촌 마을인 아우트카(Аутка)는 괜찮은 피난처이다. 그러나 이곳도 현대적 '물'로 오염되어 있고, 어떤 때는 얄타처럼 관광객으로 넘쳐나기도 한다.

자연을 사랑하는 몇몇 여행자들이 이른바 아우트카 폭포 — 타타르인들의 그림 같은 정경 묘사에 따르면 '공중을 나는 물'이란 뜻의 '우찬수'(Учан-су)를 방문했다. 크림반도에 거주하던 그리스인들은 이 폭포를 '공중에 매달려 있는 물'이라고 불렀다. 그러나 우찬수의 진정한 크기와 진정한 아름다움을 알고 있는 여행자는 드물다. 우찬수는 산속 얼음이 녹아내리는 4월에 경치를 감상해야 하지만, 관광객들은 6월에야 크림반도에 모여든다.

그래서 여행작가들은 아우트카 폭포에 대한 묘사가 제각각 다르다. 대부분의 사람들은 이 폭포가 40~45사젠 높이에서 떨어진다고 생각하지만, 실제 폭포 길이는 최소한 이보다 3배 내지 4배 길다. 나는 스위스 오벨랜드(Oberland) 계곡에 있는 라우터브루넨(Lauterburnnen)의 유명한 슈타우바흐(Staubbach) 폭포를 잘 기억한다. 그러나 4월의 우찬수 높이는 이 폭포보다 훨씬 더 길다. 슈타우바흐 폭포는 900피트 바위에서 낙하한다. 여름에 우찬수를 본 사람은 그 길이의 5분의 1만 본 셈이다. 우리가 처음 크림반도를 손에 넣었을 때 야일라 숲은 더 무성하고 빽빽했으며, 우찬수 물줄기는 틀림없이 늘 힘찼을 것이다. 예카테리나 2세가 크림반도를 여행한 기록을 보면 우찬수 높이는 150사젠 이상, 즉 1,000피트 이상인 것으로 묘사되었다.

우찬수로 가려면 먼저 아우트카를 통과해야 하고, 다음은 야일라 산기슭을 덮고 있는 숲을 지나야 한다. 마치 거대한 바위같이 완전히 따로 서 있는 절벽 가운데 숲에는 고대 요새의 폐허가 남아 있다. 당신은 이 폐허를 마치 동화 속에서처럼 갑자기 마주친다. 남부해안에서는 이처럼 잘 보존되어 있는 요새를 보기가 힘들다. 당신은 높은 대문의 원형 아치와 좁은 총안, 수직 절벽에 간신히 서 있는 두꺼운 벽을 볼 수 있다.

고생해서 요새 정상에 올라서면 이 요새의 신비스런 운명에 대해 여러 상상을 하게 된다. 틀림없이 이 작은 요새는 그리스인들이나 제노아인들이 거주할 당시 사람이 거주하는 비옥한 계곡 전체를 방어하는 핵심 시설이었을 것이다. 이 계곡 한쪽엔 고대 얄리타(Ялита)가 있었다. 다른 한편으로는 이 요새가 데레코이(Дерекой)와 아이바실(Ай-Василь)을 통해 산기슭에서 야일라로 넘어가는 고갯길을 방어하는 역할을 했을 것이다. 내가 여러 번 설명한 대로 이런 요새의 흔적은 모든 산악통로와, 모든 큰 계곡에서 발견된다. 타타르인들은 이 유적을 '폭포의 요새'란 뜻의 '우찬수이사르'(Учан-Су-Исар)라고 과장하여 불렀다.

'이사르'를 지나가면 숲의 경관이 빼어나게 아름다워지면서 길이 심하게 휘어지며 산 정상으로 올라간다. 배의 돛대처럼 곧게 뻗은 엄청난 높이의 소나무들이 무리를 이뤄 당신을 둘러싸서 어느 방향으로 빠져나가야 할지 알 수 없게 만든다. 어느 지점에는 이 소나무들이 당신에게 다가왔다가 무섭게 가파른 절벽으로 물러나는데, 소나무들은 절벽에서도 여전히 곧고, 위풍당당하게 서 있다. 여기서 하늘은 거의 보이지 않고, 위를 쳐다보면 산 정상의 바위들과 절벽의 소나무들만 보인다. 당신은 숲으로 이루어진 바다의 바닥에 있는 셈이고, 당신 머리 위로는 수십 개의 숲의 단층이 있다. 아래를 내려다보아도 새로운 숲의 단층들과 엄청난 숫자의 거대한 소나무들이 있다.

고요하면서 무서운 회색과 푸른색 그늘이 펼쳐진다. 온갖 색깔의 크림반도의 아름다운 앵초들[34]은 비옥한 토양을 화려한 색상의 양탄자로 만든다. 다른 어느 곳에서도 이렇게 풍성한 화려함을 가진 광경을 찾을 수 없다. 당신이 야일라로 접근하면 숨을 막히게 하는 숲의 평원이 그 절정에 이른다. 붉은 소나무 기둥들은 더욱 거대하고 위풍당당해진다. 짙푸른 배경을 만드는 뚜렷한 윤곽을 가진 소나무 기둥들 사이로 모든 하늘과 지평선을 가로막는 무성하게 자란 야일라 숲의 벽이 당신을 바라본다.

처녀 숲의 고요함 속에서 당신은 천둥이 구르는 듯한 무서운 폭포 소리를 듣는다. 당신은 마치 숲의 평원을 비밀스럽게 지배하는 무섭고 거대한 야수에게 다가가는 듯한 느낌을 받는다. 멀리서부터 폭포에서 떨어지는 물소리가 당신의 귀를 가득 채우고 당신의 모든 주의를 사로잡는다. 가까이 가면 이 소리는 끊이지 않는 포효 소리로 바뀐다. 숲과 사방이 울린다.

---

34 〔역주〕 산과 들의 물가나 풀밭 습지에서 자라는 여러해살이풀로 봄에 처음으로 꽃을 피운다.

마침내 소나무의 마지막 열이 물러나고, 당신은 절벽 위에 서 있게 된다. 바위 절벽이 둘러진 하늘 바로 아래의 눈으로 가늠할 수 없는 높은 곳에서 맹렬한 기세로 어마어마한 양의 물이 바로 당신 머리 위로 떨어진다. 태양빛에 이제 막 녹은 야일라산 정상의 눈이 거품이 가득 찬 검은 폭풍우처럼 쏟아진다. 가장 무거운 가슴으로 거대한 바위 암벽에서 이 물들은 한 도랑으로 다음에는 다음 도랑을 타고 휘몰아쳐 내려오다가 마침내 하나의 거대한 줄기가 되어 당신이 지금 서 있는 낭떠러지로 떨어져 내린다.

그것들이 얼마나 맹렬하게 화가 치밀어 끓어오르며 덩실거리고, 돌에 옭매인 채 그 돌을 물어뜯고 흔들다가 빠져나가서 서로 위로 울고 철썩거리면서 숲에 심연을 넘어서 바다 쪽으로 날아 내린다는 것을 당신은 볼 수 있다. 나는 스위스의 유명한 폭포를 본 적이 있다. 그것들은 벌써 오래전에 문명화된 폭포들이다. 모든 폭포는 길이 잘 놓아져 있고, 폭포 옆 전망대에는 벤치, 다리, 정자가 잘 만들어져 있고, 폭포 옆에서 레몬에이드를 마음껏 마실 수 있고, 폭포 이름이 있는 나무로 만든 작은 장식품이나 사진을 살 수 있다.

우찬수는 '원시인 폭포', '은둔자 폭포'이기 때문에 스위스 폭포보다 훨씬 더 흥미롭고 독특하다. 폭포까지 간신히 말을 타고 다가갈 수 있고 폭포 위를 건너가기는 기스바흐(Giessbach)와 라이헨바흐(Reichenbach) 폭포를 다리로 건너가는 것처럼 쉬운 일이 아니다. 나는 늘 기억속에 남아 있는 한 장면을 떠올리지 않을 수 없다. 한 친구에게 우찬수까지 가는 길을 안내해 준 적이 있다. 우리는 얄타에서 꽤 늦게 출발해서 숲속에서 저녁을 맞지 않으려고 말을 서둘러 몰았다. 우리가 이스라

(Исра)를 지나갔을 때 어떤 마귀가 나의 여전사에게 굴곡 많은 오솔길이 아니라 호홀들의 표현처럼 무식하게, 즉 바로 숲을 관통하도록 조종할 것을 구슬렸다. 물론 우리는 곧바로 빽빽한 숲으로 기어 들어가서 간신히 그곳을 빠져나왔다.

자신도 말도 몹시 혹사하여 피로하게 만든 채로 폭포까지 가까스로 갔는데 당연히 많이 늦었다. 우리는 폭포의 모습에 놀라서 몇 분 동안 말을 잃고 절벽 위에 앉아 있었다. 나는 동행자에게 물이 심연으로 떨어지는 그 바위 절벽에 올라가는 것이 얼마나 어려운지 이야기해 주었다. 내가 처음으로 그 등정을 해보았을 때 정말 무서웠다. 불행히도 내 동행자는 왼쪽으로 올라가는 것은 오른쪽으로 올라가는 것보다 훨씬 더 쉽다고 생각했다. 그녀와 이야기를 마치자마자 나는 위로 올라갔다. 그 일은 자동적이고 기계적으로 일어났다. 머리는 손과 발이 무슨 일을 하는지 생각하지 못했다.

조금씩 기어 올라갈수록 비탈은 더 가팔라져서 올라갈 수가 없게 되었다. 비 온 후에 흙은 돌로 된 절벽 경사면으로 흘러 내려오고, 손과 발이 잡거나 의지할 것이 아무것도 없다. 손으로 잡을 만한 관목과 나무들이 몇 개 없어서 한 장소에서 다른 곳으로 기어가는 것은 엄청 힘들다. 정신 나간 돌진은 불가능하다는 생각이 너무 늦게 들었다. 흥분해서 낭비한 힘이 바닥났고, 정신 나간 용감성도 연기처럼 사라지자 내가 절망적 상황에 처했다는 생각이 들면서 간담이 서늘해졌다. 나는 힘이 빠진 손가락으로 거의 수직인 경사면의 천천히 움직이는 흙을 붙잡고 심연 위에 매달려 전혀 움직일 수 없었다. 바로 내 아래에 폭포가 포효하고 있었고 절벽들은 폭포의 굉음과 춤에 흔들리고 있었다.

머리가 핑핑 돌았다. 어떤 이길 수 없는 힘이 나를 끓어오르는 괴물의 주둥이인 심연으로 끌고 있었다. 나를 귀를 먹먹하게 하고 정신을 멍하게 하는 소용돌이에서 벗어날 수만 있다면 무엇이라도 주었을 것이다. 아래서 마치 나를 기다리는 듯한 그 소용돌이는 으르렁거리며 나를 향해 뛰어오르고 있었다. 희망을 잃은 당황하는 시선으로 나는 내 주위를 빙 둘러선 절벽들을 바라보았다. 여기서 떨어지면 바로 소용돌이 속으로 들어갈 것이 분명했다. 문제는 얼마나 빨리 그렇게 될 것인가였다. 경련을 하며 흙을 찌르듯 박혀 있는 내 손가락들이 내 몸무게를 얼마나 더 지탱할 수 있을 것인가. 이대로 있다가는 곧 죽을 게 확실하다는 생각이 내 신경을 자극했다.

나는 거의 초인적인 힘을 내서 눈에 보이는 첫 번째 나무까지 기어갔다. 흙이 흘러내리고 손은 미끄러지며 무릎은 계속 헛디뎠다. 그러나 나는 죽고 싶지 않았다. 어떤 절망적 분노와 스스로를 살려야겠다는 광포가 치밀어 오르자, 나는 본능적으로 아래에서 포효하는 괴물로부터 벗어나기 위해 한 나무에서 다른 나무로 뛰어오르며 점점 높게, 계속 왼쪽으로 기어 올라갔다. 나의 몸을 위로 잡아당기는 힘은 이미 내 힘이 아니고, 15살 소녀를 삼손으로 변하게 만드는 히스테리성 힘이다. 나는 결국 아주 높은 곳에 있는 빽빽한 숲으로 기어 올라가는 데 성공했다.

그곳에서는 더 이상 폭포가 보이지 않았고 폭포 소리만 멀리서 들렸다. 옆쪽으로 좀더 완만하고 바위가 덜 있는 경사면이 보였다. 나는 몸을 던져 빽빽이 자리 잡은 어린 소나무를 손으로 휙휙 잡으며 아래로 뛰어 내려갔다. 뛰어 내려간 것이 아니라 굴러 내려갔다. 살아났다는 감동과 죽었다가 부활했다는 기쁜 전율로 내 심장이 뛰었다. 손과 발은 심한 열이 난 것처럼 떨렸고, 옷은 성한 데 없이 찢어지고, 터지고 흙으로 더럽혀졌다. 나는 힘겹게 구르듯이 아래로 내려와서 물소리만 듣고 폭포로 다시 돌아갈 수 있었다. 내 동행자를 공포와 초조 속에 방치하고 갔다는 생각이 나를 괴롭혔다.

내가 폭포 아래 웅덩이 가장자리에 뛰어 도달했을 때 그곳에는 아무도 없었다. 마치 젊은 여자들이 절망해서 소용돌이에 뛰어든다는 감상소설의 마지막 장처럼 바위 위에는 방치된 빨간색 체크무늬 담요만 놓여 있었다. 나는 소리 질러 동반자를 불렀지만 아무 대답도 없었다. 나는 혹시나 아래에 무슨 흔적이라도 있을까, 나의 아마조네스가 나를 놀리려고 몸을 숨긴 것은 아닐까 하면서 폭포 아래 바위로 내려갔지만 아무도 없었다. 내가 완전히 넋을 잃고 서서 이 이상한 수수께끼를 알아맞히려고 노력할 때 갑자기 약하고 떨리는 여자의 목소리가 들려왔다. 위를 바라본 나는 공포에 망연자실했다. 내가 간신히 벗어난 바로 그 절벽에 외딴 작은 관목을 붙잡고 내 동행자가 매달려 있었다. 그녀의 얼굴은 분필처럼 하얗게 겁에 질려 있었다. 그녀는 입술을 간신히 열고 나에게 뭔가를 말하고 있었다.

그녀는 내가 보지 못하는 사이 나를 따라 절벽을 기어오른 것이었다. 그녀는 절벽에 오르자마자 힘이 다 소진되었고, 내가 위로 기어오르고 아래로 뛰어내리는 동안 계속 심연 위에 매달려 있었다. 그녀는 나를 부르고 있었지만, 폭포 소리 때문에 나는 그녀의 목소리를 듣지 못한 것이었다. 내가 높은 곳으로 사라졌을 때 그녀는 일말의 구원의 희망도 없이 절벽에 혼자 매달려 있었다. 해가 지고 숲이 어두워지고 그녀의 발아래 폭포가 끓어오르는데 내 모습은 간 데가 없었다. 그녀는 순간순간 죽음을 기다리면서 한 시간 이상을 그렇게 매달려 있었다. 그녀는 남자에게 도움을 부탁한 적이 없는 용감한 여자였다. 그러나 이번에는 나에게 도와달라고 외쳤고, 자신이 도움이 필요한 상황에 처했다는 것을 괴로워했다.

나는 가슴이 철렁 내려앉았다. 나는 힘이 넘칠 때 혼자 간신히 이 절벽을 올라갈 수 있었다. 내가 어떻게 그녀를 도와줄 수 있을 것인가? 따로따로가 아니고 둘이 같이 심연으로 떨어지는 것이 돕는 것인가? 그러나 이 생각 저 생각 할 틈이 없었다. 여자가 처한 위험을 보자 남자의 가슴은 이타적이고 용감한 느낌으로 바로 가득 찼다. 나는 땅에 내려온 큰 소나무 나뭇가지를 잡고 절벽을 기어 올라가기 시작했다. 우리는 어찌어찌한 방법으로 아래로 내려오는 데 성공했다. 정말 다행이었지만, 나는 아무것도 생각나지 않았다. 내 머리는 멍했다. 그러나 직전에 느꼈던 공포는 흔적도 없이 사라졌다.

갑자기 말 생각이 났는데 내 말이 사라졌다. 또다시 낭패를 맞았다. 이렇게 되면 8베르스타 이상을 걸어서 가야 한다. 그런데 숲은 벌써 어두웠고 4월의 습기가 우리 몸을 파고들기 시작했다. 다행히 4분의 1베르스타를 지난 지점의 숲에서 말을 찾았다. 우리는 개천에서 생채기 난 손을 씻고 얼음같이 차가운 물로 흥분한 머리를 식히고 말을 몰았다. 숲에서 벗어나서 더 이상 위험은 없고, 앞으로 우리를 기다리는 것은 물이 끓어오르는 소용돌이가 아니고 따뜻하고 밝은 방에서 하는 따뜻한 이야기인 것을 의식하면서, 차가운 달빛 아래 돌이 많은 길을 질주하는 것이 즐거웠다.

나는 이미 아이토도르가 띠와 같은 남부해안을 두 지역으로 가른다고 말한 바가 있다. 한 지역은 포로스에서 아이토도르까지의 남부해안이고, 다른 한 지역은 아이토도르에서 알루슈타까지의 남동쪽 해안이다. 남동 해안은 바위가 많은 곶을 형성하며 더 작은 지역으로 갈라진다. 계속 이어지는 반원형 곶들은 육지 쪽으로 움푹 파고 들어간다. 성 요한 곶 너머 얄타만은 마산드라(Массандра)의 작은 만으로 넘어 들어가고,[35] 마가라치(Магарач) 작은 만으로 들어간 다음 최종적으로 니키타(Никита) 곶에서 끝이 난다.

그 너머에는 구르주프(Гурзуф) 만을 형성하는 새로운 작은 만들이 이어진다. 구르주프만에 한쪽이 막힌 '곰의 산'이라는 뜻의 아유다그가 남부해안에서 가장 긴 길이로 바다 쪽으로 돌출되어 있다. 그 너머로 해안선이 북쪽으로 날카롭게 꺾여 올라가고, 그래서 알루슈타까지 해안이 똑바로 동쪽을 향하고 있다. 아유다그에서 알루슈타까지의 지역은 얄타 주변에 비해 덜 화려하고, 인구밀도도 낮다. 그럼에도 불구하고 이 넓은 지역은 활발한 생활의 흔적을 보여 준다. 타타르인들이 이름을 바꾸었음에도 불구하고, 고대로부터 여태까지 이름을 보존하고 있는 수많은 지명들, 다양한 종류의 수많은 기념비들, 역사에 대한 많은 증거들은 남부해안이 역사의 여명기부터 사람들을 불러 모은 안락한 장소 중 하나였다는 것을 증명해 준다.

남부해안의 주요 명소를 방문한 여행객들은 여행 후에도 얄타만 너

---

35 〔역주〕 곶(串, мыс)은 바다로 뻗어 나온 육지를 말하고, 만(灣, залив)은 바다가 육지 속으로 깊이 들어온 지형을 말한다.

며 인적이 드문 고지대를 돌아다니며 큰 만족을 얻는다. 이곳은 크림 최고의 와인이 생산된다. 여기에 마산드라와 아이다닐(Ай-Даниль)의 드넓은 보론초프 포도밭이 펼쳐져 있고, 마가라치의 모범적 포도시험장이 있으며, 그 안에는 국영 포도학교가 자리 잡고 있다. 여기 유명한 구르주프산 스페인 와인전용 포도밭과 다른 유명한 포도밭들이 있다. 얄타와 이웃한 마산드라 저지대에는 화려한 농촌 설비와 과수원, 삼림과 지하 와인저장고와 농장들이 있다.

그러나 자연을 즐기기 위해서 당신은 위쪽으로 올라가 산악 마산드라나 고지대 마산드라로 올라가는 것이 좋다. 그곳에서는 멋진 꽃들이 양탄자처럼 깔리고, 푸른 숲에서 수영하는 듯하고, 시원한 산악 계곡물이 흐르는 보론초프 공작의 멋진 여름별장을 볼 수 있다. 이 집주인은 알룹카의 7월 찌는 듯한 열대 더위로부터 피난 와서 야일라 절벽 아래서 피서를 즐긴다. 거기에는 놀라울 정도로 장대하고 놀라울 정도로 오래된 호두나무를 사방에 두른 교회를 볼 수 있다. 그 아래로는 많은 계곡을 적시는 성스러운 샘물이 흘러나온다. 넓은 마산드라 숲 사이로는 경치가 뛰어나지만 원시적 야생을 간직한 길이 나 있고, 믿을 만한 타타르 말을 타고 그 길을 지나가면 멋진 절벽, 폭포, 산사태 난 곳, 낭떠러지 경치를 감상할 수 있다. 이곳은 야일라 바위산의 가장 멋지면서도 가장 덜 알려진 산길이다.

마산드라 바로 옆에 있는 마가라치에는 국영 와인학교와 뛰어난 맛의 와인을 보관하는 와인저장고가 있다. 현장에서 마가라치산 와인을 시음해 보지 않은 사람은 크림 와인이 얼마나 훌륭한지 제대로 상상할 수 없다. 나는 운 좋게 바다에 바로 면한 마가라치 숲의 그늘 속에서 한여름을 보내며 이 와인저장고의 와인을 제대로 마셔 보았다. 여기서는 와인을 양동이로 팔지 않고, 병으로만 팔기 때문에 값싼 와인은 없다. 현장에서는 적포도주 한 병에 60코페이카부터, 백포도주 한 병에는 50코페이카부터 살 수 있다. 식탁용 포도주로 따지면 크림 와인은 프랑스 와인의 적수가 될 수 없다.

마가리치 와인이 유명해진 것은 도수가 높은 달콤한 알콜성 와인 덕분이다. 이 와인은 버터와 같이 짙고, 설탕과 같이 달콤한 맛과 특별히 향기로운 수분 덕분에 세계 와인박람회에서 금메달을 따오곤 한다. 오래된 마가라치 와인은 다른 와인과 비교할 수 없으며 러시아 수도의 와인저장고에서는 황당무계하게 비싸게 팔 수 있다. 다양한 종류의 무스카트, 루넬리, 특히 다른 것보다 뛰어난 피노그리 와인은 맛이 좋다. 10년 된 피노그리는 3루블[36]에 팔리는데, 당신 나이보다 더 오래된 와인은 거의 살 수 없다. 우리가 설명 듣기로 이 와인의 달콤한 맛과 향, 걸쭉함은 마가라치 와인공장에서 사용하는 특별한 제조법 덕분이라고 한다. 여기서는 자라나는 포도송이 줄기를 가볍게 꼰 다음 포도넝쿨이 태양빛 아래 쪼그라들게 만든다고 한다. 그렇게 하면 수분즙이 덜 나오지만, 포도 품질이 월등해진다.

마가라치에는 별장들이 점처럼 여기저기 자리 잡고 있지만, 거기까지 도달하기는 쉽지 않다. 마차로는 길이 없어지는 절벽 근처까지 갈

---

36 〔역주〕 당시 1870년대 루블을 현재 가치로 정확히 추산하는 것은 어렵지만, 러시아 혁명 전에 1루블은 2012년 가치로 환산하면의 548루블에 해당한다고 밝힌 자료가 있다(출처: https://polit-ec.livejournal.com/5285.html). 2012년은 이른바 '우크라이나 사태' 발생 이전으로 '1달러 = 32루블' 정도의 환율을 유지했다.

수 없고, 그 길은 그늘지고 쾌적한 바실사라이(Василь-Сарай) 공원 옆을 지나 니키타 식물원까지 직선으로 이어진다. 여기에는 국립 과수원 학교가 있고, 황실식물원에서는 종자, 식물, 묘목을 살 수 있다. 이 식물원은 이런 목적으로 1812년에 만들어졌다. 식물원은 아주 경치 좋은 명소가 되었고, 당신은 식물원 안에서 남부지역에서 자라는 모든 나무들을 발견할 수 있다. 공원은 경관이 뛰어나게 만들어졌는데, 특히 크림지역에서 발견하기 힘든 침엽수종이 많이 있는 곳이 그렇다.

아이다닐 역참에서는 구르주프 푼드클레이37의 소유지를 꼭 방문해야 한다. 이곳은 당신이 한 번 보면 절대 잊지 못할 정도로 그림같이 경관이 뛰어나고, 가장 독특한 장소 중 하나다. 당신이 보름달이 뜬 날 구르주프 공원을 통과하면 사이프러스의 검은 줄기로 덮인 길고 휘어지는 회랑 같은 길에 큰 감명을 받을 것이다. 높이 매달린 테라스를 가진 화려한 귀족적 정원으로부터 바닷가 민둥바위 위에 붙어 있는 오래된 구르주프 타타르 마을이 당신 손바닥 위에 놓인 것처럼 펼쳐진다. 오랜 시간 풍화된 원추형 절벽이 바다 파도 위에 바로 튀어나와 있고, 이것이 지저분하고 밀집되고 다양한 색조로 넘치는 전형적인 타타르인 마을 위에 있다.

당신이 화가라면 이 풍경에서 화필을 떼어내지 못할 것이다. 절벽 꼭대기에는 반쯤 허물어진 성이 아직 매달려 있고, 거기로부터 사람이 접

37 〔역주〕 이반 푼드클레이(Иван Иванович Фундуклей, 1804~1880) : 키예프 주지사를 역임한 역사가 겸 고고학자이다.

근하기 힘든 경사면에 성벽과 성탑, 계단 잔해들이 이어져 내려온다. 이곳은 어류자원이 풍부하고 배들의 훌륭한 선착장이던 구르주프만과 아르텍(Артек)으로의 접근로를 방어하던 그리스인과 제노아인들의 식민지였던 유서 깊은 고르주비타(Горзувита)이다. 타타르인들의 풍습과 생활을 연구하기 위해서는 이 바위투성이 마을의 뒷골목을 실컷 오르락내리락해야 하고, 고르주비타성까지 올라가야 한다. 당신이 흘린 땀은 절벽 정상에서 갑자기 당신 앞에 숲이 무성한 야일라, 식물원, 구르주프 마을, 하얀 돛단배들이 작은 나비들처럼 점점이 떠 있는 푸른 바다가 펼쳐지는 정말 숨 막히는 경치로 보상받는다.

구르주프 바위들과 아유다그 사이에는 늘 깜깜한 숲의 그늘에 가려져 있고, 아유다그의 바위가 물에 비치는 가장 조용하고 쾌적한 작은 만이 있다. 어쩌다 있는 사람 사는 마을들도 사막 같은 고요함에 싸여 있다. 접근이 불가능한 회색빛 '곰의 산'의 거대한 융기가 이 마을들을 다른 세상으로부터 격리시키고, 거대한 바위덩어리들이 이 마을들에 그림자를 드리우고 있다. 바위 곶의 잔재인 것이 분명한, 파도와 바람에 멋지게 풍화된 바위 몇 개는 작은 섬들처럼 바다로 나와 있다. 그 주변에는 어부 몇 명이 밀집해서 집을 짓고 살고 있고, 그 바위 절벽 위에는 바닷새들이 떼 지어 모여 산다.

이 그림 같은 바위섬들은 알타 방향에서 바다를 거쳐 아유다그로 오는 모든 사람들에게 강렬한 기억을 남긴다. 우리가 마가라치 황야에서 구르주프 정원으로 폭이 넓은 나룻배를 타고 갈 때, 나직하게 파도가 치고 고요한 노랫소리가 들리는 가운데 행복한 생각에 잠기면서 보름달이 떠 있는 베네치아의 밤이 떠올랐다. 마치 흔들리는 요람에 있는 것처럼 우리는 파도에 의해 부드럽게 흔들리며 자장가를 들었다. 우리 옆으로 얄타의 아침 장으로 향하는 돛을 부풀린 돛단배가 소리 없이 미끄러져 지나갔고, 우리를 멀리까지 따라온 검은 곶들과 작은 만들이 하나하나 사라졌다.

어린아이의 머리는 내 무릎 위에 아마색 곱슬머리를 풀어놓고 교교하게 달빛이 비추는 아래서 달콤한 잠에 빠졌고, 자장가를 부르는 여인의 목소리는 사방이 벽으로 막힌 방에서 피아노 소리에 맞춰서는 낼 수 없었을 것 같은 소리를 내며 먼 바다까지 퍼져나갔다. 작은 돛단배들이 그림같이 구르주프만의 바위 그림자에 흔들리고, 졸음이 오는 어부가 물결이 흔들리는 활어조에서 첨벙 소리를 내며 은빛 숭어를 우리에게 꺼내 주기 시작하자, 바다 갈매기들은 귀를 먹게 하는 소동을 일으키며 한적한 절벽 위에서 날개를 펄럭였다. 우리는 마법의 동화에서처럼 마법과 같은 정원을 산책했다. 우리 위로 검은 사이프러스가 떨어졌고, 사이프러스는 키가 큰 살아 있는 거인 같아 보였다.

무화과나무와 호두나무가 울창한 바닷가 바위들 틈에 숨겨져서 바로 바다를 면하고 있는 크림 기레이(Крым-Гирей) 술탄의 별장을 지나서 포템킨 공작부인이 소유했던 아르텍으로 올라갔다. 여기는 이미 아유다그의 완전한 왕국이다. 아르텍은 아유다그 산기슭에 위치해 있어서 아르텍에서는 늘 그늘을 즐길 수 있다. 아르텍의 가장 좋은 장소는 산 위에 있다. 거기에는 남쪽 해안을 바라보는 우아하고 작은 정교회 성당도 있다. 작은 성당은 포도밭의 정자를 닮았다. 성당의 작은 승방들은 멋진 작은 다차를 닮았다. 여기에 스바토고레(Святогорье)에서 온 수도사제가 머무르고 있고, 그는 신자도 없이 매일 오전예배를 드리고 이 천국 같은 암자에서 수도생활을 했다.

아무에게도 곱사등 같이 솟아오른 아유다그 바위산을 오르라고 권하고 싶지 않다. 거기에는 길도 나 있지 않고 거대한 낭떠러지가 있으며, 길을 잃기 쉽고, 뭔가 특별한 경치도 없기 때문에 그 위를 방황할 가치가 없다. 나는 그 산 정상에 남아 있을지도 모르는 고대 유적을 찾기 위해 아는 교수와 함께 별 생각 없이 안내자 없이 그곳에 갔다가 길을 잃을 뻔했다. 말을 타고 산 위로 올라가는 것은 애초에 불가능했고, 말의 고삐를 잡고 끌고 가기도 힘들었다. 그 대신 우리는 아유다그에서 바다로 떨어지는 낭떠러지들을 잘 관찰하고 수를 일일이 셀 수 있었다. 마치 괴물의 앞발톱처럼 바다로 뻗은 좁고 높은 곶들 사이로 작은 바위섬들과 숲으로 가려진 후미진 곳들과 눈에 보이지 않는 작은 만들이 있다. 밀수꾼들과 해적들의 은신처로서 이곳보다 더 좋은 곳을 찾기는 불가능할 듯하다.

아유다그는 한쪽으로 아르텍, 다른 쪽으로는 파르테니트 라옙스키[38]에 밀착되어 있다. 저편에 산이 있고, 이곳에는 낮은 둥그런 만과 멋있는 해수욕장, 훌륭한 부두가 있다. 계곡물이 계속 흘러내리고 온갖 식물들이 자라는 이곳은 개방되어 있고 쾌적하다. 파르테니트는 아주 오래된 고대부터 사람이 거주하던 곳이다. 일부 학자들은 연극 〈이피게네이아와 오레스테이아〉[39]의 소재가 된 타브르족[40]의 처

---

38 〔역주〕 파르테니트 라옙스키(Партенит Раевский) : '라옙스키 공작의 파르테니트'라는 뜻이다.

녀신 신전은 파르테눔곶에 있는 게오르기 성당이 아니라 현재의 파르테니트와 아유다그 근처에 있었다고 추정한다.

얼마 전에 이루어진 고고학적 발굴은 파르테니트의 역사가 얼마나 오래되었는지 강하게 증명했다. 파르테니트에서는 크림반도에서 발견되는 것보다 훨씬 크기가 크고 오래된 호두나무가 발견되었다. 지금도 타타르인들이 저녁이면 휴식을 취하고 자신들의 일상사를 논의하러 모이는 분수 주위에 있는 호두나무가 그 호두나무인지도 모르겠다.

나는 힘들게 말을 탄 다음에 파르테니트의 호두나무 그늘 아래서 휴식을 취하고 아유다그의 그늘에서 수영을 한 적이 여러 번 있다. 나는 다른 여행객들도 내가 한 것처럼 해보라고 권하고 싶다. 땅주인이 소유한 마당을 돌아가지 말고, 친절한 이슬람교도 아무에게나 허락을 받아, 가장 먼저 눈에 보이는 바위 위에 있는 호두나무 정원에 자리를 잡는 것이 상책이다. 푸른 풀이 양탄자처럼 펼쳐진 잔디밭에 녹색의 나무 천막 아래서 타타르인은 당신에게 샤슬릭과 과일을 대접할 것이고, 당신은 원하는 만큼 게으름을 피우며 누워서 휴식을 취할 수 있다.

당신이 파르테니트를 떠나 알루슈타로 올라가는 길에 있는 카라산

---

39 〔역주〕 연극 〈이피게네이아(Iphigenia)와 오레스테이아(Oresteia)〉: 그리스 신화에서 이피게네이아는 아가멤논 왕과 클리템네스트라(Clytemnestra) 사이에 태어난 공주다. 〈이피게네이아와 오레스테이아〉는 아제스킬루스(Aeschylus)가 쓴 3부작 비극의 하나로 기원전 458년에 열린 디오니시아 축제에서 대상을 받았다. 복수와 정의를 주제로 한 이 비극에서 아가멤논은 클리템네스트라에 의해 죽임을 당하고, 그녀는 오레스테스(Orestes)에 의해 죽임을 당한다.

40 〔역주〕 타브르족(Тавр): 고대시대 크림반도에 거주하던 민족이다. 우크라이나 남부지방과 크림반도를 뜻하는 '타브리아'라는 지명은 타브르족의 땅을 의미한다.

(Карасан)과 쿠추크람바트(Кучук-ламбат)에서 마지막으로 만나는 마을들과 정원들, 다차들은 주의를 기울여 살펴볼 필요가 있다. 카라산 정원의 화려한 나무와 꽃들을 감상한 후 바다로 방향을 돌려 고대 그리스인들의 '작은 등대'라는 의미를 가진 쿠추크람바트 바위로 가 보라. 불에 타버린 듯한 민둥머리 절벽은 깊은 만을 바다로부터 절단하고 주변 모두를 그림 같은 경관으로 만든다. 만 위에 돌출한 높은 절벽 꼭대기에는 작은 예배당이 돌출해 있고, 조금 아래 녹음과 사이프러스나무 사이에 있는 작은 집은 정원으로 향해 나 있다. 이 꼭대기 위에는 안전하고 고요한 작은 만으로 들어오라고 배들을 손짓하여 부르는 오래된 등대가 있다.

독자들은 남부해안의 구석구석을 다 돌아보고, 다양한 아름다움에 대한 호기심을 충족시켰다면, 알룹카로 돌아오길 바란다. 당신이 휴식을 좀 취하고, 기분을 북돋는 데 시간을 쓸 수 있거나, 혼자 지내는 것을 두려워하지 않는다면 알룹카에서 시간을 보내는 게 좋다. 알룹카 대공들의 공원 안에는 당신이 방을 잡을 수만 있다면 필요한 모든 것을 얻을 수 있는 아주 깨끗하고 쾌적한 작은 호텔이 있다. 만약 호텔에 방을 잡지 못하면 시골마을로 가서 타타르인 집에 머물길 바란다. 진흙으로 된 지붕과 굴뚝을 가진 진흙으로 만든 타타르인 가옥은 그늘이 많은 호두나무와 뽕나무, 무화과 정원 안에 숨어 있기 때문에 당신은 알룹카 마을을 바로 볼 수 없다.

이 끝없이 이어지는 정원들은 아이페트리(Ай-Петри) 산기슭을 감싸고 있는 숲과 눈에 띄지 않게 합쳐진다. 다른 방향은 눈에 띄지 않게 대공들의 공원들로 넘어간다. 깊은 계곡을 이루는 산맥의 지맥들을 빽빽하게 채운 녹음과 아이페트리부터 바다까지의 공간을 무질서하게 뒤덮은 회색 돌들이 알룹카의 일반적 풍경이다. 남부해안에서 여기보다 더 물과 과실과 녹음으로 가득 찬 더 따뜻한 계곡은 없다. 여기서는 숲속에도 남쪽 과실수가 자란다.

아이페트리는 알룹카에 고유의 특성과 아름다움을 더해 준다. 아이페트리는 크림반도에서 가장 높은 산 축에 들어가지는 못하지만, 산이 밑에서 정상까지 바로 당신 앞에 서 있어서 얼마나 거대하게 보이는지 모르겠다. 이것은 산성이며, 마술적이고 구름 위에 있는 성채다. 무너진 성탑과 움푹 파인 수직 성벽들, 오랜 시간이 갉아먹은 돌기 부분이 남아 있는 이 성은 바이런의 〈만프레드〉41에 비견할 만하다.

크림반도에 아이페트리보다 더 경치가 그림 같은 산이 있는지 모르겠다. 이것은 알룹카에서 바라볼 때처럼 그리 가깝게 있지는 않다. 당신은 여리게 푸른 아이페트리의 색조를 보고 이것을 짐작할 수 있다. 이 산은 모든 것 위에 또 모든 것 뒤에 서 있기 때문에 여기서부터 하늘에 담벼락을 두르고 당신 머리 위에 거의 매달려 있다시피 한 이 산을 볼 수 있다. 알룹카의 경관은 아이페트리와 바다가 전부다. 바위들과 숲들은 아이페트리에서 달려나오기 때문에 의미가 있을 뿐이다.

알룹카성 자체는 구름에 돌기 부분을 들이미는 거대하거나 환상적 모습을 한 성은 아니고, 알룹카에 여행객이 몰려들도록 만드는 보론초프

---

41 〔역주〕 바이런의 〈만프레드〉(*Manfred*) : 1816~1817년 바이런이 유령을 소재로 쓴 희곡이다. 후에 슈만과 차이콥스키가 이 드라마를 주제로 작곡을 했다.

공작이 거주하던 실제 성이다. 그래서 성 자체는 아이페트리의 야생적·시적 양식이 반영된 놀랍고도, 독창적이고, 예술성 넘치는 예술 창작품이다. 성 자체가 광야와 이곳을 지배하는 산과 같은 접근하기 어려운 장엄함을 지니고 있다. 이 성은 부서지지 않는 무거운 조면암으로 만들어졌으며 성탑과 정교한 지붕의 돌출부, 오밀조밀하게 다듬어진 모리타니아식 굴뚝이 무성한 정원 숲 위에 솟아 있으면서, 뾰족한 첨탑이 구름 위까지 솟아 있어 뒤에 있는 산처럼 보인다. 그 뒤로 똑같이 회색을 띤 만년암이 자신이 장식하고 있는 산의 발뒤꿈치에 자리 잡고 있다.

바다 쪽에서 위를 올려다보면 알룹카의 최고 경관이 펼쳐진다. 성, 사이프러스나무들의 군집(群集), 타타르 가옥들 사이에 자리 잡은 그림 같은 이슬람 사원, 그리고 그 위에서 아테네 파르테논 신전 양식으로 이 모든 것을 지배하는 러시아정교회 성당이 아이페트리의 푸른 배경과, 아이페트리의 벽 아래서 아이페트리의 매력을 발산하여 눈에 들어올 때 가장 멋진 경관을 볼 수 있다. 그러면 바다의 파도와 화려한 귀족들의 성들과, 연못들, 분수들, 정원들, 동굴들, 이슬람 사원들과 정교회 성당들, 숲과 절벽으로부터 모든 것이 쑥쑥 자라며 하늘 아래 자리한 위풍당당한 산으로 올라가고 있다는 것이 당신 눈에 분명히 보일 것이다. 산의 하얀 정상이 남녘 푸른 하늘에 멱을 감고 있고, 말로 형용하기 힘든 신비한 아름다움도 쑥쑥 자라며 올라가고 있다는 것도 알게 될 것이다.

알룹카에는 다른 곳에서는 절대 한 번에 볼 수 없는 여러 가지 아름다운 경관의 조건이 모여 있다. 알룹카에는 황야, 무질서하게 널려진 절벽들, 억제되지 않은 강한 식물들의 힘이 혼재한다. 바다는 온몸을 던져 바위투성이의 알룹카 해안을 덮치고, 마치 굶주린 마녀처럼 알룹카 해안을 갉아먹고, 잘게 썰고, 춤을 추고, 부서지는 검은 파도 속에 울부짖고 있다.

알룹카에서 당신은 사람의 목소리도, 새들의 노랫소리도 듣지 못한다. 이 매혹적인 아름다움의 수도원에서 마치 모든 것이 사라진 듯하다. 저 아래에는 파도가 계속 밀려오고, 위로는 아이페트리성의 돌기 위로 독수리 울음소리가 들린다. 이것이 알룹카 황야의 소리이다. 그러나 여기 이 황야에 문명의 모든 경이와 이성의 승리가 있다. 예술가의 천재성이 황야를 소요시키지 않으면서 그것을 장악하고 있다. 그것은 황야의 우아한 멋과 연약한 안락을 위한 까탈스러운 요구에 봉사하도록 만들어졌다. 어두우면서 경치가 그림 같은 오솔길이 경이로움이 가득 찬 계곡을 오르내리게 만든다.

아이페트리에 던져진 수많은 바위들은 비밀스런 동굴과 사랑과 꿈의 안식처가 되었다. 명랑하게 졸졸거리는 물소리와 산악의 자유의 숨결로 숲을 채우는 산 위 샘들이 당신에게 달려나온다. 어떤 물줄기는 뒤집어진 대리석 유골 항아리로부터 흘러내려 가고, 어떤 물줄기는 이미 물줄기로 파여진 그루터기 속이나 화강암 조각으로부터 흘러내리고, 어떤 물줄기는 절벽의 홈을 타고 야생 폭포가 되어 낙하하고, 어떤 물줄기는 둥근 돌의 넓고 평평한 표면을 기어서 흘러내린다. 어떤 때는 이것이 속이 들여다보이지 않는 검은 웅덩이 바닥에 조용한 소리를 내며 흘러내리며 수령이 오래된 나무들로 덮여 우울한 기분을 주는 계곡물이 된다. 어떤 때는 화강암 계단을 달려 내려가며 산 위 모든 정원들과 바다까지 적시는 강한 물줄기가 되기도 한다.

이 모든 것이 자연스럽게 스스로 만들어진 것 같기도 하지만, 모든 것이 정교하게 구상되고 설계된 것이다. 이것을 만든 예술가는 돌멩이 하나, 시냇물 하나도 구상에서 빠뜨리지 않았다. 모든 것이 그의 계획안에 들어왔고, 모든 세세한 부분이 그가 만든 전체 그림에서 각자의 역할을 했다. 부자연스럽거나, 인위적이거나, 억지로 만든 것은 하나도 없다. 예술가는 이 정원을 만들 때 자연을 깊이 인식했고, 자연은 예술가의 깊은 의도대로 스스로의 생동감과 특색을 모두 간직한 채 스스로의 모습대로 남아 있다.

저기 둥근 식탁에는 검은 사이프러스나무들이 성상화 앞에 상복을 입고 선 신자들처럼 군집을 이루고 기둥처럼 서 있다. 이 나무들은 여기보다 더 알맞고 좋은 장소를 찾을 수 없어서 여기 서있는 것이다. 아래쪽 바다 쪽으로 내려가 깊게 들어간 고요한 녹색 산기슭으로 가보라. 이것은 열린 입으로 남쪽 바다의 온기와 습기를 들이마시는 자연이 만든 온실이다. 이 녹색 온실에는 어린 서양 협죽도 숲이 자리 잡고 있다. 결혼식에 쓰이는 장밋빛 꽃머리들이 녹음을 바탕으로 밝고 유쾌하고 선명하게 보인다. 이에 못지않게 안락한 다른 장소에는 목련 숲이 있다. 알룹카의 목련은 거대한 크기로 자란다. 우아한 하얀 목련 꽃봉오리는 마치 빅토리아 아마조니카42 수생 장미처럼 가지 위에 누워 있다. 풍성함과 크기에서 목련꽃과 견줄 만한 꽃은 없다. 빽빽하게 핀 월계수 꽃, 홍가시나무, 월계수버찌가 회랑을 만든다. 이 상록의 숲은 한겨울

---

42 〔역주〕 빅토리아 아마조니카(Victoria amazonica) : 세계에서 가장 큰 연꽃이다.

에도 알룹카에 즐거운 봄의 풍경을 전달한다. 여기 마법과 같은 정원에서는 예기치 못한 다양한 정경이 끝없이 나타난다.

당신이 크림의 태양을 피할 수 있는 오래된 밤나무, 호두나무 숲을 벗어나면, 당신 눈앞에 부드러운 녹색 풀로 촘촘히 짜인 나사(羅紗)같이 땅에 달라붙은 고요한 평원이 펼쳐진다. 이 평원에 위엄 있는 기둥을 가진 아테네식 주랑(柱廊)이 멀리 떨어진 바다를 바라보고 있다. 오래된 플라타너스는 자신의 가지를 평평한 천막처럼 펼치고 있다.

주위에 갓 꽃이 피어나는 서양 협죽도가 만든 장밋빛 담장이 여기서부터 사방을 덮고 있는 숲을 가로막고 있고, 그 위로 아이페트리의 장엄한 성채가 이 모든 것 위에 높고 넓게 뻗어 나와 있다. 양각(陽刻)이 새겨진 고대의 석관(石棺), 뒤집어진 고대 쌍이병, 고대 대리석에 소리를 내고 떨어지는 분수 물줄기는 위대한 역사의 그림자와 영원한 봄날의 시를 가진 황량한 헬라스[43] 해안의 한 단편(斷片)이다. 끝없이 이어지는 정원들을 서두르지 않고 제대로 구석구석 돌아보려면 며칠이 필요하다.

서두르지 않고, 다리나 머리를 혹사하지 않으면서 바다에서부터 산책을 시작하는 것이 좋다. 눈에 잘 띄지 않는 경사면의 산책길을 따라 모든 굴곡을 거쳐 가장 낮은 정원으로부터 위로 차분히 아이페트리의 정상 부근까지 올라가는 것이 좋다. 위쪽 정원들은 더 야생적이고 덜 다듬어졌지만, 아래 정원들에 비해 훨씬 경이롭다. 그 안에는 동굴을 숨기고 있는 바위들, 절벽들, 폭포들과 조용한 작은 연못들이 특히 많다. 거기에는 온통 장미로 덮인 통로와 가운데 절벽이 나 있고, 해안을

43 〔역주〕 헬라스(Hellas) : 고대 그리스인이 자기 나라를 이르던 이름이다.

따라 땅까지 늘어진 수양버들이 있고 백조가 있는 산정호수가 있다.

만일 누군가 알룹카에서 사랑의 시간을 보내는 드문 운을 지닌 사람은 이 지상에서 사랑의 예배를 드리기에 여기보다 더 좋은 장소를 찾을 수 없다. 그는 여기서 지상의 에덴동산을 얻은 것이나 마찬가지다. 여기서 자신의 꿈과 자신의 친구와만 있을 수 있다. 신비스러운 그늘, 정원들, 원시적 동굴로 된 안식처들이 그들을 기억하며 영원히 성스럽게 남아 있을 것이다. 여기서 구름 저편 하늘의 주권 아래 끝없이 펼쳐지는 바다를 관조하면서, 남쪽 숲의 애무와 힘을 느끼면서, 힘을 북돋아 주는 산속 샘물들의 정다운 수다를 들으면, 인간의 사랑은 밀물처럼 밀려오는 이제까지 알지 못했던 힘과 매력에 고무된다.

동방의 전설이 인간으로 하여금 생의 첫 전율과 사랑의 첫 환희를 거대한 강의 물로 적셔진 신비스런 정원에서 맛보게 한 것은 다 이유가 있다. 해안 절벽 아래 이곳에 앉아 소용돌이와 밀려오는 파도 거품을 보라. 당신 눈앞에 바로 만이나, 굴곡 없이 아시아 해안으로부터 달려오는 광활한 바다를 볼 수 있다. 그것이 감싸 안는 품은 거대하다. 오른쪽으로는 아이야(Айя)가 자신의 바위로 된 코를 바다로 쑥 내밀고 있고, 왼쪽에는 등대탑이 있는 아이토도르가 자리 잡고 있어서 어마어마하게 넓은 그림틀이나 마찬가지다.

여기서는 경치가 너무 아름답고 다양해서 길이 꺾어질 때마다 좌우로 남부해안의 진정한 모습이 펼쳐진다. 산들도 바다에 뒤지지 않을 만큼 대단하다. 바위도, 정원도, 별궁들도 당신의 시야에서 이것들을 가리지 못한다. 먼 거리조차 이것들을 감출 수 없다. 이 모든 것들은 위협적으로 매달려서 아찔하게 만들어진 절벽들과 함께 바다의 심연으로부터 다 보인다. 이 웅장한 그림에는 자질구레한 것이나 인위적 표현은 없다. 여기서는 모든 것이 넓고 담대한 붓으로 그려진 것 같아 보인다.

당신이 지금 앉아 있는 절벽은 하나의 섬이다. 그 위에 요새를 하나 만들 수도 있다. 바다에 의해 갈라지고, 산에서부터 뜯어져 내려온 이런 절벽들의 퇴적 더미가 알룹카 해안을 메우고 있다. 이러한 무질서를 만들어낸 회색 괴물들은 자신들이 무질서하게 만들어 놓은 절벽들의 널빤지들 위에서 미쳐 날뛰며 나에게 거품 이는 물방울을 튀기고 있다. 악마의 춤이 벌어지는 소용돌이로부터 연이어 사격 소리가 들리고, 덩치가 큰 절벽도 맹렬한 가격에 떨고 있다. 이 파도들과 이 돌들은 장난을 치고 있는 것이 아니다.

저기 대공의 목욕탕 뒤 당신 옆에 구멍이 뚫린 돛 조각으로 간신히 비와 바람을 피하고 있는 노동자와 잠수부 협동조합이 해안의 회색 습곡에 자리 잡고 있다. 이들은 벌써 3년째[44] 게걸스럽게 배를 먹어 삼키는 소용돌이로부터 침몰한 배의 잔해를 인양하려고 노력하고 있다. 러시아 국민들은 3년간 머물 자리도 점심만 먹고 바로 떠나야 할 자리처럼 마련한다. 이들은 몸에 아무거나 걸치고 알아서 살아가고 있으며 3년째 맨발로 추위에 떨며 회색 구덩이에서 생활하고 있다.

성으로 올라가기에는 일몰 직전 저녁시간이 제일 좋다. 당신 뒤로 여기저기 흩어진 검은 사제복을 발뒤꿈치까지 걸치고, 멋진 모양을 한 어두운 원추 모양으로 말아 올라간 사이프러스를 뒤로 하고 그 너머 바다를 바라보라. 돛을 3개 단 범선들이 마치 우리의 길고 긴 러시

---

44 〔역주〕 크림전쟁이 끝나고 3년 지난 시점을 뜻한다.

아 길에 끊이지 않고 이어지는 짐마차처럼 20~30척씩 연속으로 지평선에 이어져 있다. 해안에 좀더 가까운 곳, 당신이 볼 수 있는 바다 한가운데는 가벼운 그리스식 요트가 구부러진 돛을 날개 삼아 녹청색의 좁은 초원을 가르고 있다. 이 삼각형 돛은 멀리서 보면 하얀 갈매기 같아 보인다. 바람이 이 배를 한곳으로 몰아가고, 파도가 배를 흔들 때면 더욱 그렇게 보인다.

상록의 월계수와 홍가시나무들의 거대한 나무 그늘에 깊이 가려진 거의 수평으로 난 듯한 길을 따라가다 보면 의식하지 못하는 사이 알룹카성[45]으로 올라가게 된다. 길을 따라서 장미와 담쟁이넝쿨로 덮이고 도금양나무 울타리로 테가 둘러진 화강암 테라스가 나타난다. 그늘은 빛이 뚫고 들어올 수 없다. 거의 등정을 한다고 생각하지 않고 한 테라스에서 다음 테라스로, 한 굴곡을 지나 다음 굴곡으로 넘어가다 보면 갑자기 당신은 성의 발치에 서게 된다.

그 성은 마치 높은 단 위에 있는 것처럼 몇 개의 테라스 위에 서 있다. 이 테라스들은 가장 화려한 색으로 덮인 화원과 가장 매혹적인 꽃밭들이다. 아래 화단에는 꽃들이 마치 접시 위에 있는 것처럼 가득 부어져 있고, 거대한 대리석 난간에는 알로에 꽃더미가 놓여 있는 대리석 화병이 줄지어 있다. 이것들은 숫자를 셀 수 없을 만큼 많다. 이 신비스런 꽃더미 위로 알함브라 궁전 스타일의 모리타니아식 궁전이 솟아 있다.

---

45 〔역주〕 1945년 2월 얄타회담 당시 알룹카 보론초프궁은 처칠과 영국 대표단의 숙소로 쓰였다. 루스벨트 대통령은 리바디아궁, 스탈린은 코레이즈궁에 머물렀다.

궁전에는 완만한 경사면을 가진 넓은 백악색 계단이 있다. 흰 대리석으로 만든 멋진 계단이 모든 테라스를 거쳐 성 입구까지 나 있다. 그 계단 양옆에 사자상들이 서 있다. 그 사자상들은 계단 발치에서 불길하게 깊이 잠든 모습부터 성문에서 위협적으로 으르렁거리는 모습까지 사자가 잠에서 깨어나는 모든 단계를 보여 준다.[46] 흰색 대리석으로 만든 수조들 안에는 이탈리아 카라라산 대리석으로 만든 분수들과 비범한 기법으로 만들어진 조각물들이 있고, 흰색 대리석으로 만든 거대한 벤치들, 꽃이 들어 있는 흰색 대리석 석관들, 흰색 대리석 꽃병들이 궁전의 광장과 계단 여기저기에 놓여 있다.

이 방향에서 보면 궁전은 모든 발코니마다 지붕 바로 아래까지 기어 올라간 장미넝쿨, 포도넝쿨, 다양한 종류의 담쟁이넝쿨로 수놓아진 거대한 진열장처럼 보인다. 이것이 이 궁전의 가장 특징적인 전면이다. 위 광장에서 바로 내부가 조각 장식으로 잘게 잘라진 거대한 반원형 벽이 움푹 들어간 곳으로 들어가게 된다. 이것도 역시 흰 대리석으로 만들어졌다. 천장 위로는 예쁜 모양을 한 작은 황금빛 발코니들이 둥지처럼 붙어 있고, 발코니들은 꽃으로 장식되어 있으며, 화관 같은 녹색 넝쿨에 휘감겨 있는데, 이 넝쿨들은 거기서부터 아래로 내려온다. 반원형의 현관 안쪽 거대한 문에는 황금색 중국 현판이 걸려 있다. 누각 전체가 중국식으로 만들어졌다. 중국 도자기 모양의 의자들, 중국식 긴 의자들, 중국식 탁자들이 보이고, 조각상들이 여기저

46 〔역주〕 얄타회담 당시 처칠은 보론초프궁의 사자상이 너무 마음에 들어 영국으로 가져가고 싶어 했다고 한다.

기 서 있는 수풀 전체가 열대나무들로 채워져 있다.

나는 베르사유 궁전, 쉔베르크 궁전, 페트르고프,[47] 산수시[48] 등 유럽에서 가장 아름다운 궁전들을 보았지만, 그 어디에서도 미적 완성도와 우아함, 독창성에서 알룹카궁의 현관과 같은 곳을 보지 못했다. 알룹카 말고는 그 어디에서도 건축학적 천재성과 경관의 천재성, 바다와 산, 돌과 숲, 야생의 자연과 매혹적 문명이 그렇게 멋지게 결합된 것은 보지 못했다.

알룹카성은 회색, 녹색의 독특한 섬록암(閃綠岩)으로 만들어졌다. 이것은 성을 부서지지 않는 견고한 요새처럼 만듦과 동시에 엄격한 미를 발한다. 이것은 건물이 아니라 자연의 창조물 같아 보인다. 성의 양식은 위압적인 산의 성격뿐만 아니라, 크림의 이슬람 문화에 내재한 동양적 성격도 함께 가지고 있다. 이것은 마치 아랍 칼리프들이 살던 알함브라를 떼어다 놓은 것 같다. 예술가는 그것을 보고 세세한 부분을 모방했고, 거기서부터 주요 아이디어를 얻었다.

열대식물이 열리는 그늘진 테라스, 분수대와 발코니도 화려하다. 공중에 매달려 있는 듯한 작은 발코니들, 이슬람 사원의 첨탑 같이 정교하게 만들어진 궁전의 석조 굴뚝들과 탑들, 평평한 슬레이트 지붕, 높은 곳에 매달린 발코니, 일정하지 않게 파인 지붕들, 이리저리 꺾어지는 벽들, 좁은 복도들과 작은 마당들로 연결된 수많은 구석과 방들, 갑자기 나타나는 작은 문들과 창문들, 순전한 아랍식의 둥근 탑, 이

---

47 〔역주〕 페테르고프(Петерго́ф) 궁전: 상트페테르부르크의 여름 궁전이다.

48 〔역주〕 산수시(Sansusi) 궁전: 독일 베를린 인근 포츠담의 궁전이다.

모든 것들은 가장 전형적이고 분명한 동양 양식이다. 그늘, 서늘함, 고요 — 이것이 이 건축의 중심 개념이다. 이것은 완전히 동양적이면서, 전형적인 크림의 양식을 보여 준다.

알룹카성은 2개의 궁전과 성으로부터 골목길로 궁전과 분리된 2층의 보조건물이 있는 별궁으로 구성되어 있다. 이 별궁은 그 자체가 하나의 성이다. 성문들 위에는 보론초프 공의 깃발들이 휘날린다. 성의 보조건물들을 다 구경하는 것도 힘든 일이다. 이 별궁이 성을 관리하는 역할을 했고, 여기에 많은 사람이 거주하며 가사 일을 했음에도 불구하고, 이 별궁은 예외적으로 깨끗하게 보존되었다. 역시 회색 섬록암으로 만들어진 별궁의 모든 건물들은 궁전과 마찬가지로 녹음이 벽포[49]같이 덮여 있다. 위에 있는 정원 쪽에서는 별궁의 벽이 밝은색을 발하며 매달려 있는 꽃밭 쪽을 향하고 있다.

그러나 가장 독특하고, 가장 아름다운 부분은 높이 처진 보조건물들 뒤편 담과 성 사이의 통로다. 이 통로 자체는 상당히 폭이 넓지만, 아주 높은 벽이 끊어지지 않고 통로를 감싸고 있어서 통로는 아주 좁고 깊어 보인다. 이것은 전형적인 동양의 길 모습이다. 지저분함과 악취 대신에 마치 정원처럼 깨끗하고 쾌적하다. 높은 벽들에는 단지 녹색 풀들이 높게 자란 것이 아니라, 이 풀들을 빽빽하게 부어 놓은 것 같다. 여기에는 장미, 시계꽃, 등나무, 담쟁이넝쿨, 야생 포도넝쿨, 알라파 넝쿨이 담장 윗부분을 보지 못할 정도로 무성하게 자라고 있다.

---

49 벽포(壁布) : 벽을 장식하는 직물이다.

모든 것이 엉켜 올라가는 녹색 풀들로 무늬가 짜지고, 가득 차 있다.

녹색 벽포 속 어딘가에 깊은 둥지로부터 좁고 작은 창문과 멋지게 만들어진 작은 문이 밖을 내다보고 있다. 당신의 머리 위에 몇 사젠이 다 되는 높이에 깃털 같은 작은 다리나 유리로 덮인 통로가 가로 놓여 있다. 이 서늘하고 깊은 녹색 복도는 성 전체로 이어지고, 양쪽이 꼭대기까지 녹색 풀이 덮여 있는 둥근 탑들로 끝난다.

인위적이지 않은 아랍, 페르시아, 중국식의 풍부한 장식에도 불구하고 별궁 내부는 외부만큼 내 마음에 들지 않는다. 한가운데에 분수가 있고 화려하게 장식된 겨울정원을 지나 통과하게 되는 식당으로 사용되는 궁만이 아주 뛰어나다. 전형적인 중세 성의 식당처럼 이 식당도 어둡고 굉장히 넓다. 중세 스타일로 만들어진 움직일 수 없이 거대한 식탁에는 참나무로 만든 의자가 딸려 있고, 한가운데에는 큰 난로가 있고, 커다란 양쪽 끝에 부조가 새겨진 참나무 찬장에는 뚜껑이 담긴 나무 식기, 컵들과 큰 술잔들이 있다. 부조가 새겨진 천장과 판넬, 나무로 된 예술적 부조가 있는 시계, 가구들과 벽의 색과 어울리게 붉은 구리로 만든 거대한 샹들리에가 있다. 창문에는 엄청나게 비싸고 거대한 커튼이 내려져 있다. 의자를 덮고 있는 천처럼 생긴 이 암적색 커튼은 리옹(Lyon)에서 특별히 주문하여 전체를 한 조각으로 짠 것이다.

성의 궁전에는 긴 회랑으로 연결된 도서관 건물이 있다. 당신은 커다란 풍향계가 달려 있어 마치 천문대처럼 보이는 성탑을 보고 도서관 건물임을 알아볼 수 있다. 거주 공간에서 앞으로 튀어나온 도서관은 무성한 수풀 속에 숨어 있다. '눈물의 분수'와 몇 개의 다른 분수가 위치해 있고, 그늘이 지고, 꽃이 만발한 항시 조용한 작은 마당은 이 도서관의 멋진 입구이다. 천장이 높고 거대한 회의실에는 과학과 시의 진귀한 보배들인 희귀한 필사본, 오래전 우리 주의에서 사라진 거대 판형의 책들, 값비싼 예술품, 고고학 전시물들이 있다.

이 도서관의 정적 속에서 알룹카 건설자인 이미 세상을 떠난 보론초프 공이 자주 일하곤 했다. 그는 우리 조국의 진정한 국가적 인물 중 하나였고, 사상과 실사구시적 일에 헌신한 사람이었다. 책들이 놓인 그의 책상과 탁상형 안락의자가 홀의 한가운데 있다.

도서관에서 나와 궁전 쪽 방향으로 놓여 있는 한적한 정원으로 가 보라. 당신은 마치 발코니 위에 서 있는 것처럼 느끼겠지만, 이것은 바위다. 당신은 숲이 우거진 정상 위에 매달려 있는 것이고, 당신은 그것들에 의해 에워싸여 있다. 플라타너스, 복숭아나무, 오동나무, 개오동나무, 뽕나무, 무화과나무들은 한결같이 수령이 오래되고 거대하다. 그 나무 아래는 그늘이 져서 어둡다.

당신 손에 좋은 책이 있거나, 머릿속에 좋은 생각이 있다면 이 거대한 발코니 위 여기에 머물라. 꼬불꼬불한 잎사귀와 함께 꼬불꼬불한 덩굴손을 가진 붉은 포도넝쿨들이 빽빽이 매달려 있다. 이것들은 마치 공중에 매달린 것처럼 당신 머리 위에 있으면서 조용히 숨쉬며 살짝 흔들리며 마법 같은 녹색, 황금색 빛을 당신에게 발산한다. 이 녹색 황금은 당신의 하늘에 매달린 고요한 안식처를 가득 채우고 있는 듯하다. 분수 물이 대리석 조가비로 소리를 내며 떨어지고, 장미색의 멋진 수국이 가득 핀 화단들이 태양의 열기를 막아 주는 물보라와 떨리는 녹색 황금의 망으로 신선해진 분수들의 발치에 여기저기 자라고 있다.

들어가며*

크림반도의 동굴도시들은 지극히 흥미로운 고대 유적지들이다. 내가 알기로 유럽에서 크림 동굴도시와 같은 독특성을 가진 유사한 유적을 찾아볼 수 없다.

그런데 아쉽게도 우리나라 사람 대부분은 이러한 것이 존재한다는 사실조차 모른다. 대부분 외국인이 쓴 것이고, 대부분 통용되지 않은 지 오래된 크림 고고학 관련 전문적 글들에 이 대상에 관한 빈약한 자료들이 여기저기 흩어져 있는데, 아직 동굴도시만 대상으로 쓴 책이나 대중적 기사는 하나도 없다. 말하기 부끄러운 사실이지만, 심지어 크림 거주자들 중 식자층도 동굴도시들에 대한 이야기가 나오면 뜻밖의 새로운 소식처럼 듣고, 관광객들은 쉽게 갈 수 있는 남부해안만 관광하고 감히 산속으로 여행하는 경우는 드물다.

나는 내가 쓴 글에 일부러 크림반도의 자연과 생활에 대한 생생한 묘사를 담았는데, 그중에 동굴도시들은 내가 직접 탐방한 것이고, 아마 이것이 없었다면 내 묘사는 너무나 생기 없고 불충분했을 것이다. 기록보관서의 먼지와 폐허의 돌들은 다양한 여행의 감동 가운데서 훨씬 쉽게 만날 수 있는 것이지만, 아주 독특한 특성을 가진 동굴도시 나라와 그것을 둘러싼 자연은 그것만으로도 큰 관심을 기울일 만한 대상이다.

* 〔역주〕 이 글은 원전 2부의 서문으로 17~19장에 해당하는 설명이다.

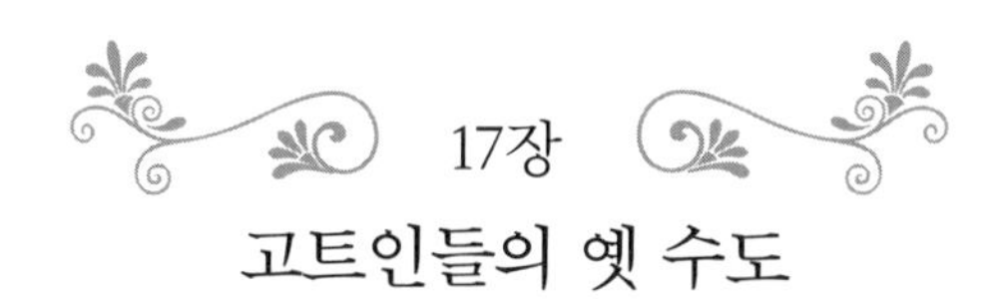

17장
고트인들의 옛 수도

야일라를 넘어가는 고개 — 타타리아에서의 하룻밤 — 만구프의 아브라함 — 고대에 만코피야였던 만구프칼레: 그곳의 유적지와 역사적 기억들

우리를 돌보라는 부탁을 받고 우리 일행을 안내자로서 나선 베키르(Бекир)는 그 누구도 대신할 수 없고, 없어서는 안 되는 존재였다. 그를 제외하면 여행 참가자는 모두 5명이었다. 크림식으로 말하면, 베키르가 우리 수루지가 되었던 것이었다. 겁이 없고 귀여운 아마조네스이자 우리 모든 산속 방황자들의 동행인이 또다시 우리와 같이 가게 되었다.

크림 산속 깊숙이 떠나는 4박 5일 여행 준비는 단출할 수밖에 없었다. 이제 우리가 어쩔 수 없이 본받아야 하는 산악 거주 타타르인들은 양쪽에 넓은 주머니가 달려 있는, 메고 다니는 자루로 슈트케이스와 가방을 대신하는데, 이것은 타타르어로 '사크바'(саква) 라고 한다. 사크바는 산악 여행 때 구원자와 같은 물건이 된다. 이것을 안장 뒤쪽에 동여매고 말먹이인 보리, 와인 병, 차와 설탕, 구운 새, 만두빵, 속옷

등 여기에 넣을 수 있는 것은 다 집어넣는다. 사크바 위에다가 비와 눈이 올 때 입을 부르카[1] 아니면 따뜻한 외투를 넣으면 모든 준비가 다 된 것이고, 자연현상과의 투쟁을 위한 모든 장비가 갖춰진 마차 대열이 당신 등에 있는 셈이다.

말들의 주인인 타타르인들은 인내심을 가지고 햇볕이 뜨겁게 내리쬐는 곳에 앉은 채 우리를 기다리고 있었다. 베키르가 명령을 내리고, 무언가 찾고, 물건을 싣고 배치하고, 우리 하늠[2] 말의 복대를 새로 매는데, 타타르인들은 늘 우리 숙녀들을 그렇게 하늠이라고 부른다. 우리가 말안장에 앉자 우리를 배웅하러 모두 우르르 몰려나온다.

아이들이 특히 부러워한다.

"곧 돌아오시나요? 언제 돌아오시는 건가요?"

"말 하지 마세요, 하늠. 말하면 안 돼요. 이틀이 걸릴 수도 있고, 닷새가 될 수도 있어요. 알라가 어떻게 보여 주는 지에 달려 있어요."

베키르가 자기 하늠을 말에 태우면서 진지하게 훈계한다.

야일라를 제일 높은 곳에서 넘어가는 것 — 나는 정말 오래전부터 이것을 경험해 보고 싶었다. 베키르는 넘어갈 곳으로 비유크 우젠바쉬 보가즈(Биюк Узен-баш-богаз), 즉 큰 우젠바쉬의 통로, 제일 가파르고 넘어가기 어렵지만 대신 가장 짧은 길을 택했다.

우리는 인적이 없이 고요한 바다 위에 잠든 우리 마가라치에서 페테

---

1 〔역주〕 부르카(бурка) : 소매 없는 망토이다.

2 〔역주〕 하늠(ханым) : 마담이라는 뜻이다.

르부르크 관광객이 넘쳐나는 다채롭고 시끄러운 얄타로 돌아온 후, 그곳의 중심 해안도로를 지나 처음에는 데레코이강(Дерекой) 쪽으로, 다음에는 아이바실 쪽으로, 그리고는 푸른색 숲이 지평선 거의 전체와 하늘 거의 반 정도를 가리고 있는 야일라의 거대한 원형극장으로 달려갔다. 햇빛이 빛나는 밝은 날, 이 원형극장을 배경으로 사이프러스와 꽃이 만개하는 정원들이 있는 얄타의 새롭고 작고 귀여운 집들이 장난감처럼 새겨지면 이 원형극장은 놀라울 정도로 아름답다.

도로는 여기서부터 당연히 강을 따라 났는데, 크림 산악지대에는 이것 말고 다른 도로는 없었다. 누군가 높은 곳에서 가져와서 강변 위에 어질러 놓은 돌더미들과 그사이를 겨우 졸졸 흐르는 몇 개의 가느다란 물줄기, 이것이 크림반도의 멋진 작은 강들의 7월 절경이다. 그러나 이런 강줄기들은 많지 않고, 대부분의 강은 한여름에 물 한 잔도 뜰 수 없을 정도로 수량이 부족하다.

사방에 가지가 널리 뻗은 호두나무, 자두나무, 배나무, 무화과나무들의 정원들이 끝없이 이어진다. 호두나무 아래에는 어김없이 녹색 풀이 자라고 있고, 늘 타타르 꼬마들이 있다. 남부해안과 산에서 만나는 타타르 꼬마들은 표정이 아주 풍부한 얼굴을 하고 있다. 예쁘고 작은 들짐승의 눈처럼 순진하고 까맣고 큰 눈이 놀란 듯이 당신을 바라보는데, 이목구비는 윤곽이 뚜렷한 그리스적 유형이다.

데레코이를 다 지나자 숲이 무성한 산 바닥에 흩어져 있는 아이바실(Ай-Василь)이 펼쳐졌는데 길은 험하고 좁았지만, 대신 그늘이 져서 아주 좋았다. 널리 뻗어 있는 튼튼한 호두나무 가지 아래로 머리를 간신히 숙이면서 녹색 통로를 지나갔다. 타타르 집들이 빽빽하게 서 있는 모습이 그림같이 아름답다. 높은 안장에 앉아 보이는 것은 마치 비버의 집들을 연상시키는 타타르 집들의 추한 굴뚝들이다. 흙으로 만들어진 평평한 지붕 위에서 한 무리의 아이들이 입을 벌리고 우리를 쳐다본다. 이곳은 고대 그리스 사람들, 이탈리아 사람들, 그리고 아마도 고트 사람들까지 거슬러 올라가는 오래된 보금자리였을 것이다.

아이바실을 지나면 본격적인 산악지역이 시작되는데, 아주 가파른 오르막길이 시작되고 말들이 가쁜 숨을 쉬며 사크바가 젖을 정도로 땀을 비 오듯이 흘린다. 우리는 말의 목에 매달리다시피 납작 엎드려 갔다. 바위가 많고 날린 돌들로 덮인 길로 인해 말은 발굽을 다치기 십상이다. 얄타와 마가라치에서 그냥 바위 위에 있는 두꺼운 이끼처럼 보였던 바로 그 소나무 숲이 점차 우리를 에워싼다. 화살처럼 직선으로 뻗고 발가벗은 채, 넓고 납작한 나무 꼭대기를 가진 엄청난 높이의 소나무들이 우리를 둘러서 있다. 그것은 순수한 이탈리아 우산소나무이다. 햇빛을 받고 있는 빨간색 나무줄기, 그 틈새로 보이는 짙은 파란색 하늘, 이상한 모양으로 굽은 나뭇가지들은 우리의 상상력을 로마 캄파냐3로 데리고 간다.

숲 자체로도 아주 아름답지만, 산의 반 정도를 등정한 후 뒤돌아보니 거인 같은 바위 무리 너머로 바다와 얄타, 별장들과 마을들이 있는 해안이 놓여 있는 먼 심연이 보였다. 이 모든 것들은 도저히 현실에는 없는 동화 같은 무대장치처럼 보였다. 우리 눈앞에 어마어마하게 넓은 폭으로 펼쳐져서 우리 눈에 익숙하지 않은 규모로 바다가 뻗어 있

---

3 〔역주〕 로마 캄파냐(Roman Campagna) : 로마 주위 평원을 지칭한다.

었다. 그리고 오른쪽과 왼쪽에 벌거벗은 산의 하얀 더미들이 솟아올랐고, 그에 못지않은 소나무 대군으로 가득 찬 산벼랑들이 있었다. 세밀하거나 귀엽거나, 우리의 눈을 위로해 주는 부분은 전혀 없었다. 오직 위압적이고 장엄하며, 표현할 수 없는 아름다움이 있었고, 신통한 붓을 가지고 대담한 일필로 그려진 커다란 그림이 있었다.

자기 주인과 같이 인내심 있고 불평 없는 작은 크림 말은 크림에서 사람을 태운 채 달리는 것과 크림의 길에 익숙해져 있었다. 4개의 발에 각각 쇠로 만든 편자가 박힌 크림 말은 석회암을 굳게 밟으면서 무겁고 불편한 짐을 실은 채, 사람이 떨어지지 않고 겨우 설 수 있는 경사를 올라간다. 사람과 짐을 싣고 단숨에 산에 오를 수 없는 자신의 무기력을 아는 이 똑똑한 동물들은 한 마리씩 서로를 따라가며 약속이나 한 듯이 방향을 좌우로 틀어 오르막길 경사도를 줄이면서 도로를 지그재그로 건너가기 시작한다. 마치 사람이 직접 몰고 있는 것처럼 이 말들은 분명하고 자신 있게 이런 지그재그 걸음을 걷는다. 말들은 보기에 딱할 정도로 헐떡이며 숨을 쉬고, 흠뻑 젖은 말 옆구리가 들썩거린다.

말을 타고 가는 우리는 집중해서 침묵을 유지한다. 산과 숲의 엄격한 장엄함이 우리를 사로잡았으므로 지금은 잡담을 생각할 때가 아니었다. 오직 말 위에 계속 걸터앉아서 말과 함께 뒤로 떨어지지 않기를 바라고만 있었다. 베키르는 몇 번이나 우리 일행을 산속 개울 옆에 멈춰 세우고 말들에게 물을 주었다. 말들은 온몸을 떨면서 탐욕스럽게 물을 마셔댔다.

크림반도의 무슬림들은 동양의 모든 무슬림들과 마찬가지로 사막

가운데에도 분수를 세운다. 높은 산 위에서, 깊은 숲속에서 우리는 하얀 돌을 깎아서 만든 아랍식 장식과 경건한 글이 있고, 이것을 만든 사람 이름이 꼭 새겨져 있는 분수들을 발견했다. 베키르는 생의 말년을 선한 행실에 바치고, 야일라 샛길들을 만들고 사람들의 이익과 알라의 영광을 위해 많은 분수들을 만든 성자 하지 이야기를 진정한 경건함을 담아 해주었다. 정말로 여름 무더위에 지친 나그네가 깨끗한 물줄기로 자신의 갈증을 풀고 지친 말에게 물을 주면서 분수의 돌에 새겨진 착한 사람의 이름을 정성스럽게 축복하는 것은 당연하다.

그런데 산의 경사는 갈수록 더 심해졌다. 숲이 끝났고 샛길도 사라졌다. 우리는 이제 바위들의 날카로운 꼭대기들, 쇄석 더미들, 판자 모양의 미끄러운 암석들 사이를 올라가고 있었다. 말발굽 편자들이 가끔 돌을 잘못 밟고 얼음 위에서처럼 미끄러졌다.

정오가 한참 지난 뒤에야 우리는 야일라 정상에 다다랐다. 길이는 끝이 없고 넓이는 반 베르스타를 넘지 못하는 평원이 산 정수리, 야일라 꼭대기를 이루고 있었다.

북쪽으로는 크림의 산과 초원이 보이고, 남쪽으로는 저 아래 깊은 곳에 바다와 띠 모양의 남부해안이 보인다. 아래에서 바라보면 그렇게 무섭게 보였던 아이페트리도 여기서 보면 우리 위에 있는 것은 오직 작은 바위처럼 보이는 정상뿐이고, 그 톱니 같은 봉우리에는 우유처럼 하얀 구름 떼가 걸려 있으며, 우리를 자신의 왕국 밖으로 날려 보낼 듯이 구름이 하나씩 갑자기 떨어져 나와 촉촉한 안개로 우리 눈을 멀게 하면서 우리에게 달려온다.

우리 발아래로는 살아 있는 크림반도의 부조 지도가 펼쳐져 있었다. 맑은 날에는 숨어 있거나 흐릿한 것은 아무것도 없었다. 처음에 보기에는 화려한 색이 부족해 우리가 소나무 숲에서 감상했던 그림 같은 아름다움은 없었지만, 무언가 새로우며 가르침을 주는 광경이 펼쳐졌다. 하늘 바로 아래 높은 곳에서 땅 전체를 이렇게 온전하게 바라보자, 마음은 특별한 감정으로 가득 찼다. 이런 시각은 일반적 상황에서 사물을 바라보는 것보다 더 객관적이고, 더 정확하고 깊이 관통하는 듯했다. 그것은 마치 어떤 사람이 갑자기 자기 행성에서 떨어져 나와 기구(氣球)를 타고 공중에 떠서, 마치 다른 행성 표면에서 처음으로 독립적으로 자기 행성을 볼 때 느끼는 감정과 비슷할 것이다.

야일라에서 하산하는 것은 올라가는 것보다 훨씬 쉽다. 야일라 북면은 바다 쪽처럼 가파른 벽으로 끝나지 않는다. 산맥들이 북쪽으로 갈수록 낮아지면서 바다 쪽 야일라의 바위면과 평행하게 뻗어간다. 그것은 야일라에서 내려가는 계단과 같은 역할을 한다.

매듭처럼 서로 엉켜져서 나란히 가다가 여러 각도로 만나게 되는 산과 골짜기, 바위와 협곡들의 모음은 크림 타타리아(Татария) 중심부이자, 온갖 크림 짐승들의 안식처이고 남부 크림의 거의 모든 강들의 근원지이다. 그리고 바로 이곳이 우리 여행의 목적지이기도 하다. 서쪽에서 심페로폴로부터 바흐치사라이를 통해 세바스토폴로 가는 산악지역은 제한되어 있고, 동쪽에서 알루슈타 골짜기와 그것을 관통해 알루슈타에서 심페로폴로 향하는 도로만 뚫려 있는 산악 나라도 높이가 4,000~5,000피트인 빈틈없는 야일라 벽으로 남부해안과 분리되어 있다. 2개의 큰 도로 쪽에서 산속 크림반도 핵심까지의 접근은 어렵지 않지만, 산악지형 해안에서 그곳으로 들어갈 수 있는 방법은 오직 몇 개의 보가즈(богаз), 즉 우리가 지금 이렇게 힘들게 넘어온 산고개들을 넘는 방법밖에 없다.

"이 망할 놈의 우젠바쉬는 언제쯤 나타나는 거야?"
승마자들 중에서 성격이 제일 급한 사람들이 해가 붉은색이 되고 하얀 석회암 바위들이 분홍빛으로 반짝이기 시작하는 것을 보고 외치기 시작한다. 죽도록 차가 마시고 싶지만, 그것보다 더 간절한 것은 몇 시간 동안 지속되는 하산길에서 특히 고통스러운 안장에서 내리는 것이다. 경멸이 담긴 눈빛으로 우리를 바라보는 베키르는 대답을 안 한다.

"베키르야! 아직 멀었어?"

안장에 가만히 앉아 있지 못하고 안절부절하면서 우리 중에 누군가 외쳤다.

"이럴 거면 집에 그냥 가만히 있지 그랬어요!"

서투른 러시아어로 베키르가 뻔뻔스럽게 대답한다. 그리고 은혜를 베풀듯이 우리가 이미 내려가고 있는 넓은 숲 골짜기를 채찍으로 가리키면서 덧붙였다.

"말은 새가 아니에요. 말들이 지쳤어요. 당신 말은 사랑하지 않고 차 마실 생각만 하는군요. 안 보여요? 저게 바로 우젠바쉬예요!"

강의 모든 굴곡을 따라 뻗어 있으면서 숲과 과수원들의 바다에 빠진 것 같아 보이고, 석양 햇빛에 밝게 빛나는 비유크 우젠바쉬(Биюк Узенбаш)가 우리 발밑에 펼쳐져 있었다. 거대하고 빽빽한 녹음과 판판한 지붕들 위에 그림같이 멋지게 솟아오른 포플러나무들과 모스크

첨탑들이 유쾌하게 빛을 발하고 있었다.

우리는 호두나무 과수원들을 지나갔다. 말발굽 편자들이 돌이 많은 거리를 밟는 소리가 따닥따닥 울렸다. 여기서 우리가 아직도 러시아정교를 믿는 러시아제국 안에, 경찰서장의 막강한 권력의 보호 아래, 법전 15권의 보호 아래 있다는 것을 믿으려면 큰 상상력과 추상화 능력이 필요했다. 만일 여기가 카프카스였다면, 우리가 법전 15권을 의지하는 것은 우스운 일이고, 모든 군, 읍 단위 재판과 형사재판 등 온갖 재판 대신에, 재판관을 위한 천막과 죄수 교수대의 두 기능을 한꺼번에 수행하는 편리한 특성을 가진 늙은 참나무 아래 재판만 알고 있는 산속 맹수들의 마을로 들어간다는 것을 나는 의심하지 않았을 것이다.

여기에 대왕참나무라고 할 만한 높은 나무가 있는데, 이것은 다른 곳에서는 보기 어려운 굵고 단단한 호두나무가 대신하고 있고, 나무만 한 둘레를 가진 커다란 가지에서 수평으로 20걸음이나 뻗어 나와 있는 빽빽한 나뭇잎이 만드는 그늘에 온 주민이 다 모여 있는 듯하다.

하얀 터번을 쓴 백발이 성성한 진정한 하지라고 할 수 있는 노인들이 엄하고 위엄 있는 눈빛과 흔들림 없고 깊이 조각된 듯이 뚜렷한 이목구비를 한 채, 나무 그루터기 바로 옆에서 긴 담뱃대를 피우면서 위엄이 가득 찬 포즈를 취하고 양반다리를 하고 앉아 있다. 그들을 둘러서서 터번을 쓰거나 양가죽 모자, 윤기 나게 빡빡 밀은 머리의 타타르인들이 그림같이 다양한 색을 이루며 앉아 있거나 서 있는데, 모두 다 남자들이다.

왼쪽을 돌아보면 《코란》의 긴 구절이 새겨져 있는 아랍 스타일의 큰 돌분수가 서 있다. 거기에는 많은 여자들이 꿀벌들처럼 촘촘히 앉아 있다. 나이든 여인들은 발끝까지 내려오는 넓은 하얀 천으로 온몸을 감싸고 있는데, 이들이 흰 천 밖으로 보여 주는 것은 오직 까만 두 눈과 걸으면 숨길 방법이 없는 끝이 뾰족한 노란색 구두뿐이다.

다행히도 젊은 소녀들은 하나의 팔다리도, 하나의 움직임도 식별할 수 없는 점잖은 동상으로 변하는 것이 아직 꼭 필요하다고 여기지 않는다. 이 소녀들은 더할 나위없는 형형색색의 다양한 색 천으로 더 이상 감추기 어렵게 몸을 감싸고 있다. 머리카락은 불같은 색으로 염색되어 있고, 마치 예쁜 뱀가죽이 어깨 위에 꿈틀거리고 있는 것처럼 이리저리 굽히고 늘어진 수십 개의 작은 다발로 땋아져 있다. 매주 새롭게 입히는 염료는 세월이 지나가면 짙은 까만색이 되어서 밝은 빨간 머리의 소녀들을 짙은 흑발의 여인들로 변화시킬 것이다.

소녀들의 머리마다 금색을 띤 동그란 모양의 작은 빨간 모자가 씌어 있는데, 가끔 스텝을 넓게 뒤덮은 아티초크 같은 가시 있는 예쁜 식물들을 소러시아 사람들이 '타타르카'[4]라 부르는 것은 아주 이름을 잘 붙인 것이다. 이 식물들은 멀리서 보면 꼭 전형적인 빨간 모자를 쓴 타타르 처녀 무리와 똑같아 보인다. 아주 다색으로 소매는 너무 길고 좁으며, 어깨 부분이 좁고 가슴을 드러내는 베쉬메트라는 의상은 몸의 자연적 모양을 너무 보기 싫게 만드는데, 허리 부분에만 치마 모양을 한 한두 가지 색의 헤드스카프들이 달려 있고, 그 헤드스카프들 아래에 보이는 것은 오직 발바닥 위만 묶여 있는 아주 넓은 다색인 헐렁한 바지의 아래쪽 주름들뿐이다.

---

4 〔역주〕 타타르카(татарка): 타타르 여자를 뜻한다.

먼지 가운데 놀고 있는 2살배기 제일 어린 소녀는 성인 처녀들과 거의 똑같은 차림을 하고 있었는데, 소녀 각자가 독특한 자신만의 자그마한 모자를 가지고, 각자에게 맞춰 만든 자신만의 베쉬메트를 가진 것은 러시아 평민 가족에서 찾아볼 수 없는 좋은 풍습이다. 이것은 인간의 존엄성과 인권이 아이에게도 있다는 것을 인정하는 것을 보여 준다. 우리 러시아 풍습과 반대인 그 풍습이 특히 눈에 띄었던 것은 내가 독일과 스위스 마을에 있었을 때였다. 거기서는 아버지 코트로 감싸여 있거나, 맨발에 셔츠만 입고 할아버지 털모자가 코까지 내려와 있는 어린 소년을 만나는 일은 없었다.

하얀 차도르로 머리를 감싸고 양귀비처럼 새빨간 옷을 입은 처녀들 중, 어떤 처녀는 이탈리아식으로 머리 위에, 어떤 처녀는 손에, 동양풍 물병과 컵을 들고 떠들썩하게 움직이는 분수 주위 여자들의 무리는 인상적인 그림 같아 보여서 오랜 시간 동안 화가의 눈을 사로잡을 수 있을 것이다. 이 장면과 크게 대비되는 반대편 오래된 호두나무 그늘 아래서 위엄 있게 말없이 담배를 피우는 남자 무리도 화가의 눈앞에 펼쳐진다면 더욱 그럴 것이다.

나무와 분수는 원시적 생활의 자연적 중심지다. 클럽, 회랑, 노래하거나 하지 않는 카페 등 문명화된 무위도식의 안식처가 꼭 필요하게 되기 전까지는 더욱 그랬다. 그늘을 만들어 주는 참나무는 우리 주거의 원형이자 인간에게 은신처에 대한 최초의 생각을 하게 준 자연적 천막이다. 황폐한 지대에서 그것은 아름다움이며 다양성이며 삶이다. 나그네는 여행의 땀을 식힐 수 있고, 허기를 때우고 더 이상 한낮의 햇볕에 쪼이지 않는 채 잠을 이룰 수 있는 이곳을 자연이 마련해 준 쉼터라고 축복한다.

유목민은 참나무 아래에 천막을 세우고 손님을 대접한다. 참나무는 옛날부터 민족들의 경계선이며 길을 가리키는 표지 역할을 했다. 숲속 거주자들은 끝없고 특색 없이 다 똑같은 나무들의 바다에서 특별한 모습을 보이는 수백 년 된 커다란 참나무를 보고 자기가 어느 장소에 있는지 알아차렸다. 이런 연유로 참나무는 옛날부터 환대의 나무, 영웅의 위업의 나무, 재판과 지혜의 나무, 알 수 없는 신비와 종교적 숭배의 나무가 되었다.

고대 세계의 서사시, 민담, 노래, 전설, 그리고 역사 자체도 다양하고 깊은 뜻을 가진 참나무에 대한 기억을 우리를 위해 보존해 오면서, 우리의 뿌리가 인생의 원시적 환경에 있고, 참나무란 이름을 나무 전체를 대표하는 이름으로 만들었다. 성경에서 아브라함이 천상의 나그네들을 마므레 참나무 숲에서 만난 것[5]도 우연이 아니고, 우리 영웅서사시[6]에 등장하는 장사들도 참나무 아래서 쉬고 죽고, 참나무 아래서 훌륭한 갑주를 발견하고, 예언하는 새들은 항상 참나무 위에 앉아 있고, 모든 보물들은 참나무 아래 숨겨져 있다. 참나무의 신비로운 사각사각거리는 소리를 듣고 고대 그리스 신탁 해석자는 예언을 했다. 고대 게

---

5 〔역주〕 창세기 18장에 아브라함이 마므레 상수리나무 근처에서 하나님의 사자 3명을 맞은 이야기가 나온다.

6 〔역주〕 영웅서사시(былина) : 빌리나(былина) 또는 스타리나(старина)는 동슬라브족의 구전 영웅서사 민담이다. 대개 역사적 사실에 바탕을 두고 환상과 과장이 가미됐다. 빌리나는 러시아어 be동사인 'быть'이 과거형에서 나온 것으로 '과거에 일어난 일'을 뜻한다.

르마니아와 갈리아에서 참나무는 사원이었고 공동 모임의 중심지였다. 13세기의 루이 9세[7]도 뱅센느(Vincennes)의 참나무 아래서 재판하는 가부장적 풍습을 유지했다.

참나무와 나무가 원시시대 사람들의 사회적, 종교적, 영웅적, 즉 남성생활의 중심이라면, 분수와 우물은 같은 시대의 생활에서 오관으로 감지할 수 있는, 즉 여성적인 면의 본래 영역이다. 인류가 여러 곳으로 흩어져 이주하기 전에 살았을 가능성이 많은 물이 부족한 나라들의 삶은 분수의 물과 너무 밀접하게 연관되어 있었고, 분수는 거의 생활과 동의어였다. 사람들과 가축에게 물을 먹이는 것, 자신의 몸과 옷을 씻는 것은 분수 옆에서만 할 수 있는 일들이다. 분수가 먼저였고, 집, 살림살이, 여성의 염려는 그다음이었다.

늘 집에 있는 여자는 저녁에 분숫가에서 일하고 있다가 하루 종일 가축 떼를 지키거나 사냥을 갔다가 돌아오는 남자를 만났다. 저녁은 일을 멈추고 쉬는 시간이며, 평안, 여유와 쾌락의 시간이다. 저녁에는 덜 엄격하고 덜 필수적인 욕구인 대화, 소통과 사랑이 자연적으로 일어나는 시간이다. 오늘날 사교를 즐기는 청년들이 오케스트라의 음악 소리나 밝은 조명이 있는 클럽에서 쉽게 서로를 사귀듯이 원시사회에서는 노동하는 청년들 사이의 최초의 친밀한 관계가 선선한 저녁에 맑은 소리의 분수 물줄기 아래서 쉽게 맺어지곤 했다. 지금은 부자연스러운 소음, 부자연적 빛과 인공적 아름다움이 연애의 필요조건으로 되었지만, 인류의 초기 시대에는 조용함과 단순함이 연애의 필요조건이었다.

---

7 〔역주〕 루이 9세: 성 루도빅(Людовик Святой).

자연에 의지하는 생활을 하는 남자는 자신의 배필이 될 여자를 일의 능숙함과 힘과 활동력이 잘 드러나는 가사 일을 하는 시간에 평가를 했다. 성경의 리브가나 괴테의 도로테아가 물이 담긴 양동이를 우물에서 손수 끌어올리거나 무거운 돌을 굴려서 치울 때 이들 노동의 아름다움,[8] 그들의 '글라이더의 완전한 건강'(*volle Gesundheit der Glider*)이 즐거운 눈으로 그들을 바라보는 건강하고 부지런한 총각들에게 아주 분명히 다가왔다. 오직 시골에서 땀 흘려 일하는 생활환경에서만 우물과 분수가 처녀총각이 서로 가까워지는 곳이고 연애 드라마가 시작되는 곳이라는 고대의 의미는 오늘날까지 보존되어 왔는데, 우리 러시아에서도 그렇고, 동양에서는 더더욱 그렇다.

저녁이 되면 하늘이 분홍색으로 물들고, 나무에 분홍색 불이 붙는 크림반도의 여름 저녁 특징인 그 특별한 느긋함 속에서 공중에 있는 모든 것들이 조용해지고 잠잠해진다. 이 고요 가운데 하루의 마지막 소리가 더욱 또렷이 들린다.

베키르는 우리가 제일 처음 찾아가는 집에 만족할 수 있다는 생각조차 하지 못하도록 하고 우젠바쉬의 가장 존경받는 하지 중 한 사람의 집에 숙박을 마련했다. 베키르는 아주 점잖게 허리를 펴고 마당으로 들어가서, 타타르말로 두세 마디 하며 주인에게 우리가 누구인지와 우리를 어떻게 대접하면 되는지 설명했다.

흔들릴 수 없는 위엄이 가득 차고 엄격한 눈빛을 가진 몸이 마른 토

---

8 〔역주〕 창세기 24장의 이야기다. 이삭의 신붓감을 찾기 위해 나홀의 성에 간 아브라함의 종이 저녁 시간에 물을 길어 우물가에 온 리브가를 만난 이야기이다.

흐타르 에펜디9가 우리를 맞이하려고 대문 밖으로 나와 손으로 자기 집을 가리키며 동양식으로 우리에게 인사했다. 우리가 주위에 펼쳐진 타타리아와 아름다운 저녁을 마음껏 느끼며 밤이 될 때까지 집밖의 오래된 호두나무 아래에 자리를 잡자, 우리의 위엄에 대해 그가 가졌던 모든 생각들이 흐트러진 것 같았다.

우리의 방문은 비유크 우젠바쉬에서는 큰 사건이 되어서 사람들이 우리 주위로 몰려들었다. 타타르 부인들까지 무슬림 예의 규칙들을 잊어버리고 그들을 놀라게 만든 러시아 여자를 보러 사람들을 헤치고 다가왔다.

아이들은 나뭇가지, 마차, 울타리 위에 올라가기까지 했다. 주위를 둘러보면 어디든 작은 짐승의 이빨처럼 빽빽하고 튼튼한, 반짝거리는 하얀 이빨들과 타오르는 까만 눈들이 있는데, 이빨도 눈도 모두 기쁜 놀라움에 웃고 있고, 탐욕스러운 호기심에 입들이 벌어졌다. 여자들은 아주 흥분하고 열중해서 우리 러시아 여인이 입고 있는 사소한 옷가지까지 다 손에 잡고 만지고, 자신들이 덮고 있는 차도르 아래서 자기들끼리 속삭거리며 깔깔 웃었다. 오직 늙은 타타르인들만 흔들리지 않는 침착한 마음을 유지하며 도대체 우리가 어디로, 또 왜 그곳으로 가고 있는지에 대한 생각만 골똘히 하는 것 같았다.

그 와중에 베키르는 주인의 일꾼들과 같이 땔나무와 물을 실어 나르고, 말 위에 실었던 짐을 풀었다. 사크바에서 양식과 가는 길에 필요한 여러 가지 물건들을 꺼내기 시작하자 여자들과 아이들의 호기심은

---

9 〔역주〕 토흐타르 에펜디(Тохтар-эффенди) : 토흐타르는 이름이고, 에펜디는 칭호다.

극에 이르렀다.

나는 이들의 주의가 그쪽으로 집중된 틈을 타서 개암나무 탁자에 앉아서 몰래 여러 가지 모습들을 내 '여행 앨범'에 스케치하기 시작했는데, 젊은 타타르 남자의 눈이 도둑 같은 나의 눈빛과 몇 번이나 마주치며 내 연필의 움직임을 탐지했다. 내가 몰래 그림을 그리는 것과 똑같이 그도 눈에 띄지 않게 내 뒤로 살금살금 다가와서 나의 머리를 너머 자기에게 익숙한 이목구비, 익숙한 옷차림을 거짓말처럼 재생한 자기가 이해할 수 없는 색연필 막대기의 빠른 움직임을 몇 분 동안 쳐다봤다.

내가 그를 발견한 것은 그가 더 이상 웃음을 참지 못하고 큰 웃음을 터뜨리며 타타르어로 어떤 말을 했을 때였다. 그의 온몸은 만족과 놀라움으로 환해졌다. 그리고 갑자기 새들이 날듯이 푸르르 소리가 나며 무리로 모여 있던 모든 여자들과 소녀들이 소매로 얼굴을 가리고 미친듯이 깔깔 웃으면서 사방팔방으로 흩어졌다. 나는 연필과 눈을 소년들 쪽으로 옮겨야 했다.

그런데 이미 경보가 내린 뒤였다. 내가 눈길을 어디로 주어도 사방에서 어른과 어린아이들의 눈과 마주쳤다. 아무리 꾀를 부려도 아무것도 할 수 없었다. 누군가를 한 번이라도 쳐다보면, 그 사람은 바로 살짝 미소를 짓고, 자기네들끼리 타타르어로 무언가를 중얼거리고 나서, 더 이상 안 보이게 물러났다.

어둠이 깔리자 우리는 하지 집으로 들어가지 않을 수 없었다. 평범한 타타르인 집치고는 토흐타르 에펜디 집의 거실은 꽤 컸다. 바흐치사라이식으로 조각 장식이 새겨진 천장, 빛나게 닦아 놓은 그릇들과 손글씨로 쓰인 무슬림 책 몇 권, 세밀한 격자가 있는 터키 스타일의 작은 목제 창문이 눈에 들어왔고, 카펫, 베개 그리고 쿠션들은 셀 수 없이 많았다.

우리는 진짜 아랍 그림이 있는 타타르 탁자를 둘러서 양반다리를 하고 앉았다. 하얀 터번을 쓰고 줄무늬가 난 할라트[10]를 입고 물라의 모습을 한 토흐타르 에펜디는 우리랑 같이 앉는 것이 예의에 어긋나지 않을까 고민하는 듯 그냥 서 있었다. 실제로 그는 우리에게는 아무 주의도 기울이지 않았고, 그가 진정으로 중요한 자신의 손님이라고 생각한 사람은 우리 중 한 명뿐이었다.

베키르는 자신의 타타르식 상상력을 발휘하여 체르카시식 단도를 차고 카프카스식 옷을 입은 우리 일행 중 한 명은 분명히 공후(크냐즈)라고 생각했는데, 이 카프카스 귀족의 거무스름한 동양적 얼굴과 승마 솜씨는 그의 짐작을 완전히 확신으로 바꾸어 버렸다. 이런 확신을 가진 베키르는 하지뿐 아니라 자기에게 질문했던 모든 사람들에게 카프카스에서 '공후'가 왔다고 엄숙하게 공지했으므로 총알과 단도로 무장하지 않은 평화로운 주민들인 우리는 배경으로 밀려나게 되었고, 공후 신하들이라고 여겨졌던 것 같다. 자신이 주인이면서도 하지가 그렇게 고귀한 손님과 같은 카펫에 앉는 것은 예의에 어긋나는 것은 아닌지 고민한 이유가 바로 거기 있었다.

하지 집에 카프카스 공후가 왔다는 소문이 우젠바쉬로 전체로 퍼졌다. 위엄 있고 수염 있는 실루엣들이 문간에 몇 명 나타났고, 에펜디가 베키르를 통해 공후에게 인사드리러 온 귀한 손님들이 있는데 들어

10 〔역주〕 할라트(халат) : 길고 품이 넓은 실내복.

오게 해도 되는지 공후에게 물어보았다. 진지하게 예의를 차리는 모습의 손님들이 차례로 한 명씩 이른바 공후에게 다가간 후, 손을 가슴에 대고 고개를 갸우뚱거리면서 뭔가를 말한 후, 그의 발 옆에 여러 가지 예물을 놓았다. 어떤 사람은 건포도 종류인 예리크,[11] 어떤 사람은 배, 어떤 사람은 쉰 양유까지 갖다 놓았다.

손님들은 공후에게 깍듯이 절을 하고 나서 위엄 있게 악수를 하고, 양반다리를 하고 그 옆에 앉았다. 이제 손님 모두는 다 둘러앉아서 긴 담뱃대를 물고 피우기 시작했다. 손님들 중 한 명도 러시아어를 한마디도 못하고, 불쌍한 카프카스 '공후'는 타타르어를 한마디도 못했다. 그런데도 우리 유럽식 침묵을 연상시키는 점잖고 길고 느린 동양식 대화가 진행되었다.

손님들은 담뱃대를 응시하고 엄숙하게 연기구름을 내뿜으면서 앉아 있다. 가끔 거무스름하고 앙상한 손가락들만을 집게 모양으로 과자들이 세워진 탁자 쪽으로 뻗거나, 갑자기 옆에 앉은 공후 쪽으로 몸을 기울여 그의 단도를 가지고 돌리면서 은제 양각과 타블린(тавлинский) 칼날을 바라보기 시작하고, 실컷 바라본 후에 좋다는 칭찬을 짧게 하면서 다른 사람에게 건네준다. 이렇게 손님들은 번갈아 단도를 만지고, 돌리고, 냄새를 맡은 후 유쾌하게 옆 사람에게 건네주었다.

어떤 사람은 "단도가 좋다"(잘못된 러시아어 발음으로), "야쿠쉬"[12]라고 하며 러시아어를 아는 것을 자랑하면서 '공후'에게 말을 건넸다. 그

---

11 〔역주〕 예리크(ерик) : 작은 자두의 일종이다.

12 〔역주〕 타타르어로 '좋다'라는 뜻이다.

리고 다시 한참 동안 침묵이 흐르고, 또다시 움직임 없는 담뱃대 빨기가 이어진다. 손님 중 누군가는 다시 정신을 차리고 말을 다시 시작해야 예의를 지키는 것이라고 생각할 것이다.

"*돈을 많이 주었나?*"(틀린 우크라이나어로)

"20루블!"

"쯔, 쯔, 쯔."

안타까운 듯이 고개를 갸우뚱거리면서 모든 대화상대들은 혀를 차고 약속이나 한 듯이 더 존경이 담겨 있는 눈길을 단도로 던진다. 그리고 또다시 긴 침묵이 이어진다.

그다음으로 외투 차례가 되고, 그들은 천을 만지고 보고 손가락 사이에 끼어 문지른다.

"*크냐즈, 외투가 좋다. 돈 많이 낸 건가?*"(발음이 잘못된 러시아어와 우크라이나어가 혼합된 말로).

그리고 또다시 놀라운 표정으로 고개를 갸우뚱거리며 칭찬을 이어간다. 외투에서 허리띠로, 허리띠에서 털모자로, 후드로 넘어가며 온통 공후의 의관을 만진다. 그의 단추 하나하나, 제일 작은 장식끈도 각각 만지고 냄새를 맡는다.

"크냐즈, 어디서 산 건가요?"(잘못된 러시아어 발음으로)

"이스탄불에서요!"

"오! 이스탄불, 야쿠시!"

울창한 숲 같은 수염 사이로 하얀 이빨을 번쩍이며 드러내면서 헤벌쭉 웃고, 상상 속 이스탄불에서 샀다고 여겨지는 물건은 무언가 특별히 부서지기 쉬운 것이라고 생각하는지, 한 황홀한 눈에서 다른 황홀한 눈으로, 굳게 받쳐진 손에서 손으로 건네졌는데, 마치 그 거친 손가락들은 이 귀한 물건을 감히 들 수 있는 능력과 자격이 없다는 것을 보여 주는 것처럼 경건하며 신중하게 그것을 받들었다.

다시 한 번 점잖은 침묵의 흘렀지만, 지금은 모든 진지한 얼굴들이 완전히 아이 같은 즐거운 만족감으로 가득 찼다. 길고 하얀 눈썹을 한 피부가 노랗고 주름이 많은 노인이 공후의 어깨와 무릎을 쓰다듬는다.

"크냐즈, 당신은 위대한 술탄이다!"(잘못된 러시아 문법으로)

"크냐즈는 위대한 술탄이다!"

모든 손님이 찬성하듯이 고개를 끄덕이면서 동의한다.

메메트에민이라는 이름을 가진 누런 피부의 노인이 자리에서 일어나자, 나머지 일행도 일어났다. 다시 한 번 공후의 손을 꼭 잡고 자신의 손을 가슴에 얹은 채, 그 노인은 크냐즈에게 다음날 아침에 자기에게 와서 커피를 같이 하자고 초청했다. 다른 2명의 손님도 똑같은 부탁을 했다. 공후는 자신의 지위를 확신시키기 위해 손님들에게 초청에 대한 보답으로 여러 가지 잡다한 물건을 선물했다. 손님들은 눈과 이에 만족의 빛을 환히 비추며 집을 나갔다.

우리는 길을 가기 위해 아침 일찍 일어났다. 말을 타고 산길과 돌길을 헤쳐 오느라 몸이 완전히 녹초가 되었지만, 그러나 천장 없는 완전히 개방된 회랑의 펠트천 위에서 나란히 누워 하룻밤을 보낸 것은 특별히 편한 휴식은 아니었다. 베키르는 아침 일찍 어렵게 보릿단을 찾아내어 말들에게 먹였다.

우리는 무에진의 첫 기도소리가 울리자마자 마당을 나섰다. 이웃한 모스크 탑의 발코니에 서 있는 그의 깡마른 모습이 눈에 들어왔다. 그곳으로부터 모든 방향으로 《코란》 구절을 읽는 소리가 울려 퍼졌다. 중년의 타타르인들은 벌써 모스크를 향해 가고 있었다. 그들은 우리와 나란히 가게 되면 아주 정중하고 근엄하게 우리에게 인사했다.

과수원이 끊임없이 이어지고, 산이 깊게 우묵하게 파인 이 아시아의 그림같이 아름다운 외딴 곳에 맑고 조용한 아침이 빛났다. 그 아침은 우리 가슴속에서도 이와 똑같은 즐거운 신선함과 장엄함을 선사하며 빛났다. 아침의 고요함, 우리 삶의 아침의 맑은 정신이 편안히 말을 타고 가는 우리 일행을 깊이 사로잡아서, 모두가 쉬지 않고 먼 길을 향해 가는 표시인 빠른 속보로 앞으로 나갔다.

자연이 만들어 놓은 크림의 산악도로들은 원시적 투박함을 특징으로 간직해왔다. 산비탈에서 흘러내려가는 개울과 개울들이 만드는 작은 강들이 산속의 유일한 교통로다. 아무리 가까이 흐르고 있다고 해도 이웃한 2개 강 유역 간 교통은 아주 어렵다. 물줄기가 갈라지는 곳은 대부분 너무나 낭떠러지가 심하고, 가파른 요철 지형을 하고 있어서 그것을 넘어가는 일은 말을 타고 가도 특별한 숙련을 요구한다.

이런 지역을 넘어가는 일은 매번 돌더미를 올라가고 내려가며, 길의 흔적도 거의 없고 돌투성이 낭떠러지를 올라가는 것이다. 이런 곳을 넘어가 본 적이 있는 사람은 강에 난 길이 고속도로처럼 느껴질 정도이다. 산속 여행 때 아주 피할 수 없는 경우에만 골짜기, 개울과 강들을 따라가지 않고 다른 길로 돌아가는데, 이런 경우 직진하는 것보다 훨씬 먼 길을 돌아가게 된다.

크림 산악의 강의 흐름을 안다면 크림 산악 길을 아는 것이고, 이와 마찬가지로 길의 방향을 안다는 것은 강의 흐름을 아는 것이다. 크림 산악의 길, 마찬가지로 크림 산악의 강은 여행자에게 큰 익숙함을 요구한다.

내가 앞에서 말한 대로 여름이 되면 강들은 골짜기 전체에 넓게 흩어져 흘러서 다양한 크기의 돌더미 사이에서 가느다란 물줄기로 흘러나오며 구불구불한 띠를 이룬다. 10베르스타를 가도 가는 물줄기조차 보이지 않을 때도 가끔 있다. 몇 아르신이나 되는 쇄석이 쌓인 강바닥은 마치 여과기 같아서, 여름 더위에 마른 강물이 밑바닥 아래로 숨어서 흐르다가 더 이상 숨을 수 없게 되면 밖으로 드러나 흐르는 돌로 된 체 역할을 한다.

타타르 마을들은 그 변화무쌍하고 뱀같이 꼬불꼬불한 하천을 따라 형성되어 있다. 그 하천은 뜨겁게 달구어진 돌 위에 계란을 삶아 먹을 수 있을 정도로 마르기도 하지만 물이 지붕까지 차올라서 나무와 가축을 쓸어가고 하구를 뒤집어 버리기도 한다.

산꼭대기 한 곳에 갑자기 큰 비가 내리거나 많은 눈이 녹으면, 물이 무시무시한 기세로 아래로 쏟아져 내려서 미처 손을 쓸 틈도 없이 더 큰 재앙을 일으킨다.

알마강은 건조한 돌들을 제일 안전한 숙소로 알고 숙영했던 군 파견대를 휩쓸어 버리고, 역참로에 있었던 큰 돌다리를 휩쓸어 무너뜨린 적이 있다. 살기르강은 날이 건조한 여름 한가운데 내가 보는 앞에서 마무드 술탄(Мамуд-султан) 마을을 온통 물로 뒤덮어서, 역참 창문들까지 물이 차오르고, 마부들은 말들을 살려내려고 마당을 헤엄쳐 다닌 적도 있다.

우리는 그런 강이자 길의 한 쌍인 비유크 우젠바쉬와 이제 역사적 의미가 큰 강이 된 벨베크강의 원류를 이루는 우젠바쉬강을 따라 아래로 내려갔다.

아름다운 풍경을 감상하며 즐거운 잡담을 나누고, 돌투성이에서 누가 먼저 가는지 시합하는 것이 재미있어서, 우리는 이른 아침부터 저녁까지 말에서 내리지 않고 계속 길을 갔다. 우젠바쉬강의 골짜기는 안으로 갈수록 더 서쪽으로 돌며 드디어 벨베크강 골짜기에 다다랐는데, 거기서 우리는 북서쪽으로 방향을 틀었다. 경사는 차츰 완만해졌다. 강가에 빽빽하게 한 줄로 집들이 늘어선 포티살라(Фоти-сала)라는 마을을 지나면서 우리는 벨베크를 벗어났고, 앞에 말했던 고개를 다시 한 번 힘겹게 넘어가야 했다.

우리 여행의 첫 목적지는 만구프칼레(Мангуп-Кале)였는데, 그것은 카라일레즈(Кара-илез)라는 벨베크 지류의 정상 주위에 위치하고 있어서, 벨베크를 따라 카라일레즈 하구까지 내려간 다음 다시 강을 따라 만구프(Мангуп)까지 올라간다면 너무 많은 시간이 걸렸을 것이다.

말을 타고 가는 사람은 산비탈을 꺼릴 필요가 없고, 관광객으로서는 아름다운 산악 경치를 자기 늑골로 느끼듯 가까이 지나가며 감상하는 것이 좋다. 베키르가 우리에게 왼쪽으로 돌라고 해서 그리로 방향을 틀자 크림반도에서 가장 그림같이 아름다운 벨베크 골짜기의 정경이 바로 우리 눈앞에 펼쳐지며 우리를 부르고 있었다. 우리 일행 중 한 명은 안장에서 내리지도 않은 채, 강 오른편을 따라 나 있는 톱츄(Топчю) 절벽의 특이한 단면을 스케치했다.

그러나 베키르는 우리를 숲과 계곡을 통해 다른 길로 이끌어 갔다. 나는 그쪽에서 만구프로 다가가는 것이 얼마나 어려운지 경험으로 알고 있기 때문에 포티살라에서 안내원을 고용하자고 얘기했다. 그러나 베키르는 자기가 산에 있는 모든 샛길을 잘 알고 있다고 뽐내면서 나의 조언을 가볍게 넘겼다.

반시간 만에 우리는 결국 길을 잃어버렸다. 우리가 가고 있던 숲이 우거진 언덕에는 마차 바퀴자국과 가축이 밟고 지나가며 만든 샛길들이 너무나 많아서, 그 길들이 어디로 이끄는지는 오직 이 지역 토박이 나무꾼만 알 수 있을 것이다. 얼마 동안 베키르는 당황한 모습을 숨기고 자신이 인도하는 길이 옳은 척했다.

그러나 나는 바로 그 순간에 그가 반박할 수 없는 증거를 발견해서 그의 잘못을 폭로했다. 우리는 공연히 가시 많은 울창한 숲을 헤치고 나아가고, 깊은 숲 골짜기로 내려갔다가 다시 가파른 경사를 애써 올라가면서 말들에게 고통만 주었고, 당황한 베키르는 잃어버린 흔적을 다시 찾는 사냥개처럼 울창한 숲을 돌아다니면서 자기 말에게 화를 내고 머리 너머로 채찍질을 했지만 이미 소용이 없었다. 산과 나무들이 먼 시야를 가려서 베키르는 주위를 둘러보고 현 위치를 파악하려고 두 번이나 참나무 위로 올라갔지만 아무 소용이 없었다. 여자 동반자가 특히 제일 많이 힘들어했다.

베키르가 길의 흔적을 찾을 때까지 말에서 내려 아침을 먹기로 했다. 일행 모두 숲속 초지에 앉아 짐이 많이 든 사크바에서 병들과 안주를 꺼냈고, 완전히 황량한 숲과는 전혀 어울리지 않지만, 즐겁게 이야기하는 소리와 웃음소리, 잔들이 딸랑거리는 소리, 게걸스럽게 입으로 음식을 빨아대는 소리가 숲에 활기를 불어넣었다.

베키르가 우리를 부르는 소리가 사방 이곳저곳으로 옮겨 다니면서

만구프 요새 유적

울렸고, 우리는 한목소리로 그에게 대답했다. 그의 날카로운 목소리가 어떤 때는 언덕 꼭대기에서 들렸고, 어떤 때는 마치 지하동굴에서 나오는 것같이 들렸는데, 얼마 후 그것은 아예 들리지 않게 되었다. 우리는 베키르가 너무 멀리 갔다고 생각하기 시작했다. 그런데 한 시간 뒤에 그는 어떤 목자 소년을 데리고 돌아왔고, 우리는 그때서야 제대로 된 길을 찾아 나아갈 수 있었다.

갑자기 만구프칼레가 거대한 장엄함을 보여 주면서 우리 앞에 나타났다. 숲이 우거진 언덕들이 바다를 이루는 한가운데에 가파른 낭떠러지가 많은 탁자 같은 산머리가 섬처럼 솟아올랐고, 아주 먼 거리에서도 평평한 정상에 자리한 옛날 만구프의 담, 탑, 성들의 유적들이 한눈에 들어왔다. 그런 광경은 여행자가 바로 산 아래에 있는 것처럼 느끼게 하여 여행자를 속게 만든다.

그러나 길은 탁자 모양의 산머리 주변을 올가미처럼 휘감으며 올라갔고, 이 거대한 바위로 된 탁자에 오르려면 유일한 통로인 좁은 길을 통해 접근하는 수밖에 없었다. 산의 북쪽 면에서 갈라져 나온 이 좁은 통로에서 보는 만구프의 모습은 이웃한 산들 중 가장 거대하고, 선명하게 드러나 보이면서 놀랍도록 독특한 양상을 보인다.

사면의 가파른 낭떠러지들을 마치 천연적 방벽으로 삼고 있는 탁자형 산머리는 북쪽과 동북쪽으로 튀어나와 있는데, 아무리 힘들어도 이 숲이 우거진 딱딱한 바위 사이를 통해서만 정상에 오를 수 있다. 그 돌출부의 코들은 아래로 지나가면서 보면 놀라울 정도로 아름답고 커다란 오벨리스크처럼 보인다. 파란 공중 가운데 일부는 파괴되고, 일부는 아직 존재하고 있는 성가퀴가 있는 담과 탑들이 이루는 행렬은 이 돌출부들과 만구프의 중심 광장을 나누고 있고, 대문의 탑들과 총안들이 숲이 있는 경사면으로부터의 접근을 가로막고 있는 것이 아래에서부터 보인다.

우리 앨범이 그 폐허들과 바위들의 스케치들로 채워지는 동안 어디선가 무서운 먹구름들이 몰려와 정말 열대 폭우 같은 장대비가 쏟아졌다. 모두 다 바로 은신처를 찾으려고 나무 그늘이 진 숲속 길로 뛰어 들어갔다. 비가 채찍질하듯이 거세게 내렸고, 아마 카프카스 부르카가 없었다면 우리 여인네가 가장 가여운 처지가 되었을 것이다.

드디어 우리는 만구프 바로 아래 있는 작은 마을인 코지살라(Коджа-сала)에 도착했는데, 코지살라는 발라투코프(Балатуков) 공후의 옛날 영지이며, 지금은 만구프 자체의 소유자로 알려진 발라투고바 여공의 사위인 아브두라만치크(Абдураманчик)의 소유이다. 나는 그 무르작

객실에서 아주 편안하게 숙박한 적이 있기 때문에 지금 타타르식 환대를 기대하고 있는 몸이 흠뻑 젖은 일행들에게 희망을 주었다.

코지살라 마을 전체는 지금 무서운 급류로 변해 버렸고, 우리 말들은 발굽이 물에 잠긴 채 무르작의 마당으로 들어섰다. 하렘의 마당도 객실도 모두 문이 잠겨 있었다. 건물을 한 바퀴 돌며 문을 두드려 보고, 멈추지 않는 비를 맞으며 소리를 질러 보았지만 아무 대꾸도 없었다. 우리는 큰 낭패를 맞았다. 어떻게 해야 하냐고 모두 망연자실했다.

베키르가 무언가 말해 줄 사람을 찾으려고 마을을 돌아다니는 동안 우리는 계속 비를 맞고 서 있었다. 베키르는 타타르 사람들이 지금 숲속에 있어서 거의 모든 집들이 비어 있지만, 에펜디가 우리를 자기 집으로 들어가도록 허락했다는 소식을 가지고 돌아왔다. 또다시 말의 발굽들이 물웅덩이를 철퍼덕대며 걷기 시작했고, 에펜디가 무슨 에펜디인지 아무도 물어보지 않았다.

마을 한끝 만구프 요새의 위협적인 그늘 아래 복숭아나무, 호두나무, 배나무 사이에 작은 발코니들이 창문 대신 있고, 창살이 있는 완전히 동양식인 평평한 지붕을 가진 작은 집들로 구성된 에펜디의 마당으로 들어가 자리를 잡았다.

우리가 다가가자 대문이 활짝 열리고, 키 크고 위엄 있는, 흰 터번을 쓰고 흰옷을 입고, 꿈결처럼 하얗고 넓고 짙은 수염을 한 엄격하고 존경할 만한 이목구비를 한 노인이 한 손을 가슴에 대고 다른 손으로 자기 마당을 가리키며 나타났다. 그것은 마치 마므레 참나무 아래서 나그네들을 맞이하는 성경의 아브라함 모습 같았다. 에펜디의 마당과 작은 집들은 아주 깨끗했고, 나무 하나하나를 주인이 얼마나 정성 들여 키우는지 잘 드러났다.

우리가 진흙투성이인 것을 본 에펜디는 작고 예쁜 펠트와 카펫이 잔뜩 깔려 있는 정갈한 자기 객실에 우리가 신발을 신은 채 들어가게 하지 않았다. 그의 요구대로 우리는 장화를 벗어서 신사들은 할 수 없이 스타킹만 신은 모습이 되었는데, 오히려 이것이 타타르 객실에 완전히 맞는 예의 바른 일이었다.

객실에는 2개의 방이 있어서 우리는 어느 정도 젖은 옷을 정리하고 옷과 몸을 말릴 수 있었다. 에펜디는 우리를 위해 커피를 끓이고, 닭을 볶는 와중에도 우리 여인의 서글픈 처지와 아마도 귀여운 이목구비를 보고 마음이 움직여서 그녀를 아주 예의 바르고 부드럽게 보살폈다. 그는 심지어 진짜 사교계 신사처럼 담배를 피울 수 있게 허락해 달라고 그녀에게 부탁하기도 했다.

우리가 있는 곳은 오르트카랄레즈(Орт-Карaлез) 전 이맘(имам), 러시아어로 하면 퇴직한 주교 조수 신부였던 압둘 카디르 아크물라(Абдул-Кадир-Ак-Мулла) 하지의 집이라는 것을 알게 되었다. 나는 이런 전형적인 《구약성서》 같은 모습으로 '여행 앨범'을 풍요롭게 만들 수 있는 기회를 놓치고 싶지 않았지만, 《코란》은 무슬림 신자들에게 인간을 그리는 것을 금지하는 것을 알고 있었고, 이 집주인이 이슬람 신봉자인 것을 존중해서 우리 일행 뒤로 몸을 숨기고 이맘의 귀족다운 이목구비를 몰래 스케치하려고 노력했다.

그런데 이맘은 나를 완전히 놀라게 했다. 그는 금방 나의 동작을 알아차리고, 웃음을 지으며 앨범을 달라고 하고 바로 밖으로 나갔다. 나는 그가 아주 가 버렸다고 생각했는데, 그는 화려한 줄무늬가 있는 헐렁한 옷을 입고 기쁨이 가득한 얼굴로 돌아왔다. 그는 나에게 "이렇게 해요! 이렇게 하면 야쿠쉬!"라고 하며 특히 점잖은 자세를 취하고 자리에 앉았다. 내가 펜을 두 번 움직이기도 전에 그는 다시 갑자기 일어섰다.

"멈춰요, 그러면 안 돼요!"

그는 타타르 거실마다 벽에 빽빽하게 걸려 있는 선반에서 은제 시계를 떼서 바로 자기 가슴에다가 걸었고, 피우고 있던 작은 담뱃대를 구석에 세운 후 훨씬 긴 담뱃대를 물었다. 우리는 위엄 있는 에펜디의 그런 유치한 동작을 재미있어 하면서 터져 나오는 웃음을 겨우 참았다. 그는 터키 술탄처럼 양반다리를 하고 담뱃대를 뻗고 아주 위엄 있는 표정을 지은 채 편하게 앉아 포즈를 취해 주었다.

하지는 내가 그린 자신의 초상화를 아주 마음에 들어 했고, 그것을 사방에서 바라보고 웃으면서 손가락으로 시계, 담뱃대, 옷의 줄무늬를 가리키며 이런 디테일한 모사가 실제 사물과 얼마나 닮았는지에 특히 감탄하는 것 같았다. 마침내 그는 자신의 아내들에게 초상화를 보여 주어도 되는지 내 허락을 구한 뒤, 내 앨범을 조심스럽게 하렘으로 가져갔다.

다시 돌아온 하지는 갇혀 지내는 모든 여성들이 얼마나 새로운 얼굴과 뜻밖의 일들을 보고 싶어 하는지 설명하고 우리 여인이 자신의 숙녀들을 방문해 줄 것을 요청했다. 하지 압둘의 여자들은 직조 작업과 은실 자수도 던져 버리고 줄지어 서서 손님인 러시아 여인을 만났는데, 남보다 조금이라도 빨리 자기 손을 먼저 이마에, 그다음 가슴에 대 본 후 또 재빨리 그녀에게 큰절을 하고 벌떡 일어서서 그녀를 안고 뽀뽀하고 난 후에 열정적 황홀함에 싸여 이 낯선 손님의 옷가지의 모든 부분을 만지고 냄새를 맡은 후, 바스락 소리도 내지 않고 허리를 굽히지 않은 채 자기 손님 맞은편에 예의 바르게 앉았다. 하지가 그들 대신 대화를 이어갔다.

우리는 만구프 아브라함의 작은 집에서 잘 쉬며 배불리 요기했다. 우리 중 일부는 푹 자는 쪽을 택했지만, 나는 계속 하지의 이야기들을 들으며 그의 완전히 순수한 동양식 생활환경을 즐거운 눈으로 관찰했다. 그의 작은 객실은 이곳저곳에 아시아풍으로 순박하고 울긋불긋하게 칠해져 있었고, 나무에 정교하게 부조한 무늬들로 꾸며져 있었다. 측면에는 하지가 목욕한 곳과 똑같은 무늬가 새겨진 작은 문이 달린 벽감이 설치되어 있었다. 선반에는 여러 가지 귀한 물건들과 나란히 많은 필사본들이 아주 깔끔하게 정리되어 있었다.

만구프 아브라함은 마인츠 독일인이 발명한 것들[13]을 인정하지 않았고, 그의 예언자가 사용하지 않았던 것들을 사용하고 싶어 하지 않았다. 작은 카펫들과 베개들은 새것으로 깔끔하게 털어 놓았는데, 하지가 그것들 위에 깨끗이 씻은 맨발로, 털 하나하나가 꼼꼼하게 빗질해진 수염을 한 채, 하얀 옷을 입고 온통 하얀 모습으로 앉아 있는 모습은 마치 100살 먹은 온순한 아기 같아 보였다. 그가 알고 있는 러시아어 단어는 몇 개 되지 않았고, 내가 아는 타타르어 단어는 그보다도 적었지만, 그래도 우리는 서로 나누고 있는 대화의 핵심적 내용을 이해할 수 있었다.

---

13 〔역주〕 구텐베르크가 만든 금속활자로 찍은 인쇄본 책들을 뜻한다. 구텐베르크는 1400년 전후 마인츠에서 태어났다.

하지는 메카와 메디나를 가 보았고 22년 동안 이맘을 했다. 그는 자신의 성직의 신성함과 자신의 기도가 운명과 자연의 힘을 지배하고 있다는 것과, 《코란》의 단어 하나하나가 가진 부적과 같은 힘을 굳게 믿고 있었다. 그의 삶의 원칙들은 그의 마당에 그늘을 던지는 만구프 바위들처럼 일정하고 단순하며 견고했다.

하지는 크림전쟁 때 피해를 많이 입어서 이 전쟁을 회상할 때마다 가슴이 아팠다. 전쟁 때 카랄레즈 골짜기는 러시아군이 장악하고 있었고, 만구프 근처 포대들 위에 대포들이 배치되었다. 적군이 쉬울류강(Шулю)을 따라 아이토도르를 넘어서 남쪽으로부터 만구프로 다가왔다. 러시아 사람들은 하지에게 보리와 소, 2,000루블의 돈 등 모든 것을 빼앗고 과수원 나무들을 다 베어 버렸다.

멘쉬코프가 병사들에게 "하고 싶은 대로 마음대로 하라!"고 명령했기 때문에 "멘쉬코프 야만아가!(ямань-ага)", "고르샤코프(Горшаков) 야크쉬아가!(якши-ага)"라고 했다. 하지는 산속 깊이 있는 마르후르(Мархур)로 도망갔다. 강도질을 하지 않았다면 군대가 크림반도에서 3년을 나도 물자가 부족하지 않았을 텐데, 3개월도 지나지 않아 물자가 떨어졌다. 다른 사람들은 후에 차르에게서 보상금을 받았는데, 하지는 돈을 받을 수 있는 기한을 놓쳐 버렸다고 했다.

"코미타트(комитат)에게 25루블을 달라고 했고, 그에게도 보상해주면 되는데 그것도 기다리라고…. 그런데 하지 압둘은 22년 동안이나 파디샤(падишах)를 위해 충실하게 복무했어요."

곧 울음이 터질 것 같은 손짓과 목소리로 이맘이 말했다.

저녁 무렵에 날씨가 완전히 갰고, 말들에게 먹이를 줄 수 있었기 때문에 우리는 다음날로 미루지 않고 바로 만구프로 올라가기로 했다. 물은 한 번에 밀려왔다가 한꺼번에 다 빠져나가서 흔적도 없었다. 길가의 모든 돌들은 크림의 태양빛에 말려져 있었다. 비가 온 후에 모든 사물들은 더욱 유쾌하고 화려해 보였다.

만구프칼레로 올라가는 길은 두 가지가 있는데, 하나는 아이토도르 골짜기에서 알말르크데레(Альмалык-дере) 계곡을 지난 후 요새 중심 대문의 폐허를 지나 멀리 돌아가는 길인데, 마차가 갈 수 있는 유일한 도로다. 또 다른 길은 말을 타고 가는 사람들을 위한 길인데, 무서운 낭떠러지를 따라 바로 코지살라로 올라가는 것이다. 우리는 이 짧은 길을 택했다.

탁자형 산머리의 맨 서쪽 끝에 있는 돌출부를 타타르인들은 참누크부룬(Чамнук-бурун), 즉 '소나무 곶'이라 부르는데, 그것과 '유대인의 곶'(추푸트부룬, Чуфут-бурун) 사이에 우리가 올라가야 하는 '타바나데레'(Табана-дере), 즉 '무두장이의 계곡'을 지나가야 한다. 추푸트부룬과 뒤에 있는 '바람들의 곶'이란 의미의 겔리부룬(Гелли-бурун) 사이에서 '바냐들의 계곡'이라는 뜻의 가만데레(Гаман-дере)라는 두 번째 숲 내리막길이 뻗어 있고, 겔리부룬 뒤로 접근하기가 가장 쉬운 마지막 비탈인 '대문의 계곡', 즉 카푸데레(Капу-дере)가 있다. 그것은 만구프의 맨 동쪽 끝이며 접근이 제일 어려운 돌출부인 테쉬클리부룬(Тешкли-бурун), 즉 '균열의 곶'으로 끝난다. 자연의 조화는 바위 돌출부 코에 아래와 멀리서 보면 바늘귀처럼 보이는 빛이 통과하는 커다란 창문을 뚫어 놓았는데, 이 구멍 때문에 이런 이름이 붙게 되었다.

첫걸음을 떼자마자 바로 우리는 말을 타고 계속 갈 수 있을지 의심하게 되었다. 먼저 부서진 설탕처럼 발굽 아래에서 흩어지고 아무 받침도 되지 않을 정도로 푸한 쇄석의 산길을 가야 했고, 그다음에는 날씨가 건조할 때도 미끄럽고, 소나기가 쏟아부은 후에는 통행이 불가능하게 된 샛길이 낭떠러지의 가파른 가장자리를 돌며 심술궂게 구불구불 이어졌다. 그다음으로는 키가 작고 가시가 많은 나무들이 무성하게 앞을 막고, 커다란 돌들이 땅 위에 잔뜩 덮여 있는 숲속을 헤쳐 나가야 했다.

말들은 그런 지형을 문턱을 넘어가듯 해야 했고, 산사태로 부서져 떨어진 바위 조각들을 계단 삼아 계속 위로 올라가야 했다. 45도 경사의 가파른 오르막길에서 이런 고생을 하면서 매 걸음마다 좌로 우로 몸을 꿈틀거리면서 올라가야 했다. 크림 말들이 산악 샛길에 아무리 익숙하다 해도 여기서는 거의 행진을 포기해야 할 지경이었다.

폐에서 품어 나오는 힘들고 병적인 헉헉거리는 숨소리를 듣는 것과, 풀무처럼 빠르고 거칠게 부풀어 오르며 땀으로 흠뻑 젖은 말의 옆구리를 보기가 애처로웠다. 그런데도 타타르인들은 아랑곳하지 않았다! 불쌍한 동물을 막대기로 막 후려쳐 때리면서, 아무도 말에서 내리지 못하게 했는데, 솔직히 말하면 말에서 내려 걸어가는 것이 더 나을 것 같다는 생각이 들 정도로 못 미더웠다.

길을 절반 정도 갔을 때, 우리는 참누크부룬에서 추푸트부룬까지의 계곡을 가로막고 서 있는 앞에 있는 담장을 보았다. 그 담이 추푸트부룬 바위들과 맞닿은 데서 우리는 서로 돌계단으로 이어져 있는 4개의 방으로 이루어진 꽤 흥미로운 3층의 동굴을 구경했다. 그것은 일종의 파수대 겸 총안 겸 병영이었던 것 같다. 담을 넘어가니 옛날 묘비들 중 어떤 것은 바위 안으로 들어가 있고, 어떤 것은 숲속에서 흩어져 있지만, 대부분 아직도 고스란히 제자리에 있는 광대한 카라임 묘지가 뻗어 있었다. 묘비의 모양과 글들이 추푸트 옆 여호사밧 골짜기에서와 마찬가지로, 뿔이 2개 있는 것도 있었고, 한 개 있는 것도 있고, 납작한 것도 있었다.

카라임인들[14]이 만구프에 언제부터 정착했는지 정확히 알 수는 없다. 묘비를 보면, 그들이 이미 13세기에 이곳에 거주했던 것은 틀림없다. 그들이 이곳의 마지막 거주자였을 가능성은 아주 높다. 팔라스가 쓴 여행기록에 만구프에 대해 다음과 같은 말이 나온다.

> 무두장이 유대인들은 여름철에 추푸트칼레[15]에서 이곳으로 와서 이 산 근처에 풍부하게 자라 있는 무두질용 식물들(Rhus coriandria) 을 제혁을 위해 사용했는데, 이곳 물도 그런 작업에 꽤 잘 맞았다고 여겨진다.

---

14 〔역주〕 카라임인(카라임족, Karaims) : 카라임족은 성서 이외에는 권위를 인정하지 않는 탈무드를 추종하지 않는(*non-Talmudic*) 유대교 신봉 종족이다. 인종적으로는 터키계에 속하는데, 유대교를 신봉한 하자르(Khazar) 공국 후손들이다. 8세기에 부족이 형성되어 9세기에 추푸트칼레를 중심으로 한 크림반도에 정착했고, 리투아니아 지역에서는 트라카이(Trakai) 와 빌니우스 인근에 정착한 후, 일부가 그곳으로부터 우크라이나 서부지역으로 이동하여 루츠크(Lutsk) 와 할리치(Halych) 에 정착했다. 1863년 제정러시아의 공식 소수민족으로 인정된 카라임족은 터키어군의 킵차크계열 언어를 사용하면서 부족 내 밀접한 관계를 유지하며 생활했다. 그러나 카라임족 수는 계속 줄어들어 1926년 통계에 8, 324명이던 카라임인이 1979년 인구센서스에서는 3, 341명만 남은 것으로 기록되었고, 그중 3분의 2가 크림반도에 거주했다. 현재는 우크라이나 전체에 약 1, 200명만 남아 있고, 그중 800여 명은 크림반도에 거주한다(출처: Encyclopedia of Ukraine).

15 〔역주〕 추푸트에 카라임 종파 유대인들이 항시 거주했다는 것은 잘 알려진 사실이다.

이제는 그 피혁 수공업이 완전히 사라져 버렸고, 나는 온 만구프산에서 무두질용 식물을 한 줄기도 찾지 못했지만, 오히려 주변 숲에서 그것들이 몇 번 눈에 띄었다. 이제는 어디 가든 딱총나무속의 풀이 가득 차 있었다.

타바나데레는 다른 오르막길들과 마찬가지로 꼭대기에 담과 성가퀴가 있는 동그란 모양 탑들로 막혀 있다. 담 아래에 카라임인들이 가죽들을 담아 놓았던 샘들, 가죽을 담그기 위해 파 놓은 구멍과 석회암 못들이 보인다. 샘들 옆에는 큰 동굴이 보인다. 그쪽 담과 탑은 크게 파괴되어 있었다. 만구프 평지에서 참누크부룬의 돌출부로 나가는 곳에 산의 서쪽 가장자리를 방어했던 요새 모양 성이 별도로 세워 있었다. 지금은 요새의 크기와 모양을 짐작할 수 없게 하는 앙상한 골조만 남아 있다. 근처에는 카라임인들의 시나고그의 폐허들도 보인다. 무너진 담에서 부서져 떨어진 돌조각들을 통해 만구프칼레의 평평한 꼭대기로 올라가는 것은 아주 어려웠다.

담을 넘어서자 산의 정상 전체를 차지하고 있는 넓고 평평한 공간이 펼쳐진다. 이곳에는 한때 크림 역사의 자랑거리였던 크고 번성한 도시가 서 있었다. 이제는 당신 눈에 이 도시가 존재했었다는 사실을 확인시켜 주는 것은 만구프산 정상의 목초지를 덮고 있는 쓰레기 더미들이다. 코지살라 타타르인들의 말들과 소들은 사람이 붐비고 성벽 안에 있어 안전했던 거리들이 있던 자리에서 이제 자유롭게 풀을 뜯고 있다.

옛날 유적들은 매년 사라져 가고 있어서, 2년 뒤에 여기 오는 여행자는 내가 본 이 탑들을 찾지 못할 가능성이 아주 크다. 마르틴 브로네프스키(Мартин Броневский)가 기록을 남긴 16세기에는 "만구프에 성이

2채 있고, 화려한 그리스 사원과 건물들을 가지고 있었다." 팔라스가 18세기 말에 만구프에 시나고그와 유대인 무두장이들이 거주했던 집 몇 채를 보았고, 교회 2채의 폐허에서 알프레스코 화법16으로 그린 비잔틴 이콘들과 사원의 동쪽 구석에 있는 성모의 이콘을 알아볼 수 있었다. 그 시절까지는 타타르 모스크가 기독교 교회보다 훨씬 잘 유지되어 있었다. 이제는 이 교회와 모스크의 폐허조차 찾는 것이 쉽지 않다. 아무도 보호하지 않고 자연력과 무지에 의해 파괴되는 옛날 유적들은 하나씩 지구 표면에서 사라져 가면서 자신들 발아래에 역사를 묻어 버리고, 크림반도의 아름다운 장소들에서 지극히 아름답고 흥미로운 장식을 잃게 한다.

이제 만구프에 어느 정도 온전하게 남아 있는 것은 오직 동쪽에서 오르막길을 막아서고 있는 담들과 탑들, 그리고 우리가 아래 도로에서 봤던 바로 그 부룬(бурун) 들이다. 가장 잘 보존되어 있는 것은 가만데레의 둥그런 골짜기로 깊이 내려가는 부분인데, 여기에는 아직도 많은 성가퀴와 총안들이 남아 있고, 동그란 탑들 중 어떤 것은 거의 온전히 남아 있다. 성벽들의 두께가 1아르신 이상이며 높이는 2사젠에 이른다. 그 성벽들의 안쪽 계곡 꼭대기에 요즘에는 날씨가 나쁠 때 가축 피난처로 쓰이는 공간인 넓은 몇 개의 동굴들이 있다.

그 동굴들 중 하나의 내부에는 깊은 샘과 거기까지 뚫어 놓은 우물들이 보이는데, 이것들이 이 계곡을 가만데레라고 부르게 만든 옛날 목욕탕이었다고 안내자가 우리에게 설명했다. 코지살라의 타타르인들에게

---

16 〔역주〕 알프레스코(*al-fresco*) 화법: 수채화로 벽화를 그리는 기법을 뜻한다.

산속 목초지에 있는 이 샘은 보물과 같은 존재다. 팔라스 시기에는 그곳에 헤지라력[17] 953년, 즉 1546년이라는 타타르어 글자가 새겨진 지붕이 있는 분수가 있었는데, 브로네프스키도 만구프의 훌륭한 물에 대해 "바위에서 흘러나오는 깨끗하고 신기한 몇 줄기의 개울물"이라 언급했다.

이밖에 꽤 온전하게 남아 있는 것은 마지막 계곡인 카푸데레 꼭대기의 끝을 이루는 대문 탑들과 다른 탑들, 테쉬클리부룬으로 불리는 동쪽 돌출부로 들어가는 곳 옆에 따로 서 있는 성이다. 이 성은 만구프에서 가장 볼만한 유물이며, 예전에 이곳의 생활과 방어시설의 중심 역할을 했던 것으로 보인다. 성의 동쪽 전면에 난 창문들 옆에서 어떤 사람은 동양 그림이라고 생각하고, 어떤 사람은 그리스 그림이라고 추정하는 석제 조각이 잘 남아 있다. 내가 보기에 그것은 앞에 말한 것과 마찬가지로 고딕 장식도 연상시킨다.

아래층은 궁륭 모양으로 만들어져 있고, 거기를 통해 테쉬클리부룬으로 가는 고딕 모양 통로가 나 있다. 벽 안에는 좁은 총안들이 나 있다. 팔라스와 케펜이 말하는 기독교 교회와 모스크 폐허들은 이곳에서 그리 멀지 않은 성의 서쪽 맞은편에 있다. 많은 사람들은 이 성을 그리스 건축이라고 보지만 보구쉬 세스트렌체비치(Богуш Сестренцевич)는 자신이 쓴 《타브리다의 역사》에서 옛 그리스 사람들은 만구프칼레를 카스트론고티콘(Кастрон-Готикон), 즉 고딕 성이라고 불렀다고 주

17 〔역주〕 헤지라력(*hegira calendar*) : 헤지라는 아랍어에서 유래된 단어로 '이민', '도피'라는 뜻이다. 마호메트가 메카에서 메디나투 안 나비, 즉 예언자의 도시 혹은 메디나라는 이름을 얻은 야스리브 도시로 이주한 날, 622년 7월 16일로부터 무슬림 역법의 시작된다.

만구프의
테쉬클리부룬 동굴

장했는데, 정말 성은 어느 정도 고딕 건축이라는 인상을 준다.

마르틴 브로네프스키의 말에 따르면, 그곳은 칸들의 야만적 분노 때문에 모스크바에서 온 사신들이 잔인하게 감금당한 바로 그 성이다. 예를 들어 우리가 가진 크림 소송기록에는 이반 4세 사신인 아파나시 나고이(Афанасий Нагой)가 일행과 같이 감금되었고, 같은 곳에 몰로츠나야(Молочная), 혹은 몰로츠느예 보드강(Молочные воды)에서 타타르인들에게 생포된 바실리 그랴즈노이(Василий Грязной)가 5년간 갇혀 있었다.

카람진이 인용한 그랴즈노이의 말을 보면 "술에 취해 다친 것도 아니고 페치카[18]에서 떨어져 바닥에 부딪쳐 다친 것도 아니지만" 타타르

---

18 〔역주〕 페치카(печка) : 집안 난로인 페치카 위의 높은 잠자리를 뜻한다.

인들로부터 혹독한 취급을 받았고, "폐하를 다시 뵐 때까지 살아 있기만 할 수 있다면, 굶주리고 입을 것이 없어도 죽지만 않았으면 합니다"라고 포로로 잡힌 차르의 총신은 이반 4세에게 편지를 썼다.

어쨌든 이 성은 브로네프스키가 보았던 "그리스어 글들과 많은 대리석으로 꾸며진 멋진 대문"과는 많이 다른 모습이 되어 버린 지 오래다.

이 성에 의해 방어되는 테쉬클리부룬 돌출부로 들어가면 이곳이 요새 속 요새인 성채라는 것을 분명히 알 수 있다. 테쉬클리부룬에는 감옥과 병영이 있었던 것이 틀림없다. 테쉬클리부룬의 돌로 된 중심부에는 남쪽과 북쪽 방향으로 몇 층의 동굴들이 빽빽이 뚫려 있다. 어떤 동굴은 이제 들어갈 수 없지만, 어떤 동굴은 우리가 꼼꼼히 살펴본 결과, 물탱크, 말구유, 가축 매는 기둥, 토방, 벽감, 작고 구불구불한 돌계단 흔적이 많이 남아 있었다. 그러나 이 모든 것들이 무서운 낭떠러지 위에 걸려 있어서 거기로 내려가는 것은 아주 위험했다.

그런데 무엇보다 인상적인 것은 '북동굴'(Барабан-пещера) 인 다울지코바다(Даулджи-коба) 이다. 한편에서 다른 끝까지 관통하는 구멍이 뚫려 있는 테쉬클리부룬의 앞부분은 이 동굴로 가는 아름다운 내리막길의 역할을 한다. 계단은 커다란 틈이 갈라진 궁륭 아래로 내려가다가 제비의 둥지처럼 심연 위에 걸린 채 절벽 옆에 꼭 붙어 이어진다. 남아 있는 울타리는 오직 돌 속에 있는 구멍들이고 세월은 이 계단을 핥고 갉아먹어서 계단 자체는 거의 흔적이 보이지 않는다. 이 계단은 아무나 산책할 수 있는 곳은 아니지만, 여러 굽이 아래로 멀리 보이는 전망은 놀랄 만한 감동을 준다.

'북동굴'이라는 이름이 붙은 이유는 동굴의 중앙 공간의 궁륭을 받치고 있는 굵은 석회암 기둥을 주먹으로 치면 북소리와 비슷한 큰 소리가 나기 때문이다. 이것은 감옥이었음이 분명하다. 중앙의 방에 난 행렬을 따라 여러 개의 작은 방들로 가는 낮은 복도들이 보이는데, 그중에 어떤 방에는 사슬이나 줄을 매기 위해 돌기둥에 뚫은 구멍들이 보인다.

우리는 늦게 만구프 폐허 구경을 끝냈다. 그때 이미 분홍색 석양이 하늘에 번졌고, 우리가 딛고 선 구름 밑 고원에서 석양의 햇빛이 구름 사이를 뚫고 비춘 크림 산악의 장관을 둘러보았다. 파란 바다가 서쪽 수평선에 높이 솟아올랐고, 그 배경으로 돛들의 하얀 점들과 세바스토폴 해안의 백악의 하얀 낭떠러지들이 선명하게 그려져 있다. 콘스탄티놉스키 포대가 바다로 멀리 튀어나와서 마지막 저녁 햇살로 반짝거리며 마치 100개의 눈을 가진 개처럼 누워 있었다. 이보다 더 불처럼 반짝이는 것은 마켄지에바산(Макензиева гора)에 세워진 하얀 등대들인데, 그것은 저녁 늦게 들어오는 선박들을 위험한 안개 사이로 인도하는 세바스토폴의 2개의 야간 눈이다.

남쪽, 동쪽, 북쪽에는 산들이 파도처럼 이어지며 펼쳐져 있다. 이 산들 틈새로 떨리는 황금빛을 띤 분홍색 김이 짙어지면서 점차 멀어져가는 원경의 모든 단계들을 선명하게 드러내며, 우리가 한눈에 넣을 수 없는 끝없는 파노라마가 클로드 로랭19의 풍경화들에 나오는 환상

---

19 〔역주〕 클로드 로랭(Claude Lorrain) : 로랭은 1627년부터 로마에 거주했던 프랑스 화가인 클로드 젤레(Claude Gellee, 1600~1682)의 아호다. 광선과 공기에 대한 극도로 세밀한 작업을 통해 이루어지는 공간성이 특징인, 고전적인 '이상적' 풍경화 스타일을 창조했다. 황금색을 띤 아지랑이에 사라져가는 아침이나 저녁의 분산된 광선의 효과들을 특히 좋아했다.

적이며 몽상적인 분위기를 만들어 준다. 엄격한 자연과학자인 팔라스는 만구프 꼭대기에서 눈앞에 펼쳐지는 광경을 "말로 설명할 수 없을 만큼 아름답다"라고 묘사했고, 클라르크는 《러시아, 타타리아와 터키 여행》 2권에서 만구프에 대해 이보다 더 감동을 많이 받은 듯한 묘사를 했다. "유럽의 어느 곳에도 이곳의 놀라운 장엄함을 뛰어넘는 광경을 가진 데는 없다. 나는 이런 광경들을 보는 것이 익숙해 있었지만, 이 놀라운 광경을 종이에다가 스케치할 생각을 감히 하지 못했다."

만구프산 꼭대기에 서 보면 당신이 이 산이 얼마나 뛰어난 전략적 위치에 있는지 바로 깨닫게 된다. 만구프는 먼 바다와 서쪽 해안, 크림의 모든 산에서 멀리서부터 보인다. 만구프에서 크림 남서부 산들로 이어지는 모든 길들이 보인다. 고대에 만구프 성탑들은 세바스토폴항에서 차티르다그까지 행렬을 이루며 흩어져 있는 보루들을 위한 신호등 역할을 해왔다. 만구프는 말 그대로 이 지역 전체를 지배하는 도시였다.

암흑시대에 남을 지배하는 자는 오직 접근이 불가능한 곳에 있으면서, 육식 새처럼 접근이 불가능한 높이에서 남을 쉽게 믿는 약한 자들을 감시할 수 있어야 했다. 쥐, 곤충 등 남들의 사냥감이 되는 모든 존재들은 땅에 바짝 붙어 굴과 틈 속에 숨는다. 독수리와 매는 나무 꼭대기에 솟아오르거나 구름 위에서 떠다닌다. 문명이 각 사람의 권리를 보증해 주기 전의 인간 사회도 이와 마찬가지였다. 농부는 옛날부터 자기 오두막을 골짜기나 강가에 숨겨 짓는 습관이 있었지만, 남작[20]은 자기 바위 꼭대기에 성을 지었고, 지주의 화려한 집은 반드시 언덕 위에 있

20 〔역주〕 남작(*baron*) : 귀족, 지배자를 총칭한다.

어서, 그 발치에 숨어 있는 마을을 주인으로서 위에서 둘러본다.

이런 이유로 만구프 또는 다른 발음으로 만쿠프(Манкуп), 만코피야(Манкопия), 만구트(Мангут)라는 이름이 역사상에 생겨난 먼 옛날부터 이곳은 이 지역 생활의 중심 역할을 해왔다. 이곳은 늘 한 민족 전체, 때로는 공국, 때로는 주의 중심 도시 역할을 해왔다. 이곳은 산도 초원도 해안도 모두 통제해왔다.

우리는 만구프칼레가 어느 세기에 지어졌는지는 물론이고, 심지어 어느 민족이 건설했는지 모른다.

1833년 추푸트칼레의 카라임 랍비인 모르트하이 술탄스키(Мортхай Султаньский)는 전에 만구프에 거주했던 사람 3명이 아직 생존해 있고, 이들은 옙파토리야와 바흐치사라이에 살고 있다고 학술원 원사 케펜에게 전했다. 이 노인들은 카라임 사람들이 타타르인들과 같이 페르시아, 부하리야(Бухария)와 체르케시야(Черкесия)에서 이주해온 것으로 자기 조상들로부터 들었다고 증언했다. 이외에도 후에 스타리크림 출신들이 만구프에 들어와 살았다고 했다. 그들을 포함해 만구프에 카라임인 가족이 300가구까지 살았는데, 1783년 러시아가 크림반도를 합병한 후 여러 가지 이유로 그 수가 70가구로 줄어들었다. 1791년 이들마저 여러 군데로 흩어져 버렸고, 만구프 땅은 아들베이 발라투코프(Адиль-бей Балатуков)의 아버지인 전 하즈나다르(хазнадар)의 소유가 되어 아직까지 그 가족 소유로 남아 있다.

만구프 묘지의 묘비들 중에서 1274년에 만들어진 이삭 아들인 모세의 묘비가 있기 때문에 13세기에 이미 만구프가 존재했고, 이곳에 카라임인들이 살았던 것은 틀림없다. 그런데 내 기억이 맞는다면 유명한 카라임 고고학자인 피르코비치(Фиркович)가 만구프 묘지에 있는 이보다 훨씬 더 오래된 비문에 대한 말을 남긴 적이 있다. 전설에 따르면 만구프에 정착한 카라임인들은 아시아에서 이주해 왔다고 하니, 이들이 이곳에 처음 정착한 것은 아주 먼 옛날일 수 있다. 피르코비치는 옛날 모세 5경의 후기 하나를 근거로, 자신의 동족들이 기원전 4세기에 크림반도에 정착했다고 주장한다.

피르코비치는 추푸트칼레의 여호사밧 골짜기에서 땅속으로 거의 다 들어간 옛 관을 발굴해서, 그것에 적혀 있는 기원후 6년 아니면 기원후 1세기 초기의 글을 읽었다. 그 밖에도 그는 같은 묘지에서 7세기에 하자르족을 유대교에 귀의하게 만든 카라임 랍비의 묘를 발견했다. 이 모든 상황과 추푸트와 만구프칼레가 서로 놀랍게 유사하다는 점과, 두 산이 아주 가까이 위치한다는 점 등을 고려하면 만구프가 크림카라임인들의 가장 오래된 거주지였다고 믿을 근거가 있다. 만구프의 탁자 모양 산머리와 묘들을 보면 당신은 자신이 추푸트에 있는 것이 아닌가 쉽게 상상할 수 있고, 친족관계이며 이웃에 있는 두 도시에 사람들이 동시에 정착하지 않았다고 생각하는 것이 오히려 이상하다.

어쨌든 카라임인들이 만구프에 정착한 것은 이곳이 세워진 시기를 설명하는 데 도움이 되지는 않는다. 카라임인들이 정치적으로 독립적인 생활을 했던 적이 없었다는 간단한 사실 하나만으로도 이들이 만구프를 지은 것으로 볼 수 없다.

만구프는 부분적으로 기원후 2세기에, 부분적으로 4세기에 크림반도에 정착한 고트인들에 의해 세워졌을 가능성이 제일 크다. 많은 고대 저자들은 만구프 혹은 만코피야를 고트인들의 수도라고 기록했다.

15세기 말~16세기 초에 메호프(Мехов)에서 온 크라쿠프의 사제가 사르마티아인들의 나라에 대해 서술하면서, 타타르인들이 타브리다의 북쪽 대문(페레코프)을 통해 들어와서 "고트인들이자 고트어를 했던 만구프 소유자들이 가진 것이라고는 만구프성밖에 남지 않을 정도"로 타브리다의 모든 도시들과 마을들과 땅들을 차지했다고 주장했다.

마호메트가 카파를 점령하고 페레코프 타타르인들을 복속시키고 크림반도를 전체를 차지했을 때, 이전에 사르마티아, 이탈리아, 스페인과 프랑스에 거주했었던 '고트인들의 마지막 후손'이며 만구프의 소유자인 두 형제를 죽이고 만구프를 차지했다.

이런 소상하며 결정적인 정보는 마호메트가 이곳을 점령한 시대에 살았던 사람이 남긴 것이기 때문에 큰 의미가 있다. 고트인들은 훈족에게 쫓겨서 일부가 프랑스, 불가리아, 이탈리아 등으로 이주해 갔는데, 일부는 타브리다로 갔다가 타타르인들에 쫓겨나서 만구프와 다른 지역에 정착했다는 것을 베르제롱[21]도 인정한다.

콘스탄티노플에 주재한 독일 대사 부즈베크(Бузбек)는 16세기에 크림반도를 방문한 사람들에게 크림고트인들에 대해 많이 물어봤다고 한다. 이들은 그에게 고트인들의 호전적 성격과 이들의 중심 도시들이 만구프와 스키바린(Scivarin)이라는 것을 전했다고 한다. 이런 사실을 놓고 추론해 보면 부즈베크가 활동한 때에 고트인들이 아직 별개

---

21 〔역주〕 베르제롱(Bergeron) : 프랑스 지리학자인 피에르 베르제롱(Pierre Bergeron, 1580~1637)을 가리킨다.

민족으로 크림반도에 살고 있었다고 볼 수 있다.

1787년에 뷰싱(Бюшинг)이 편집한 지리학 책에서 크림반도에 대한 자세한 서술을 한 툰만[22]도 앞서 말한 사실을 강력히 주장했다. 크림반도에 있는 그리스 식민지들은 1204년부터 선거로 지배자들을 뽑거나, 일정 기간 특별한 공후들의 지배 아래 있었다고 언급한 후, 그는 이곳이 터키인들에게 점령당하기 전에는 이러한 공국으로 테오도로공국[23]과 고트공국[24]이 존재했다고 덧붙였다.

툰만의 주장에 따르면 754년에 만구프에 이미 고트인 주교가 있었고, 고트인들은 1560년까지도 이곳에 살고 있었다. 툰만이 고트인들의 중심 도시들로 언급한 곳은 아마도 부즈베크의 말을 인용한 것인데, 그는 만구프와 "이곳에서 멀지 않은 슈렌(Schuren) 아니면 슈아린(Schiuarin)이라는 이름을 가진 소도시"를 언급했고, 후자는 현재 벨베크 강가에 있는 슈이렌(Сюйрень)으로 추정할 수 있는데, 이곳에는 견고하게 쌓은 보루의 폐허들이 보인다.

러시아가 크림반도를 합병한 시기에 활동했고, 크림을 직접 방문한 적이 있으며 크림에 대한 고문헌에 정통한 리투아니아 주교인 보구쉬세스트렌체비치는 강한 확신을 가지고 만구프를 고티아의 수도라고

---

22 툰만(Туманн) : 이 사람에 대해서 알려진 사실은 할레대학에서 교수로 봉직했다는 것뿐이다. 그의 저술은 1777년에 쓰였는데, 크림반도에 직접 가 본 경험이 없는 그는 당시까지 알려진 여러 자료와 구전 자료를 이용하여 글을 썼다. 이 저술은 7년 뒤에 독일에서 간행되었다.

23 〔역주〕 테오도로공국(Феодорийское) : 인케르만(Инкерманское)을 지칭한다.

24 〔역주〕 고트공국(Готское) : 만구프(Мангуп)를 지칭한다.

주장했다. “‘인케르만에서 7베르스타’의 거리에 숲으로 덮여 따로 서 있고, 꼭대기에 끝이 날카로운 바위가 있는 바바산(Баба) 이 있다”라고 세스트렌체비치는 기록했다.

이 산은 인케르만과 발라클라바가 위치한 산들과 거의 정삼각형을 이룬다. 이 산은 험하지 않은 한쪽 경사면을 통해 접근이 가능하다. 다른 방향은 눈으로 가늠할 수 없는 깊이의 심연들로 가로막혀 있다. 이 심연의 내부에는 돌들이 깊이 파인 커다란 동굴들이 산재한다. 산 정상에는 넓은 평지가 있는데, 이곳이 한때 만구프라고 불렸던 ‘고트인들이 거주하는 장소였고, 그리스인들은 이곳을 카스트론고티콘라고 불렀다. 지금 이곳에는 넓은 도시의 폐허들이 남아 있고’, 과수들로 덮여 있는 평원이 되었다.

헤로도토스(Геродот), 베로수스(Бероз), 리오도로스(Лиодор) 와 특히 비잔틴 역사가 프로코피우스(Прокопий) 저작을 이용해 편찬한 《타브리다의 역사》에서 세스트렌체비치는 다음과 같이 말한다.

2세기 중반에 고트인들은 타우리인들을 복종시켰고 그들의 이름을 거의 사라지게 만들었다. 4세기 말에 훈족에 밀린 고트족의 또 다른 일파가 접근이 불가능한 산악지역의 좁은 통로들을 통과해서 후에 ‘트라베지트 고트들의 공국(княжество Трапезитских Готов) 이라는 이름으로 알려진 공국’을 그곳에서 세우고 군주들이 통치했다. 고트인들이 그리스 사람들에게 트라페지트라고 불리는 이유는 그들이 남부해안과 평행선인 탁자형 산머리 시나브다그에 살았기 때문이다. 고트식 발음에 따라 이 나라가 도리에(Дорие), 그리고 고티아라고 불렸다. 수도는 만구프이었다.

세스트렌체비치가 시나브다그라고 부른 곳이 고트인들이 살았던 곳이지, 어떤 형태의 사회생활 흔적도 남기지 않은 야일라라고 생각하기는 어렵다. 탁자형 산머리라는 명칭이 붙은 이유는 몇몇 후세 저자들이 바닷가에 있는 것으로 여겨졌던 진짜 트라페주스를 만구프, 에스키케르멘 등 바위 탁자들을 의미하는 것으로 생각한 데서 비롯되었을 가능성이 더 크다고 보는 것이 맞는 것 같다.

만구프를 방문한 세스트렌체비치는 현지 거주자들의 생김새와 방언에 놀랐다. 그는 만구프에서 "가난한 주민들이 사는 몇 개의 건물을 발견했는데, 이곳의 지세와 주민들의 특별한 생김새, 이웃 민족 언어들과 완전히 다른 방언을 보고서 이들이 고대 민족의 후손이라고 결론 내렸다."

그런데 존경받는 성직자가 감동받은 것은 다름 아니라, 거의 같은 시기에 자연과학자인 팔라스가 만구프에서 만났던 카라임 무두장이들 외모의 특징들이었을 가능성이 아주 높다. 역사가들의 증언에 따르면 "타타르인들은 만구프, 카파 등 도시가 있고, 산악지형에 숲이 많은 지역의 대부분을 고대 기독교인들에게 남겼는데", 14세기 말에 터키인들이 크림반도의 해안도시들을 장악하면서 만구프도 차지했다.

크림반도의 고대 유적에 대해 말할 때 내가 자주 언급하는 폴란드 대사 마르틴 브로네프스키는 1578년 만구프를 둘러본 후 다음과 같은 묘사를 남겼다.

> 만구프 도시는 바다와 멀리 떨어져서 산들과 숲 사이에 위치해 있다. 여기에는 넓고 높은 절벽 위에 지어진 성 2채가 있고 훌륭한 그리스식 교회들,

집들, 그리고 바위에서 흘러나오는 시원하고 깨끗하고 작은 많은 개울들이 있었다.

그런데 나중에 이곳은 터키인들에게 점령당했고, 기독교도 그리스인들의 전설에 따르면, 터키인이 점령한 지 18년이 지났을 때 갑작스런 화재가 발생하며 이곳이 완전히 파괴되었다. 그래서 이곳에서 그리스 글들이 새겨진 대문과 높은 돌집 위에 있는 성보다 더 눈에 띄는 것은 없다. 가끔은 모스크바공국에서 온 대사들에게 격분한 칸들이 야만적 풍습을 따라 대사들을 이 돌집에 가두고 엄중히 감시하는 경우도 있었다.

이제 이곳에 남아 있는 것은 오직 성 콘스탄티누스의 그리스교회와 성 게오르기 교회 2개뿐인데, 둘 다 완전히 다 부서진 상태로 남아 있다. 이곳에 살고 있는 사람은 그리스 사람 단 한 명과 유대인 및 터키인 몇 명뿐이고, 나머지는 무서울 정도로 황폐와 망각 상태로 방치되어 있다. 이 커다란 성과 도시들을 소유했던 군주나 민족들에 대해 남아 있는 기록은 전혀 없다. 나는 발을 디디는 곳마다 아주 열심히 이들의 흔적을 찾아보려고 노력했다.

그런데 솔직하고 똑똑한 그리스인 노사제에게서 내가 알게 된 것은 그 도시가 터키인들에게 포위당하기 얼마 전까지도 이곳에 아마도 콘스탄티노플이나 트라페주스 군주들의 혈통이었을 할아버지와 손자 2명인 그리스 공후들이 살고 있었다는 사실이었다. 기독교인, 그리스인들은 그 도시에 꽤 오래 거주했다. 그런데 얼마 지나지 않아 이교도이며 야만적인 민족인 터키인들이 약속을 어기고 이곳을 점령했다. 그보다 110년 전에도 콘스탄티노플 공후들이 산 채로 끌려 나가서 터키 술탄인 셀림(Селим)에 의해 죽임당한 적이 있었다. 그리스 사원들의 벽에는 그들의 조상으로 보이는 군주와 여군주의 가계를 보여 주는 그림이 있다.

만구프 지도자들이 죽임당한 이야기는 마트베이(Матвей)의 전 사제가 들려준 이야기와 일치한다. 브로네프스키에게 자기 도시의 역사를 알려 준 그리스인 사제가 만구프의 마지막 지도자들을 동족인 그리스인으로 여겼다 해도 혈통상으로는 그들이 고트인들이었다는 마트베이의 증언을 반박하기에 부족하다. 그 당시에는 이미 대부분의 고트인들이 그리스인들과 혼합되었다. 혈통과 언어로는 고트인이지만, 어떤 때는 그리스인이라는 공통 이름으로 불리다가 어떤 때는 자기 혈족 이름으로 불렸을 가능성이 아주 높다. 이것은 우리나라의 구성원이 된 여러 부족들이 어떤 때는 러시아인이라는 공통 이름으로 불리다가, 어떤 때는 자신들의 예전 민족들의 이름으로 불릴 수도 있는 것과 같다.

우리 '크림 행정기록'(Крымские дела)에 만구프가 언급된 것은 1474년 이후다. 카람진(Карамзин)이 전하는 '소송 기록'의 증언에 따르면 만구프에 이사이코(Исайко) 공작이 있었는데, 그는 1475년에 모스크바공국 대사인 니키타 베클리미세프(Никита Беклемишев)를 통해 이반 3세 아들인 이반 이바노비치(Иоанн Иоаннович) 대공에게 자기 딸을 아내로 맞을 것을 제안했고, 이반 3세는 다른 대사인 알렉세이 스타르코프(Алексей Старков) 카파에 거주하는 유대인 거부 호지 코코스(Хози Кокос)를 통해 이사이코가 자기 딸의 지참금으로 몇천 금화를 준비하고 있는지 알아보라고 했다고 한다. 이사이코는 한 제노아 기록에 테오도로의 주지배자[25]로 불리기도 했다.

이것은 일부 학자들이 크림 역사에 중요한 도시이고, 심지어 별도로

---

25 〔역주〕 테오도로의 주지배자(*Signore del Theodoro*) : 테오도로의 주권자를 뜻한다.

존재한 공국으로 자주 언급되는 테오도라(Теодора), 테도라(Федора), 로토데로(Лотодеро)가 이때까지 생각해왔던 것과 달리 인케르만이 아니라 바로 만구프칼레였다고 인정해야 할 근거를 제공해 주었다. 터키 술탄들은 그리스 혈통이었던 만구프 공후들을 가끔 러시아에 대사로 보냈다. 일례로 1413년 술탄 셀림은 '페오도리타 만구프의 공후인 케말(Кемал)'을 대사로 파견했고, 1522년 술탄 솔리만(Солиман)은 '만구프 공후인 스킨데르(Скиндер)'를 러시아에 대사로 보냈다.

15세기에 만구프는 제노아인들이 지배에 들어갔는데, 이것은 터키인들이 만구프를 그리스인들에게서 빼앗은 것이 아니기에 가능했다. 세스트렌체비치는 이탈리아 자료를 근거로 만구프가 제노아인들에게 함락당했다는 사실을 우리들에게 전해 준다.

> 터키인들이 카파, 수다크, 발라클라바, 인케르만, 헤르소네스, 케르치 등을 점령한 뒤에 어떤 화살도 도달하지 못하는 난공불락의 철옹성이라고 여겨진 만구프는 도망해온 많은 제노아인들로 인해 방어력이 강해져서 항복하지 않고 방어에 나설 수 있었다.

아흐메트 파샤(Ахмет-паша)는 이 도시를 포위해서 굶주림으로 항복하게 만들기로 했다. 그런데 도시 사령관이 사냥을 나갔다가 실수로 터키인들에게 생포되면서 만구프는 함락되었다. 제노아인들은 반대편에 있는 대문을 통해 도피했지만, 시민 대부분은 죽임을 당했고, 나머지는 포로가 되어 콘스탄티노플로 압송되었다. 당시의 세부사항들은 카람진 또는 크림 칸들의 역사서에 의해 증명된다.

17세기, 그러니까 이곳이 화재로 파괴된 후에 만구프를 방문한 프랑스 기술자 보플랑은 이곳을 보잘것없는 작은 도시라고 평가했다. "만구프는 바바산 위에 있는 보잘것없는 성인데, 이 성의 거주자들은 모두 다 유대인이며 집도 60채밖에 없다."

그러나 행정 및 군사 중심지로서의 만구프의 중요성은 그 후에도 오랫동안 상실되지 않은 것 같다. 터키 지배 시기 동안 이곳은 카달르크(кадалык) 지역 전체의 중심 도시였다. 팔라스는 샤긴 기레이 칸 때 국고의 요구[26] 예산 항목을 우리에게 남겨 놓았는데, 그 목록을 보면 만구프 카달르크 지역이 제일 컸고, 현재 얄타군 전체와 심페로폴군 일부를 차지하고 있었던 것을 알 수 있다. 발라클라바, 인케르만, 얄타, 아흐티아르[27]도 이 지역에 포함되었다.

만구프 카달르크는 39개 소도시를 차지하고 있었다. 알루슈타와 데메르지까지의 모든 산들과 남부해안 전체가 만구프 카달르크에 포함되었다. 샤긴 칸의 목록에〔즉 18세기 최후반에〕 만구프는 도시로 불렸지만, 인케르만, 발라클라바 등 고대도시들은 이 목록에 일반 마을들로 나온다. 비트센(Витсен)이라는 네덜란드 사람은 크림 칸들은 동란 시기에 몸을 피하고 재산을 숨기기 위해 만구프 요새를 사용했다고 했다.

팔라스보다 약 반세기 전인 1753년에 크림반도를 방문한 프랑스 사

---

26 국고의 요구(потребностей фиска): 라틴어의 돈을 보관하는 바구니, 즉 돈궤를 뜻하는 ficsus에서 유래된 단어다. 로마 공화정과 후에 제국의 국가경제에서 이 단어는 정부관리가 관리하는, 세금으로 세입이 들어오고 세출을 위해 돈을 제공할 수 있는 지방 금고를 의미했다.

27 〔역주〕 아흐티아르(Ахтиар): 현재의 세바스토폴을 지칭한다.

절 페이소넬(Пейсонель)이 쓴 흑해 상업에 대한 글도 만구프의 행정적 중요성을 보여 준다. "만구프는 옛날 요새인데 그것의 지배력은 74개 마을에 미친다"라고 기록했다.

만구프의 군사적 중요성을 더 크게 만드는 것으로 산악지역에서 크림반도의 서부해안과 초원으로 가는 통로가 바로 그 옆을 지나가는 점도 꼽을 수 있다. 공학자였던 바살(Вассал)은 1834년 만구프의 서쪽 산기슭 옆에 있는 아이토도르(Ай-Тодор)에서 카랄레즈(Каралезы)까지 가는 길에서 담의 폐허를 보았다. 여기에 산악을 관통하는 중요한 통로가 있었다는 것은 팔라스 때의 코지살라 마을로 알려진 보가즈살라(Богаз-сала)[28]라는 이름에서도 유추할 수 있다.

크림전쟁 때 러시아 엔지니어들은 만구프의 전략적 위치를 최대한 활용했다. 만구프는 대포로 무장하고 있었는데 바살이 담의 흔적들을 찾았던 그 골짜기에서 적이 카랄레즈와 벨베크로 나아가는 것을 막는 포대들이 배치되어 있었다.

---

28 〔역주〕 보가즈(Богаз)는 타타르어로 통로라는 의미다.

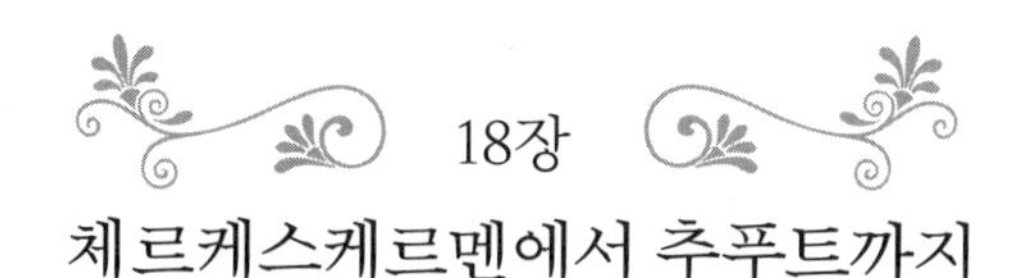

18장
체르케스케르멘에서 추푸트까지

체르케스케르멘의 유적들 — 에클리세, 에스키케르멘의 동굴들, '헐거인'들의 도시들 — 타타르 여공후의 객실 — 바흐치사라이 커피숍 — 칸이 모스크 — 신부의 납치 — 마리안폴 — 고대 키르코르인 추푸트칼레 — 추푸트칼레의 은둔자

간격이 거의 없는 2개의 담처럼 서로 바짝 서 있는 가파른 절벽 사이에, 천연의 천막산으로 보호되는 나무들이 자라는 과수원들이 빽빽하게 자리 잡은 카라일레즈(Кара-Илез)의 좁은 골짜기를 통해, 코지살라와 만구프에서 북쪽으로 내려가다 보면, 여행자들은 크림반도에서 제일 과실이 풍부하고 사람들이 가장 많이 모여 사는 지역 중 한 곳을 지나간다. 주민이 많이 모여 사는 3개의 카랄레즈(Каралез) 마을 중, 유카르카랄레즈(Юкары-Каралез)와 아샤가카랄레즈(Ашага-Каралез)는 오래된 울창한 과수원 속에 빠져 길게 뻗어 있고, 순박하면서 아름다운 동양의 생활 모습들을 곳곳에서 여행자에게 보여 준다.

체르케스케르멘(Черкес-кермен)으로 가려면 카랄레즈부터 왼쪽으로, 거의 뒤쪽으로 세바스토폴 방향으로 돌아가야 한다. 카랄레즈 골짜기의 화려한 시원함을 경험한 후에 만나는 황량하고 돌투성이인 도로는 따분해 보인다.

체르케스케르멘은 당신이 그곳에 들어갈 때쯤에야 뒤늦게 나타난다. 만구프보다 훨씬 작은 좁은 산이 곶처럼 튀어나와 있어 이웃 산들과 구별되고, 돌로 만들어진 요새 품속에 거의 숨어 있다시피 한 아주 좁은 협로를 만든다. 그 속에 체르케스케르멘 마을이 위치해 있다. 여기서 눈에 들어오는 석회암 암석들은 마치 인간의 손이 세공한 듯이 둥그스름한 기둥과 혹 모양의 독특한 형태를 보인다.

아래서부터 물이 쏟아낸 수많은 동굴들이 이곳 거주자들에게 절벽을 주거용 공간으로 이용할 수 있게 만들어 주었다. 마당의 배경은 거의 온통 절벽이고, 거의 모든 절벽에 동굴이 있다. 어떤 동굴 안에는 마구간이나 축사가 있고, 어떤 동굴 안에는 헛간, 부엌, 광이 자리 잡고 있다. 어떤 동굴에는 대문, 작은 문, 울타리, 작은 사다리들이 매달려 있다. 마을 초입에 어떤 무르작의 주거가 있는데, 거기에는 문이 달려 있지 않아도 빗물이 들이치지 않을 절벽 깊은 곳에 자리 잡은 커다랗고 깊은 헛간이 있다. 선사시대의 원시적 모습을 간직한 그 헛간 안에 있는 마차들 중에는 용수철이 달린 멋진 현대식 마차도 있다.

체르케스케르멘에는 화가인 관광객들이 그림 그리기에 좋은 귀중한 소재들이 많이 있다. 길이 건물들보다 약간 위로 지나가기 때문에 마당 안쪽이 거의 조감(鳥瞰)하듯이 보이고, 말을 타고 가는 우리 행렬을 보고 평평한 지붕들 위에서 그림 같은 포즈를 취하며 움직이지 않는 타타르 여자들과 아이들 모습이 이곳의 풍경에 특별한 풍류를 더해 준다. 우리는 높은 말안장에 앉아 메흐테브(мэхтэв) 시골마을의 시끄러운 수업 광경을 직접 보고 있다. 그늘진 2층 화랑, 늙은 호두나무 아래에 알록달록한 옷을 입은 타타르 소년소녀 무리가 맨바닥에 앉거나 누워서 몸을 흔들며, 자신들은 물론 학교 교장인 나이든 타타르 여선생님도 뜻을 완전히 모르는 아랍 책들을 보면서 《코란》을 노래 부르듯이 읊었다.

사람이 사는 집들로 가득 찬 아름다운 협로에서 눈을 떼면, 협로 맨 끝 왼쪽 가파른 산 위에 높게 솟은 낡은 탑을 발견하게 된다. 이것이 옛 체르케스케르멘이다. 체르케스케르멘에는 상당히 큰 요새의 흔적이 남아 있다. 이중 대문이 만들어 놓은 탑이 테쉬클리부룬의 성과 같이 절벽 갈라진 데의 좁고 높은 곳을 가로막고 있어 이곳을 난공불락의 요새로 만들고 있다. 이 탑은 만구프와 인케르만에 있는 탑들과 똑같은 건축술로 만들어졌다. 타타르인들에게 그것은 '크즈쿨레'(Кыз-Кулле), 즉 '처녀의 탑'이라는 이름으로 알려져 있다.

그러나 체르케스케르멘에서 무엇보다 눈에 띄는 것은 그곳의 동굴 사원 혹은 타타르인들이 부르는 이름으로 '에클리세'[1]라고 하는 건물이다. 에클리세는 한번 왔다 간 사람도 다시 그곳을 찾기가 쉽지 않을 정도 숲으로 덮인 절벽 사이에 숨어 있다. 이 교회를 세웠을 때 기독교인들은 교회의 금빛 십자가를 감히 하늘을 향해 올리지 못했고, 당시 크림 기독교인들은 카타콤 시절을 견뎌내지 못했던 것이 분명하다.

---

1 〔역주〕 에클리세(эклисе): 교회를 뜻하는 왜곡된 그리스 단어이다.

타타르인들의 도움을 받고서야 가시 많은 울창한 숲을 지나 절벽의 석회암 낭떠러지를 통해 에클리세로 가는 통로가 열리는 그것의 꼭대기로 올라갈 수 있다. 언젠가 큰 바위 몸통으로부터 분리되어 절벽을 가로막고 서 있으면서 적들의 시선을 차단하는 커다란 둥그스름한 바위 안쪽을 파내어 교회를 만들었다. 옛날에는 암반인 절벽 꼭대기부터 뒤쪽 낭떠러지를 따라, 두 절벽이 맞닿는 곳을 파내어 교회가 있는 절벽으로 내려가는 계단을 만들었는데, 세월이 흐르면서 그 계단이 마모되어 그것을 따라 내려갈 때면 머리가 빙빙 돌 수밖에 없고, 바로 발밑으로 뻥 뚫린 구멍이 보이는데, 교회가 있는 절벽으로 넘어가는 것보다, 이 구멍으로 내려가는 것이 훨씬 쉽다.

에클리세의 낮은 문은 관목과 울창하게 자란 잡초로 가려져 있다. 사원에는 둥그런 궁륭들이 규칙적으로 찍어 만들어져 있는데, 이것이 이렇게 잘 보존된 이유는 사람이 접근하기가 너무 어려웠기 때문일 것이다. 그곳에는 회반죽으로 만든 조소와 비잔틴 벽화 유적들이 눈에 띄는데, 아직도 이콘들 아래 있는 그리스어 글들을 알아볼 수 있고, 성 니콜라이의 특징적 얼굴까지 알아볼 수 있다. 문 옆에는 자그마한 창문이 있는데, 그것을 통해 즐거운 봄 햇빛이 들어와 하얀 석회벽을 비춘다.

작은 제단이 받침 위 높은 곳에 있는 별도의 방에 만들어져 있다. 제단 안에는 십자가가 그려져 있고, 우묵하게 파인 구멍이 있는 석제 성찬대가 서 있고, 왼쪽 구석에는 식사할 수 있는 아주 작은 벽감이 있으며, 제단 벽을 따라 낮은 돌의자들이 놓여 있다. 바닥에 갈라진 작은 틈과 성찬대와 의자 사이로 풀이 솟아 나와 있고, 새들과 박쥐들은 이제 제비들만 접근할 수 있는 이 오랜 성소 안에 오랜 기간 동안 자신의 흔적들을 남겨왔다.

보금자리같이 느껴지는 성당 주위를 말없이 둘러서 있는 황량한 구멍들을 둘러보면 당신은 밝고 고상한 느낌에 사로잡히게 된다. 오직 바위 속에서만 진실과 사랑에 대한 솔직한 갈망이 안식처를 찾을 수 있었던 먼 옛날로 우리의 생각이 옮겨간다. 심장의 따뜻함은 그 바위 동굴을 따뜻하게 만들어 주었고, 지상에서 찾을 수 없는 빛을 비춰 주었다. 학대받고 짓눌리며 몸을 숨겨 은신하도록 강요받았던 선한 사람들은 자신이 겪는 불행 속에서도 행복의 근원을 찾는 방법을 알고 있었다. 세상의 악 속에서도 스스로 선행을 베풀 수 있는 동기를 찾을 수 있었다.

이러한 힘은 신성한 힘이라고 생각할 수밖에 없는 이유가 있다. 마음속에 신성한 영을 갖게 되면 사람은 운명보다 고상하게 된다. 자기 발밑에서 먼지를 털어내고 더 나은 세상에 대한 이상을 가지고 겁 없이, 후회 없이 울창한 숲으로, 황야로, 지하동굴로 갔던 몇 안 되는 집단의 사람들이 사회적 거짓에 맞서 보인 그러한 저항은 위대했다. '깨끗한 마음'의 소유자인 이러한 사람들은 암흑시대에, 계몽시대인 오늘날의 위대한 사상가들과 마찬가지로 인간의 자유를 실천한 수행자들이었다.

우리는 체르케스케르멘에 대해 만구프보다 부족한 정보를 가지고 있다. 대부분의 저자들은 체르케스인[2]들이 이 옛날 요새를 만들었다는

---

2 〔역주〕 체르케스인(Черкесы) : 북코카서스에 거주하는 치르카시인(Circassians)의 러시아어 명칭이다. 체르케스인들은 자신들을 아디게(Адыгэ)라고 부른다.

전설을 믿고 있다. 이름 자체가 그런 결론을 내리도록 유혹하기는 하지만, 이보다 더 중요한 증거들이 있다. 이 근처를 흐르는 벨베크강의 옛 이름이며 오늘날도 쓰는 이름은 카바르드(Кабарда) 인데, 이 강과 카라일레즈강이 합류하는 유역에 아직까지 카바르드라는 마을이 있다.

팔라스의 기록에 따르면 카바르드와 카차강(Кача) 의 상류 사이에 있는 산이 많은 지대를 타타르인들은 체르케스튜스(Черкес-тюс) 라고 불렀고, 옛날에 그 체르케스튜스에 카바르딘인[3]들이 살았다는 전설이 있다. 클라르케(Кларке) 는 체르케스케르멘이 제노아인들의 소유였고, 그곳에 체르케스인들이 살던 때가 있었다고 주장한다. 과학원 원사인 케펜이 이에 대한 더 많은 세부적 기록으로 찾은 것은 1795년에 레이네그스(Рейнегс) 가 작성한 카프카스 묘사다. 레이네그스의 말에 따르면, 체르케스인들은 12세기에 크림반도로 이동했다고 한다.

그렇지만 체르케스인들은 원래 카바르인라고 불렸고 칭기즈칸의 자손이며, 본래 크림반도에 살다가 지금 거주하는 곳으로 옮겨왔다고 자신 있게 레이네그스에게 주장한 유식한 사람들이 있다. 케펜은 이 주장을 신뢰하지 않는다. 그런데 내가 보기에 아무리 토속 전설이라 해도 자의적으로 전혀 알려지지 않고 크림반도와 완전히 떨어져 살고 있었던 부족이 자신들과 친족관계에 있다는 것을 생각해낼 수 있었을 것 같지 않다. 어쨌든 한편으로 크림타타르인에게, 다른 한편으로는 카프카스 산악지대에 거주하는 사람들에게 똑같은 전설이 전해 내려온다는

3 〔역주〕 카바르딘인(Кабардинцы) : 체르케스인들의 12부족 중 가장 큰 부족으로 고유의 아디게 방언을 사용한다.

것은 그것에 어느 정도의 역사적 신뢰성을 준다. 주의할 만한 점은 카프카스 전설에서는 체르케스인들이 크림반도에 거주했다는 사실을 칭기즈칸과 연관시킨다는 점이다.

그런데 타타르인들이 칭기즈케르멘(Джингис-керман, 에스키케르멘)이라 부르는 것은 체르케스케르멘과 거의 하나를 이루는 에스키케르멘(Эски-Кермен) 동굴도시다. 1828년에 코젠(Козен) 장군은 〈교통로 잡지〉에 "혈거인(穴居人)들에 대하여"라는 제목으로 칭기즈케르멘의 옛 유적지들에 대한 기고문을 실었다. 내가 타타르인 안내자들에게서 직접 들은 바로는 에스키케르멘의 절벽은 덴기스[4]라고 불렸는데, 이 이름을 설명하면서 이들은 옛날에 산 주위에 바다가 있었다고 말한다.

케펜은 체르케스케르멘이란 명칭을 만든 사람을 지적하면서 마르틴 브로네프스키를 언급했다. 그러나 나는 브로네프스키가 쓴 글 중에 체르케스케르멘에 대한 것은 하나도 찾지 못했다. 그는 오직 에스키케르멘 이야기만 하고, 무슨 이유에서인지 만구프를 '체르케시게르멘'(Черкессигермен)이라 불렀다.

> 터키인들이 체르케시게르멘, 즉 체르케스인들의 새로운 요새라고 부른 만구프와 멀지 않은 곳에 다른 도시와 성이 자리 잡고 있는데, '터키인들과 타타르인들 그리고 심지어 그리스인들까지도 그 이름을 모른다.' 단지 알려져 있는 것은 신에 대한 사람들의 죄악에 대한 나쁜 이야기들이 주위에 많이 전해 내려온 그리스 공후들 때 그 도시가 멸망했다는 것이다.

---

4 〔역주〕 덴기스(Денгис) : 타타르어로 바다를 뜻하는 말이다.

도시가 위치하고 있는 돌산 위에 완전히 숲으로 덮여 있음에도 불구하고 흔적이 잘 남아 있는 집들은 놀라울 정도로 뛰어난 솜씨로 절벽을 깎아 만들었다. 한 번이라도 체르케스케르멘과 에스키케르멘을 방문한 적 있는 모든 여행자들은 이것이 에스키케르멘을 말한다는 것에 대해 아무 의심도 가질 수 없다.

에스키케르멘까지 2베르스타밖에 남아 있지 않았지만 길은 험했다. 여기에도 만구프와 마찬가지로 완전히 따로 서 있는 기둥과 같은 바위산이 있는데 만구프보다는 훨씬 낮다.

크림반도에 여기보다 특징적인 동굴도시는 없다. 동굴 외에는 어떤 폐허의 흔적조차 없다. 그 대신 동굴은 그 수를 헤아릴 수 없을 만큼 많다. 밑에서부터 험한 산의 낭떠러지를 보면 마치 벌집 같다. 행렬을 이루어 빽빽이 자리 잡은 세포들이 가끔 종이 두께처럼 얇은 칸막이로 분리되어 서로 밀착해 있는 듯하다. 물론 동굴은 예전처럼 밖으로 열려 있지 않지만, 아직 몇몇 동굴에는 작은 창문들이 보인다.

세월은 단지 통나무나 벽돌로 만든 집들만 부숴 버리는 것이 아니다. 사람들은 자신의 보금자리를 절벽 안으로 숨겼지만, 세월은 절벽을 갈라 버리고 자갈이 되도록 잘게 부숴 버렸다. 지금 거의 모든 동굴도시에서 우리가 동굴 안을 밖에서 바라볼 수 있고, 직각 낭떠러지에 열린 조개들처럼 석회암 종단면이 벌어져 있는데, 이것은 건축 도면에 그리기는 아주 편하지만 살기는 전혀 불가능하다.

우리는 골짜기 안에 깊숙이 있는, 에스키케르멘의 산에서 떨어져 나온 커다란 바위들과 절벽만 한 바위들을 호기심 있게 살펴보았다. 바위들 위치와 그 구멍들의 단면을 보면, 이것들은 바로 위쪽에 검은 아가리를 벌리고 있는 동굴에서 떨어져 나온 돌덩이인 것을 쉽게 알 수 있다. 절벽들이 서로 다시 맞붙을 듯이 아랫부분이 절벽과 같이 골짜기로 떨어진 돌계단 위쪽 부분이 돌출되어 있다. 우리는 골짜기에서 안에 동굴이 있는 큰 바위들을 찾았는데, 이곳에는 작은 창문도 문도 다 온전히 남아 있었다. 심지어 안에 예배당이 있는 커다란 바위까지 찾았는데, 이것은 이미 떨어진 절벽을 파서 만든 것일 수도 있다. 그 안으로 어렵지 않게 들어갈 수 있었고, 벽들에 그려진 이콘들과 그리스 글자들이 많이 지워졌지만 그래도 여전히 화려하고 생생했다.

우리는 힘겹게 간신히 위로 올라갔다. 참호같이 깊은 길을 바위 사이를 파서 만들어 놓았는데, 이것은 마치 요새 입구 같았다. 도로 오른쪽 위쪽에 있는 첫 번째 동굴은 크면서 구조가 복잡했다. 많이 파괴되기는 했지만, 파서 만든 궁륭, 기둥, 방과 방을 잇는 통로가 잘 보이고, 그런 방들이 전부 4, 5개가 있었고, 이것들 중 어떤 것은 그 위치와 형태가 마치 제단 같아 보인다. 궁륭들 안에는 큰 석화들이 많고, 제각기 다른 모양을 한 종유석들이 보이고 군데군데 이전에 달려 있던 꺾쇠들의 녹슨 흔적들도 보인다. 제단 방안에서는 벽화의 희미한 유적들을 겨우 볼 수 있었다. 입구 옆에 제일 먼저 나타나는 방들은 거의 다 돌로 가려져 있었는데, 왼쪽 구석 구멍 바로 옆에 간단한 모양의 석제 관이 서 있다. 이 관은 그림이나 글을 새긴 자국이 하나도 없는 돌판으로 덮여 있었다. 같은 모양의 다른 관은 뚜껑이 열려 있었고, 내부는 비어 있었는데, 돌 부스러기 속에 완전히 부서진 관들의 조각이 보인다.

에스키케르멘까지 우리를 안내한 바흐치사라이에서 온 세이드 마진(Сеид-Мазин) 노인은 자신이 몇 년 전에 우바로프5 백작의 안내자 역할을 할 때, 그의 명령에 따라 한 개의 관을 열었고, 그 안에서 금반지들이 있는 사람의 해골을 발견했다고 나에게 이야기해 주었다. 세이드가 언급한 우바로프 백작은 크림반도의 고대 유적지들에 대한 고고학적 저술을 남긴 바 있다. 노인은 그때 에클리세가 거의 온전하게 남아 있었으며 벽에는 물감으로 그린 사람의 모습들이 선명했다고 덧붙였다. 타타르인들은 그 큰 동굴이 그리스교회였다고 믿고 있고, 어떤 여행자들은 그것이 수도원의 유적이라고 본다.

마르틴 브로네프스키가 "대리석과 사문석 기둥들로 꾸며진 성당은 이미 파괴되었지만 그 폐허들이 이 도시의 예전의 영광과 화려함을 증명한다"라고 언급한 것이 이 성당일지도 모른다는 생각이 들었다. 폴란드 사신이 지하 공동예배에 필요한 기본적 편의시설도 갖추지 못하고, 영광보다 위험과 자유의 구속을 훨씬 많이 증명하는 그 지하동굴들에서 도시의 영광과 화려함의 징후들을 찾았다고 상상하기는 어렵다. 또는 브로네프스키 입장에서 보면, 옛날에 산 위, 동굴들보다 높은 곳에 만구프, 체르케스케르멘, 인케르만, 추푸트칼레에 있는 것처럼 실제로 존재했던 방어시설을 갖춘 도시가 존재하지 않았다면, 그곳을 '화려한 도시'라고 지칭하기는 이상했을 것이다.

정말 도시의 폐허를 직접 보고 그것에 대한 아직 생생한 전설들을 들었을 브로네프스키는 우리가 지금 보는 것처럼 "도시가 자리 잡은

---

5 우바로프 세르게이 세묘노비치(Уваров Сергей Семенович, 1786~1855) : 백작(1846~), 제정러시아 과학원 원장(1818~), 교육부 장관(1833~) 등을 역임했다.

돌산 위에"라고 완전히 정확하게 말했다. 통역을 통해 터키 사람들의 이야기를 들은 이 저자가 16세기 터키인들이 정말 만구프를 체르케스케르멘이라고 불렀는지, 아니면 여행기에 한 번도 언급되지 않았고, 저자가 한 번도 방문했을 가능성이 없는 체르케스케르멘를 만구프와 혼동했는지는 정확히 모르겠다.

아무튼 그의 묘사는, 이곳에 고대부터 거주했던 그리스인들의 이름이 16세기에 이미 잊혔고, 이로 인해 근처의 가장 오래된 고대도시인 만구프, 체르케스케르멘 등에 비해서도 더 기원이 오래된 곳으로 인정받은 동굴이 산재한 부유한 도시였던 에스키케르멘에 대한 것임에 틀림없다. 그 정도로 오래된 도시의 흔적이 아무리 바위가 많아도 16세기에 이미 숲에 덮여서 19세기 여행자인 우리들이 그 유적의 흔적조차 볼 수 없을 정도가 된 것은 놀라운 일이 아니다. 이게 사실이라면 브로네프스키가 말한 그 풍요로운 대리석 성당도 그때에는 이미 도시의 외부, 즉 지상 폐허들 중에 묻혀 있었다고 생각할 수 있다.

우리는 내려가 볼 수 있는 동굴은 다 내려가 보면서 에스키케르멘산 가장자리를 오랫동안 돌아다녔다. 동굴 위층에서 아래층으로 내려가는 반 정도 갈라진 계단은 쉽게 믿고 발을 디딜 수 있는 곳이 아니었다. 어떤 곳에는 서너 층이 한 번에 보인다. 어떤 동굴은 공간이 아주 넓고, 그 안에 만구프와 같이 석제 구유, 무언가를 줄로 맬 수 있는 구멍들이 뚫린 기둥과 물탱크들이 있었는데 그곳은 마구간, 외양간임에 틀림없다. 그보다 작은 다른 동굴 안에서는 돌침상, 장롱을 위한 벽감들, 돌을 파내 만든 작은 선반들, 규칙적으로 깎아 만든 인방(引枋) 도리들을 볼 수 있는데, 어떤 곳에서는 방연구6와 난로 흔적들이 보였고, 예외 없이 모든 곳에는 아마도 침대, 탁자, 칸막이, 옷걸이 등을 설치했던 기둥들을 고정시키는 수많은 구멍들이 뚫려 있다.

그러나 이 동굴들 안에 흥미로운 유물들은 전혀 보이지 않는다. 땅에 양과 말 똥 한 층이 덮여 있고, 웅덩이들은 잘 구운 점토 그릇, 잔 조각과 가축 뼈들이 종종 나오는 잔 쓰레기로 채워져 있다. 동굴의 원바닥은 아마도 이미 석회층으로 덮여 있겠지만, 그래도 고대를 연구하는 사람들은 그 지하동굴들을 탐사하는 것이 흥미로울 것 같다. 물론 큰 성과를 낼 수 있는 발굴이 가능한 곳으로는 크림반도의 자연적 종유석 동굴들, 예를 들어 빔바쉬코바(Бимбаш-коба)라는 '천 개 머리의 동굴'이 유명하고, 토양 표면에 엄청난 양의 아직 연구되지 않은 해골들을 간직한 차티르다그(Чатыр-даг) 동굴을 꼽을 수 있다. 그러나 에스키케르멘의 동굴들 같이 '혈거인의 동굴'도 고고학자들이 그냥 지나쳐서는 안 된다.

내가 신기하게 여긴 것은 크림반도의 자연 동굴도시들의 탁자형 정상은 언젠가 산을 둘러싸고 있던 바다에 대한 전설과 반드시 연계되어 있다는 것이다. 만구프의 남쪽 산기슭 옆에 있는 아이토도르 골짜기를 그리스인들은 아직도 펠라고스(пелагос, 바다)라고 부르는데, 타타르인들이 그 이름을 필레구스(филегус)로 바꾼 것이다. 에스키케르멘은 또한 타타르인들에 의해 덴기스라고 불리기도 한다. 피르코비치는 자신의 조상인 카라임인들의 구전에 근거해 먼 옛날 추푸트칼레는 섬이었고 만구프로 가는 길이 뻗어 나간 골짜기는 바다로 덮여 있었다고

---

6 〔역주〕 방연구(方燃口) : 건축물에서 실내 연기가 빠져나가도록 만든 구멍이다.

나에게 이야기해 주었다. 흥미로운 것은 플리니우스도 자신의 《박물지》에서 크림 산악지역이 예전에 섬이었다고 주장한 사실이다. 그 산악 호수가 존재했던 시대에 사람들이 살고 있었다면 주변에 있는 동굴들은 더 중요한 의미를 가졌을 것이다.

에스키케르멘에서 가장 독특하고, 가장 눈에 띄는 구조물은 바위 중심부에 있는 둥근 우물이다. 그 우물 안은 큰 탑 하나가 다 들어갈 수 있을 만큼 크고 깊다. 우물 안으로 내려가려면 밧줄을 사용해야 하는데, 그것도 기술이 능숙한 사람만 할 수 있는 일이다. 많은 계단들이 거의 수직을 이루는 통풍구를 파내어 만들어졌는데, 그것들 중에서 온전하게 남아 있는 것은 거의 없기 때문에 내려가는 사람은 대부분 위에 있는 돌에 매어진 줄을 잡고 공중에 매달려 있어야 한다. 이런 상황에서 당신은 원하건 원하지 않건 발밑의 우물 깊이를 짐작해 보게 되는데, 바로 눈앞에 우물 심연의 깊이를 재는 외부 벽의 오묵한 표지들이 나타난다. 창문이 있었던 구멍이 부서져 만들어진 갈라진 틈 안으로 바람이 세차게 불어치는데, 검은 구멍에 매달려 있는 당신은 갑자기 들이닥치는 빛과 진동으로 인해 크게 놀라며 공포를 느낄 수 있다.

우물 바닥에는 지저분한 검은 흔적들이 많고, 낮고 검은 동굴의 궁륭 아래서 흘러나오는 지하의 샘이 졸졸 소리를 내면서 지하 웅덩이부터 관목과 풀이 울창하게 자라서 가려진 절벽의 외부 틈으로 흘러 내려간다. 그 비밀스런 샘의 광경은 아주 낭만적이다. 샘물이 흘러나오는 절벽의 검은 구멍과, 덩굴로 뒤덮여 물이 관통하는 동굴은 아주 그림 같은 대조를 이룬다. 그런데 물을 짊어지고 날라야 했던 불행한 철기시대의 여자들은 물 한 동이를 얻으려고 매번 힘들게 지하로 내려와야 했으므로 이 물을 보는 눈이 완전히 달랐을 것이다.

에스키케르멘 동굴들에 대해 서술한 기록은 많지 않다. 다른 기록보다 가장 자세한 서술을 남긴 것은 내가 언급했던 코젠(Kozen) 선생의 묘사이다. 그는 덴기스케르멘의 동굴들을 '혈거인들의 거주지'라고 보았다. 그의 묘사 중 나의 개인적 소감을 대신해 줄 가장 특징적인 부분을 아래에 인용한다.

> 모든 절벽들은 맨 꼭대기에서부터 아래로 몇 사젠 깊이로 사람의 손에 의해 갈라져 있었고, 각 절벽 내부는 층으로 나뉘어 있고, 거기에는 거주자들을 위한 크고 작은 집들이 자리 잡고 있다. 이런 집들은 너무 수가 많아서 다 구경하려면 적어도 2주일이 필요하다. … 벽과 천장들은 두께가 5~6인치를 넘지 않고 아주 얇은 경우가 대부분이다. 내부 벽의 두께는 이보다 훨씬 얇아서 2~3인치를 넘지 않는다.
>
> 혈거인들이 일할 때 사용한 여러 연장이 집 안팎에 그려져 있어서, 지금도 그 연장들의 특징을 알아볼 수 있다. 집들 내부 벽에서 볼 수 있는 다른 연장들의 모습도 아주 특별한데, 어떤 것은 두꺼운 줄이나 밧줄과 비슷한 돌출한 반원형 모양이고, 어떤 것은 쌍반점과 비슷한데, 이런 그림 수천 개가 벽에 새겨져 있다. 이 쌍반점 모양 장식은 내부가 가장 화려한 방을 장식하고 있는데, 그 연장이 벽에 남긴 흔적들은 고체가 아니라 부드러운 물체로 누른 것처럼 보인다. 속기 쉬운 외부의 특징을 보면 혈거인들은 돌을 채굴하기 전에 그 돌들을 부드럽게 만드는 방법을 알고 있었다고 짐작하게 만든다. …
>
> 이 절벽들 사이에 그 안에 매우 야릇한 고요함이 있다는 점만으로 아주

멋진 동굴이 있다. 이 절벽 꼭대기는 아주 넓고, 그 아래 지름이 2~3피트 정도 되는 불규칙적인 둥그런 모양 구멍들이 나란히 뚫려 있는데, 그 모양이 큰 영국식 부엌과 어느 정도 비슷해 보인다. 거의 10개 정도 되는 그 구멍들은 입구 겸 높이가 7피트 정도 되는 타원형 모양의 방 안쪽으로 이어지는 통로 역할을 한다. 이 통로를 만든 사람들은 옆쪽이 아니라 위쪽에서부터 깊은 우물로 내려가듯이 아래로 내려가면서 작업을 해야 하기 때문에 이 구조를 만드는 데 큰 어려움을 겪었을 것이 분명하다. 나는 옛날에 혈거인들이 사용한 입구보다 훨씬 편리하게 〔아마도 타타르인들의 기술로〕 측면에 만들어진 틈을 통해 절벽 밖으로 나갔다. …

한 가파른 절벽 위의 바위 속에 신앙심 깊은 중세 수도사용 독방과 예배당으로 사용한 방이 하나 있는데, 그곳에는 재주가 좋은 한 화가가 거주했던 것 같다. 이런 생각이 드는 것은 이 방 벽에서는 비록 많이 파괴되어 제대로 모양을 볼 수는 없지만, 다양한 색들과 실루엣을 선명하게 볼 수 있기 때문이다. 이 그림에는 성모를 중심으로 몇 명의 성인들이 서 있는 모습이 그려져 있다. … 이 그림은 이탈리아 형이상회화파와 이탈리아 회화의 창시자인 치마부에[7] 시대(1300년대)를 영광스럽게 만들었을 것이다.

코젠 선생이 묘사한 예배당이 어느 것인지 정확히 알 수는 없지만, 아마도 가장 가능성이 큰 것은 우리가 에스키케르멘의 절벽 아래 골짜기에서 찾아낸 이 예배당일 것이다. 존경받는 이 저자가 치마부에를

---

7 〔역주〕 치마부에(Cimabue, 1240~1302) : 일명 첸니 디 페포(Cenni di Pepo)로, 피렌체 출신의 이탈리아 화가이다. 비잔틴식 화풍을 버리고 인물을 입체적으로 그리면서 르네상스 화풍의 길을 열었다.

언급한 것은 단지 문장을 좀더 멋지게 만들기 위해서였을 것이다.

앞에 언급한 성당과 무덤이 있는 수도원을 빼면 에스키케르멘에는 여기 말고 다른 예배당은 없는 것 같다. 1802년 크림 판사인 수마로코프도 에스키케르멘에서 교회 2개만 찾을 수 있었다. 에스키케르멘의 역사에 대한 아무 단서도 남아 있지 않다. 브로네프스키의 기록을 보면, 16세기에 이미 그것에 대한 전설들조차 잊힌 이 '고대 요새'의 유물들 가운데서 어떤 역사 자료를 찾기를 기대하는 것은 힘들다.

에스키케르멘의 동굴들을 모두 구경하고 난 뒤 우리는 여정을 계속하기 위해 출발했다. 그런데 안내자 베키르는 진짜 타타르인답게 고집이 셌다. 그가 가진 '공후'(크냐즈)와 '주(구베르니아)에서 온 신사들'에 대한 생각 때문에 우리의 계획은 완전히 망가졌다. 그는 우리 의사와 관계없이 자신이 짐작하는 우리의 높은 계급에 맞게 우리가 명예롭게 행동해야 한다며 우리의 여러 행동을 금지했다. 이 불쌍한 친구는 이 명예의 일부를 온 마음으로 같이 나누고 있음이 틀림없었다.

그는 우리가 극구 말렸는데도 카랄레즈를 소유하고 있는 여자 공후가 머무는 방으로 용감하게 다가가서 '차야'[8]를 불렀다. 그러자 차야가 분주하게 하렘의 마당으로 뛰어갔다가 다시 가슴에 손을 댄 채 우리에게 달려와서는 베키르와 무언가 얘기하면서 우리를 정중하게 객실로 안내했다. 이제 우리가 타타르 여자 공후 집의 손님이 되어서 객실의 삼면 벽을 따라 빈틈없이 깔려 있는 카펫 위에 앉게 되었다.

수염이 더부룩하고 백발이 성기게 난 준엄한 타타르인인 차야는 우

---

8 〔역주〕 차야(чайя) : 귀족 집안의 집사장을 뜻한다.

리들 앞에 놓인 평범한 작은 탁자 위에 독특한 양고기 라구(pary), 수수죽, 타타르식 만두를 차려 놓았다. 방을 가득 메운 하인들이 우리에게 정중하게 예의를 차리는 모습을 보면 웃음을 참기 어려웠다. 차야는 아무렇지도 않게 우리 바로 옆에서 자유롭게 담뱃대에 불을 붙이고 웅크리고 앉아 있다. '오다지'[9]도 담배를 피우고 있었지만 우리로부터 좀더 떨어져서 웅크리고 앉아 있었다. 요리사는 담뱃대 없이 귀한 손님들이 앉아 있는 곳에서 좀더 멀리 서 있었고, 나머지 하인들은 벽을 따라 똑바로 서서는 감히 앉을 생각을 하지 못했다.

지방으로 만든 양초들이 나왔는데 타타르인들 중 한 사람은 편하게 탁자 위에 놔 둘 수 있는 집게를 불안하게 손에 들고 있었다. 때때로 그는 조심스런 발걸음으로 탁자에 다가가 타다가 엉킨 초 조각을 빼낸 후 다시 말없이 조심스럽게 벽 옆 자신의 위치로 돌아가서 주의 깊게 심지가 타는 것을 계속 살펴보았다. 그 옆의 하인은 숯이 담긴 작은 향로를 들고 있었고, 또 다른 하인은 작은 쟁반을 들고 있었다. 모두 다 자신이 수행하는 임무가 아주 중요하다는 생각으로 가득 차 있는 것 같았다. 또 다른 하인이 많은 깃털 이불, 깃털 베개와 솜이불들을 들고 들어왔다. 이 모든 것들은 아마천이 아닌 알록달록한 옥양목으로 만들어져 있었는데, 그 천은 흠잡을 데 없이 깨끗했다.

우리를 대접하고 숙박을 준비하는 동안 나는 바로 알아차리지는 못했지만 곧 어떤 익숙한 느낌에 사로잡혔다. 나는 이 환경이 친숙했고, 이 풍습을 여러 번 봤다는 느낌이 들었다. 아주 어린 시절의 광경이 떠

---

9 〔역주〕 오다지(оаджи): 귀족 집안의 집사를 뜻한다.

올랐다. 어떤 사람은 냅킨을, 어떤 사람은 접시를, 어떤 사람은 쟁반에 있는 포크를 들고 있고, 주인의 식탁 옆에 쓸데없이 떼 지어 서 있는 바로 그 농노 하인들이 지금과 똑같이 뒷짐을 지고 벽을 따라 몇 시간씩 서 있으면서 보내던 그 즐거움, 지금과 똑같이 지방으로 만든 양초를 피우고, 지금과 똑같이 바로 그 긴 담뱃대 안에 연초를 넣어야 했던 것, 지금과 똑같은 바로 그 하인들과 집사장, 지금과 똑같이 요리를 고를 때 바로 그 기름지고 거친 취향, 벽에 줄지어 서 있는 화려한 가구들과 수많은 침대보, 이 모든 것들은 얼마 전까지 어엿하게 살아 있다가, 얼마 전에 영원히 사라져 버린 익숙한 것들이었다.

수도에서 근무하며 유럽 풍습을 일찍이 접할 수 있었던 얼마 되지 않는 귀족들을 제외한 나머지 대부분의 러시아 중간 귀족들 중에서 첫 관직을 받은 후 일찍 스스로 은퇴하거나, 15살 때부터 자신의 세습영지를 떠나지 않고 생활한 지주들은 틀림없이 우리가 생각하는 것보다 훨씬 많은 것을 타타르 무르자들에게 차용해온 것 같다.

다른 것보다 이를 웅변적으로 증언하는 것은 타타르 무르작식의 생활방식, 살림의 무규율, 말과 개에 대한 열정, 안락한 집안 분위기 등이다. 어린애 같으면서도 우레 같은 목소리, 짙고 사나운 피가 가득 찬 순결하며 건강한 신체들, 까맣고 노여운 눈, 갈기처럼 딱딱한 콧수염과 머리카락, 이 모든 것들은 내가 오래전 소년 시절에 본 것들인데, 25년이 지난 후 타타르 무르작들과 잠시 생활하며 이 모든 것이 살아 있는 것을 보고 크게 놀라지 않을 수 없었다. 타타르 무르작 생활방식은 우리의 농노제 지주들이 모방해온 이상적 원형이다.

우리는 바흐치사라이(Бахчисарай)까지 바로 스텝을 관통해 가기로

했고, 초원 위에서 모두가 재미로 격렬한 경마를 벌였다. 우리가 탄 말이 타타르 말이 아니었더라면 우리 중에서 불구자로 돌아온 사람이 한두 명이 아니었을 것이다. 우리가 위험스런 경마를 벌인 이유는 평평하게 끝없이 펼쳐진 초원이 우리를 흥분시켰기 때문이다.

물론 우리는 존경할 만하고 손님을 반가이 맞는 Y. A. 쉬카(Я. А. Ш-к)가 관리관을 했던 궁궐에서 융숭한 대접을 받았던 적이 한두 번이 아니었는데, 거기서 더 많은 편의시설을 찾을 수 있었지만, 우리는 아직도 타타르식 환경에서 벗어나서 여러 날 동안 즐긴 환상을 깨기 싫었다. 그래서 타타르 '한'(хан)에서 머무르기로 했다. 똑같이 불편하고 좀더 더럽고 훨씬 더 비싼, 러시아 술집 스타일의 '여관'(нумера)들에 자리를 내주고 이제 사라져 가는 전형적인 '한'을 선택했다.

중앙에 분수가 있는 한의 안마당에는 지붕이 완전히 덮여 있지 않은 타타르식 커피숍이 있었다. 베키르가 필요한 물건들을 사고 말에게 물을 먹이는 동안, 우리는 다리를 모두 높고 널따란 소파 위에 올린 채 커피숍에 앉았다. '카페지'(кафеджи)는 자신이 솜씨 있게 직접 끓인 찌꺼기가 있는 검은 커피를 목이 좁은 커피 주전자에서 작은 컵들에 따라서 대접했다. 이웃에 있는 고깃집에서 타타르 남자가 아직도 지글지글 타고 있는 뜨거운 샤슬릭이 꿰어져 있는 몇 자루의 꼬치를 우리에게 가져다주어서, 우리는 샤슬릭을 게걸스럽게 먹기 시작했다.

한의 커피숍에 특이한 손님들이 있다는 소식은 주변에 바로 퍼져서 많은 타타르인들이 우리를, 특히 우리 여인을 구경하러 왔다. 베키르는 여기서도 공후에 대한 소문을 퍼뜨려서 얼마 후에 이곳을 찾은 공후에게 자신의 말을 팔려는 타타르 상인들로 온 마당이 채워졌다. 바흐치사라이 말들은 크림에서 정말 최고의 말로 여겨진다.

고요한 저녁이 내려왔다. 꽃 피는 나무들이 뿜어내는 향기가 공기를 채웠다. 우리는 궁궐의 작은 정원의 분수와 장미를 보러 갔다. 모든 분수들이 물을 내뿜고 있었고, 떨어지는 무거운 물줄기가 달이 떠 있는 밤의 정적 속에서 서로를 방해하며 줄줄 소리를 내면서 하얀 대리석 연못들 안으로 흘러 내렸다. 하렘의 '매의 탑' 뒤에 달이 떠 있었다. 달빛에 매의 탑, 키 큰 포플러, 모리타니아 스타일 무늬가 새겨져 있는 긴 굴뚝의 그림자가 장미꽃이 피어 있는 정원에 드리워졌다. 발코니 창살과 입구 위를 나무들의 무늬가 드리워진 그림자들이 신비롭게 기어다니고 있었다. 말을 하거나 몸을 움직이고 싶지가 않았다. 우리는 침묵의 경외에 사로잡힌 채 화려한 동양의 시적 환경 속에서 남녘 밤의 아름다움을 들이마셨다.

높게 솟은 포플러들 가운데 솟아 있는 궁궐 모스크의 미나레트 발코니에서 무에진이 저녁 기도를 시작했다. 우리는 빛이 비추는 하늘을 배경으로 네 방향으로 차례로 돌아가며 기도하는 그의 검은 실루엣을 보았다. 그는 전혀 개성이 없고, 하나도 이 순간에 특별하지 않은 날카로우면서 단조로운 목소리로 기도를 외쳤다. 도시의 수많은 미나레트 위에서 무에진들이 서로를 이어가며 예배를 알리는 찬송을 따라 하기 시작했다. 무슬림들에게 호소하는 그들의 목소리들은 먼 데서나 가까운 데서 서로 교차하며 잠잠해졌고, 깊은 정적 속에서 칸의 모스크로 기도하려고 모여드는 사람들의 급한 걸음 소리가 들렸다.

모스크 문은 열려 있었다. 모스크의 커다란 방을 조명하는 것은 제일 안쪽 《코란》 낭독대 앞에 몇 줄로 서 있는 작은 촛대들뿐이었다.

교회의 제단 역할을 하는 중간 벽감에 놓인 작은 접는 벤치 앞에 녹색 터번을 두른 뚱뚱한 에펜디가 무릎을 꿇고 있었다. 모스크 바닥에는 비싼 페르시아 카펫들이 가득 깔려 있었다. 수가 얼마 되지 않는 기도하는 타타르인들은 마치 조각처럼 움직이지 않고 말하지 않는 채 줄지어 서 있었다. 새로 들어오는 사람은 입구 창살 앞에서 신발을 벗고, 아무 소리도 내지 않는 조심스런 걸음으로 카펫을 밟으면서 돌처럼 서 있는 사람들의 줄에 합류했다. 아무 소리도 경건한 기도의 흐름을 끊지 않았다.

입구와 멀지 않은 곳 산양가죽 위에 무에진들이 꿇어앉아 있었다. 가끔 물라가 성스러운 말을 하면 모두 다 그를 따라서 좌우로 몸을 흔들거나 절을 하거나 손을 들기 시작했었다. 이들은 마치 명령에 복종하듯이 아주 엄격히 박자에 맞춰서, 아무 소음이나 삐걱거리는 소리도 없이 놀라울 정도로 가볍고 빠르게 몸을 움직였다. 가끔은 물라 대신에 무에진이 말했다. 그는 가슴에 머리를 파묻고 졸면서 명상에 빠진 상태로 앉아 있었는데, 갑자기 무언가에 휩쓸린 듯 날카롭게 시를 낭송하며, 흥분해서 몸을 좌우로 흔들기 시작했다. 모두가 그를 바로 따라 하기 시작했다.

우리는 이 무슬림 예배에서 아주 특이한 인상을 받았다. 널찍하면서 어두컴컴한 사원, 절을 하고 흔들리는 실루엣의 움직이는 그림자들, 경외스러운 정적, 그리고 가끔씩 그것을 깨는 이해할 수 없는 광신적 신음소리는 상상력에 이상한 효과를 미친다.

일행은 전체 여정의 절반 시점에 바흐치사라이에서 하루를 쉬었다. 새로운 양식을 준비하고 3일 동안 깊은 산속을 여행하기 위해 말에 새로 편자들을 달았다. 동굴도시를 하나도 빠뜨리지 않고 지나가려면 우리는 이제 추푸트칼레에 들렀다가 거기서부터 테페케르멘과 카치칼리온을 쉽게 구경할 수 있는 비아살라로 간 다음 만구프를 통해 바클라 여행을 해야 했다.

집시들이 모여 사는 바흐치사라이의 교외인 살론추크(Салончук)에서 우리는 특이한 광경을 마주쳐서 우리 여정이 지체되었다. 알록달록한 이불과 펠트가 잔뜩 달려 있는 덮개 달린 이륜마차가 타타르 마을에서 거리를 대신하는 개울에 난 수레바퀴 자국을 따라서 겨우 나아가고 있었다.

타타르 옷을 입은 몇 명의 젊은 집시 남자들이[10] 타타르인과 집시들의 다양한 무리의 열렬한 공격으로부터 마차를 보호하고 있었다. 이 안내자들은 앞으로 한 걸음이라도 전진하려고 엄청난 노력을 했다. 말에 탄 사람들과 걷고 있는 사람들, 어린이와 어른들, 여자와 남자들이 서로 추월하려고 밀치고 서로를 방해하면서 바퀴, 마차 가장자리, 마구를 잡고 마차를 멈춰 세우려고 했다. 엄청나게 시끄러운 외침과 야단법석은 가관이었다. 사람들은 서로 밀고 넘어지고, 날카로운 소리를 내며 서로 싸우고 욕을 해댔다.

안내자들 중 하나인 성난 백발노인이 사악하게 눈을 반짝이며 낡은 이빨을 드러낸 채 두꺼운 막대기로 사람들을 막무가내로 때리고 있었다. 사람들은 그의 막대기를 피해가며 소리를 지르고 탄식을 내뱉으며 서로 헤치고 나가려고 난리를 부렸다. 타타르 남자 한 명은 마차 위

---

10 〔역주〕 여기 살고 있는 집시들은 다 이슬람교 신자들이다.

에 똑바로 선 채로 여러 색깔의 천 조각들을 무리 속으로 던졌다. 마차는 완전히 가려져 있어서 안에 뭐가 있는지 보이지 않았다. 마차 앞쪽에는 《코란》을 손에 든 소년이 말을 타고 가고 있었는데, 그의 뒤에는 콧수염을 기른 악대가 따르고 있었고, 어떤 사람은 주르나(зурна)를, 어떤 사람은 터키식 북을 치며 나아갔다.

이것은 진짜 타타르 결혼식, 즉 '신부를 납치'하는 것이었다. 풍습에 따르면 이 행렬을 만난 사람은 누구나 신혼부부를 멈춰 세워도 되는데, 특히 행렬이 지나가는 마을의 거주자들은 더욱 그렇다. 마차를 공격하는 사람들에게 손수건, 리본 등으로 몸값을 치러야 하는데, 살론추크 교외에는 가난한 집시들이 밀집해서 거주하고 있었다. 손수건을 받고 싶어 하는 사람은 많았지만, 신랑이 가진 손수건은 얼마 되지 않았다. 야단법석이 일어난 것은 바로 이 때문이었다.

작은 마차는 두 번 옆으로 넘어졌고, 몇 번이나 뒤로 밀렸다. 신랑 친구들인 안내자들은 공격하는 사람들에 비해 훨씬 숫자가 적고 힘이 밀려 계속되는 몸싸움에 완전히 지쳐 버린 것 같았다. 날카로운 음악 소리가 울리는 가운데 사람들이 소리를 지르며 날뛰었다. 마차가 마을의 옆쪽 골목을 돌아서 가파르고 절벽이 많은 산으로 올라가기 시작했을 때 우리는 그것이 끝인 줄 알았다. 그러나 좁은 골목에서 사람들은 더 밀집하게 되었고 모든 집들에서 또 새로운 공격자들이 나왔다.

드디어 마차가 너무나 가파른 곳에 서 있어서 다가가는 것이 불가능한 신랑의 집과 멀지 않은 곳에서 멈추어 섰다. 신랑은 자기가 납치한 신부를 황금색 꽃무늬로 장식된 화려한 비단 이불로 머리까지 완전히 가려지게 둘러싸고 자기 짐을 들은 채 가파른 경사 위쪽 집 문으로 달려갔다. 그를 응원하는 외침 소리와 주르나와 터키 북들의 울림이 일시에 울려 퍼지며 이 용감한 신랑을 환영했다. 그곳으로 하객들이 모여들었고, 악대도 집안으로 들어갔다.

이 가운데 우리도 계속 길을 갔다. 우스펜스키 수도원이 위치한 아름다운 골짜기에 있는 과수원들의 향기가 풍겨왔다. 해가 초원 위에 높이 떠 있었지만 그 좁고 깊은 골짜기로 이미 저녁의 녹색 그림자와 쌀쌀한 기운이 들어왔다. 지상 높은 곳의 흰 석회암 속에 보이는 수도자 방들의 까맣고 작은 창문들이 생소하고 낯설게 보였다. 작은 통로와 작은 계단과 작은 발코니들은 마치 사람이 아니라 새들이 살기 위한 곳인 듯이 가파른 낭떠러지 위에 제비 둥지처럼 붙어 있었다.

황금색 영관을 쓰고 여러 색 옷을 입은 채 순박하고 경건한 자세로 서 있는 성인 '순교자들'의 비잔틴식 성화가 동굴교회 입구를 둘러싸고 바위 위에 바로 그려져 있었는데, 반은 공중에, 반은 지하에 만들어진 그 작은 수도원에 오래된 중세시대의 아우라를 제공해 준다. 탁자형 바위 위에 세워진 커다란 십자가가 골짜기 서쪽 벽 전체에 왕관처럼 서 있어서 이 십자가를 둘러싸고 있는 골짜기와 산봉우리들이 다 같이 하나의 웅장한 사원을 이루는 것 같다. 암벽을 정교하게 파내어 만든 가파른 계단이 그 십자가까지 이어지고 있다.

우리가 그곳으로 올라가자, 수도자들의 노력으로 이미 과수원으로 변해가고 있는 산의 평평한 정상에서는 사방을 막힘없이 둘러볼 수 있었는데, 이곳에서 바라보아야 우스펜스키 수도원과 추푸트칼레가 바흐치사라이 인근에 자리 잡고 있다는 것을 알 수 있다. 이곳에서는 바흐치사라이도, 추푸트도 엎어지면 코 닿을 거리에 보이지만, 아래에서 우회로를 따라가면 이렇게 가깝다는 것을 전혀 느낄 수 없다.

우리가 서 있는 곳에서 내려다보이는 수도원의 과수원들로 가득 찬 골짜기는 얼마 전까지만 해도 마리안폴(Марианполь), 즉 '성 마리아의 도시'라고 불렸다. 이곳은 크림반도에 거주하는 그리스인들의 신앙적 중심지였고 관구주교의 거주지였는데, 크림반도가 합병되기 얼마 전에 러시아 정부는 계획적으로 그리스인들을 이곳으로부터 아조프 해안가로 이주시켰다. 단일민족이 주도하는 러시아의 경계 안에 새로 만들어진 마리안폴 혹은 마리우폴(Мариуполь)에 크림 수공업을 주도한 그리스인들을 이주시키면 쇠망해가는 타타르칸국에 결정적 타격을 줄 것이라고 생각했던 것이다.

아직도 크림의 고대 성지를 모시는 옛날 풍습이 남아 있어서, 8월 15일 성모안식제(Успение) 때 옛 마리안폴 혹은 우스펜스키 수도원으로 많은 순례자들이 무리를 이루어 찾아오는데, 그중에 그리스인이 특히 많다. 수도원장은 노령임에도 불구하고 자신의 산악 영지를 샅샅이 보여 주었고, 우리보다 훨씬 힘차게 십자가 아래까지 난 가파른 계단을 올라갔다. 우리는 추푸트까지 서둘러 가야 했으므로 수도원의 복숭아나무 그늘 아래서 차 한잔을 마시자는 친절한 권유를 거절해야 했다.

러시아어로의 옮기면 '유대인의 요새'라는 뜻의 추푸트칼레(Чуфут-Кале)는 만구프와 같이 완전히 따로 우뚝 서 있는 탁자형 바위 위에 자리 잡고 있는데, 그 높이와 크기는 만구프보다 훨씬 작았다. 만구프와 마찬가지로 추푸트칼레는 내부적 동굴도시인 동시에 탑이 있는 담들로 둘러싸여 있는 외부로 노출된 도시였다.

접근이 불가능한 절벽 남쪽 낭떠러지에는 담이 없었던 것 같은데,

추푸트칼레 요새

그래서 옛날 집이자 총안들의 폐허가 도로가 이어지는 가파른 계곡의 바로 위에 솟아나와 있다. 그것들 중 어떤 것은 바로 아래 흙이 떨어져 나가 마치 심연 위에 매달려 있는 것처럼 보인다. 편리한 생활보다는 방어를 고려해 만들어진 이 어두운 주거지는 아주 정형화되어 있어서 호기심 많은 여행자의 스케치북에 그리기에 딱 좋다.

추푸트칼레가 언제 만들어졌는지는 알려져 있지 않다. 이곳의 토착 거주민들과 일부 저자들은 40명의 남자, 40명의 도적들이 추푸트칼레를 세웠다고 믿는데, 크르크[11]라는 타타르어 단어를 그 근거로 삼는다. 여기에 온전히 남아 있는 유일한 문자 유적은 토흐타미시 칸의 딸인 네네케잔하늠 묘지인데, 이 유물은 이미 타타르 시대가 시작된

11 〔역주〕 크르크(кырк) : 타타르어로 마흔을 뜻한다.

추푸트칼레
동굴도시 입구

1437년에 만들어졌다. 툰만은 추푸트칼레가 6세기에 이미 존재했던 고대 풀라(Фулла)라고 주장했지만, 어떤 근거로 그런 추정을 했는지는 말하지 않았다. 추푸트칼레를 원래 "제노아인들이 아주 깊은 절벽 위에 지었던 고대 성"이라고 묘사했던 클라르크의 말도 이에 못지않게 근거가 없다고 볼 수 있다.

옛날 저자들이 추푸트칼레에 대한 기록을 남기기 시작한 것은 14세기 초반〔약 1325년 이전〕 이후이다. 그때 이 도시는 크르코르(Кыркор)라는 이름으로 알려져 있었는데, 아직도 카라임 랍비들은 바흐치사라이의 카라임인들의 결혼 기록을 작성할 때 문서에 그들을 '크르코르의 시민'이라는 옛날 이름으로 지칭한다. 코르케리(Коркери), 키르키엘(Киркиель) 등 여러 가지로 변형된 크르코르라는 명칭은 14~15세기 이후에 폴란드와 기타 여러 나라 저자들에 의해 자주 언급되었다.

이러한 이유로 폴란드인들은 크림 칸을 키르키엘 칸이라고 지칭하는 경우가 많았다. 옛날 러시아 문서에도 추푸트칼레가 크르코르라고 기록된 경우가 있다. 심지어 18세기의 저자인 리투아니아 관구주교인 세스트렌체비치조차 추푸트를 키르키엘이라고 불렀다. “바흐치사라이 골짜기의 서쪽 끝에 유대인들이 추푸트칼레지(Чуфут-Калези) 라고 부르는 마을이 있다. 산꼭대기에 자리 잡고 있어서 키르키엘 칸이라고 불렸던 옛날 칸들의 거주지였던 키르키엘성이 보인다”라고 했다.

피르코비치가 추푸트 묘지에서 기원후 첫 10년 기간으로 거슬러 올라가는 묘비의 글을 발견한 것은 카라임인들이 기원전에도 추푸트칼레에 살고 있었다는 것을 의심할 여지가 없는 사실로 만들었다. 따라서 추푸트칼레가 만들어진 시기는 성경시대 때로 보아야 한다. 카라임인들이 ‘여호사밧 골짜기’라고 부르는 꽤 넓은 계곡에 가득 뿌려져 있다고 해도 과언이 아닌 수많은 묘비들도 이곳이 머나먼 옛날부터 존재했다는 것을 설득력 있게 말해 주는 증거이다. 묘지에 이런 이름을 붙인 이유는 최후의 심판이 이루어질 예루살렘의 ‘죽음의 골짜기’를 연상시키기 위해서다.

추푸트의 ‘죽음의 골짜기’에는 새 묘비들이 이전 묘비들 위에 서 있다. 수많은 석판들이 너무 땅속 깊이 들어가서 그곳까지 발굴하기가 쉽지 않다. 추푸트에 관한 역사적 사실들 중에서 정확히 알려진 것은 이 고대 크르코르가 1399년에 세 칸의 땅(Лоно трёх Ханов) 근처에서 리투아니아 대공 올레그 알기르다스(Ольгерд литовский) 에게 괴멸당했는데, 이곳이 크림 칸들과, 크림, 키르키엘과 몬로프(монлопских, 만구프) 타타르인들의 중심적 거주지였다고 한 슐레처(Шлецер) 의 기록이다.

추푸트 한가운데 남아 있는 칸의 딸의 정교한 묘지는 14세기에 추푸트가 정말 칸의 거주지였다는 것을 더욱 설득력 있게 증언한다. 이런 사실을 증명하는 또 다른 증거는 도시 북쪽 끝에 있는 땅속 깊이 파인 감옥이다. 14세기의 유명한 베네치아 여행가였던 바르바로[12]는 멘글리 기레이가 크르코르를 점령하고 나서 당시 이곳의 지배자였던 에미네크베이(Эминек-бей)를 죽였다고 기록했다. 15세기의 또 다른 베네치아 사람인 베네치아공화국 대사 칸타리니(Кантарини)는 리투아니아 대사가 크르코르 요새에 있었던 칸에게 직접 가야 했기 때문에 그와 헤어졌다고 기록했다.

멘글리 기레이는 크르코르에 자주 머물렀는데, 1486년에는 금칸국의 칸들로부터 몸을 피하려고 이곳에 틀어박혀 있었다. 크림반도에서 동란이 일어나면 한 명의 칸이 크림을 지배하고, 그의 적수는 접근이 어려운 크르코르에 틀어박혀 적군을 패퇴시킬 기회를 엿보았는데, 그 한 예가 16세기에 사이프 기레이(Саип-Гирей) 때였다. 칸들의 수도를 스타리크림에서 바흐치사라이로 옮긴 이유는 다름 아니라 추푸트칼레가 난공불락이었기 때문일지도 모른다.

터키어로 쓰인 크림 칸들의 역사에는 추푸트에 대한 다음과 같은 이야기가 있다. "크르코르 요새는 바흐치사라이 인근 높은 산 위에 자리

---

12 바르바로 요사파트(Барбаро Иосафат, ?~1494) : 베네치아공국의 가장 유명한 가문에서 태어났다. 1436년에 아조프로 상업적 여행을 가서 그곳에서 16년을 보냈다. 그의 여행 기록은 여러 차례 출간되었는데, 러시아에서는 《조국의 아들》(Сын Отечества, 1831), 《러시아에 대한 외국 작가들의 작품 모음》(Библиотека иностранных писателей о России, 1836) 등이 러시아어판으로 번역, 출간됐다.

잡고 있는데, 작은 규소 돌들로 지어져서 다른 어느 곳에 비교할 수 없을 정도로 견고하게 만들어졌다."

나는 여기서 추푸트의 폐허와 유물들, 생매장된 도시의 무덤 같은 인상에 대해서는 자세히 말하지 않겠다. 우스펜스키 수도원과 추푸트칼레의 다른 동굴도시들의 관련성을 언급하지 않았지만, 나는 다른 부분에서 크림반도에 대한 소감을 표현하며 한 장을 이에 대해 서술했기 때문에 이미 앞에 이야기한 것을 여기서 반복할 필요는 없을 것 같다.

거의 반은 공중에 매달려 있으면서 새롭게 고친 추푸트칼레의 집들 중 하나에 추푸트의 수호자이자 가부장인 아브라함 피르코비치(Авраам Фиркович)가 살고 있었다. 우리는 바로 피르코비치의 집으로 갔고, 그는 우리 일행을 기다리고 있었다. 나이든 랍비가 죽은 도시의 죽은 거리에서 자신을 찾아온 손님들을 만났다. 만일 완전히 살아 있는 모습의 다른 카라임인이 그와 함께 있지 않았다면 사람들은 피르코비치를 유령이라고 착각할 수도 있었다.

팔레스타인과 시리아의 황폐한 도시를 연상시키고, 《구약성서》의 폐허의 무덤 같은 모습 가운데서 키가 크고 위엄 있는 풍채에 제사장 멜기세덱의 옷차림을 한 노인이 우리 앞에 나타났다. 그는 긴 유대인의 흰옷을 입고 있었고, 머리에는 동시에 샤밀(Шамиль)의 터번과 성경의 코헨 가돌의 주교 모자를 섞어 놓은 듯한 둥그런 하얀 모자를 쓰고 있었다. 지팡이를 짚고 그는 단호한 걸음으로 우리에게 다가와서 정확한 러시아어로 인사했다. 우리는 말에서 내려 일반적 인사치레를 마친 뒤에 이 노인이 권유하는 대로 죽은 도시의 관광지들을 구경하기 위해 출발했다.

추푸트칼레, 피르코비치의 집

한때 시나고그로 사용된 길쭉한 방은 이제 피르코비치의 문서고 역할을 했다. 필사본들이 빽빽하게 들어 있는 선반이 천장까지 이어져 있었다. 바닥에도 문서들이 가득 놓여 있어서 발 디딜 자리가 없었다. 책들은 모두 크기가 크고 두께가 상당했는데, 가끔 반 정도 썩어 있는 양피지 두루마리에 셈어 글자가 빽빽이 쓰인 가죽 장정 책도 있었다. 이 애서가의 보물들을 보자니 저절로 존경심이 일어났다. 먼지 나는 옛날의 고서적에 빠져서 그것을 분석해 현재 관점으로 조명해 보려면 자신의 힘과 생명력에 대한 큰 믿음이 필요할 것 같았다. 피르코비치는 그 필사본들을 카이로, 다마스커스, 데르벤트, 빌니우스를 비롯한 세계 곳곳에서 수집했다. 세계 여러 나라의 카라임 랍비들과의 관계를 활용하여 그는 가족의 비밀이자 종교적 비밀로서 주문들로 보호되고 할아버지에게서 손자에게 물려졌던 필사본들을 가끔 구매하기도 했다.

이런 면에서 보면 유럽 학자들 중에 이렇게 유리한 조건을 가진 사람은 없었다. 조상들의 옛 신앙을 따르는 열렬한 지자자와 계승자들만이 이교도들의 접근이 차단된 유서 깊은 보물들을 맡았었다. 수백 년 동안 믿음직스러운 계승자가 나타나기를 기다렸던 카라임 노인들의 비밀스러운 전설들이 오직 그에게 문을 열었다. 피르코비치는 아주 자랑스런 모습을 한 채 자신이 모은 보물들을 바라보았다. 그는 가장 중요한 필사본들의 의미와 그것들을 구매한 과정을 젊은이와 같은 열정을 가지고 많은 말을 하며 우리에게 설명해 주었다. 그는 그 필사본들이 가지지 않은 권위와 의미를 새로 부가하며 설명했다. 애서가로서 당연한 태도이지만, 그는 오래전부터 알려진 텍스트의 모든 수정판들도 다 중요한 학문적 발견으로 봤다.

그는 학문의 발전을 위해 자신이 불철주야로 노력한 것이 아무 열매도 없이 사라져 버릴 것이며, 현재 자신에게 조수가 없고, 앞으로 자신의 뒤를 이을 계승자도 나타나지 않을 것이라고 우리에게 애절하게 하소연했다. 우리를 둘러싸고 있는 먼지 낀 고문서들을 자신의 앙상한 손으로 가리키면서 "나는 이미 90살인데, 할 일이 얼마나 많이 남아 있는지 한번 보세요!"라며 흥분한 목소리로 말했다.

공공도서관에서 이미 은전 10만 루블을 치르고 피르코비치에게 동양 필사본 컬렉션을 구입한 적이 있다. 그런데 이 존경받는 랍비는 자신의 필사본을 사 간 도서관에서 그 보물들을 레이블을 붙인 후 벽장에 처박아 놓았다고 씁쓸한 웃음을 터뜨리며 이야기했다. 그는 이 필사본을 수집한 자신의 생각에 세상의 유일한 그 보물들을 정리하고 출판하기 위해 한 명의 전문가도 아직 파견되지 않은 것에 분노했다.

피르코비치는 영국 왕실도서관에서 이 필사본들을 구매할 의향이 있었다고 말하며, 만약 이 필사본들이 유럽으로 건너갔다면 벌써 새로운 학문 세계를 열었을 것이라고 하면서도 자신의 수집품이 조국을 떠나 다른 나라로 가는 것을 바라지는 않았다. 피르코비치 말에 따르면 교육부 장관을 비롯한 여러 높은 사람들에게 자신이 수집한 필사본들을 정리하고 출판할 보조금을 배정해 달라고 요청한 적이 한두 번이 아니었는데, 아무에게도 아무 답도 받지 못했다고 한다. "나에게 동양학자 10명을 보내주었다면 나는 그 모든 사람들이 평생 매달릴 수 있는 일을 주었을 거예요"라고 이 열정이 넘치는 노인은 자랑했다.

이 학문이 깊은 노인에게는 놀랄 만한 생기가 넘쳐났다. 그는 양피지 문서들을 뒤적거리면서 뒤죽박죽인 필사본들을 한 장씩 서로 맞추어 정리하고, 수없는 해설문들과 발췌문들을 쓰면서 그 어두컴컴한 궁륭 아래에서 낮과 밤을 보낸다. 그는 누렇게 바랜 필사본들의 제일 작은 글씨를 안경 없이 읽었고, 그가 쓰는 글씨체는 아주 굳고 세련되었다. 고문서의 먼지는 그를 말라가게 하지 않고, 오히려 반대로 어떤 열정을 주어 그에게 생기를 불어넣는다. 죽은 도시 한가운데 은둔자로서의 삶과 동양 고대문자를 해독하는 두더지 같은 그의 일에서 시적 아름다움과 의무의 신성함을 본다.

피르코비치가 자기의 제일 중요한 업적으로 여기는 것은 완전히 특별한 기호들(титло)을 사용해서 쓰인 옛날 모세 5경의 발견이다. 이 노인은 자신의 발견에 대해 경이로움과 어린애 같은 흥분에 싸여 이야기했다. 어느 날 밤 그가 평소처럼 도서관에서 필사본 정리를 하고 있었는데, 이전에 시나고그였던 그 건물의 제단 장막에 싸여 있는 오래된 모세 5경 두루마리들이 혹시 범상치 않은 것이 아닐까 하는 생각이 들어서 그것을 자세히 보게 되었다.

"나는 진지한 기도를 올리면서 우리의 고대 성물 하나하나를 밖으로 가지고 나오면서 그것들에 입맞춤을 했는데, 갑자기 장막의 바닥 아래 빈 공간이 있는 것을 발견했어요. 나는 쇠지렛대를 가져다가 문을 잠근 후 밤새서 작업했습니다.

바닥 밑에는 여러 책들이 잔뜩 있었고 제일 낮은 곳에 오래된 모세 5경 두루마리가 있었죠. 그것을 펴 본 순간 나는 내 눈을 의심하지 않을 수 없었어요. 이 모세 5경은 유대인 책들에서 그 이전에나 그 후에도 전혀 사용하지 않았던 독특한 표기법으로 쓰여 있었어요. 나는 흥분해서 몸에 온통 열이 났어요. 나는 처음에는 내 늙은 정신과 노안으로 눈이 흐려졌다고 생각해서 더 이상 이 신성한 책을 읽지 않았지요.

다음날 아침 나는 무덤에 새겨진 옛날 글들에 같은 기호들이 있는지 확인하려고 만구프칼레에 갔지만 같은 기호를 하나도 발견하지 못했어요. 자연 속에서 내가 건강하고 망상에 사로잡히지 않았다는 것을 확인하고, 내가 발견한 것이 환영이 아니라는 확신을 갖게 되었습니다. 그다음 내가 옙파토리야 시나고그에 가서 모세 5경 중 제일 오래된 사본들과 내가 찾은 필사본을 비교했고, 이것을 편지로 써서 학식이 높은 여러 랍비들에게 보냈는데, 하나님이 이렇게 뜻밖에 나에게 현시한 이 표기법에 대해서 보거나 들은 사람이 아무도 없다는 것을 알게 되었지요."

히브리어 단어를 그리는 방법에 대한 설명도 첨부되어 있어서, 성경을 필사하는 새로운 방법을 도입하는 것은 작가에게 위험이 될 수 있었기 때문에 새로운 기법을 도입한 필사자는 이단자라고 비난받을 것을 두려워해서 필사본을 비밀스러운 곳에서 은폐할 수밖에 없었을 것이라고 피르코비치는 추정했다.

피르코비치는 동방지역에서 영국 동양학자를 만난 일을 아주 열심히 이야기해 주었다. 터키 옷차림을 한 그는 갈릴리의 한 지역에서 고대 콥트어로 된 흥미로운 비문을 필사하고 있었다. 영국 사람 2명이 오랫동안 그를 살펴보더니 그가 무슨 일을 하고 있는지 물어보려고 다가왔다. 터키 노인이 고대 콥트어를 읽을 줄 안다는 사실에 크게 놀란 이 여행자들은 자신들의 수첩에 그의 이름을 적어 달라고 부탁했다. 피르코비치라는 이름을 보자 동양학 학자인 영국 사람들은 아주 큰 기쁨을 드러냈고, 노인에게 자신들이 그의 논문들을 오래전부터 알고 있고 존경하고 있었는데, 이렇게 전혀 예상치 못하게 그를 직접 만난 것이 너무 기쁘다고 했다. 이 말을 하는 노인은 득의양양해서 자신의 학술적 업적이 그처럼 인상적으로 인정받은 일을 회상했다.

이 존경받는 랍비는 크림반도에 거주하는 카라임인들의 역사에 대해서도 몇 가지 새로운 사실을 발견했다. 그는 추푸트의 산기슭 옆에 들어앉은 여호사밧 골짜기와 만구프칼레에 있는 카라임 묘지의 수많은 무덤들의 모든 글들을 읽고 필사했다. 그는 거의 다 땅속으로 들어간 가장 오래된 옛 무덤들을 발굴해서 그것들과 필사한 자료를 이용해서 카라임 역사의 연대를 수정했고, 새로운 역사적 사실들을 추가했다.

아브라함 피르코비치처럼 깊은 학식을 갖추고 성경을 원어로 읽는 사람을 만나는 것은 아주 드문 일이다. 그는 자신이 헌신해서 하는 일에 정말 대가의 경지에 올라 있다. 그는 고 필라레트(Филарет) 교구 주교에게 자신이 제안한 문제의 성경을 러시아어로 번역하는 일에 대해서 놀라울 정도로 설득력 있는 많은 근거들을 나에게 설명했다. 말이 나온 김에 설명하자면, 이 카라임 랍비는 우리 성경의 원전이 된 70인역 그리스어 성서[13]를 인정하지 않는다. 또한 그는 우리가 알고 있는 성경적 연대가 완전히 자의적이며 틀린 것이라고 보았다. 이 카라임 학자가 성경 역사에 대해 가장 권위 있고 저명한 전문가들의 견해에 맞서서 자기만의 확고한 자신감을 가지고 거만하게 논박하는 것은 듣기가 다소 거북할 정도였다.

추푸트의 유적을 구경하고 난 후 피르코비치는 우리를 자기 집으로 초대했다. 집에 들어가자 유리로 만들어진 회랑에서 아주 멀리까지 주변 전망이 펼쳐졌고, 특히 피르코비치의 발굴과 연구의 화수분인 여호사밧 골짜기가 다 눈에 들어왔다. 피르코비치의 집안은 《구약성서》 같은 가부장적 분위기가 가득 차 있었다. 이미 나이든 성인인 랍비의 맏아들은 예의를 갖추고 아버지의 발에서 구두를 벗기고, 그의 지팡이를 받아들었다. 여자들은 외부인에게 자기 모습을 감히 드러내지 못했다.

동료 신앙인들의 영적 우두머리이며 지도자인 90살 먹은 아브라함

---

13 〔역주〕 70인역 성서: 《구약성서》의 그리스어역의 하나로, 그리스어로는 '셉투아진타'(*Septuaginta*) 라고 한다. 기원전 3세기 중엽부터 기원전 1세기까지 알렉산드리아, 팔레스타인 등에서 차례로 번역되고 개정되어 집성되었다. '70인역'이라는 명칭에 대해서는 최초의 '율법' 번역이 72명의 역자에 의해 이루어진 것과 관계가 있다는 설과, '70'이 《구약성서》에서 권위 있는 수를 나타내므로 '권위적 번역'을 뜻한다는 설이 있다.

피르코비치는 얼마 전에 16살 먹은 처녀와 결혼하려고 해서 신앙심 깊은 카라임인들에게 커다란 시험이 되었다. 성경에 나오는 아브라함 이야기를 모방하려 한 그의 시도가 실행되지 못한 이유는 카라임인 공동체가 온통 들고일어나 이를 반대했기 때문이었고, 그래서 이 추푸트의 가부장은 아직까지 하갈14 없이 지내고 있다. 이 사건은 이 존경받는 노인이 결혼에 대해 가지고 있는 성경적 시각을 증명함과 동시에 그가 아직 생명력이 넘치고 있다는 것을 증명해 주었다.

피르코비치의 가족은 이제 추푸트의 유일한 거주자들이다. 피르코비치에게는 추푸트칼레가 온갖 즐거움과 편리함으로 가득 찬, 일종의 약속의 땅이었다. 그는 추푸트보다 더 맑은 공기와 여기보다 더 아름다운 장소를 알지 못한다. 그는 자신의 회랑에서 바다와 초원, 산과 유적의 폐허들을 바라보며 행복에 겨워한다. 그의 발밑에 거의 2천 년 동안 그의 온 민족의 무덤이던 여호사밧 골짜기가 손바닥 안에 들어오듯이 다 보인다.

추푸트의 유적들을 보호하고 그것이 역사에 영광스럽게 남도록 하는 것, 그리고 가능하다면 이미 사멸된 카라임인들의 생활을 복원하는 것이 피르코비치가 평생을 바쳐 노력한 과제였다. 그는 죽은 도시의 돌들과 석제, 철제 유물들이 도난당하지 않게 보호하려고 사비를 들여 경비원을 고용하고, 이 유적지를 유지할 권리를 더 많이 얻기 위해 자기 돈으

14 〔역주〕《구약성서》, 〈창세기〉, 16장에 나오는 하갈 이야기다. 자신의 부인 사라가 아이를 낳지 못할 것이라고 생각한 아브라함이 하갈이라는 여종을 취해 이스마엘을 낳은 사건을 지칭한다.

로 빈 집을 8채 정도 사들였다. 그는 끊임없이 바흐치사라이의 카라임인들이 추푸트로 이사 오도록 독려하고 같은 목적으로 리투아니아의 카라임인들과도 긴밀한 관계를 맺고 있다. 추푸트에 있는 시나고그와 아동들을 위한 학교가 유지되는 것도 오직 그의 열성 덕이다.

장사를 생업으로 하는 카라임 부족의 물질적 관심사로 인해 사람들이 사는 도시가 물 한 방울 나지 않는 사막으로 바뀐다고 해도, 그는 적어도 추푸트칼레는 계속 카라임 부족의 영적 생활의 중심지가 되어야 한다고 생각한다. 카라임인들은 이곳에서 신의 지혜를 배우기 시작하고, 이곳에서 기도를 드리고 제사를 드린 후, 인생행로를 다 마치고 나면 모두 추푸트 죽음의 골짜기가 있는 이곳으로 돌아온다. 그런데 90살 먹은 가부장은 살아 있는 그의 동족들도 곧 자신들의 옛 도시로 돌아올 것이라는 믿음으로 가득 차 있다

노인은 카라임인들의 풍습에 따라 우리에게 커피와 할바[15]를 대접했고, 나는, 여러 가지 다른 가치관을 가진 사람들과 종종 부딪치고, 수도와의 교류를 유지하며 먼 곳을 여행하고 돌아온 학문이 깊은 이 랍비는 타타르식의 황당한 미신들을 타파했을 것으로 생각되어 기념으로 그의 사진 한 장을 찍게 해달라고 했다. 그러나 이 노인은 사진을 찍는 것을 죄라고 생각한다며 단호하게 나의 부탁을 거절했다.

그는 아무리 사소하고 외면적인 것이라고 해도 자기 종교의 모든 풍습과 의식을 꼼꼼히 지키고 있었다. 그는 러시아식 생활의 영향을 받아서 의상, 이교도와의 교류, 교회 규약의 이행에서 옛날 방식을 지키

---

15 〔역주〕 할바(гальва) : 터키와 중동지역에서 먹는 달콤한 과자의 일종이다.

지 않는 자신의 동족들을 심하게 질책했다. 나는 과학적 교육을 받고 지적 수준이 아주 높은 카라임인들이 피르코비치가 옆에 있으면 러시아 사람들과 같이 상에 둘러앉아 밥을 먹는 것을 두려워하고, 토요일이면 감히 자기 손에 시계를 차거나 책을 들지 못하는 것을 알고 있다.

피르코비치의 가치관은 광신도와는 거리가 멀고, 이교도에게 그는 한없이 너그러운 태도를 가지고 있었다. 그러나 그는 뼛속까지 카라임인이며, 카라임인들이 옛날 카라임 생활방식을 세세하게 지켜 줄 것을 간절히 바라고 있었다. 그는 형식에 대해 유연한 태도를 보이면 본질적인 것들도 변화시켜서 카라임 부족은 결국 지배 민족에게 동화되는 결과를 낳을 것이라고 했다. 그의 모든 취향과 행동에는 숨길 수 없는 고고학자로서의 자태가 드러난다.

19장

크림의 마지막 동굴도시까지 여행을 이어가며

야간 여행 — '고트바 묘지'의 묘비 — 테페케르멘의 동굴 — 카치칼리온과 성 아나스타시아 — '바보의 집' — 마지막 동굴도시 바클라 — 림산

추푸트의 은둔자가 우리를 생각보다 오래 머물게 했다. 길을 떠난 지 얼마 되지 않아 비 오는 밤이 우리를 감쌌고, 베키르는 우리를 빠져나가기 힘든 길로 잘못 인도하지 않을까 노심초사하며 자신의 타타르 눈에 힘을 주고 길을 갔다. 속보로 가는 것은 말 그대로 불가능해서 우리는 흥이 나는 대화를 나누며 힘든 길을 단축해 보려고 했다. 우리 모두는, 우리가 길을 잃었고 베키르가 엉뚱한 곳으로 인도하고 있다고 확신했다. 우리는 이미 4시간이나 안장에 앉아 있었지만 아직도 집 한 채 구경하지 못했다.

우리는 어떤 강에 다다랐다. 크림반도에서 만나는 강은 특별히 신경 쓸 일이 없다. 다리는 원래 없고, 승마자뿐 아니라 보행자도 밑바닥에 돌이 많고 얕은 곳을 찾을 수 있을 것이라고 생각하고 겁 없이 물에 발을 담근다. 우리 중에 제일 앞서가던 승마자들이 겁없이 강으로 들어가더니 갑자기 비명을 질렀다. 어둠 속에서 아무것도 보이지 않았지만, 소란과 비명을 들어보니 말들이 깊은 곳으로 빠져 들어가서 강변으로 뛰어오르지 못하고 있는 것이 분명했다. 우리 말들도 겁을 먹고 뒤로 물러섰다. 드디어 허리까지 몸이 물에 젖은 우리 선봉대가 강에서 빠져나왔다. 알고 보니 산에 내린 비 때문에 물이 엄청나게 불어나서 이 상태로 강을 건너는 것은 아주 위험했다.

우리와 베키르가 특히 걱정한 것은 아마조네스 스타일의 긴 치마를 입은 우리 '하늠'이었다. 말들은 타타르 말들이었는데도 불구하고, 앞장선 말들이 갑자기 물에 빠진 것을 보고 겁에 질려서 당나귀처럼 고집을 부리며 물에 들어가지 않으려고 했다. 베키르와 젊은이들 중 몇 명이 얕은 곳을 더듬어 찾아내려고 강으로 내려갔다. 하늠은 우리가 팔로 안아서 강을 건넜고, 말의 고삐를 높이 잡아당기면서 건넜다. 이것 때문에 많이 웃기는 했지만, 한밤의 수영은 절대 지금 할 일이 아니었다. 그렇지 않아도 골짜기의 날카롭고 습한 바람으로 몸살에 걸린 듯 몸이 떨렸다.

강이 범람해서 넓은 지역에 물이 넘쳐흘렀다. 우리는 큰 마을로 들어갔다. 강은 카차였고, 마을은 비아살라였다. 이미 아주 늦은 시간이어서 사람들은 잠든 지 오래되었다. 베키르가 닥치는 대로 집집마다 찾아가 차례로 채찍 손잡이와 주먹과 발로 문을 두드렸지만 아무 소용이 없었다. 이 외딴 마을에 사는 소러시아인들은 알지도 못하는 한밤중의 떠돌이들을 위해 자신들의 편안한 잠에서 깨어나고 싶어 하지 않았다.

상황이 좋지 않은 것을 보고 모두가 심각해졌다. 특히 허리까지 몸이 물에 잠긴 채 물을 건넌 사람들은 특히 그랬다. 누군가 비아살라에 어떤 관청이 있다는 것을 생각해냈다. 결국 관청 건물로 가서 한참 실랑이한 끝에 마당에서 자고 있던 사람을 깨웠지만, 그는 관청 사람들이 지금 도시에 가 있어서 관영 숙소를 우리에게 내줄 권한을 가진 사람이 없다고 말했다. 그래서 우리는 그가 지키고 있는 집에서 숙박하겠다고 단호하게 말했고, 우리야말로 관청 사람들이라고 그를 설득하자, 그제서야 그는 집안에 있던 어떤 노인을 깨웠고, 그 노인은 우리와 함께 관영 숙소를 찾아 마을을 돌기 위해 길을 나섰다.

두 집의 문을 차례로 두드렸지만 아무 소용이 없었고, 세 번째 집을 찾아갔다. 그곳에서 그를 기다린 것은 욕과 말다툼이었는데, 자신의 집의 불가침성을 지키려는 소러시아 주부의 고집을 이기기 위해 반시간 넘게 우리 모두 힘을 합쳐 군사적이며 외교적인 공격을 감행해야 했다. 우리는 드디어 천장까지 베개가 쌓여 있는 깨끗하고 따뜻한 소러시아식 거실로 들어가서, 엄격한 수문장 역할 대신 우리가 그렇게 바라 마지않던 사모바르를 가지고 부산을 떠는 친절한 주부를 발견했을 때는 정말 기뻤다.

다음날 아침 나는 교회 주위에 있는 옛날 그리스 묘지를 둘러보았다. 대부분 병사들이었던 러시아 이주민들은 1783년의 크림반도 합병 직후, 그 얼마 전에 아조프 해안으로 떠난 그리스인들 대신에 크림의 일부 지방으로 이주해 왔다. 비아살라는 만구쉬와 다른 마을과 같이 초기 러시아 정착지에 해당되었고, 러시아정교회는 옛날 그리스정교회가 있던 자리에 세워졌다. 나는 마을 맞은편에 있는 산 위에서 수많은 묘비들을 발견했다.

"이것도 그리스 묘지이지요?"

나는 안내를 하고 있던 마을 촌장에게 물었다.

"아니요. 그리스 것이 아니에요."

안내인은 대답했다.

"우리 노인들은 그리스인들에게서 이것이 '고트바(готва)의 묘지'라고 들었다는데, 그리스인들이 살기 전에 여기 어떤 고트바가 살았었답니다."

민간전설의 일부가 되어 완전히 러시아어식 구조까지 얻은 그 고트인들의 이름을 들은 나는 아주 놀랍고 기뻤다.

우리는 곧 산 위에 있는 고트바의 묘지로 출발했다. 나는 원래 이 이름이 주민들의 입에 붙게 된 것이 말을 잘 퍼뜨리는 고대 연구자 때문이 아닌가 하는 의심이 들어 비아살라로 사람들이 자주 오는지, 아니면 그 사람들 중 묘지를 구경하지 않은 사람이 있는지를 꼭 물어보아야 할 것 같았다. 노인들 말로는 자신들이 기억하건대, 이 옛날 묘지를 구경한 외부 사람은 없었고, 그런 목적을 가지고 이 마을로 들어온 사람은 전혀 없다고 했다. 그들이 전해 준 것은 단지 그리스인들이 지금 이미 부서져 있는 자신들의 교회를 지었을 때, 고대 고트바 교회 폐허에 있었던 큰 돌들을 거의 다 훔쳐다가 지었다는 것을 조상들로부터 들었다는 것뿐이었다.

내가 산 위에서 발견한 것은 내 기대 이상이었다. 어지러운 교회의 폐허 주위 산 경사면을 따라 다양하고 독특한 모양의 묘비와 무덤들이 빈틈없이 곳곳에 흩어져 있는 커다란 묘지가 넓게 자리 잡고 있었다.

그것들 대부분은 땅속에 파묻혀 있었고, 어떤 것들은 모서리만 땅 위에 솟아 있었다. 나는 돌로 만들어진 무덤에서 글귀 하나, 심지어 글자 하나도 찾을 수 없었다. 모든 무덤들은 두꺼운 석회암을 깎아 만들었는데, 그 크기가 상당했다. 땅에 깊이 파묻힌 무덤이 특히 컸는데, 길이는 3.5~4아르신이나 그 이상이었다. 이 무덤들은 아마도 가장 오래된 것이 분명했다.

이 무덤들의 모양은 다른 어느 무덤보다 단순했는데, 넓이와 길이가 각각 1.5아르신 정도 되는 반듯하게 깎아진 네모난 돌로 만들어져 있었다. 거의 모든 무덤에는 판판한 돌 위에 어떤 도구의 그림이 새겨져 있는데, 어떤 것은 대장장이의 집게, 어떤 것에는 크림반도와 소러시아 양치기들이 지금도 양의 다리를 잡아끌 때 사용하는 전형적인 지팡이, 어떤 것은 톱이나 수틀 같아 보이는 것이 새겨져 있었고, 어떤 것에서는 절반으로 접힌 밧줄 모양이나 창과 빗 같은 모양, 원에 내접하여 교차하는 삼각형 모양 등을 볼 수 있었는데 기독교를 연상시킬 만한 그림은 하나도 없었다.

두 번째로 오래전에 세워진 것 같아 보이는 묘비의 두 번째 형태는 2~3개의 판판한 돌이 계단 형태로 만들어진 받침 위에 관 모양 돌이 세워져 있다. 이런 형태의 묘비에는 아주 정교하고 아름답게 조각한 돌무늬가 남아 있는데, 몇 개를 빼고 나머지는 모두 동쪽, 즉 망자의 머리가 있는 곳에 똑바로 세운 돌이나 무덤에 붙인 뿔 같은 모양의 구조물이 있다. 뿔이 2개가 있는 묘비들은 많지 않고, 대부분의 무덤에는 하나의 뿔이 있다. 각 묘비에는 뿔의 동쪽에 아마 망자를 위한 양초나 쿠챠[1]를 세웠을 반원형 혹은 고딕양식의 구멍이 있다. 그런 묘비

중 상당수의 돌무늬에 이상하고 복잡한 모양의 십자가가 포함되어 있는 것을 봐서 기독교도의 무덤으로 추정할 수 있다. 그 묘비들 중 가장 특이한 것은 쌍둥이 묘지인데 크기가 똑같거나 아니면 하나의 큰 무덤 옆에 작은 무덤이 붙어 있고, 어떤 타입이든지 같은 돌로 만들어져 있었다. 아마도 첫 무덤에는 부부가 매장되었을 것이고 두 번째 묘에는 부자, 모녀 등이 매장되었을 것이다. 두 번째 타입의 묘비의 뿔들은 특히 무늬 장식이 정교했는데, 나무나 포도송이 등 나름대로 의미 있는 그림을 가끔 볼 수 있다.

비아살라의 무덤 중 가장 최근 것은 정교한 조각 무늬로 장식된 돌판에 세로로 끼워진 판판한 넓은 돌이 특징적이다. 이 무덤에는 모두 십자가가 세워져 있지만, 고대의 무거운 무덤들의 견고함과는 거리가 멀다.

고트바의 묘지를 주의 깊게 살펴보면, 가장 오래된 시기부터 가장 최근까지 무덤 형태 변화의 모든 단계를 파악할 수 있다. 가장 최근의 묘지들은 교회의 폐허 인근에 좀더 가까이 모여 있는데, 옛 무덤이나 최근 무덤 모두 망자의 머리는 동쪽을 향하고 있었다.

나는 여행 스케치북에 각 형태의 무덤 중 가장 독특한 것을 꼼꼼히 베껴 그렸지만, 아쉽게도 이 묘지의 역사에 대해서는 아무 자료도 얻을 수 없었다. 묘비에 문자가 전혀 남아 있지 않은 그 돌무덤들은 개화된 헬렌족(эллин)의 것이라고 추정하기는 어렵고, 거의 땅속으로 파묻힌 투박한 묘비들에 새겨진 거친 수공업 도구 그림들은 야만적이고 문자가 없는 부족생활 시대를 가리킨다.

---

1 〔역주〕 쿠챠(кутья) : 제사죽, 꿀밥 등을 이른다.

내가 놀란 것은 그렇게 세심하고 꼼꼼한 대학자인 케펜이 이 뛰어난 크림 묘지를 아예 언급하지 않은 것이다. 케펜은 비아살라를 1833년에 방문했는데, 지금은 궁륭이 무너져 내린 '위쪽 그리스교회' 내부에 온전히 남아 있는 그리스어로 쓰인 글을 분명히 읽을 수 있었을 것이다. 그 '위쪽 그리스교회'는 주민들이 '고트바의 묘지'라고 부른 산속 묘지 가운데 위치한 폐허를 분명히 가리켰다.

케펜의 번역에 따르면 그리스어로 쓰인 글의 내용은 다음과 같다.

> 뛰어나게 귀중하고 영광스러운 예언자이자 선구자인 세례 요한[2]의 성스러운 사원을 토대부터 천장까지 지은 것은 고티아 주교이자 수도원장인 콘스탄티(Константий)의 겸손한 손과 비나트 테미르스키(Бинат Темирский)의 노력, 도움과 재성 지원 덕이며, 그의 부모님을 기리며 7096년 11월에 낙성되었다.

이 글에서 알 수 있는 것은 1587년에 고티아 교구민들, 아니면 적어도 성직자들은 그리스어를 사용했다는 사실이다. 16세기가 끝날 무렵 종교와 정치에서 고대 고트인들과 그리스인들의 통합은 완전히 이루어진 것으로 짐작된다. 그러나 이 사실로부터 수공도구 그림이 그려져 있는 무덤들이 그리스인들의 무덤이었다는 결론을 내리는 것은 무리라고 본다. 고대 저자들이 거의 모두 고티아 나라라고 부르는 현재의 고티아 주교 관구에 남아 있고, 이들의 동시대인인 프로코피우스의 기록에도

2 〔역주〕 이름 앞의 수식어는 정교회에서 세례 요한을 말할 때 붙이는 공식 교회슬라브어 형용사들이다.

고트인들이 살았다고 기록된 트라페주스 혹은 탁자형 바위산 기슭 옆에 있는 묘지들은 그리스인들의 전설에도 고트인들의 묘지라고 묘사되기 때문에 고트인들의 묘지들로 추정하는 것이 맞을 것 같다.

케펜은 우리 학자들 중 아무도 아직 본 적이 없는 것으로 짐작되는 비아살라 무덤 자체에 대해 한마디도 언급하지 않았다. 그런데 그는 울루살라(Улу-Сала) 고대 묘지에서 내가 비아살라에서 찾은 것과 비슷한 그림들을 발견했다. 그것은 바로 목자의 지팡이, 쌍도끼와 모루였고, 남부해안 라스피(Ласпи)의 거의 폐허가 된 마을 주변에서는 쟁기 그림이 있는 판을 케펜이 찾아냈다. 케펜은 이것들이 "크림의 그리스인들이 아조프해의 북부 해안으로 '이주당하기 전에' 가지고 있던 묘비에 이런 그림을 새기는 관습"에 대한 결론을 내리기에 충분한 증거라고 보았다.

그러나 여기서 생각해 보아야 할 것은 우선, 매장 풍습은 사람들이 새로운 정착지로 이주하면서 다른 것은 버려도 쉽게 버릴 수 없는 제일 굳건하고 성스러운 풍습 중 하나라는 사실과, 두 번째로 그리스인 이주민들이 일정 기간 거주했던 땅에서 나온 모든 유물을 그리스인만의 것이라고 생각하는 것은 무리가 있다는 점이다. 물론 크림반도의 그리스인들은 현재 남부해안에 거주하는 타타르인들처럼 고트인, 이탈리아인, 그리스인 등 여러 부족의 후손들로 이루어진 혼합 부족인 것을 케펜은 누구보다 잘 알고 있었을 것이다. 그러므로 적어도 발라클라바까지의 남부해안과 라스피를 비잔틴이 차지했던 기간보다 고트인과 제노아인들이 차지했던 기간이 길었을 것이다.

그런데 울루살라는 비아살라와 같이 카차 강변에 위치해 있으면서 서로 아주 가까운 거리에서 동굴도시를 둘러싸고 있고, 아래 설명하는 바와 같이 고트인들이 오랫동안 이 지역을 차지하고 있었다. 주목할 사실 중 하나는 케펜이 세례 요한의 비아살라의 교회에서, 크림반도의 다른 고대 교회 어디서도 찾아볼 수 없는 특징인 원형 교회 제단이 아닌 사방이 각진 형태의 제단을 찾아낸 것이다. 잘 알려진 바대로 각진 선은 고딕 스타일의 특징 중 하나이다. 또한 흥미로운 사실은 케펜이 쿠마(Кума) 와 모즈덕(Моздок) 사이에 그리고 "타타르인들과 절반 야만인인 또 다른 민족들이 거주하는 끝없이 펼쳐진 초원에" 있는 노가이인들의 무덤에서 도구 그림들이 새겨진 것을 발견한 것이다. 이러한 특징 때문에 그는 아무 글자도 없이 그림만 새겨진 크림 무덤들은 역사적으로 비교적 최근에 거주했던 부족이 아니라 무지한 원시 부족의 것이고, 아주 오래된 고대의 이른 시기에 속한다고 결론 내린 것 같다.

이 모든 사실에서 내가 내릴 수 있는 결론은 비아살라에 온전히 남아 있는 무명의 옛 묘지를 '고트바의 묘지'라고 부른 전설은 크림반도의 다른 몇몇 장소에서 이와 유사한 묘지가 발견되었다는 사실만으로 반박할 수 없다는 것이다.

주목할 만한 것은 여호사밧 골짜기와 만구프칼레의 카라임 묘지에 비아살라와 아주 유사한 형태의 무덤들이 있다는 사실이다. 이들 중 가장 오래된 것으로 추정되는 것은 모두 평평한 모양을 하고 있으면서 1~2개의 뿔모양 구조를 가지고 있다. 그런데 카라임 무덤에는 모두 예외 없이 성경 구절과 망인에 대한 글들이 빽빽이 새겨져 있다. 여호사밧 골짜기의 무덤 중 가장 오래된 것은 이미 말했듯이 기독교 역사 첫 세기의 초기 시기에 만들어졌다. 이 무덤들은 땅에서 모서리 하나가 뾰족 솟아올라 있는데, 절벽 안으로 들어간 비아살라 묘지의 판들과 다른 점이 하나도 없다.

내가 많은 사람들에게 탐문한 끝에 알게 된 사실은 마르타강(Марта) 상류, 차티르다그에서 멀지 않은 곳에 있는 울창한 숲속의 깊은 곳에 이와 형태가 완전히 똑같지만 훨씬 더 깊이 땅속으로 파묻힌 무덤들이 있는 묘지가 있다. 이것은 언젠가 많은 사람이 거주하던 마을이 있던 장소에 수백 년 수령의 나무들이 울창하게 자랄 수 있을 만큼 많은 시간이 흘렀다는 것을 보여 준다.

지금은 황량해 보이지만 울창한 숲 가운데 조약돌이 가득 뿌려져 있는 마르타강의 본줄기는 예전에 이곳에서 사람이 살았다는 것을 보여 주는 여러 증거들을 가지고 있다. 숲에서 자라는 야생식물 중에 배나무와 다른 과수가 자라던 과수원까지 눈에 띈다. 이것이 특히 두드러지게 보이는 때는 아직 잎이 나지 않아 어둡게 보이는 참나무들과 너도밤나무들을 배경으로 야생화된 과수원의 하얀 꽃들이 밝게 돋보이는 이른 봄이다.

크림반도의 많은 지역들이 마르타강과 같은 모습을 보인다. 분명히 마르타 강변에는 예전에 꽃이 피고 사람이 많이 살던, 현재 카차와 벨베크강 골짜기에 들어선 화려한 마을들과 같은 마을이 존재했었고, 지금 이 지역에서 열심히 일하는 과수원지기들이 살던 그런 골짜기였을 것이다.

비아살라로부터 아래쪽으로 5베르스타나 떨어진 거리에, 카차 골짜기 북쪽 강변 옆에 테페케르멘(Тепе-Кермен) 마을이 있다. 그곳으로 가는 방법은 바흐치사라이로부터 비아살라를 들르지 않고 추푸트칼레를 통해 가는 것이고, 이보다 쉬운 방법은 카차의 골짜기로부터 쉬우류(Шюрю) 마을을 통해 가는 것이다.

테페케르멘 유적

사뭇 이상한 광경을 이루는 이 산은 바다와 세바스토폴 신작로를 통해 서쪽에서 다가가면 멀리서부터 보인다. 꼭대기가 민둥산인 피라미드 모양의 이 산은 다른 산들과 금방 구별할 수 있다. 이것이 가장 적게 모습을 드러내는 것은 바흐치사라이로부터 접근할 때다. 이 산 주위에 있는 산들의 지형은 독특하며 단조롭다. 돌벽 사이로 난 참호 같은 좁은 통로를 빠져나갈 방법은 없고, 몇 베르스타 거리에 걸쳐 하나로 만들어진 것 같아 보이는 그 벽은 협곡의 굴곡에 따라 띠처럼 굽어지지만 끊어지는 데가 없고, 따로 있는 절벽이나 자기 수준보다 높이 동그랗게 솟아오른 곳이 없다.

당신은 이 절벽들이 사람의 손에 의해 만들어진 것이라는 착각과, 당신이 어떤 거대한 요새의 끝없는 내벽들 가운데 갇혀 있다는 착각을 버릴 수 없다. 판들과 돌들로 간단히 분류할 수 있는 쉽게 부서지는 석회암 벽들은 층이 진 특성과 뽀얀 색깔, 규칙적 비탈과 높이 때문에 인공적 벽과 똑같아 보인다.

이런 복곽(複廓)을 돌출하게 한 지질학적 원인은 상당히 오랜 기간 동안 놀라울 정도로 동일하게 작용하고 있었다. 각 협곡은 마치 서로를 베껴서 만들어진 것처럼 보인다. 어디든 똑같은 경사진 애추들과, 그 커다랗고 두꺼운 애추를 뚫고 위로 솟아오른 듯한 똑같은 수직 벽만 있다. 숲은 거의 없고, 사방을 둘러보아도 시리아 사막같이 돌과 무더위만 있다. 단테의 작품 〈지옥〉에 덧붙여 그린 삽화에서 바로 출구가 없이 그런 빈틈없이 수직으로 서 있는 절벽들의 단조로움으로 관찰자의 마음에 체념을 심어 준 구스타프 도레[3]의 천재적 필치가 나도 모르게 생각났다.

빽빽하게 서 있는 절벽들에서 분리된 채 골짜기에 둘러싸여 있는 테페케르멘산은 피라미드형 섬처럼 서 있다. 민둥산인 노란 산꼭대기는 더욱 커다란 흰색 원추형 산 위에 진짜 돌로 만든 성처럼 뾰족하게 솟아올라 있는데, 커다란 사각형 모양으로 깎아져 있다. 산 정상의 남쪽과 동쪽 면은 작은 동굴들이 빽빽하게 뚫려 있는데, 검은색을 띤 구멍들은 서로 밀접하게 위치해 있어서 멀리서 보면 마치 줄지어 선 창문처럼 보인다. 그곳에도 고대 동굴도시가 있었다. 말은 버슬버슬한 석회암 산기슭에 묶어 두고 동굴까지 직접 걸어 올라가는 도전을 해봐야 한다. 산 정상의 수직 경사면 아래에 어느 정도 숨을 돌릴 수 있는 기회를 주는 작은 숲이 자리 잡고 있다.

---

3 〔역주〕 구스타프 도레(Gustav Doré, 1832~1883) : 프랑스의 화가, 조각가, 인쇄업자로 목판화를 많이 남겼다.

위로 올라가는 길이 없어서 염소와 양 무리를 빼고는 구름까지 걸터앉은 이 지하도시를 방문할 사람은 거의 없다. 수직으로 서 있는 절벽들로 가는 길에는 샛길도 없다. 샛길이 있었더라도 계속 부서져 떨어지는 석회암 벽들이 그것들을 덮어 버렸을 것이다. 이런 상황에서 많은 동굴들을 구경하는 것은 지극히 어렵고 가끔은 거의 불가능하다. 당신은 풀과 돌들을 잡고 발밑에서 부서져 떨어져 나가는, 위태로운 절벽 처마에 붙어 있다. 그것을 따라 나아가면 돌아 지나갈 수 없는 동그란 돌출부들이 길을 막는데, 이렇게 되면 당신이 할 수 있는 일은 숲으로 다시 내려가거나 바로 곧장 위로 기어 올라가는 것이다.

여기 있는 동굴의 수는 100개가 넘는다. 수마로코프(Сумароков)는 《크림 판사의 휴가》에서 동굴이 150개 이상 있다고 기록했는데, 그것들 중 일부는 벽이 무너져 내려 외부로 노출되어 있다. 한꺼번에 몇 개의 층이 노출되면 눈앞에 보이는 것은 절벽을 파서 선반을 만든 커다란 벽장인데, 그 선반들은 아래 있는 동굴 천장이자 위에 있는 동굴 바닥이 된다.

특히 찾기 어려웠던 것은 이전 여행자들이 남긴 기록에 나와 있는 교회였다. 테페케르멘의 가장 중요한 구경거리인 이 교회는 내부가 낮은 대부분의 동굴들보다 공간이 두 배나 넓고 조금 더 높다. 석회암 절벽을 찍어서 만든 길쭉하면서 아주 좁은 강당은 길이가 5사젠이나 되고, 3개의 창문에서 빛이 들어오고 창문 쪽 벽에 작은 제단이 붙어 있는데, 돌기둥들은 일부가 아직 서 있고, 일부는 천장에 기둥머리만 남아 있어서 기둥이 있던 자리라는 것을 보여 준다. 제단 뒤 공간은 특권을 가진 사람들을 매장하기 위해 사용했던 것으로 보인다. 그곳에는 땅바닥에 붙여 놓은 2개의 무덤이 보이는데 그중 한 개는 아주 작아서 아이의 것인 것 같고 오래전부터 열려 있었던 것 같다. 보다 더 깊은 곳에는 세로로 서 있는 교회 벽 바로 옆에 같은 절벽을 찍어서 만든 세례반이나 가톨릭 성수반과 비슷한 것이 눈에 띈다. 2개의 교회 내부 벽에 있는 낮고 아주 깊은 구멍들도 아마 시신 매장을 위해 사용한 것 같아 보인다.

테페케르멘의 나머지 동굴들은 그다지 독특하지 않다. 에스키케르멘에서와 같이 궁륭, 수조, 기둥, 계단들이 있고, 가정용 그릇 유물은 하나도 남아 있지 않다. 여기의 유일한 특징은 일부 동굴들을 채우고 있는 수많은 해골과 다른 뼈들이다. 이렇게 뼈들이 많이 매장되어 있고, 동굴들이 낮고 지하교회에 무덤들이 있는 것은 테페케르멘 동굴들이 기독교를 신봉한 어느 부족의 매장소였다는 추정을 하게 만든다.

크림반도에 대한 글을 남긴, 앞에 언급한 툰만도 테페케르멘 동굴들의 목적에 대해 같은 추측을 했다. 그의 기록을 인용하면 다음과 같다.

> 테페케르멘은 원뿔꼴의 설탕 덩어리 모양을 한 따로 서 있는 높은 산이다. 그 꼭대기에는 아주 고대에 만들어진 것으로 보이는 성과 요새 유적들이 아직도 남아 있다. 그 절벽 곳곳에 고대인들의 콜룸바리아[4]와 거의 똑같이 독특한 순서로 위치한 수많은 통로와 동굴들이 보이는데, 아마도 이것들은 매장소 역할을 했을 가능성이 아주 높다.

옛 저자들이 언급한 성과 요새의 흔적은 이제 거의 보이지 않는다. 단지 한 곳에서만 아주 큰 돌로 만들어진 기초의 흔적을 볼 수 있다. 아

---

4 〔역주〕 콜룸바리아(*Columbaria*) : 죽은 자들의 유골 항아리를 모아 놓은 장소다.

마도 이 기초는 그 옛날 시절에 네모난 모양의 탑, 성 아니면 이와 비슷한 아주 무거운 건물을 받치고 있었던 듯하다. 다른 곳에서 보이는 작은 쓰레기 더미들은 인간이 만든 구조물의 잔해라는 것을 겨우 연상시킨다. 터키어로부터 번역하면 '산꼭대기의 요새'[5]라는 산 이름 자체가, 타타르어 명칭이 만들어진 시기에 테페케르멘 산꼭대기에 성이나 요새가 있었다는 사실을 분명히 증명한다.

접근이 어려운 위치 덕분에 약탈과 파괴로부터 보호는 되었지만, 성 자체가 파괴되었을 뿐 아니라, 거의 아무 흔적도 없이 땅과 하나가 될 정도로 사라져 버렸다. 테페케르멘의 요새가 외부 세력에 의해 점령당했다거나 파괴되었다고 언급한 고대 저자는 한 명도 없다. 이런 배경과 더불어 14~15세기에 지어진 많은 건축물들이 크림반도의 여러 지역에 거의 온전하게 남아 있다는 사실과 크림반도에서 이보다 더 이른 시대의 유물들을, 예를 들어 헤르소네스 사원의 유적을 아직도 관광할 수 있다는 사실을 고려하면, 테페케르멘의 요새는 툰만이 추정한 바와 같이 정말 오래된 고대 유물로 볼 수밖에 없다.

18세기에 크림반도를 여행한 데 토트[6] 남작이 남긴 터키인들과 타타

---

5 〔역주〕 테페케르멘에서 '테페'(Тепе)는 산꼭대기, '케르멘'(Кермен)은 요새를 뜻한다.

6 데 토트 프란츠(de-Tott Franz, 1733~1797) : 헝가리 귀족의 아들로 태어나 프랑스를 위해 일한 공학자 겸 작가이다. 터키 관련 연구를 한 뒤 크림 칸과 프랑스의 동맹에 대한 몇 가지 프로젝트를 제시한 후 그것을 실현할 목적으로 1767년에 바흐치사라이로 파견되어 1768~1774년 러시아·터키전쟁 시작 전까지 계속 크림반도에 머물렀다. *Memories sur les tures et les tartares*(Paris, 1784)라는 회고록을 집필했다.

르인들에 대한 기록을 보면, 어떤 근거를 가지고 그런 추정을 했는지 모르겠지만 테페케르멘의 3층 동굴들이 제노아 식민지 시대 때 감옥 역할을 했다는 주장이 나온다. 심지어 테페케르멘의 동굴 일부에 사람의 뼈가 있다는 사실도 이런 주장을 뒷받침하는 근거로 들고 있다. 토트남작의 설명은 튠만의 견해나 위에 말했던 것들과 완전히 모순되지는 않는다.

해안지역에서는 제노아인들이 발라클라바까지만 진출했지만, 산속에서 제노아와 그리스 식민지의 경계선은 정확히 알 수 없다. 만구프칼레가 제노아인들에게 장악되었다면 이보다 훨씬 취약한 테페케르멘도 같은 운명을 피하기 어려웠을 것이다. 우리가 만구프보다 테페케르멘에서 더 멀리 떨어져 있는 추푸트칼레마저 제노아인들이 지은 것이라고 추정한다면, 바흐치사라이 교외의 아지즈(Азиз)에는 내가 스케치북에 직접 그린 동그란 궁륭을 가진, 아주 세련된 이탈리아 건축양식의 영묘가 있는데, 바흐치사라이 타타르인들의 말에 따르면, 이것도 프랑크 제노아인들이 지은 것이라고 한다.

테페케르멘의 피라미드 산 정상 근처 산기슭에 자리 잡은 고트인 묘지는 테페케르멘이 탁자형 산 정상과 마찬가지로 트라페지트 고트인들의 요새 중 하나였다는 생각을 하게 만든다. 테페케르멘의 동굴이 위치한 절벽 꼭대기에는 훌륭한 푸른 목초지가 있고 조망대로서의 입지도 뛰어나다. 이곳에서는 아래 있는 모든 것이 하나도 빠지지 않고 보인다. 바로 발밑에는 카차강 골짜기가 휘어서 뻗어 있고, 이제 우리가 내려가야 하는 쉬우류 마을이 흩어져 있다.

카치칼리온(Качи-Кальон)은 다른 동굴도시와 닮은 점이 덜하다. 그것은 추푸트칼레, 에스키케르멘, 만구프칼레와 테페케르멘처럼 협곡들 가운데 섬처럼 솟아올라 있는 탁자형 바위산은 아니다. 카치칼리온은 카차 강변의 높은 돌 낭떠러지 위에 위치해 있다. 여기서 '철제 대문'이 두나이강을 좁히는 것처럼 카치칼리온은 카차강을 좁히고 있다. 카치칼리온보다 높은 데와 낮은 데서 카차강은 비교적 낮은 강변 사이를 자유롭게 흐르고 있다. 카치칼리온에서 카차강의 오른쪽 강변을 커다란 산의 단면이 차지하고 있다.

카치칼리온을 숲과 과수원들이 있는 골짜기를 통해 다가가는 것은 테페케르멘의 협곡들을 통해 가는 것보다 훨씬 즐겁다. 카치칼리온의 모습이 감동적인 이유는 다름 아니라 골짜기 저지대와 카차강 왼쪽 강변을 가득 채우고 있는 녹색의 화려하고 울창한 숲과 오른쪽 강변의 장엄한 돌 낭떠러지 사이의 극적 대비다. 그 낭떠러지는 기자(Хеопсова)의 대피라미드와 로마의 성 베드로 대성당도 들어갈 수 있는 거대한 벽감과 반원형 궁륭 모양을 하고 있다. 이 벽감이 형성된 이유는 산 낭떠러지의 중간 부분이 온통 부서져 자갈이 되어 흩어졌기 때문이다.

이제는 돌들이 폭포 줄기처럼 궁륭에서 카차 강줄기까지 화산 분화구가 내뿜은 것처럼 흘러 내려간다. 그 돌 중에는 커다란 바위만 한 것도 있다. 오른쪽 강변은 어디를 봐도 바위와 돌조각들이 거대한 혼돈 상태를 이룬다. 그중에는 창문과 문이 있고 동굴도 파져 있는 많은 바위들을 볼 수 있다. 어떤 것은 거꾸로 서 있고, 어떤 것은 옆으로 서 있는데, 지금 남아 있는 것은 깨진 계란 같은 껍데기 조각들뿐이고, 어떤 것은 떨어진 후에야 속을 도려낸 것처럼 아주 온전히 잘 남아 있다. 카치칼리온의 낭떠러지 암석들은 색깔이 다양해서 울긋불긋한데, 이런 색조는 이곳에서 자라는 부드럽고 생생한 녹색식물들과 아주 잘 어울린다. 바위 색은 빨간 색조가 가장 일반적이다.

커다란 벽감의 발밑 강변의 가파른 경사 위에 지은 지 얼마 안 된 교회 한 채와 작고 황폐한 집 2채가 서 있다. 옛날 그리스인들이 살던 시기에 유명한 약수의 샘으로 많은 순례자들을 불러 모았던 성 아나스타시아(св. Анастасия) 수도원이 여기에 있었다. 어느 시기인지는 여전히 잘 기억나지 않지만, 아직도 때가 되면 순례자들이 이곳으로 모여들어 순례자들을 위해 특별히 지은 교회에서 예배를 드린다. 이 때문에 카치칼리온은 아나스타시아란 이름으로 더 잘 알려져 있다. 심지어 러시아인들과 그리스인들은 다른 이름을 모르고 있다.

새로운 교회는 전혀 흥미롭지 않지만, 교회보다 높은 지대에 나무가 무성한 폐허 가운데에 있는 지하 궁륭들과 주위에 흩어져 있는 무덤들을 가진 옛 수도원의 폐허가 보인다. 많은 돌에 그리스식 십자가가 새겨져 있다. 그런데 특히 흥미로운 것은 절벽의 벽감 안에 있는 돌십자가다. 지금도 이것만 생각하면 우스펜스키 수도원을 연상시키는 이 작은 수도원의 아름다움을 상상할 수 있다.

이 지역을 덮친 큰 돌사태로 인해 수도원의 옛 건물이 철저히 파괴되어 폐허를 자세히 조사하는 것은 거의 불가능하고, 심지어 신성한 샘이 나오는 카치칼리온의 커다란 자연 벽감으로도 간신히 들어갈 수 있게 입구를 막아 버렸다. 이전에 이곳을 방문한 여행자들이 카치칼리온에 대해 남긴 글을 읽으면 카치칼리온 절벽들은 계속 파괴되어 왔다는 사실을 알 수 있다. 얼마 전에 이곳을 방문한 사람이 보았던 것의 3분의 1도 남아 있지 않다. 카치칼리온에는 이제 온전한 동굴이 하나도 남아 있지 않고, 2~3년 뒤에는 위쪽 궁륭을 방문해 볼 수 있는 가능성도 사라지고, 아니면 그 흔적조차 다 사라질 수 있다.

지금도 샘물까지 올라가는 일을 감히 시도한다면 목뼈를 부러뜨리기 십상이다. 거기에는 거대한 궁륭이 당신이 쳐다보기에 무서울 정도로 큰 입 모양의 아크로 가리고 있다. 부채꼴로 굽어진 그 암석은 산의 땅과 거의 분리되어 사방으로 균열이 갔는데, 거기에 새로 생긴 빈 공간들을 보면 당신을 둘러서 있는 커다란 바위들이 떨어진 지 얼마 되지 않는다는 것을 짐작할 수 있다. 항상 돌 용암을 내뿜을 수 있는 상태에 있는 이 돌 분화구 아래 서 있는 당신의 안전을 보장할 수 있는 것은 아무것도 없다.

매 순간 위에서는 돌이 부서지는 소리와 윙윙거리는 소리가 들린다. 이것은 무서운 절벽을 분해시키는 미세한 내부 과정이 진행되고 있다는 증거이다. 당신이 흠칫해서 가장 가까운 동굴의 지붕 아래로 몸을 피하면 먼저 큰 돌이 하나 굴러 지나가고, 작은 돌이 하나 굴러 지나가고, 그 뒤를 이어 또 돌 2개, 5개, 10개가 굴러 지나가고, 어디선가 짙은 먼지바람이 피어오르기 시작할 것이다. 이 모든 일들은 별것 아닌 것처럼 보이지만, 무거운 암석이 높은 데서부터 한꺼번에 우르르 떨어지려면 이 얇은 석회암층을 가루가 되도록 갈아야 할지도 모른다. 주위에 펼쳐진 돌들의 혼돈 상태를 보면, 이것은 당신의 상상 속 환상이 아니라고 당신을 설득시키는 데 충분하다.

카치칼리온 절벽의 중간 부분은 예전에 몇 개 층을 이루었던 동굴들이 무수히 뚫려 있었다. 곳곳에 파인 동굴의 내부는 속으로 무너져 내렸고, 지금 우리가 들어간 벽감을 남겼다. 그 벽감의 벽에는 동굴의 흔적들이 분명히 보이는데, 가장 깊은 것은 앞부분만 노출된 채 상당히 잘 보존되어 있었고, 어떤 것은 단지 파낸 흔적과 안쪽 가장자리만 남아 있는데, 이것들을 자세히 보면 전에 있었던 동굴과 계단, 층들의 도면을 그릴 수 있다. 겉모습만 놓고 보면 이것은 에스키케르멘과 똑같은 벌집, 칼새 둥지이다.

벽감 한가운데의 아래쪽 돌출부에서는 차갑고 투명한 물이 샘에서 솟아나고 있다. 돌로 만든 작은 연못 아래 낡고 색이 바랜 이콘이 놓여 있고 밀랍 초들의 흔적도 보인다. 이것이 수도원을 세운 계기가 된 성 아나스타시아의 샘물이다. 샘물을 종교적 표상으로 이렇게 신성시하는 전통은 다른 민족과 나라들 가운데도 잘 알려진 사실인데, 이것을 특히 자주 볼 수 있는 것은 동양 나라들, 특히 무슬림 민족들 가운데에서다. 이런 면에서 보면 크림반도는 완전히 무슬림적인 동양 지역이다. 크림반도에서는 거의 모든 수도원들이 치유 능력과 신성한 의미를 타타르인과 기독교인과 동일하게 인정받는 산속 샘물 위에 만들어졌다. 그리고 정말 차갑고 깨끗한 물줄기가 가진 마법적인 힘의 소중함을 제대로 느낄 수 있는 곳은 오직 돌이 많고 무더운 무슬림 아시아의 나라들뿐이다.

카치칼리온의 독특함 장엄함은 경치가 주는 인상에 관심이 거의 없는 사람들에게도 큰 감동을 주는데, 냉정한 추정과 고고학 자료에 대한 분석에 온몸을 바친 케펜이 남긴 카치칼리온에 대한 평가를 여기서 제시하지 않을 수 없다.

"골짜기 구경을 마친 후"라는 제목으로 그는 자신의 《크림 문집》에 다음과 같이 썼다.

성 아나스타시아에게 기도를 올린 후 마음을 가다듬고 수도원의 우물까지 올라가 보라. 그건 쉬운 일은 아니지만 모든 장애와 몇 번의 위험을 극복한 뒤에 당신이 거기서 찾는 것은 흔하지 않는 도전에 대한 충분한 보상이 될 것이다. 산의 애추들로 바위가 많은 산 정상까지 올라가고 나면 당신은 벽에 나 있는 대문을 통해 기적의 수도원으로 들어갈 수 있다. 많은 십자가가 새겨진 한 절벽을 지나면 동굴들에 도달한다. 동굴들은 몇 개의 층을 이루고 있고, 여기서도 각층을 분리하는 것은 얇은 암석층뿐인데, 아마도 이런 모양 때문에 타타르인들은 이곳을 '머리카락의 다리'(кыл-копыр)라고 부르게 된 것 같다. 그 층들의 제일 꼭대기에 폭이 110걸음이나 되는 반원형으로 파내서 만든 장소에 성 아나스타시아의 우물 아니면 그냥 성수라고 불리는 우물이 있는 유명한 샘이 있다. 아래층으로 내려가려면 겁이 나기는 하지만 아랫부분 일부가 이미 떨어져 나간 위에 남아 있는 돌로 만든 처마를 볼 수 있다.

비아살라 골짜기를 넓은 원형극장 모양으로 둘러싼 산을 올라간 후에 우리는 숲 가운데서 땅에서 버섯처럼 솟아오르고, 마치 캐나다 비버들의 집들처럼 한곳에 빽빽하게 모여 있는 많은 초가지붕들을 발견했다. 우리는 승마용 길을 따라 만구쉬로 가고 있었다.

우리를 거기까지 안내해 주겠다고 나섰던 사람은 나와 비아살라에서 '고트바의 묘지'를 구경시켜 주었던 그 지역의 행정관리관이었다. 관리관이 이 오두막들에 대한 나의 질문에 바로 답하지 않고, 대신 다소 이상한 표정으로 당황한 미소를 지으면서 고개를 갸우뚱거리고 있었다.

"그 사람이 누군지 누가 알겠어요!"라며 대답하듯이 그는 나에게 설명해 주었다.

“뭔가 기이한 사람이에요. 그냥 바보라고 할 수도 있는데, 우리가 그 사람을 부르는 이름은 바로 이바누슈카 바보예요. 그런데 그 사람의 어리석음은 뭔가 독특해요. 혹시 그는 성인(Блаженный) 일지 몰라요.”

“그 사람이 누구지요? 이곳은 그의 땅인가요?”

“여기에 법적으로 그의 땅이 될 수 있는 곳은 하나도 없어요. 땅은 공적 자산이고 국가 농민들만이 살 수 있지요. 그 사람의 아버지는 만구쉬 출신의 농민인데, 남들과 똑같이 매년 배당받는 자기 몫의 땅이 있었어요. 뭐 채초지나 그런 것들 말예요. 그런데 그 사람은 아버지랑 살기가 싫어졌어요. 하나님으로부터 그런 명령을 받았다고 해요. 그 사람이 여기 숲으로 들어와 정착한 지 몇 년이나 지났어요. 비아살라 바로 맞은편인데, 햇볕이 잘 드는 가장 좋은 땅이에요. 몇 번이나 그를 쫓아내려고 관청에서 사람들이 왔고, 그를 몇 달씩 감옥에 가두곤 했어요. 그의 모든 소유를 몰수하고, 그의 서류를 압수하고 풀어 주면 그는 다시 이곳으로 와서 이전처럼 꾸물대며 농사를 지었어요.

나를 완전히 못살게 만들었지요. 수시로 그를 쫓아내라는 명령이 내려와요. 그런데 어떻게 그를 완전히 쫓아낼 수 있나요? 그는 전혀 해를 끼치지 않는 천진난만한 사람이에요. 아무에게도 폐를 끼치지 않고 살면서 아침부터 밤까지 하나님의 영광을 위해 일만 하고 있죠. 이런 와중에 그에게 14루블 28코페이카의 벌금을 부과하라는 명령이 내려왔어요. 국가 소유의 숲에서 나무를 했으니 대략 그 정도 손해를 끼쳤대요. 그런 이상한 사람에게서 무슨 돈을 받아내겠어요? 14루블이면 여간 큰돈이 아닌데, 그가 어디서 그 돈을 마련하겠어요? 솔직히 말하면 우리끼리는 그를 불쌍한 사람으로 생각하고 있죠. 그런데 그가 이곳을 떠나게 하기는 해야 할 것 같아요. 그러지 않으면 그 친구를 또다시 감옥에 가둘 거예요."

관리관의 이야기를 듣고 나니 바보 이반이 살고 있는 곳을 한번 들르지 않을 수 없었다. 아름다운 주변 지역이 내려다보이는 판판한 산경사면에 있는 작고 예쁜 집이 그가 살고 있는 곳이었다. 햇볕이 바로 그곳으로 내리쬐었다. 주변의 숲은 일정한 공간이 벌목되어 있었고, 자란 채로 그대로 방치되는 야생 배나무들이 모두 꼼꼼히 접목이 붙여져 있었고, 해충들로부터 보호하는 페인트가 발라져 있었다. 이곳은 이제 이바누슈카 바보의 과수원으로 변해 버렸다. 과수원 너머의 채소밭, 잘 정돈된 탈곡장과 많은 하얀 돌을 깎아 울타리 삼아 세운 뜰이 곧게 뻗어 있었다. 이바누슈카는 이 돌들을 멀리서부터 가져와 자신의 손으로 직접 깎았고, 자기 가축들에게 물과 소금을 먹이기 위해 사용했다.

마당에는 여러 가지 크기와 모양의 우리가 10개나 서 있었고, 돌이 많은 땅을 파서 헛간만 한 크기의 우리를 만들었다. 어떤 것은 이미 가축이 살 수 있도록 다 준비되었고, 어떤 것은 아직 파고 있는 중이었다. 여기에 외양간과 우리, 여름과 겨울 우리, 곡물창고, 광이 다 있었다. 외양간에는 배부른 소와 송아지 몇 마리가 서 있었다. 이 모든 것들은 말 그대로 바보 이반의 손으로 만들어지고 파인 것이었다. 나는 아무도 도와주지 않은 상태에서 그렇게 많은 무거운 대들보와 서까래를 혼자서 어떻게 지붕으로 끌어 옮기고 고정시켰는지 도무지 이해할 수 없었다.

이반에게는 땅을 파는 것에 대한 특별한 애착이 있는 것 같았다. 하나의 구조물이 아직 완성되지 않은 상태에서 그는 또 다른 지하실을 파면서 땀을 흘리고 있었다. 푸석한 흑토도 아니고 심지어 흙도 아닌 돌이 많은 석회암을 파는 일을 하고 있었다. 우리가 본 모든 것은 돈 한 코페이카도 쓰지 않고 모두 자기 손으로 직접 만든 것이었다. 이바누슈카에게는 어디서 사온 양동이도 나무통도 못도 없었다. 모든 것이 산에서 파내거나 숲에서 베거나, 한마디로 모두의 보물창고인 자연에서 얻은 것들이었다. 곡식은 나무통 모양으로 팽팽하게 짜서 흙을 단단히 바른 커다란 바구니에 넣어 빻았고, 나무를 깎아 만든 바가지로 이바누슈카는 물을 받아 마셨다. 나는 그에게서 음식을 끓이는 항아리조차 보지 못했다.

이바누슈카는 누구보다 자기 자신을 위한 생각을 하지 않았다. 그는 자신의 가축을 자비심이 넘치는 보모처럼 돌보고 있었고, 거의 모든 소에게 이바누슈카의 굳은살과 이바누슈카의 고달픈 노력으로 만든 덮개가 있는 우사가 따로 있었다. 그는 낮에는 숲속에 있는 목초지에서 다른 사람이 몰아갈까 봐 소들을 우리 안에 숨겨 놓았다. 어둠이 떨어지자마자 아침 여명부터 저녁노을까지 일한 이바누슈카 바보는 타타르인이든 러시아인이든, 농부들이든 관료들이든 그의 짐승들을 아무도 건드리지 않을 것이라는 확신을 가지고 사랑하는 자신의 가축들을 숲의 목초지로 몰고 나갔다. 이바누슈카는 축복받은 천진난만함 덕에 가끔 흩어진 가축 떼를 모으고 살금살금 다가오는 늑대를 매복하고 있다가 쫓아내야 하는 이러한 밤중 예배를 숙면으로 생각하고, 고된 낮의 노동으로부터의 휴식으로 여겼다.

아침 여명이 밝아 오면 또다시 삽과 도끼를 가지고 힘든 일을 하고, 정오가 되면 점심식사 대신에 먹는 레표시카 빵의 딱딱한 껍질에다가 우유나 물 한 컵을 들이킨다. 이바누슈카는 자신을 위해서는 아무 음식도 끓이지 않았고, 비버의 집 같은 집 안에 아예 화덕을 만들지 않았다. 겨울이 되면 자신의 오두막 중 하나 안에서 장작더미에다가 불을 때고, 짧은 양털 겉옷을 입고 몸을 웅크린 채로 가슴과 등을 번갈아 따뜻하게 하면서 그 옆에 누워 있다. 빵을 구울 데는 없고, 대신 밀가루 몇 움큼을 긁어모아 물을 타서 반죽을 만든 다음, 타타르인의 풍습에 따라 그것을 나뭇잎 위에 얹은 채 모닥불의 재 안에서 싱겁고 묵직한 레표시카 하나를 굽는다. 감자가 있으면 감자를 구워 먹는다.

"그런데, 이반, 아프면 어떡해? 자네도 아플 때가 있지?"

그가 들려준 자신의 수행에 대한 지극히 순박한 이야기들을 다 듣고 난 뒤에 나는 바보에게 물어봤다.

"열병 때문에 너무 괴로워요. 3년 동안 열병 때문에 늘 몸이 떨려요. 봄만 오면 몸이 떨려요."

생각에 잠긴 듯이 진지한 눈으로 나를 바라보면서 이바누슈카가 대답했다.

"그럴 때는 누가 먹을 것을 만들어 주지?"

"그럴 때면 밥을 먹지 않아요. 오두막 속에 누워 있으면서 밥을 먹지 않고 버티는데, 좀 나아지면 뭔가를 구워 먹지요."

이반이 점잖게 이야기했다.

"이번 봄에도 정신을 차리지 못한 채 3일 동안 누워 있으면서 아예 먹지 못해서 하나님이 내 영혼을 데려가시려고 천사를 보냈다고 생각했는데, 그게 아니라 몸이 나았고 하나님이 좀더 일하고 속죄하라고 명령하셨어요."

이바누슈카는 머리만 겨우 내민 채 우리 앞에 있는 깊은 구덩이 안에 서 있었다. 우리는 그가 손에 삽을 들고 허드렛일을 하고 있는 것을 보았다. 그는 맨발에 모자를 쓰지 않았고, 마르고 뼈가 튀어나온 거무스레한 몸이 드러나 보이는 구멍 뚫린 셔츠를 입고 일했다. 푸른색이 도는 그의 창백한 얼굴은 빗지 않은 곱슬한 검은 머리카락과 염증으로 빨갛게 부은 검은 눈 때문에 더욱 생기 없어 보였다. 그 얼굴과 눈에는 자신의 생각에 완전히 몰두한 어떤 강한 근심이 보였다. 마치 그 눈은 우리 말고, 또 우리가 보는 것 말고, 우리 오감이 접근할 수 없는 어떤 다른 것을 보는 것 같았고, 누가 보아도 분명한 병자의 상상력이 만든 주관적인 세상이 있는 것 같았다.

이 불쌍한 친구는 자신이 감옥에서 보낸 시간에 대해, 관청의 핍박에 대해, 자신이 정착한 땅에 대한 자신의 소유권에 대해 신기할 정도로 무심하고 편안한 목소리로 이야기했다.

"땅이 다 차르의 것이고 우리 모두 차르의 것이에요."

이 순박한 자연법(droit naturel) 옹호자는 이렇게 설파하고 있었다.

"우리는 각자 자신이 원하는 데서 살 권리가 있어요. 나는 탐욕을 위해서가 아니라 하나님을 위해서 일해요. 일을 많이 할수록 죄를 덜 짓게 돼요. 일을 하면 허리는 힘들지만 영혼은 힘들지 않아요."

"그러면 자네는 왜 가족과 함께 살며 아버지와 같이 일하지 않지?"

나는 물었다.

"나는 이곳이 내 자리로 지정되어 있어서 여기서 일해야 해요. 우리 아버지는 속세에 살고 계시는데, 그분은 그곳이 자리로 지정되어 있고, 나는 근면과 은거에 대한 사랑이 지정되어 있지요."

"자네는 여기서 편안히 지낼 수 있는 게 아니잖아. 관료들이 자네를 가만히 두지 않고 다시 감옥에 보낼 거야. 그러니 다른 데로 옮겨가는 것이 좋을 거야."

나는 그를 설득해 보았다.

"다른 데로 옮겨가 보았어요. 그곳에서 생활해 보려고 했는데, 안 되더라고요!"

흔들리지 않는 확신을 가지고 이반이 대답했다.

"하나님이 이리로 다시 보내시는 거예요. 하나님이 이곳을 좋아하세요. 여기가 어떤 곳인지 보이잖아요. 산속이고 자유롭고, 이곳과 비교할 만한 데는 절대 없죠!"

그 말을 들으면서 우리 발아래 펼쳐진 골짜기를 바라볼 때, 바보의 병약한 얼굴에 아이같이 천진난만한 미소가 피어올랐다.

"이반, 도벌 벌금을 냈나?"

나는 그에게 따져 물었다.

"나는 아무에게도 아무것도 훔친 게 없고, 아무에게도 빚진 것도 없기 때문에 벌금을 낼 이유가 없어요."

바보는 무심하게 대답했다.

"근데 이반."

관리관이 우리의 대화에 끼어들었다.

"그 숲속 초지의 나무를 다 벤 것은 좋은 생각이 아니었다. 그건 국가 소유잖아. 국가 소유이기 때문에 자네가 형벌을 받게 되는 거야!"

"그건 … ."

이반이 무심하게 말했다.

"그건 내가 다 벤 거 맞아요. 왜 베지 않겠어요? 나는 좋은 일을 위해 나무를 다 벤 거예요. 그래서 저기에 오두막을 지었어요. 누구든지 거기서 겨울을 보낼 수 있잖아요."

"아이구, 이반, 자네 참 불쌍하네. 자네 때문에 난 정말 골치 아파."

속상한 듯이 머리를 긁으면서 관리관이 중얼거렸다.

"또다시 자네 둥지를 부셔야 하고, 자네 손을 묶어서 관청으로, 감옥으로, 국가에서 지정한 숙소로 데려갈 수밖에 없어."

이반은 마치 이 말을 듣지 못한 듯이 앞쪽 먼 곳을 묵묵히 바라보았다.

"내일 바로 새 오두막을 지을 거예요!"

갑자기 나에게 말하는 그의 눈에 생기가 반짝이기 시작했다.

"저녁노을이 지면 삽질을 다 마칠 것이고, 아침 여명이 지면 엮기 시작할 거예요."

"이반, 자네 돈은 있지?"

주저하면서 관리관이 그에게 계속 물었다.

"자네에게서 14루블 28코페이카의 벌금이라도 받으면 돼지. 내가 보기에는 뭐 … 내가 보기엔 자네는 여기 계속 있어도 괜찮아."

이미 삽질을 시작한 이반은 아무 대답도 하지 않았다.

우리가 바보의 집으로부터 다른 방향으로 돌자 아주 훌륭하게 평평하게 만들어진 길이 시작되었다.

"그 모든 것을 다 그 바보가 만들었지요."

관리관이 나에게 설명해 줬다.

"주위에 있는 숲속의 모든 도로를, 마차를 타고 가도 될 정도로 흙을 뿌려서 평평하게 만들었어요."

이바누슈카 바보를 만나고 나니 솔직히 말해 우리가 누리는 문명의 혜택을 칭찬할 수만 없다는 생각이 들지 않을 수 없었다. 물론 국가에 속한 토지를 개인이 점유하는 것을 허락하지 않았다고 정부기관이나 산림관리관을 비난하는 것은 우스꽝스러운 일일 것이다. 국가 생활의 공식적 제도하에서 이런 일은 어떤 기관이든 수행할 권리를 받은 적 없는 법의 테두리 밖에 감상적(感傷的) 작업으로 볼 수도 있다. 그러나 합법성이란 것이 사람의 양심을 항상 편안하게 만들지 않는 경우가 있고, 쓸데없는 미개척 토지를 경작하려고 땀을 흘리면서 노동하는 법 없이 살 수 있는 사람을 법을 내세워 사회에 죄를 지은 죄인처럼 박해하고, 마치 때아니게 집 굴뚝 안에 둥지를 튼 까마귀 떼 둥지를 파괴하듯이 그의 근면으로 만든 굴을 파괴하는, 바로 그런 지극히 정의롭지 못한 행위가 합법성이란 명분 앞에 정당화된다.

얼마 후 우리는 만구쉬에 이르렀는데, 이곳은 거의 다 러시아인들의, 좀더 정확히 말하면 소러시아인들의 마을이다. 이런 경우는 바흐치사라이와 가까운 인근인 크림 산속 마을에서는 아주 보기 드문 일이다. 그럼에도 불구하고 만구쉬는 타타르 마을의 속성을 잃어버리지 않아서 타타르 마을과 똑같이 산과 산속 개울을 따라 퍼져 있으면서 서로 떨어져서 남의 눈으로부터 가려진 아늑한 데에 숨어 있었다. 만구쉬에 있는 러시아 교회도 뭔가 러시아 것 같지 않게, 우리에게 낯익은 대러시아 지방의 하얀 사원보다 모스크 같아 보일 정도로 타타르 생활방식이 산속에 거주하는 사람들의 풍습에 스며들어 있었다. 집들은 말할 필요도 없다. 마을 사람들도 마찬가지다. 이 사람들을 당신이 타타르인들과 구별할 수 있을 것 같지 않다. 여기에 타타르인은 몇 가족밖에 살지 않지만, 주민 모두가 타타르어를 할 줄 안다. 러시아인들의 가정에서도 친밀한 대화는 타타르어로 하고, 아이들도 말다툼과 욕을 타타르어로 한다. 이런 현상은 우리 수준에 이르지 못한 미개인들에 대한 너그러움 때문인지, 아니면 우리 러시아 정신이 벌써 타타르인에게도 길을 비킬 정도로 독립성이 적은 탓인지 모르겠다.

만구쉬는 한 지역의 주도다. 지역 전체가 암석과 나무와 관련된 사업을 주업으로 삼고 있다. 여기에는 포도밭이 없고 밭을 만들 만한 공간이 거의 없다. 보드라크(Бодрак) 강변은 가공하면 부드럽고 하얗고, 벽을 쌓으면 튼튼한 석회암을 끊임없이 얻을 수 있는 채석장들이다. 보드라크의 암석은 주변에 있는 바흐치사라이와 심페로폴의 건축공사에서 제일 값나가는 예쁜 건축재료다. 그것은 세바스토폴을 지을 때 사용한 인케르만의 편암과 비슷하다. 이 석회암은 보통 건물의 모퉁이와 기초벽을 쌓는 데만 사용하는데, 전체적으로 쌓아올리기엔 너무 비싸지만 그 대신 영구적이며 미장이 필요 없다.

보드라크의 채석장들 한가운데, 바로 보드라크 마을 뒤 한편에 보드라크강과 맞은편에 알마강이 휘둘러 가는 바클라(Бакла) 절벽들이 있다. 그것은 크림반도 가장 북쪽에 위치한 마지막 크림 동굴도시이다. 이 동굴도시의 위치는 내가 지금까지 서술한 더 유명한 크림의 다른 동굴도시들이 가진 시적 독특성이 빠져 있다. 동굴들 자체가 대부분 외부가 이미 무너져 있어서, 에스키케르멘과 테페케르멘을 구경한 사람에게는 크게 흥미롭지 않다. 반 정도 파괴되어 있는 동굴들 중에 제일 큰 것은 2제곱 사젠이 겨우 넘는다. 안내원들은 그것을 에클리세, 교회라고 부르기도 하지만, 거기에 교회의 특징은 하나도 남아 있지 않고, 그것을 알아볼 수 있는 유일한 흔적은 입구를 받치고 있는 기둥이다.

동굴보다 훨씬 흥미로운 것은 커다란 항아리 모양을 한 수많은 수조들인데, 바클라 절벽들에 빽빽이 패인 이것들은 바클라에 중요한 곡식이나 와인 창고가 위치했을 것이고, 이 지역에 많은 주민이 살았으리라고 추측하게 만든다. 바클라 절벽 낭떠러지 아래 있는 골짜기에서 몇 년 전에 만구쉬 농민들이 땅을 갈다가 각각 크기가 나무통만 한 12개의 커다란 석제 항아리 혹은 암포라(амфора)를 발견했다. 그 항아리들은 나란히 땅에 묻혀 있었고 아주 잘 구워지고, 매우 견고한 진흙으로 만들어졌다. 옛날에 와인이나 기름을 보관하는 데 이보다 병목이 좁은 그릇을 사용한 사실에 비추어 볼 때, 이 항아리에는 곡식이 담겨 있었던 것 같다. 그러나 항아리는 빈 채로 발견되었고, 사람들은 항아리 안에서 흙 외에 아무것도 발견하지 못했다고 한다. 한참 동안 탐문한 끝에 나는 만구쉬 농민 중 한 명에게서 그 돌항아리 2개를 찾아볼 수 있었고, 나머지는 이미 다 선물로 주거나 팔아 버렸다고 했다.

반 정도 파괴된 동굴과 수조들이 있는 바클라 절벽들을 구경하는 동안 나도 모르게 교육 수준이 높은 방문객들의 호기심을 불러일으키는 키슬로보드스크(Кисловодск) 온천이 있는 유명한 림산[7]을 떠올렸다. 나는 키슬로보드스크 온천에 머물렀을 때 특별한 주의를 기울여 그 산에 있는 옛날 집들의 모든 유물을 살펴본 적이 있다. 나는 몇 개의 골짜기들이 만나는 곳에 위치한 탁자형 산 정상과, 부드러운 석회암에 패여 있는 파괴된 동굴들의 층을 처음 봤을 때 이전부터 알고 있는 크림 동굴도시와 비슷하다는 느낌을 받았다. 똑같은 토기 유물들, 돌에

7 〔역주〕 림산(Рим-гора) : '로마 산'을 뜻하는 명칭이다.

새겨진 똑같은 도구들의 흔적들, 절벽으로 이루어진 자연적 보루로 보호되어 있고 계단 형태로 만들어진 똑같은 입구가 거기에도 있었다. 다만 림산의 파괴 과정은 크림의 도시 동굴들 중 가장 크게 파괴된 것보다 더 훨씬 더 진행되었다.

그래서인지 관광객들과 지역주민들은 림산의 동굴에 주의를 기울이지 않았지만, 동굴도시의 특성에 익숙한 사람은 그 동굴들의 흔적이 있다는 것은 의심할 필요가 없었다. 사람들이 대신 관심을 보인 것은 그릇 유물과 뼈들과 수조들이었는데, 그것들은 바클라보다 여기에 많이 남아 있다. 수조는 커다랗고 동그란 항아리 모양을 하고 있었고, 탁자형 산 정상의 북쪽 변두리를 끼고 이어졌다. 그릇 유물들 중에 유명한 석기시대 화살과 꽤 비슷해 보이는 부싯돌과 흑요석을 깎아서 만들어진 날들, 또는 수많은 동물들의 뼈들을 꽤 자주 볼 수 있다.

전설에 따르면 림산이라는 명칭이 생긴 배경은 미트리다테[8]와의 전쟁 때 로마인들, 다름 아니라 바로 폼페이우스의 부대가 여기에 주둔했기 때문이라고 한다. 나는 이 전설이 알려진 역사적 사실과 모순되는 점들에 대해서는 언급하지 않겠다. 언젠가 로마 사람들이 여기에 머물렀을지도 모르지만, 그것보다 우리가 관심 있는 것은 림산과 크림 동굴도시들과의 연관성, 림산의 '혈거인들의 거주지' 성질이다. 다른 전설은 체르케스케르멘, 카바르드, 체르케스튜스 등 아직도 크림의

---

8 〔역주〕 미트리다테(Mitridate, 기원전 135~63) : 기원전 1세기 폰투스와 소아르메니아의 왕인 미트리다테스 4세(Mithridates Ⅳ)를 말한다. 로마의 술라, 폼페이우스 등과 싸우며 폰투스 왕국의 전성기를 이끌었다.

가장 오래된 동굴도시들이 위치한 지역에 아주 고대에 체르케스인들이 거주했으리라는 추정을 염두에 두고, 키슬로보드스크와 그 주변이 바로 카바르드에 위치하고 있다는 사실을 고려하면 우리는 크림 동굴도시들의 원 건립자들이 케르치해협의 두 해안가에, 즉 카프카스와 크림에 동시에 살고 있었다는 꽤 흥미로운 단서를 얻게 된다. 그 사람들이 키메르인이었는지, 타우리인이었는지 하는 문제는 과학이 언젠가 풀 수 있을 것 같지 않다.

바클라가 세스트렌체비치 관구주교가 자신의 역사책에서 언급한 바로 그 비아카코바(Биака-Коба)인 것은 의심할 여지가 없다. 테페케르멘과 카치칼리온의 이야기를 하고 난 뒤 이 저자는 다음과 같이 이야기를 이어간다.

> 〔또는〕 알마강 옆에, 심페로폴에서 바흐치사라이로 가는 도로 왼쪽에 자리 잡은 비아카코바산의 남쪽 면에도 수많은 수도사의 방들이 위치해 있다. 그곳 주변에 위치해 있는 커다란 절벽 안은 사람이 살 수 있도록 가공되어 있다. 현재 키예프 페체르스크 수도원[9]이 증명하는 것과 같이 이 은신처들은 자신이 머물 수도원들을 파는 것을 연습하던 그리스 수도사들이 만든 것 같다. 시간의 강이 동굴의 몇 개의 벽에서 아직도 지우지 못한 그리스어 글과 그리스교회가 인정하는 성인들의 여러 가지 의상이 내가 보기에 이 추측을 증명한다.

---

9 〔역주〕 키예프 페체르스크 수도원(Киево-Печерская лавра) : 일명 키예프 동굴수도원이다. 1051년 키예프 대수도원에 세워졌으며, 성 소피아 성당과 함께 유네스코 문화재로 지정되었다.

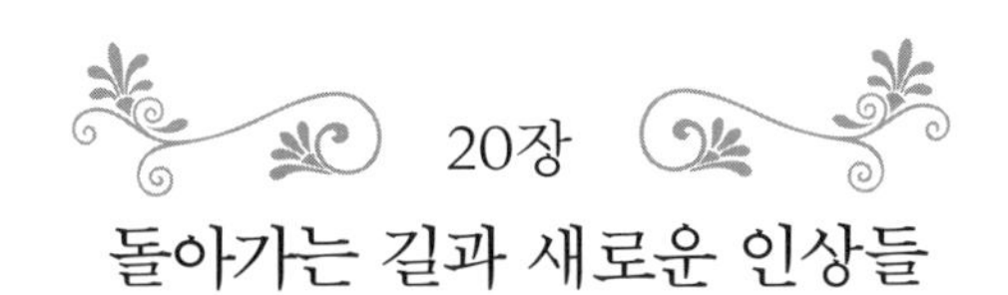

20장 돌아가는 길과 새로운 인상들

동굴도시 나라 안의 고대 방어시설 — 동굴도시의 키클롭스식 특징과 의미 — 추첼산 위에서의 방황 — 사슴들의 울부짖음 — 성 코스마스다미안 원형 수도원에서의 숙박 — 남부해안으로의 귀환

바클라(Бакла)를 마지막으로 우리는 크림 동굴도시 구경을 끝냈다. 아늑한 우리의 장소 마가라치(Магарач)로 돌아가야 했는데, 우리는 감히 사블루흐수(Савлух-Су)와 바부간야일라(Бабуган-Яйла)를 통해 가는 길을 택했다. 그 길은 멀기도 하지만 우리들 중 많은 이들이 가 보지 않은 완전히 새로운 길이었다.

당신이 크림 동굴도시를 각각 알게 된 후에야 유럽의 다른 어떤 나라도 보여 주지 못하는 그 독특하고 흥미로운 거주지들의 시스템 전체가 이해된다. 초르나야강 하구와 세바스토폴만에서 시작되는 크림 동굴도시들은 꾸불꾸불한 쇠사슬처럼 동북쪽으로 이어져서 거의 알마강 상류까지 간다. 동굴도시가 시작되는 곳은 인케르만의 '동굴들의 요새'이고 끝나는 곳은 바클라다.

그래서 고고학적 특징에만 관심 있고 시간상 여유가 없는 여행자가 동굴도시를 가장 편하게 구경하는 방법은 세바스토폴로부터 심페로폴로 신작로를 가면서 보는 것이다. 인케르만의 동굴이 가는 길에 다 보일 것이고, 만구프와 체르케스와 에스키케르멘은 두반코이(Дуван-Кой) 마을[1] 옆 신작로에서 오른쪽으로 돌아서, 벨베크강, 그다음 카라일레즈강을 거슬러 올라가면서 동굴도시를 볼 수 있다. 신작로에서는 메사의 평평한 꼭대기와 만구프의 탑들이 아주 잘 보인다.

마찬가지로 쉬운 여정은 산 경치를 좋아하는 여행자들을 이끄는 바위가 많은 갈라진 틈을 가진 카차강 골짜기로 돌아가는 것이다. 그 틈 안에 카치칼리온이 있고, 몇 베르스타 나아가면 다른 산들의 꼭대기 너머에 원뿔꼴 설탕 덩이 같은 테페케르멘이 보인다. 바흐치사라이에서 추푸트 구경을 한 다음, 바클라 동굴을 구경하려면 심페로폴 가기 전 마지막 역참인 가지베크(Гаджи-бек)에서 약 5베르스타 못 미치는 거리에서 오른쪽으로 돌아 만구프 도로를 따라서 보드라크 골짜기로 돌아가면 된다.

이런 안내만 보아도 옛날 동굴도시들이 되는대로 배치된 것이 아니라, 아주 분명한 목적을 가지고 잘 고안된 계획에 따라 배치되었다는 것을 알 수 있다. 인케르만은 초르나야강 골짜기에서 바다와 초원들을 여는 열쇠의 역할을 했다. 초르나야와 벨베크 사이의 입구들이 만구프칼레, 체르케스케르멘과 에스키케르멘으로 보호되어 있었다. 카

---

1 〔역주〕 러시아어로 두반카(Дуванка) 마을이다.

차 골짜기의 가장 통행이 편한 곳을 카치칼리온이 막고 있고, 테페케르멘도 같은 골짜기 일부를 막아섰고, 카차와 추루크수(Чурук-Су)의 바흐치사라이 골짜기는 높이 솟아 있는 현재의 추푸트칼레인 키리키엘성(Киркиельский замок)이 방어하였다. 그리고 바클라는 알마와 보드라크의 골짜기들이 산에서 나오는 출구인 산모퉁이에서 보루 역할을 하였다.

방어의 중심지 역할을 한 것이 분명한 동굴도시들뿐만 아니라, 마치 사슬의 고리처럼 모든 동굴도시들을 서로 연결시키는 다른 옛날 방어시설들의 유적들을 보면 그러한 산악방어 시스템이 더 잘 이해된다.

인케르만보다 약 10베르스타 위쪽, 만구프로부터 10베르스타 거리 남쪽의 초르나야 강변에 있는 초르군(Чоргун) 마을에 팔각형의 옛날 탑이 아직도 남아 있다. 이 탑은 아마 남부해안으로부터 골짜기로 접근하는 길들을 지켰을 것이다.

초르나야강의 방어시설과 만구프를 서로 연결시키는 역할을 했던 것은 지금은 사라진 믈리느예 콜로츠(Мыльные колодцы)의 방어시설이었는데, 이것이 있었던 곳에 18세기 말까지도 베이키르만(Бей-Кирман), 즉 '공작의 요새'라는 마을이 있었다.

여행자가 세바스토폴 신작로에서 골짜기의 벨베크강이 산에서 새어나가는 곳을 보면, 골짜기 단면은 아주 멋진 커다란 대문으로 보인다. 벨베크의 대문 안에 비유크슈이렌(Биюк-Сюйрень)과 쿠추크슈이렌(Кучюк-Сюйрень)이라는 타타르인들의 화려한 옛날 마을들이 자리 잡고 있고, 그사이 왼쪽 강변에 높고 평평한 산의 곶 위에 멀리부터 보이는 슈이렌쿨레(Сюйрен-кулле) 탑이 솟아올라 있다. 그것은 고트인들의 옛날 슈렌[2]이다. 탑이 위치한 지역은 아직도 이사르알트(Исар-алты)[3]라는 이름을 가지고 있다.

담과 대문이 있고 벽에 비잔틴 회화 흔적들이 있는 2층 탑은 만구프성과 같이 절벽의 곶을 산으로부터 잘라내며 접근을 막고 있는데, 높이 있는 그 탑으로부터 바다, 산, 초원, 한쪽에 있는 만구프와 다른 쪽에 있는 테페케르멘이 내려다보인다. 이보다 더 좋은 감시소를 고르는 것은 어려울 정도이고, 탑은 벨베크강 저편과 이편의 산속 방어시설들[4] 간의 보초 역할을 하는 동시에, 그 강의 골짜기로 들어가는 입구를 지켰음이 틀림없다. 그것은 1736년의 크림원정 때 우리의 미니흐 원수가 파괴한 요새들 중 하나인 바로 그 벨베크 요새일 수도 있다.

벨베크강과 카차강 사이의 산악통로들은 두 곳에서 2개의 방어시설로 막혀 있었는데, 그중 하나는 흔적이 거의 다 사라지고 남아 있는 것은 오직 케르멘칙(Керменчик)이라는 이름뿐이고, 현재 위쪽 카차의 왼쪽 강변에 있는 하나의 지역에 불과하다. 두 번째는 케르멘(Кермен) 혹은 케르만칼레(Керман-кале) 요새인데, 그 폐허들이 벨베크강의 오른쪽 지류들 중 하나인 케르멘칙강 상류 옆에 위치한 타타르 마을 위에 있는 산 위에서 분명히 보인다. 그 방어시설은 슈이렌, 체르케스케르멘과 따로 있는 평평한 산들이 많은 이 지역에 있는 다른 방어시설들과 같이 다른 쪽에서 접근이 불가능한 바위의 곶을 잘라내어 접근을 막았

---

2 〔역주〕 슈렌(*schuren*) : 고트어로 '요새'라는 뜻이다.

3 〔역주〕 이사르(Исар) : 마케도니아어로 '요새'라는 뜻이다.

4 베데티(ведеты) : 파수용 방어시설이다.

다. 높이 있는 그 곳에서 카치칼리온과 테페케르멘의 꼭대기가 내려다 보인다.

그리고 바클라 옆에, 산들이 갑자기 동쪽으로 굽어지면서 동시에 북쪽과 서쪽으로부터 접근이 가능한 모퉁이에서 2개의 강력한 방어시설이 유목민들이 산속 거주민에게 접근하는 것을 막는 역할을 하고 있었던 것 같다. 사라맘바쉬칼레(Сарамамбаш-кале)는 이제는 평평하고 가파른 산을 잘라낸 담의 폐허들과 그 담 안에 있는 파괴된 건물들의 잔해 더미들뿐이다. 사라맘바쉬칼레는 바로 만구쉬 마을 위에, 알마강과 보드라크강 사이에 서 있는데, 그것은 그 강들이 흐르는 골짜기를 지키고 있었음이 틀림없다. 사라맘바쉬칼레와 멀지 않은 곳, 알마강 건너편에 또 다른 산속 방어시설인 사리삽케르멘(Сарысап-Кермен) 유적들이 자리 잡고 있다.

나는 산악의 다른 부분의 방어시설 이야기를 하지 않겠다. 도시도 있고, 성도 있고, 봉화 탑도 있는 크고 작은 방어시설들이 연속으로 이어지는 고리가 크림 산의 서북 경사면들과 통로들, 즉 크림 동굴도시 지역을 감쌌다는 것을 보여 주는 것으로 나의 서술 목적은 달성되었다.

어느 민족이 어느 역사 시기에 어떤 목적으로 이렇게 강력한 방어선을 만든 것일까? 동굴도시들 자체의 기원에 대한 정확한 역사적 사실은 우리가 시간이 지나도 알 수 없을 것 같다. 내가 보기에 동굴은 적어도 문명의 첫 단계를 지난 부족의 항시적 거주지 역할을 할 수는 없었을 것이다. 절벽 틈 안에서 악천후와 적으로부터 자신을 보호하는 그런 동물학적 방법은 인류의 동물학적 시대에나 적절하다. 그것은 오직 새와 곤충을 노예처럼 모방하는 것일 뿐이다. 높으면 적의 손이 닿지 못할 것이고, 위가 덮여 있으면 비에 젖지 않고 폭풍에 휩쓸려 가지 않을 것이고, 부드러운 석회암은 칼새의 부리로 쪼는 것처럼 투박한 연장으로 쉽게 파낼 수 있었을 것이다. 그렇게 굴이 만들어졌고, 거주지로 이용되었을 것이다.

역사시대에 들어와서도 인류가 동굴을 사용할 수 있었지만, 오직 특수한 경우, 불가피한 압박에 직면했을 때만 동굴을 주거로 사용했을 것이다. 19세기의 유럽인도 불가피한 위험에 직면하면 나무 위에서 숙박할 수 있었겠지만, 인간이 침팬지처럼 항상 나무 위에 살 수 있는 것은 아마 어떤 콜롬비아인[5] 같은 종족에게만 가능할 것이다.

어떤 작가들은 키예프 같은 동방지역의 수도사들을 생각하고 동굴도시들이 문명화된 부족들에 의해 세워졌다고 가정한다. 그런데 내가 보기에는 이 예에서는 동굴생활이 인간의 자연과 밀착한 생활 조건의 하나일 수 있다는 사실에 대한 심리적 확증을 찾을 수 있다. 동방 수도사들은 지속적이고 의식적으로 인간의 육신적 생활을 원시인, 말하자면 동굴 같은 고대 환경, 즉 동물과 같은 생활 상태로 되돌리는 것을 목적으로 했다.

테바이드 은수자들은 거의 벌거벗은 채 다니고, 머리카락을 기르고, 음식을 끊여 먹지 않고, 불을 피우지 않고, 뿌리를 먹고 물만 마시고, 유절음을 내는 능력을 죽이고, 다른 사람들과의 동거나 관계를 꾸준히 피해왔다. 이런 식으로 동굴을 아주 좋아한 사람들도 여러 기

---

5 〔역주〕 콜롬비아인(Colombian) : 미개의 상징으로 콜롬비아 원주민을 가리키는 것으로 보인다.

타 노력의 결과로 불가피하게 동굴에 거하게 된 것이었다.

호메로스의 그리스인이 유럽의 원시적 거주자들과의 조우에 대한 추억으로 동굴을 짓고, 동굴에 사는 키클롭스(Киклопы) 형상으로 보전해온 것을 눈여겨보자. 짐승 같은 키클롭스는 어디서나 어떤 방식으로든 돌과 관련 있다. 폴리페모스[6]에게 돌은 거주지이며, 짐승 우리이며, 문이자 무기였다. 이른바 키클롭스식 건축물들은 다름 아니라 투박한 인공동굴들이다. 신화에서는 문명화된 식민자들과 미개한 토착원주민들 간의 투쟁이라는 역사적 사실을 거인 이미지로 유지했는데, 거인들은 돌들을 가지고 올림푸스에 맞섰다.

고대 켈트인들의 나라나 고대 핀인들의 나라 전설에서는 혈거인들과 동굴시대에 대한 기억이, 사회에 적대적이고 자신의 악한 간계와 이질적 모습과 이질적 풍습을 접근 불가능한 산속에 깊이 숨기는 신비로운 마법사들의 이미지로 남아 있다. 인류의 소아 시절이 '석기시대'라고 불리는 근거는 당시 거주지들의 재료하고만 관련된 것은 아님이 분명하다. 그래서 내가 보기에는 크림 동굴도시들을 '혈거인들의 거주지'라고 불렀던 작가들의 의견은 일반적으로 생각하는 진리에 가까운 것 같다.

이 혈거인들은 정확히 누구였을까. 타브르족은 반 정도 신화적이며 영웅적인 시대의 역사가 크림 땅에서 만나는 최초의 민족이다. 아킬레스와 이피게네이아와 동시대인들이며, 자기들의 신들에게 인간 제물을 바치고, 당시 '냉정한 폰토스' 즉 폰토스 아크세노스 해변으로 파도에 휩쓸려 온 그 모든 불행한 사람들을 자기 전리품으로 생각한 그 타브르

---

6 〔역주〕 폴리페모스(Polyphemus) : 〈오디세이〉에 나오는 외눈박이 거인이다.

족이 동굴도시들을 만들었을지도 모른다. 고대 타브리아인들이 이른바 스키타이인들과 섞여 타우리-스키타이족이란 이름으로 역사가들에게 알려졌을 때 그들은 크림 산악지대의 양 경사면, 즉 현재 동굴도시 지역들도 차지하고 있었다. 그런데 미트리다테스와 전쟁을 하고 클라우디우스 황제의 군대를 패퇴시킨 타우리-스키타이족은 이미 예전의 야만인인 타우리인들이 아니라 요새를 지을 줄 알고 헬레니즘 문명을 흡수한 민족이었다. 팔라크(Палак)와 스킬루르(Скилур)의 구조물들은 심페로폴의 케르멘칙 유물들이 증명하듯이 완전히 그리스식 건물들이었다.

크림 동굴도시들이 크림의 원시 민족들 중 하나이며 키메리아 보스포루스에 자기 이름을 남긴 키메리아족[7]에 의해 세워졌다는 의견이 있는데, 내가 생각하기에 이 추측도 다른 것들과 마찬가지로 근거가 없고, 동굴도시들의 나라가 키메리아족 거주지로 추측되는 곳, 즉 케르치반도와 정반대 쪽에 자리 잡은 것만으로도 이 추측이 맞을 확률은 더 낮다.

현재 크림 동굴도시들이 있는 곳에서 거주한 것으로 확실히 알려진 민족은 고트족이다. 위에서 우리는 이 사실이 역사적으로 증명된 것을 이미 보았다. 유스티니아누스[8]가 한 일은 고트족을 막기 위해 담을

---

7 〔역주〕 키메리아족(Cimmerians): 기원전 10~7세기 중앙아시아와 우크라이나 초원 지역을 정복하고 거주한 아시아계 유목민족이다. 호머는 "세계의 서쪽 끝 저 멀리 안개와 암흑 속에 사는 사람들"로 묘사했다.

8 〔역주〕 유스티니아누스 2세(Justianus II, 재위 685~711): 7세기에 비잔틴제국을 지배한 헤라클리우스 왕조(Heraclian Dynasty)의 마지막 황제다. 영어로는 유스티니안 2세(Justinian II)라고 부른다. 685년부터 695년까지 황위에 있다가 반란으로 쫓겨나서 코가 잘린 채 헤르소네스 지역에 추방되었다가 705년 다시 황제가 되어 711년 다시 반란으로 쫓겨날 때까지 비잔틴제국 황제로 있었다.

쌓은 것이 전부가 아니었다. 프로코피우스 말에 따르면 그는 동시에 크림 남부해안, 현재 알루슈타인 알루스토스(Алустос), 현재 구르주프(Гурзуф)인 고르주비타(Горзубита)에 몇 가지의 방어시설들을 세웠고, 보스포루스(케르치)와 헤르소네스의 파괴된 방벽을 재건했다.

민족들의 이동 시대에는 이민족이 침입할 수 있는 길을 긴 담과 성으로 막는 방법이 크게 유행했다. 아나스타시우스 황제는 6세기 초에 비잔틴을 북부 야만인들로부터 보호하려고 커다란 담을 쌓았다. 프로코피우스의 주장에 따르면, 유스티니아누스가 이 담을 더욱 견고하게 만들었는데, 벨그라드(Белград)부터 두나이강 하구까지의 공간에만 그가 새로 세우거나 재건한 방어시설을 가진 성들이 80곳에 달했다고 한다. 같은 6세기에 페르시아 샤흐[9]인 호스로 1세(шах Хозрой Ⅰ)가 하자르인들의 침입을 막으려고 이른바 카프카스 담과 데르벤트 방어시설을 쌓았다.

프로코피우스가 말하는 '고트 담'은 아직도 크림 산의 여러 곳에서 발견할 수 있다. 나의 《크림반도 견문록》[10]의 다른 부분에서 차티르다그로의 여행을 묘사했을 때, 내가 차티르다그 경사면에서 보았던 담의 폐허를 말한 적 있는데, 타타르인들은 무슨 이유에서인지 그것을 테미르아크사크(Темир-Аксак), 즉 유명한 티무르가 지은 것이라 보았다. 알루슈타 도로 건너편에, 카라비야일라를 따라 우스큐트(Ускют)에서 카라수바자르(Карасубазар)로 가는 도로까지는 이 폐허들이 덜 발견된다.

---

9 〔역주〕 샤흐(шах): 페르시아(현 이란) 국왕과 인도 제후 칭호이다.

10 자신이 쓴 크림의 인상(своих 'Крымских впечатлений'), 즉 여기서 마르코프가 말하는 저술은 "크림의 인상: 여행일기의 한 페이지"(Крымские впечатления: Страница из путевого дневника)〔〈조국 통보〉(Отечественные записки). 1866, 171, 175호〕다.

구르주프 절벽 위
'바람의 정자'

이 폐허들은 어디서나 타쉬하바흐(Таш-Хабах)라는 이름으로 알려져 있다. 그 담의 방향과 목적을 살펴보면 그것의 서쪽 끝은 위에 말했던 방어시설 체계와 연결되었을 것이다. 그런 식으로 그것은 북쪽 대(大) 크림 초원 쪽에서 산으로 접근하는 길들을 방어하고 있었다. 마찬가지로 산의 남부에 있는 만과 해변과 골짜기들의 통로들은 성들과 요새들의 특별한 시스템으로 보호되었는데, 이것이 방어시설이 설치되어 있는 동굴도시들의 서북쪽 행렬과 맞닿은 곳은 아마 초르나야강 상류에 있는 초르군스카야(Чоргунская) 탑 근처였을 것이다.

남부해안의 성과 요새 유물들은 알루슈타, 카스텔, 아유다그, 구르주프의 절벽, 니키타곶, 아우트카보다 높은 곳, 얄타 도시 근처에서는 오레안다, 아이토도르곶, 리멘에, 키키네이즈에, 무할라트카에,

아이야곶과 그리고 수많은 다른 장소에, 특히 발라클라바에 많이 남아 있다. 그 모든 방어시설들은 서쪽 경사면들의 대열보다 더 견고하고 서로 잘 연결된 방어시설의 대열을 이루고 있다. 남부해안의 큰 골짜기나 어느 정도 중요한 만이나 곶에는 예전의 방어시설 유적이나 적어도 이름이라도 남아 있지 않은 곳은 하나도 없다고 말할 수 있다.

이 방어시설들도 트라페주스 고트족을 방어하기 위해 비잔틴인들에 의해 세워진 것으로 추측된다. 이것들은 알루스토스, 구르주프, 얄리타에는 6세기에 이미 생겨났고, 나머지는 유스티니아누스 이전이나 이후 여러 시대에 만들어졌을 수 있다. 어떤 고대 작가들은 남부해안의 성들을 카스텔라고소룸(Castella Gothorum), 즉 '고트인들의 성'이라고 부르는데, 세스트렌체비치가 만든 스키티아 지도에는 크림의 서남 끝에 '고티아'(Gothia) 혹은 '카스트라고소룸'(Castra Gothorum)이 나타난다. 심지어 15세기에, 솔카트[11]의 엘리아스베이(Элиас-Бей)와 맺은 조약을 따라 남부해안이 제노아인들의 지배 아래로 넘어갔을 때도 이곳의 지명은 다름 아니라 '고티아'였다.

쳄발로(Чембало, 발라클라바), 루스카(Луска, 알루슈타), 페르티니카(Пертиника, 아유다그) 산기슭 옆에 있는 지금의 파르테니트, 고르존(Горзон, 구르주프), 얄리타(Ялита, 얄타)인 고티아의 무역 중심지에는 특별한 대표부가 설치되었다. 이 모든 것들이 고트인들이 실제로 알루슈타부터 발라클라바까지의 남부해안에 거주했고, 따라서 남부해안 성들도 아마 이들을 방어하기 위해 세워졌으리라고 추정하는 것이 설

---

11 〔역주〕 솔카트(Солкат) : 솔카트, 즉 스타리크림은 타타르인들의 옛 수도다.

득력 있다는 증거가 된다. 그 성들이 제노아인들이 지은 것이 아니라는 것은 남부해안이 제노아인들에게 점령당하기 전인 10세기, 13세기와 다른 시기 작가들의 기술이 증명한다. 콘스탄티누스 7세 황제가 제노아인들보다 4세기 전에 헤르소네스(세바스토폴) 그리고 보스포루스(케르치) 사이의 폰토스 해변에 서 있는 성들에 대해 언급했다.

프랑스 왕 루이 9세로부터 시리아에서 타타리아의 칸 만구(Мангу)에게 파견되었던 프란치스코회 수도사인 길로옴 루브루퀴스(Гильом Рубруквис)는 1253년에 크림반도를 방문하여 남부해안 거주자들에 대한 중요한 서술을 우리에게 남겼다. 루브루퀴스는 "그 바다에는 코르순부터 타나이스강 하구까지 큰 곶들이 있고, 헤르소네스와 솔다이아(수다크) 사이에 약 400채의 성들이 있는데", 각각 그 지역만의 독특한 방언을 가졌고, "아직도 독일어를 사용하는 많은 고트인들이 있다"라고 했다.

12세기에 쓰인 우리의 《이고르의 원정기》(Слово о полку Игореве)에도 러시아 금을 딸랑거리면서 푸른 바다의 바닷가에서 노래하는 "아름다운 고트인 여자들"이 언급된다. 내 《크림반도 견문록》에서는 고트인들이 심지어 15세기나 16세기까지 크림반도에 있었다는 것을 보여 주는 다른 증거들을 제시한 적 있는데, 15세기 베네치아 사람인 바르바로(Барбаро)도, 16세기 주 콘스탄티노플 황제의 대사인 부즈베크(Бузбек) 남작도 이러한 사정에 대해 긍정적으로 말했다는 것을 앞에 언급한 바 있다.

수백 년간 크림반도에는 콘스탄티노플 총주교가 관할하는 별도의 고티아 교구가 있었다는 것이 이 사실을 더 잘 증명한다. 325년에 1차

니케아 공의회 교부들의 서명 중에 고티아 주교 테오필레(Феофил)의 이름을 찾을 수 있다.[12] 그 뒤를 이어 주교, 그다음 대주교, 마지막으로 관구장 주교 이름의 행렬이 계속되는데 그들 중 마지막인, 그리스인들을 크림반도에서 아조프해 지역으로 이주하도록 나섰던 고티아와 케파(Кефайский) 주교 이그나티우스(Игнатий)가 사망한 1786년까지 이어진다. 이런 식으로 고티아 교구는 이교도 로마 황제인 콘스탄티누스 1세에서 러시아 여제인 예카테리나 2세 시기까지 존재해왔다.

우리가 가진 모든 증거를 살펴보면 가장 가능성 높은 것은 고트인들의 정치적 독립은 아주 일찍 끝났지만, 이후 시대까지, 적어도 14세기 동안 그들의 이름과 언어가 보전되었고, 이것만으로도 크림 역사에서 고트족이 차지하는 의미가 증명된다. 수가 적은 고트인들이 종교적으로 비잔틴의 영향을 받은 것은 이미 말한 대로 4세기말부터 시작되어 고트인들과 그리스인들의 통합으로 종결되었다. 그 결과 고트인들이 거주하던 옛날 도시의 거의 모든 곳에서 우리는 비잔틴 회화, 그리스어로 쓰인 문장, 그리고 그리스인 거주자들을 발견하는 것이다. 다른 가능성은 있을 수 없다.

6세기에 고트인들은 이미 야만인들에게 저항할 수 없다는 무력감에 싸여 제국의 보호를 찾게 되었다. 그렇지만 유스티니아누스의 방벽도 이들을 보호하지 못했고, 7세기나 8세기에 긴 기간 동안은 아니지만 하자르인들의 지배를 당한다. 13세기에 그들은 타타르인들에게 조공을 바치게 되고, 몇몇 도시들은 크림반도의 그리스인 도시들과 같이 토착

12 〔역주〕 성경을 고트어로 옮긴 울필라(Ульфила)로 추정된다.

의 소규모 제후(топарх) 의 지배를 당한다.

예를 들면 만구프와 인케르만이 그렇게 되었다. 같은 지역을 놓고, 어떤 이들은 그리스인 지역이고, 어떤 이들은 고트족 지역이었다고 주장하는 옛날 작가들 사이에 겉으로 드러나는 모순은 일부 만구프의 거주자들이, 예컨대 16세기에 그리스인이며 동시에 고트인이었다는 것으로 설명된다. 이들은 기원의 관점에서 보면 고트인들이었지만, 민족생활 및 종교생활 관점에서 보면 그리스인들이었다. 부즈베크나 다른 작가들이 내세운 바와 같이 훨씬 이후 시기에도 크림반도에 고트인들이 존재했다는 주장은 단지 이런 맥락에서만 인정할 수 있다.

15세기 초에 마누일 팔레올로고스 황제가 자기 아들인 콘스탄티누스[13]에게 넘겨준 지역은 하자리아와 맞닿은 흑해 해변에 위치한 지역들, 즉 제노아인들에게 점령당하지 않은 고티아의 나머지 지역, 헤르소네스 등 이전에 그리스인들의 식민지였던 지역들이다. 인케르만에서 비잔틴의 쌍독수리 그림이 있는 1427년의 그리스어 문장이 새겨진 돌이 발견됐는데, 글에는 "테오도로(Феодоро) 도시와 해변의 주인"인 알렉세이(Алексей) 란 사람이 언급된다. 일반적으로 추정하듯이 테오도로를 인케르만으로 여기든지, 위에 나온 새로운 설명을 받아들여 테오도로를 만구프로 생각하든지에 상관없이, 15세기에 고트인들의 중심지가 비잔틴인들의 지배 아래 있었다는 것은 분명하다.

브로네프스키는 이미 터키 지배 시대인 16세기에 인케르만의 대문과 건물들에 있는 그리스어 글들과 그리스 가문의 문장들을 보았다.

---

13 〔역주〕 비잔틴이 터키인들에게 점령당할 때 성을 지키다 사망했던 바로 그 황제다.

다음은 인케르만에 대한 그의 말을 그대로 옮긴 것이다.

> 인케르만은 코즐로프14에서 12마일이나 그 이상의 거리에 위치한다. … 그곳에 돌로 만든 요새, 모스크, 그리고 요새 아래와 그 맞은편에 훌륭한 솜씨로 파서 만든 동굴들이 있다. 왜냐하면 도시가 크고 높은 산 위에 위치해 있어, 그 동굴들로부터 터키식 이름이 나온 것이다. … 그곳은 예전에 중요한 곳이었고, 아주 부유했으며 필요한 모든 것들을 풍요롭게 가지고 있었고, 아주 뛰어난 위치에 자리 잡고 있었다. … 크고 높은 절벽이 많은 산들 위에서 그리스의 고대 부족들이 커다란 돌들을 캐었다는 것을 알려 주는 뚜렷한 흔적들이 보인다.
>
> 대문들과 남아 있는 건물들 몇 군데에 그리스어로 쓰인 글과 그리스 문장들로 장식된 것을 보니 그리스 군주들이 이 훌륭한 인케르만 요새를 지은 것으로 보인다. … 지협 전체를 따라, 심지어 도시의 담을 따라 훌륭한 건축물이 있었고, 아직도 많은 것들이 온전히 남아 있는 수많은 우물을 판 흔적이 분명히 보인다(오늘날 벨베크라고 불린다). 가장자리에는 돌로 포장된 2개의 크고 넓은 도로가 보인다. 지협에는 언젠가 그리스인들이 심었고 지금은 기독교도인 그리스인, 이탈리아인, 유대인, 심지어 소수의 터키인들이 소유한 과수원과 사과나무와 다른 과실들, 그리고 훌륭한 포도원들이 보인다.

---

14 〔**역주**〕 코즐로프(Козлов) : 터키어 단어 게즐레베(Гезлеве)가 왜곡된 발음으로, 즉 엡파토리아다.

그리고 내가 여기서 인케르만에 대해 자세히 언급하지 않은 이유는 이전에 내 《크림반도 견문록》에서 이미 한 장에 걸쳐 인케르만을 서술했기 때문이다. 인케르만이 고대 테오도로 혹은 도로스(Дорос) 라면 그곳은 고트인들의 가장 옛날 중심지였을 것이다. 원래 고트인들이 차지했던 해변국가는 도리(Дори) 라는 이름을 가졌었다. 이 이름이 도로스와 거의 같게 들리는 것은 너무나 분명하다. 니키포르(Никифор) 총대주교가 유스티니아누스 2세에 대해 헤르소네스에서 702년에 "고티아 영토에 있는 도로스 요새로 도망갔다"라고 기록했는데, 이 요새는 인케르만을 말한 것이 거의 틀림없다.

터키인들은 남부 크림반도를 점령한 뒤에 고트인이 통치하는 공국을 하나도 찾지 못했을 것이고, 모든 공국은 이미 그리스에 속해 있었다. 마트베이 메홉스키(Матвей Меховский) 는 고대 그리고 자기 가문의 특징에 대한 귀족적 취향 때문인지, 오직 만구프 공작들만 개인적으로 고트인이라고 하고, 아직 어딘가에 존재하고 있는 마지막 고트인으로 여겨졌다는 것을 언급했다.

그러므로 나중에 그리스인들과 혼합된 고대 고트인들이 크림의 제일 중요한 동굴도시들, 즉 인케르만과 만구프칼레, 이어서 체르케스와 에스키케르멘, 오늘날 슈이렌쿨레 같은 중요한 도시가 서 있었던 벨베크강 골짜기까지의 나라를 5세기부터 몇 세기 동안 자치적으로 통치했다고 확실히 말할 수 있다. 벨베크강 북쪽에 있는 나머지 크림의 동굴도시들에도 고트인들이 거주했다는 사실은 역사적으로 입증되지는 않았지만, 그랬을 가능성이 아주 높고, 전설로 증명된다.

팔라스의 의견과 반대로 고트인들이 동굴도시들을 세웠다고 보기는 어렵다. 크림고트인들은 심지어 담으로 에워싸인 도시도 싫어했다는 프로코피우스의 대표적 증언은 이 문제에 대한 어떤 의심도 배제한다. 농업을 주 생업으로 하고 화려한 과수원들을 소유했던 민족이 석제 동굴의 건축가와 거주자였을 리 없다. 동굴도시들이 방어시설 시스템으로 형성된 것은 여러 다양한 민족들의 노력으로, 여러 다양한 시대에 생겨난 다양한 다른 방어시설들을 사용한 중앙집권적 비잔틴 정부 노력 덕분이었을 것이다.

옛날부터 트라헤이반도[15]를 크림반도의 다른 지역과 분리시켰던 헤르소네스 사람들의 방벽은 스키피아 왕들과 미트리다트 장군들의 고대 요새들과 마찬가지로 크림의 그리스 관리자들이 방어시설을 만드는 밑틀 역할을 했다. 그리스인들은 크림 골짜기에 거주하는 부지런한 과수원 관리인, 포도주 양조업자와 사제들의 생활을 보장하기 위해서 초원 유목민들이 크림 산악지역으로 들어올 수 있는 모든 길을 막아야 했다. 그 방어시설 중에서 동굴도시들은 당연히 전쟁이 일어날 경우에 사용할 요새, 혹은 위험한 상황이 발생하자마자 주민들이 은신할 수 있는 포위대비 마당[16] 역할을 해야 했다.

수많은 동굴들은 그런 경우에 다른 것이 대신할 수 없는 이익을 주었다. 왜냐하면 접근이 불가능하고, 화살과 충격으로부터 완전히 자신을 보호할 수 있어서 사람뿐 아니라 가축과 재산도 은폐할 수 있기

15 〔역주〕 현재 명칭은 헤라클레스반도(Гераклейский полуостров)이다.

16 〔역주〕 포위대비 마당(осадный двор) : 고대 러시아 도시에서, 도시가 포위당할 경우 주인이 피신하던 건물이다.

때문이다. 작은 요새들은 주민들에게 그런 중요한 도움을 전혀 줄 수 없었고, 오직 통로를 막는 바리케이드 역할만 했다. 동굴들 중 많은 것들은 포위당한 주민들에게 더 넓은 공간을 공급할 목적으로 나중에 만들어진 것이며, 새로운 수요에 따라 구조와 형태가 조정되어 나갔다는 주장은 상당히 설득력 있게 들린다.

시간이 흐르면서 동굴 안에 교회들과 수도원들이 세워져 나갔는데, 원래는 아마 임시적 필요에서 만들어졌겠지만 그런 시설들이 동굴에 갖추어진 것은 이 시설의 성질과 반대되지 않았으므로 영구히 거기에 남게 되었다. 열심히 노동하는 수행을 목적으로 삼은 초기 기독교 신자들은 특히 이 동굴들을 기꺼이 사용했고, 심지어 스스로 동굴을 만들었다고 추정하는 데는 중요한 근거가 있다. 전설에 따르면 추방당한 교황인 클레멘스 1세가 인케르만의 동굴교회를 자기 손으로 파서 만들었다고 한다.

우스펜스키 수도원의 동굴들에는 아주 오래된 기독교 전설 하나가 내려오는데, 그곳에 갑자기 나타난 기적을 일으키는 성모안식 이콘에 의해 말살된 용(龍)에 대한 것이다. 이 이콘은 그리스인들에 의해 고대 바흐치사라이의 마리안폴에서 새로운 아조프 마리안폴로 옮겨졌는데, 그때까지 크림 기독교의 가장 중요한 성물이었다. 이런 전설과 우스펜스키 수도원(마리안폴)에 크림 기독교 신자들의 영적 지도자인 고티아와 케파의 주교가 계속 머물렀다는 것은 우스펜스키 수도원의 동굴들이 기독교도들에 의해 세워졌거나, 아니면 아주 일찍 그들이 차지했음을 가리킨다.

광신적 무슬림 열풍은 한때 기독교를 믿었던 크림의 온 해변과 모든 산들을 이슬람교로 개종시킬 수 있었는데도 불구하고, 오직 이 기독교의 옛날 보금자리에서는 기독교가 모든 불행과 위협들 속에서도 크림반도가 러시아에 합병될 때까지 온전히 보존되었다는 사실은 신기하다.

인케르만, 카치칼리온, 마리안폴에 오늘날까지 온전히 남아 있는 수도원들과 에스키케르멘과 테페케르멘에 폐허가 남아 있는 다른 수도원들과 동굴도시들은 기독교의 옛날 은신처였다는 것을 증명한다. 그래서 기독교가 크림 동굴도시들을 직접 만들지는 않았어도 이를 확장하는 데 상당한 기여를 했다는 것은 아무튼 인정해야 한다. 수도사들만 빼면 대다수의 주민들은 물론 지금과 같이 집밖에 식물이 만발하고 꽃이 피는 자기 마을에 살았을 것이고, 각 동굴도시는 온 골짜기, 온 마을 지역을 보호했을 것이다.

만구프 주위에 아직도 수많은 마을들이 밀집되어 있고, 추푸트칼레 주변에 '정원들의 도시', 크림 원예와 온 타타르 생활의 중심인 바흐치사라이가 세워진 것은 바로 이런 이유 때문이다.

오직 이런 관점에서 보아야 고트인, 그리스인, 그리고 어느 정도 문명화된 또 다른 민족들이 수백 채의 지하 집들이 절벽의 속을 채운 곳인 동굴도시들에, 당시 여행자들이 꽤 발달된 사회적 생활 흔적을 찾을 수 있었던 그 거대한 석제 벌집에 살았다는 것을 설명할 수 있다. 크림반도의 매력적인 기후 속에, 지극히 아름답고 비옥하며 물이 풍부하고 값진 열매가 가득 차 있는 그런 골짜기들 안에, 역사의 여명기가 아니라 이미 책들이 쓰이고 과학이 존재한 시기에 어둑어둑한 석회암 굴 안에서, 열매도 없고 물도 없는 절벽 위에서 두더지 같은 생활을 할 수 있는 어떤 부족이 있었다고 추측하는 것은 이상했을 것이다.

근면한 시민들이 스스로 큰 무리에 맞서서 편리하게 방어하기 위한 목적으로, 한 사람이 조심스럽게 지나가야 하는 절벽 낭떠러지를 찍어 만든 좁은 계단을 통해 매일 자신들의 과수원과 농장으로 오갈 수는 없었다. 아마도 하나의 생업도 가지지 못한 채 단지 무리를 지어 뿌리와 사냥감을 먹으며 많은 염소와 양을 치는 원시적 목자였던 산악지역의 미개한 토착원주민들만 그런 혈거인 굴들을 절벽 속에서 찾아서 자기들의 항시적 안식처로 삼을 수 있었을 것이다.

만구쉬는 큰 역참로 말고 사냥꾼들과 토착주민들만이 알고 있는 샛길로 스텝에서 산속으로 들어가는 일반적 입구다. 만구쉬로부터 동쪽과 남쪽 방향으로, 크림 산악 숲 지역과, 알마강, 보드라크강, 마르타강, 카차강과 그것들의 지류 상류를 낀 사냥 지역이 시작된다. 사람들이 사는 마을들이 끊어지고, 숲들과 개울들이 소리를 내고, 풀이 자라나고 짐승들이 가득 찬 구름 밑 황야가 당신을 맞이한다.

끊어지고 서로 얽혀진 산들의 고리가 빈틈없는 야일라 산맥의 등성이를 따라 뻗으며, 북쪽으로부터 내려오는 모든 굴곡을 따라간다. 야일라보다 낮은 이 산등성이 고리는 훨씬 자연이 풍부하고 생생하며 다양하다. 야일라는 돌로 된 벽으로 크림 산악 중심지역을 남쪽으로부터 방어한다. 서쪽으로는 초르나야강, 벨베크강, 카차강, 알마강이 이 산악지역을 몇 개 띠로 나누고, 이 강들의 협곡이 거의 유일한 대문 역할을 한다. 우리는 사람이 사는 집들을 뒤쪽에 멀리 남겨 둔 채 염소와 사슴들의 녹색 은신처에 며칠간 들어온 것을 후회하지 않았다.

산속 숲을 여행하는 것은 몸과 마음을 샘물처럼 시원하게 만든다.

안장에 앉아 노을이 지는 것을 보고, 당신이 보는 앞에서 불처럼 타오르는 크림의 아침이 밝아오고, 산 뒤에서 둥근 달이 떠오른다. 구름까지, 때로는 구름보다 더 높이 올라간 당신의 샛길에서 당신은 평안하고 행복한 기분에 싸여, 발밑에 펼쳐진 인적 없이 숲으로만 가득 찬 깊은 골짜기들과, 그 뒤에 보이는, 어떤 것은 하얗고 거대한 피라미드형, 어떤 것은 탑처럼 윗부분이 꺾어진 모양의 아름답고 다양한 형상의 절벽들과 서쪽 하늘의 예쁜 불로 뒤덮여서, 어떤 때는 산 정상까지 어두운 숲으로 덮여 있는 산들을 바라본다.

그 산 숲속에 구름들이 휴식을 취하는 백조들처럼 앉아 있다. 가끔 당신은 당신 앞에 나타나는 진짜 호수 같은 것을 보는데, 그것에 홀리지 말아야 한다. 크림은 스위스가 아니고, 크림 산악지역에서는 호수를 하나도 만날 수 없기 때문에 지금 당신이 보는 것은 깊고 둥그런 골짜기에 빠진 구름들이다. 아니면 높은 언덕에서 차티르다그의 천막 모양의 산 정상이 보이는 왼쪽을 돌아보라. 거기도 구름이 있는데, 그것은 이미 백조도, 호수도 아니고, 솜덩어리처럼 천막 꼭대기를 둘러싸고 있는 무겁고 축축한 뭉친 연기처럼 위로 피어오르고 기어다니면서 사방으로 흩어지고 있다. 이 구름 사이로 차티르다그는 꼭 페루의 화산 같다.

산속 여행은 붉은 가을날에, 즐거운 봄날 정오에, 여름 무더위 속에서, 겨울에 서리로 장식된 숲 가운데서 그 황야의 경치를 감상해 본 사람에게는 두 배 이상 소중한 것이다. 사냥꾼은 그 아름다움의 진정한 감상자이며 거의 유일한 방문객이다. 어떤 환경이 이것들과 더 잘 어울리고, 이것들을 더 아름답게 만들 수 있을지 알 길이 없다.

숲은 아직 나뭇잎 없이 발가벗은 채 서 있지만, 이미 몸통이 유연해

지고 즙이 풍부해져서 최초의 싹을 틔울 준비를 하고 있다. 남부 경사면 위에는 이미 푸른 풀이 솟아나 있고 화려한 노란색 샤프란꽃들이 피었다. 당신이 총을 들고 참나무에 기대어 사방 숲으로 은신한 채 서 있으면, 높고 잎이 없는 나무줄기 너머 이 투명한 어스름을 통해 주위가 멀리까지 보인다. 산속 깊은 곳까지 간 사냥개들이 사냥감을 발견하고 사납게 멍멍 짖는 폴칸[17]의 목소리가 뚜렷이 들린다. 당신 옆에 뭔가 갑자기 뚝뚝 소리를 낸 듯하더니, 산속 골짜기들이 총소리를 메아리로 전하고, 당신이 급하게 뛰어가는 소리와 덤불들이 후려치는 소리가 들린다.

조용한 숲의 푸른색 그늘 아래, 움직임 없는 나무의 열주 가운데서 당신은 갑자기 살아 있는 무언가를 발견한다. 까맣고 겁에 질린 두 눈, 그 탄성이 있고 떨리는 다리 때문에 주변 모든 것들이 마치 되살아나서 이야기하기 시작한 듯하다. 날씬한 암염소가 아직도 당신이 옆에 있다는 것을 알아차리지 못하고, 위험도 깨닫지 못한 채 아름답고 큰 눈으로 당신을 본다. 트럼펫처럼 두 쪽으로 벌려진 그 녀석의 두 귀가 떨렸고, 당신이 총 쏠 생각을 미처 하기도 전에 암염소는 놀랄 만큼 가볍고 우아하게, 덤불을 건너뛰면서 나무줄기들 가운데 나타났다 사라졌다 하면서 뛰어서 달아나 버린다.

그러나 자신의 방심 때문에 속상해할 필요가 없다. 개들에게 쫓기는 숫염소가 고개를 뒤로 젖히고 혀를 내민 채 덤불들보다 훨씬 높이, 한 도약에 몇 사젠의 공간을 날아 지나가면서 달려가는 그런 다른 광

17 〔역주〕 폴칸(Полкан) : 러시아의 대표적인 사냥개 이름이다.

경들도 보게 된다. 그런데 갑자기 도약 도중에 그는 발작적으로 소리를 지르고 온몸을 움츠리고 곤두박질하면서 한쪽으로 무너진다. 보이지 않는 곳에서 보이지 않는 손에 의해 발사된 총알이 그의 도약을 가로막아 버렸다. 잘생긴 숫염소가 가엾게 몸부림치며 소리 지르고 있고, 앞으로 쑥 내민 혀에서 피가 방울방울 흘러 떨어지고, 작은 상처에서 피가 줄줄 흘러나온다.

개들이 이미 그 동물을 물어뜯고 있을 때는 조심해야 한다. 광포와 피로 때문에 헐떡거리는 폴칸이 꼬리를 대신하는 하얀 구멍을 꽉 문 채 흔들고 있는데, 당신이 말리지 않으면 사냥개들은 살아 있는 염소를 갈기갈기 찢어 버릴 것이다. 그게 아니라면 온종일 멍멍 짖고 달리며 기를 쓰면서 숲의 나뭇가지에 할퀴어져 몸에 온통 상처가 나고, 수많은 샛길과 흔적의 냄새를 맡은 그 충직하고 피에 굶주린 개들, 그 성실한 망나니들이 몸부림치며 더 기운 얻을 일이 무엇이 있겠는가.

숲들이 환상적 차림을 하고 서 있고, 숙박할 곳과 와인 한잔이 사냥꾼에게 3배나 귀하게 느껴질 정도로 추위가 심한 겨울에도 이 산에 있는 것은 참 좋다. 타타르인들과 러시아인들, 지주들과 병사들이, 어떤 사람은 총을, 어떤 사람은 막대기를 들고, 다양한 옷을 입은 사냥꾼과 몰이사냥꾼의 군대만 한 무리가 지휘부가 숙박하고 있던 숲 관리관의 작은 집 앞으로 몰려왔다. 이제 문에 사냥 대장의 뚱뚱하고 즐거운 모습이 나타나고, 그 새로운 셰익스피어식 팔스타프가, 다양다색의 자기 군대 가운데 육중하고 둔중한 모습을 과시한 채 그의 몸 밑에서 거의 구부러질 지경인 왜소한 타타르 말 위에 앉아 있다.

그가 등장하자 병사들이 그 주위로 떼 지어 모여들고, 그는 그들에게 보드카를 한 잔씩 주면서 팔스타프식 욕과 팔스타프식 농담들을 내뱉는다.

"출발! 잡담은 그만, 이제 조용히!"

몰이꾼들은 한쪽으로 따로 가서 막대기와 가방을 들고 빠른 걸음으로 숲속으로 사라져 버린다. 승마자와 보행자로 나뉜 사냥꾼들은 자기들의 우두머리를 따라서 샛길로 숲의 다른 쪽으로 줄 지어 천천히 나간다.

사냥꾼들을 일정한 순서로 서게 한 후 사냥몰이가 시작된다. '탕탕' 하는 소리와 사람들이 요란스럽게 떠드는 소리, 바람을 일으키는 소리가 들리면 마지막 새 한 마리나 마지막 다람쥐 한 마리도 아주 멀리 달아나 버릴 듯하다. 사냥꾼들은 숲속 샛길에서 눈을 떼지 않고, 사냥총의 공이치기를 젖혔다. '탕탕!' 하고 사냥꾼들이 일렬로 서서 쏘는 총소리가 선을 따라 퍼진다.

몰이가 다 끝났다. 사냥꾼들의 듣기 좋은 날카롭고 독특한 나팔소리가 들린다. 또 다른 나팔들은 골짜기와 언덕에서, 멀리서와 가까이서 화답하는데, 어떤 것은 가볍고 뚜렷한 소리로, 어떤 것은 너무 힘이 들어가 딱딱 소리를 내면서 거칠고 단속적인 소리를 낸다. 사람들이 한데로 모인다. 모두가 득의양양한 사냥꾼의 포획물을 한번 보고 싶어 한다.

여기 모든 동물의 포획물이 있다. 혀를 길게 내민 여우가 솜털이 많은 산토끼들을 많이 잡아먹어서 비대해졌고, 여우는 도둑처럼 갑자기 들킨 놀라움과 총알을 맞고 멈춰 버린 그대로 자신을 쫓아오는 죽음을 피하려는 필사적 노력을 표정에 간직한 채 죽어 있다. 늑대는 음침하고 사악한 주둥이를 하고 있고, 그의 모습은 배고픈 떠돌이나 도적 같다. 어떤 사냥꾼 앞에는 긴 귀를 한 멍청한 산토끼가 있고, 어떤 사람에게는 염소가, 다른 사람 앞에는 담비가 있다.

이후에도 몰이를 두세 번 더 할 것이다. 지칠 정도로 달리며 잠복해서 이미 발들은 눈 덮인 샛길을 겨우 걸을 수 있을 정도다. 우리의 짐마차 행렬은 종군 상인들이 어디 있을까 찾다가, 빵 한 조각을 얻을 수만 있으면 우리가 잡은 모든 늑대들을 다 내줄 수 있는 상태다. 드디어 고생 끝에 상인들의 짐마차 행렬과 만났다.

그 피로와 그 쾌락을 경험해 본 적 없는 이는 겨울 산속에서 하는 사냥 뒤에 마시는 와인 한잔이 사람에게 어떤 의미를 가지는지 이해할 수 없을 것이다. 소금과 기름 없이 총의 꽂을대에 꿰어 볶은 산토끼 냄새는 아주 고소하고 식욕을 일으킨다. 어떤 쓰레기 같은 음식거리도 모두 하늘에서 내린 만나(*manna*)처럼 소중히 받아 맛있는 음식을 차린다. 사람들은 서로 밀고 뚝뚝 소리를 내며 음식을 씹으면서 몇 분간 아무것도 아무 사람도 보지 않고, 아무것도 아무 사람도 모른 채, 모든 손들과 생각들이 오직 하나의 것을 향해, 잔을 향해, 냄비를 향해 뻗어진다.

해가 지고 잠잘 시간이 되었다. 숲의 여러 방향에서, 낭떠러지를 따라, 비탈을 따라 흩어진 사냥꾼들이 거미들처럼 한곳으로 모이고 있다. 차가운 산속 공기 속에서 매분 탕탕 하는 소리가 들린다. 지금 쓸모없는 총알을 퇴탄하는 것이다. 마치 유격대[18]가 산속 수색을 마치고

18 유격대(게릴라들, гверильясы) : 군대, 의용군을 뜻하는 스페인어 단어 'Guerillas'에서 파생된 말이다. 나폴레옹과의 전쟁 시기의 스페인 유격대에서 유래되었다.

돌아오는 듯하다. 그들은 벌거벗은 언덕 위에서 하나의 긴 검은 뱀이 되어 아래로, 언덕 기슭 옆에 숨겨진 숲 관리인의 오두막으로 미끄러져 내려오기 시작했다. 숲의 황혼을 통해 그곳에는 사냥꾼들을 환영하는 것 같은 밝은 빨간 불이 보이고, 다가가는 사냥꾼들의 총소리와 나팔소리에 사모바르가 김을 내뿜는 소리와 부엌에서 요리하는 소리가 화답한다.

우리는 서로 더 바짝 자리를 잡는다. 서로 사이좋은 무리라면 어떤 작은 집이라도 공간이 넓게 느껴지고, 나무통들 위에 놓인 널빤지들이 캠프의 식탁이 되고, 그 주위에 잔치를 벌이는 고대인들처럼 우리는 짚더미 위에 그냥 눕는다. 차와 와인이 혀와 뱃속뿐만 아니라 마음을 따뜻하게 한다. 즐거운 잡담, 뻔뻔스러운 거짓말, 악의 없는 자랑과 건강한 웃음이 넘쳐난다. 우리의 소중한 친구인 팔스타프가 총각이 입는 실내복[19]을 입고서 모여 있는 모든 사람을 장악하는데, 그의 큰 목소리에 나머지 목소리들은 다 잠기고, 그의 비대한 몸은 집의 절반을 가린다. 부피가 큰 그의 배는 준비된 음식의 절반을 흡수하는데, 사냥꾼들을 다 합친 것보다 두 배나 더 많이 거짓말과 자랑을 하고 웃음을 터뜨린다. 이제 그는 루벤스가 그리는 모습과 같이 살찌고 빨갛고 와인을 잔뜩 먹은 상태이고, 포도잎들로 만든 화관을 쓴 웃음이 빛나는 신화 속 판[20]과 똑같다.

---

19 〔역주〕 여기서 실내복(дезабилье)은 보통 남들에게 보여 주지 않는, 아무렇게나 입는 실내복을 말한다.

20 〔역주〕 판(*Pan*) : 원래 폴란드어나 우크라이나어에서 지주, 귀족을 뜻하는 경칭이나 지금은 'Mr.'의 의미로 쓰인다.

사람은 자기에게 온갖 편의시설들을 마련하는 데에 그렇게 많은 기술과 노력을 들이고, 가장 시시한 것까지 화려함과 사치로 둘러싸면서, 모든 편의시설 중 가장 좋으며, 모든 화려한 것들 중에 가장 값진 있는 그대로의 모습인 자연을 망각한다는 사실이 나를 놀라게 한다. 사무실과 거실의 사람들, 공장과 직장의 사람들은 인공적 생활의 살인적 영향으로부터 모든 것을 치료해 주는 자연의 파도 속에 몸을 숨기고, 자신의 흐늘흐늘한 근육과 늘 흥분된 신경뿐만 아니라 여러 가지 급한 문제들에 눌린 자신의 정신 전체를 그 자연 속에서 시원하게 풀어 주어야 한다.

그리고 그것도 가능한 자주 기회가 있을 때마다 그렇게 해야 한다. 이것을 자신의 양심의 중요한 의무 중 하나라고 생각하고, 자신과 남들에게 해를 끼치지 않는다면 피할 수 없는 도덕적 의무이고, 피치 못할 경우가 아니면 포기할 수 없는 행복한 생활의 조건이라고 여겨야 한다. 문명화된 사람은 배우들의 대사를 들으면서 자정까지 사람들이 꽉 찬 실내에 앉아 있으려고 상당한 금액을 기꺼이 지불하고, 아내나 딸이 춤추는 데 열중하면서 밤을 보낼 기회를 제공하기 위해 자신이 파산할 위험을 무릅써도 괜찮다고 종종 생각한다. 그런데 산속 공기를 마시고, 숲의 녹색 그늘 아래 산책하고, 초원의 자유롭고 평안한 분위기 속에서 쉬기 위해서는 얼마의 대가를 치를 수 있을 것인가. 사람은 원래 어리석은 짓을 많이 하지만, 그 마지막 어리석음, 우리 생명과 힘의 근원에 대한 안타까운 망각은 다른 어떤 것보다 더 용서받지 못할 일이다.

이번 여행 때 우리는 비를 피하지 못했다. 무엇보다 비를 많이 맞은 순간은 우리가 모든 것을 잘 알고 있는 우리 안내자 베키르와 같이 체출(Цецуль) 혹은, 숲 관리인들과 사냥꾼들이 추첼(Чучель)이라고 부르는 산으로 가는 샛길들을 방황하던 때였다. 넓고 나뭇잎들이 빽빽이 난 나뭇가지가 폭우로부터 당신을 조금이나마 가려 주는 늙고 큰 참나무나 너도밤나무 아래 몇 시간 동안 서 있고, 지친 말들이 이끼 낀 나무줄기를 향하여 귀와 머리를 숙인 채 움직임 없이 가만히 서 있고, 승마자들도 코를 나무에 대고 아무 물건으로라도 자기 몸을 덮은 채 마지못해 그룹을 이루어 서로 천천히 이야기를 나누고 있는데, 우리 여인네는 말 위에 막집 모양으로 서 있으면서 지붕 물받이처럼 물을 아래로 줄줄 흘려보내는 커다란 체르케스식 부르카에 덮여서 아무도 알아볼 수 없게 되었다. 주위에는 아무것도, 심지어 근처에 나무들마저 보이지 않고, 비로 짠 회색 망이 공기를 다 덮어 버렸다.

우리는 짐승들을 온종일 숲의 더러운 내리막길과 오르막길들로 몰아 아주 고달프게 했지만, 보리 한 톨도 물 한 모금도 주지 않았다. 우리가 가 보지 않은 계곡은 하나도 없는 듯하다. 베키르는 이미 오래전에 길을 잃어버렸지만, 아직 그것을 인정하지 않았고, 우리가 귀찮게 꾸지람하기 시작하면 엄청나게 화를 냈다. 이제 우리는 그가 언제 길을 잃어버리는지 알 수 있었다. 그럴 때면 그는 우리를 막 앞서 나가면서 꺾어진 나뭇가지 조각들을 떨어뜨리며 미친듯이 우왕좌왕하기 시작한다.

그런데 그런 아리아드네21의 꾀는 아무 효과도 없고, 우리가 가는 길

---

21 〔역주〕 아리아드네(Ariadna) : 그리스 신화에 나오는 크레타 왕 미노스의 딸이다. 아테네 왕자 테세우스로 하여금 반인반수 괴물 미노타우로스를 무찌르고 크레타의 미궁 라비린토스를 빠져나올 수 있도록 도와주었다. 하지만 테세우스에 의해 낙소스섬에 버려졌다가 나중에 주신(酒神) 디오니소스의 신부가 되었다.

성 코스마스다미안 수도원의
분수 정자

은 갈수록 더욱 절망적이게 됐다. 두 번쯤 우연히 나무꾼들과 숯쟁이들을 만났는데 그들에게 자세히 물어본 뒤에도 상황이 나아지지 않았다. 산 위로 높이 올라간 뒤에야 성 코스마스다미안(Козьмо-Демьянской) 수도원에서 숲속 샛길로 돌아오던 처녀와 부녀자 무리를 만났다. 여성 순례자들은 완전히 지친 듯했고, 추첼산의 가파른 내리막길을 심하게 저주했으며, 우리에게 여러 가지 좋지 못한 일들을 예언했다.

그러나 우리는 이미 돌아갈 수 없었다. 소를 찾고 있는 반은 야만인 같은 목자 소년을 만나서 그를 오랫동안 달랜 끝에 드디어 우리를 안내하도록 설득시켰다. 세상에! 이 안내자는 우리를 정말 잘 인도했다. 나는 여행하면서 통행이 어려운 곳을 많은 보았지만, 그곳은 그중에도 가장 통행이 어려운 곳이었다. 이 추첼의 목자는 염소가 기어 들어갈 만한 곳이면 말도 들어갈 수 있다는 신념을 가졌던 것 같다.

우리는 산 건너편으로 넘어가고, 다른 산의 정상 너머 야일라의 벽을 보았을 때, 무섭게 가파른 내리막길과 경사면을 내려가게 됐다. 이 샛길은 추첼이 골짜기로 내려가는 낭떠러지들 위를 다져 만든 것이었다. 운이 나쁘게도 여기서 우리는 커다란 양떼와 부닥쳤고, 양들은 무서워하며 우리 주위에 흩어지고 녹색 경사면을 따라 아래로 파도처럼 달려 내려갔다. 양들의 불안한 울음소리와 본능적이며 지속적인 움직임 때문에 더욱 어지러웠다.

샛길 끝에 펼쳐진 숲속 초지에서 우리는 타타르인들의 울긋불긋한 야영지로 들어갔는데, 말들은 마차에서 풀린 상태였고, 장작불이 연기를 내는 가운데 색색의 옷차림을 한 여자들과 아이들이 부산을 피우고 있었다. 타타르인들도 성 코스마스다미안 수도원에서 돌아가는 길이었다. 그 무슬림들은 기독교인들의 성스러운 샘을 우리 평민 순례자들처럼 아이와 같은 성의와 미신을 가지고 숭배하고 있었다.

모든 사람에게 감지되는 일정한 형태로 자신을 표현하는 자연에 대한 경외가 모든 유아적 정신의 특징이다. 인간이 자연에 대해서 가지는 그런 신비주의적 태도는 모든 역사적 고립화, 종교들 간의 모든 차이점들을 앞선다. 그런데 지금의 경우에 이것은 진지한 역사적 사실이기도 한다. 크림반도 산속에 사는 타타르인들은 기독교도 식민지 개척자였던 그리스인, 이탈리아인, 고트인들의 무슬림화된 자손들이다. 그들은 크림반도의 가장 오래된 기독교 성물들과 중요한 기독교 명절 중 여러 개를 자신들의 역사의 유품으로 숭배한다.

추첼 산비탈을 방황하다가 나는 바로 그 산에서 완전히 특별한 아름다움을 즐기던 얼마 전 과거의 추억들이 되살아났다. 나의 독자들 중에서 '수사슴의 울부짖음'을 들어 본 적 있는 사람이 많지 않을 것 같지는 않다. 9월 말 보름달이 뜰 무렵이 크림 사슴들의 교미기다. 그렇지 않아도 사슴들은 여름철에 크림 산속 깊은 곳, 접근이 어려운 지역들에 머무는데, 사랑을 나누는 시기에는 아무나 따라갈 수 없는 울창한 숲속으로 더 깊이 들어간다. 바부간야일라, 추첼과 시나브다그 간에 있는 깊은 숲속 협곡들이 사슴이 제일 좋아하는 은신처 중 하나다.

날이 거의 어두워졌을 때 우리 사냥꾼 한 무리가 추첼 숲 관리인의 집을 떠나 깊은 정적 속에서 추첼 산꼭대기로 출발했다. 숲 관리관은 자기만 알고 있는 샛길을 통해 우리를 숲속으로 인도했는데, 추첼 산꼭대기에 석회암 벼랑들로 올라가는 길은 낮에도 위험한데 밤에는 정말 심각해진다. 총들, 사냥용 탄약들과 구름 속 숙박을 위한 따뜻한 옷들이 그렇지 않아도 힘든 등정길을 더욱 힘들게 했다. 깜깜한 밤이어서 우리가 위에서 기어 올라가고 있는 동안에 아래 있는 검은 심연들을 선명히 볼 수 없게 된 것은 그나마 좋은 일이었다. 매분 돌들이 우리 발아래서 떨어지고, 아래로 굴러떨어지면서 심연의 메아리를 하나씩 깨우곤 했다.

그 돌들의 소리가 들리면 개미들처럼 절벽이 많은 경사 위에 흩어져 있는 사냥꾼들 모두가 갑자기 움직임을 멈추고 귀를 기울였는데, "누가 떨어진 거 아냐?" 하고 깊은 정적 속에서 누군가가 절제된 목소리로 불안하게 질문을 던지곤 했다. 질문은 불길한 속삭임으로 한 사람에게서 다른 사람에게 전달되고 있었고, 사냥꾼 각자는 당황한 채 바로 발밑에 벌어진 숲들의 검은 심연을 뒤돌아보았다. 위를 올려다보면 갈수록 가팔라지는 하얀 벽이 있었다.

그렇지만 우리가 고생 끝에 정상에 올라가자 정말 마술적인 전망이 펼쳐졌다. 보름달이 우리와 같이 하늘로 떠 올라가고 있었고, 추첼산의 하얀 절벽들 위에 앉으면 산들이 더 이상 그것을 가리지 않아 달은 꽤 높은 데서 빛나고 있었다. 산 나라 전체는 눈이 닿지 않을 정도로 멀리 퍼져 사라지는 돌로 된 파도를 만들며 우리 발밑에 펼쳐져 있었고, 숲에 덮인 산맥에는 은색 안개가 넘실거리고 있었으며, 산들이 이룬 그 바다와 크림 밤의 별들이 흩뿌려진 파란 하늘 외에는 우리 눈에 들어오는 것이 없었다. 추첼산의 하얀 절벽들과 그 위에 투영된 기묘한 그림자를 드리우고 잠복해 있는 사냥꾼들의 아름다운 검은색 실루엣들이 구름 저편 그림의 첫 장면을 이루었다.

갑자기 우리 맞은편, 바부간의 숲속 계곡에서 어떤 용사의 나팔이 깊고 낮은 소리를 내기 시작했다. 산속 협곡에 메아리가 몇 번 연달아 울려 퍼지더니 도발적 소리가 갈수록 더 잘 들리고 더 넓게 울려 퍼졌다. 구름 저편 나라의 차갑고 산소가 희박한 공기 속에서 그 마술적 나팔소리는 천둥소리처럼 울려 퍼졌다. 그것은 수사슴이 울부짖는 소리였다. 이 동물의 울부짖는 소리는 황소의 무겁고 짙은 음매 소리와 야수가 내는 위협적인 소리가 뒤섞인 듯 들렸다.

그 포효가 잠잠해지자마자 반대편의 피라미드형 초르나야산(Черная Гора)을 둘러싼 협곡들 안에서, 이와 똑같이 광포한 천둥소리 같은 또 다른 울부짖는 소리가 이 소리에 대꾸했다. 우리가 단지 아름답고 날씬한 몸통을 바라보는 데만 익숙한 온순한 짐승 어디에서 그렇게 힘세고 사자 같은 소리가 나오는지 이해할 수 없었다.

얼마 뒤에 두 목소리에 세 번째 목소리가 합쳐졌고, 또 다른 목소리들이 계속 이어서 합쳐지고 있었다. 각 계곡은 도전에 응답했고, 뿔을 가진 그곳의 거주자들은 모든 곳에서 자신의 존재를 알렸다. 마치 울창한 숲의 무서운 성주가 적들인 이웃들에게 결투를 신청하고, 적들은 그에게 자신들의 성안에서 전쟁용 나팔소리로 위협적으로 대꾸하는 듯했다. 이 소리들이 점점 가까워지고 있었는데, 이것은 수사슴들이 서로의 냄새를 맡고 죽음의 결투를 하러 나가는 것이었다.

우리 주위 너무나 가까운 곳의 나무들이 삐걱거리고 있고, 발굽들이 땅을 밟는 소리가 너무나 뚜렷이 들려서 우리들 중 많은 사람들이 몸을 숨겨야 하는 것을 망각하고 짐승을 찾아보려고 몸을 일으키며 가끔 노출된 곳으로 몸을 내밀고, 그 모습이 달이 빛나는 하늘을 배경으로 뚜렷이 보였는데, 그럴 때면 자기 운수를 시험해 볼 수 있다. 발걸음 소리가 잠잠해졌는데, 이것은 사슴이 우리의 냄새를 맡고 걸음을 멈춘 것이었다.

우리는 절벽 꼭대기에 있는 살아 있는 그의 조각 같은 형체를 볼 수 없었다. 사슴들이 다른 쪽으로 헤쳐 나가기 시작했고, 그의 원수 발걸음도 그를 향하여 방향을 잡았다. 몇 분 동안 잠잠해졌던 포효가 갑자기 맹렬하고 먹먹하게 울려 퍼졌다. 수사슴들이 서로를 본 것이었다. 멋지게 구부러진 뿔들이 서로 부딪쳐 엉키는 소리, 미친 듯한 음매 소리, 주위에서 꺾어지는 나뭇가지 소리와 부산히 움직이는 발들이 땅을 밟으며 내는 연속적 발자국 소리가 우리에게 선명히 들려왔다. 드디어 결투가 시작된 것이었다.

사슴의 콘서트는 밤 내내 동이 틀 때까지 계속됐다. 이 소리는 모닥불 주위에 마른 나뭇잎으로 만든 잠자리 위에 누워 있는 우리를 잠재

우고 있었다.

타타르식 고집 때문에 베키르는 내려가는 길이 몇 시간이나 걸리는 높은 곳에 우리를 데려다 놓았다. 보통 때 구름 아래, 어떤 때는 심지어 구름 저편에 있는 것처럼 보이고, 아직까지 계속 힘들게 올라가야 하는 사블루호수로 내려가야 한다니! 마지막 내리막길은 무슨 지옥으로 내려가는 화구 같았다. 우리의 머리가 부서지지 않는다면 그것은 큰 기적일 것이다. 아무리 침착한 사람이라고 해도 경사면으로, 나사 모양 선으로 내려가야 할 그 무서운 산자락에 시선을 던지면 기가 막힐 수밖에 없다. 호우(豪雨) 때문에 숲속 흑토가 말발굽 아래 미끄러지고, 곳곳에 떨어진 나무들이 우리가 가는 길을 가로막았다.

머리가 좀 덜 어지럽고 아래로 날아가는 것이 쉬울까 해서 말에서 내려다봤다. 하지만 미끄러지는 산의 토지 위에서 그럭저럭 움직일 수 있을 정도의 힘과 정신력을 가진 이는 우리 둘뿐이었다. 나머지 사람들은 첫 걸음을 떼자마자 넘어져 버렸고, 하는 수 없이 가여운 말 위에 다시 올라탔다.

무엇보다 보기가 무섭고 딱했던 것은 손수건처럼 하얗게 질려, 안장 위에 돌이 된 듯이 요동도 하지 않은 채 말없이 앉아 있는 우리 여인네였다. 똑똑한 그녀의 말은 자기 다리에 대한 모든 기대를 잃어버린 채, 제일 위험한 곳에서는 4개의 다리를 거의 다 모아서 우리가 판판한 판자를 이용해서 썰매를 타듯이 그냥 미끄러져 내려가고 있었다. 그녀를 바라보는 우리는 그런 위험한 제동활강을 볼 때 무서워서 손에 땀을 쥐곤 했다.

설상가상으로 날이 완전히 어두워져서 1분이 한 시간 같았다. 화구는 갈수록 깊고 좁아지고 주위의 숲은 어두워져서 마음은 절망 상태에 빠졌다. 그래도 아무도 한마디도 하지 않았고, 베키르나 어린 목자를 나무라는 소리는 하나도 들리지 않고, 모든 사람의 생각과 감정이 우리를 빨아들이고 있는 그 검은 아가리를 향했다. 아래에서, 화구 밑바닥에서 울창한 숲 너머로 빨간 불들이 반짝거렸다.

"사블루흐수다! 다 왔다!"

베키르가 자기 목소리가 아닌 것 같은 목소리로 미친듯이 소리쳤다.

성 코스마스다미안 수도원 건물들은 타타르인들이 사블루흐수라고 부르는 성 코스마스다미안 샘물 주위, 가파른 산의 평평한 지대 위에 빽빽하게 늘어서 있었다. 수도원 사람들은 이미 다 잠들었고, 오직 수도원장의 수도방에만 불이 켜져 있었다. 우리가 그날에 사블루흐수로 들어가려고 서두른 이유는 7월 1일이 수도원 축일이라 순례자들이 몰려왔을 테니까, 수도원에서 밥을 얻어먹고 쉴 수 있겠다고 생각했기 때문이다.

평소에는 그 구름 저편의 수도원에서는 우유 한잔 외에 뭔가를 얻는 것이 어려웠다. 그 높은 산악지역의 채소밭에서는 채소조차 재배하기가 불가능한데, 겨울이면 그곳은 가끔 몇 주일 동안 세상과 교통 없이 눈더미 아래 매장될 정도로 많은 눈이 작은 수도원과 그곳으로 접근하는 모든 길을 덮는다. 이웃 골짜기들에 사는 사람들은 수도원에서 말을 탄 수도사가 물건을 사러 마을에 온 지 오래됐다는 것을 발견할 때에야, 수도원이 온전히 남아 있는지 알아보려고 삽을 가지고 수도원 쪽으로 눈을 파내러 갈 정도다.

우리의 희망은 완전히 산산조각 났다. 수도원장은 예배 끝난 후 얼마 안 되어 순례자들이 다 가 버려서 아무 음식도 남아 있지 않다고 선언했고, 아래층은 물에 잠겼기 때문에 위층에 거의 다듬어지지 않은 수도원 객실에서 숙박해야 하는데, 마음에 들지 않을 것이라고 말했다. 수도원장은 우리에게 양초, 기름, 그리고 건초 냄새가 스며들어 있는 자기의 작은 수도방을 권했지만 그 안에 곤충들이 우글우글하다는 경계의 말도 잊지 않았다.

우리는 습하고 아늑하지 못한 2층 객실에 머무르기로 결정했다. 잠자리를 만드는 데 사용하는 건초와 말들에게 먹이는 건초는 달랐다. 건초는 없었고 보리도 귀리도 없었다. 아무것도 깔지 않는 좁은 벽에 달린 벤치가 우리를 위한 유일한 잠자리였다. 먹을 것을 좀 끓여 주기를 바랄 수 있을 것인가? 그러나 삶을 것은 아무것도 없고, 요리사인 수도사는 잠든 지 오래됐고, 다른 수도사들도 명절 동안 아주 피로해서 다 깊은 잠에 떨어진 상태였다. 그럭저럭 불을 지펴서 사모바르를 데웠다. 모두 다 흠뻑 젖어서 몸을 녹이는 것이 급선무였다. 망토와 부르카는 물을 짜낼 수 있는 정도로 흠뻑 젖었다. 무엇을 깔고 잠을 잘 것인가? 무엇으로 몸을 덮을 것인가?

드디어 잠이 덜 깨 보이는 수도사 3명이나 나타났다. 요리사가 우리가 가지고 있었던 양식으로 뭔가를 요리해 보겠다고 나섰고, 한 시간 반 동안 우리를 희망을 갖고 기다리게 만들었다. 하지만 그가 스스로 수프와 마카로니라고 부른 것들을 가져왔을 때 우리의 기대와 희망이 헛된 것임을 확인할 수밖에 없었다. 나이든 수도사는 우리 취향을 자기 기준으로 나름대로 판단해서 수프와 마카로니를 양파로 만든 죽으로 변화시켰다. 엄청나게 배가 고팠지만, 우리는 수도원 아티스트에게 감사하고 고약한 냄새가 나는 그의 요리를 손대지 않은 채로 그에게 돌려줬다.

다른 수도사들은 잠자리 때문에 우리가 불편해하는 것을 보면서 예의범절 따위는 신경 쓰지 않고 자신들의 수도복을 벗어 요 대신 침대 위에 깔아 주고, 지상의 욕망들을 죽이고 있는 은둔자답게 전혀 부끄러워하지 않으면서 속옷만 입은 채로 남았다. 수도사들의 수상한 겉옷으로 깨끗한 시트가 놓인 것처럼 그럭저럭 위장하고, 아주 짧은 침대 위에 대충 자리 잡았는데, 온 일행이 즐거운 웃음에 휩싸였고, 우리의 우스운 상황에 대한 끝없는 농담들을 쏟아냈다. 그런데 잠을 자는 것은 확실히 불가능했다. 수많은 곤충들이 우리 머리 위와 침대 위에 들끓고 있었다. 우리 모두는 릴리퍼트들의 화살을 맞은 걸리버의 고통을 겪고 있었다. 소심한 사람이 이런 고약한 고문을 당했다면 완전히 절망했을 것이다.

그런 밤을 보내고 나자 성 코스마스다미안 수도원의 모든 매력들은 우리에게서 사라져 버렸다. 게다가 아침은 습하고 바람이 많이 불었다. 구름들이 겨우 흩어지고 있었는데, 바람이 흔들고 있는 그 어두운 숲들 너머로 아무 전망도 보이지 않았다. 그래도 우리는 성스러운 샘물(Святой ключ)을 알아보기 위해 큰맘을 먹었고, 용감한 사람들은 4도밖에 되지 않는 차가운 샘으로 들어갔다. 견딜 수 없이 차가워 바로 물에서 뛰어나올 수밖에 없었다.

그렇게 하고 나서 바로 야일라 정상들 중에 제일 높은 곳인 바부간 야일라의 가파른 경사면을 올라가야 했던 것은 그나마 다행이었다. 몇 시간을 가야 하는 등정길이 몸을 따뜻하게 만든 것은 말들뿐이 아니었다. 바부간 위에서는 짙은 구름 속에 갇힐 뻔했다. 마치 우유가 있는 항아리 안으로 들어간 것처럼 갑자기 사방이 하얗고 투명하지 않게 됐다. 베키르는 심하게 겁을 먹었지만 다행히도 바람이 구름들을 산맥을 따라 날려 보냈다.

우리가 내려갈 준비를 한 곳은 바로 산맥의 남쪽 가장자리였다. 구름 덩어리들이 연극무대 위의 필요 없는 무대장치처럼 갑자기 다 쓸어 버려졌을 때, 뜻밖에 우리의 발밑에, 아래 있는 깊은 곳에서 쉽게 볼 수 없는 밝고 유쾌한 푸른색 바다가 우리를 향해 미소를 보냈다. 하얀 작은 집들과 날씬한 사이프러스들이 깔려 있는, 화려한 색채와 자태를 뽐내는 남부해안이 우리 발밑에 놓여 있었다. 그것은 마치 잠깐 동안 우리를 떠난 사랑하는 여자의 아름다움이 돌아왔을 때 더욱 사랑스럽고 귀한 것처럼 느껴지듯이, 며칠 동안 헤어진 뒤에 우리에게 전보다 두 배 더 사랑스럽고 귀한 것처럼 보였다.

우리는 아래로 내려가기 시작했다. 남부 풀의 향기가 스며든 따뜻한 바람이 우리 얼굴을 향해 불어왔다. 태양이 더 뜨겁고, 색깔은 더 화려하고, 열매는 달고, 공기는 더 부드럽고 향기롭고, 생활은 더 행복한, 지금과 다른 더 나은 세상으로 들어간다는 것을 마음은 느끼고 있었다. 산이 끝나고 남부해안이 시작되는 시점은 늘 감동적이다. 마치 당신은 어떤 경계를 넘어 답답한 방의 문을 열고 공기가 시원한 넓은 바깥세상으로 나가는 듯하다.

우리는 마치 계단을 내려가듯이 산의 하나의 층에서 다른 층으로 내려갔는데, 주위에는 새로운 마을들과 새로운 전망들이 펼쳐지고 있었다. 우리의 눈은 멀리 펼쳐지는 해변의 선들과, 우리의 길이 끝나기 오래전부터 낯익은 곶들과 작은 만들을 유쾌하게 바라보았다. 늦은 시각에 우리는 남부해안 신작로로 내려가서 그 매끈한 표면 위에서 즐거운 질주를 하면서 한숨을 돌렸다. 니키타 정원(Никитский сад)의 화려한 공원이 열대나무들이 만든 환상적 그늘 아래로, 온실과 화원의 향기롭고 분수들이 줄줄 흐르는 물소리로 가득 찬 분위기로 우리를 맞이했을 때 날은 이미 거의 어두워졌다.

잠든 바다 옆에서 숨어 있는 우리의 별장(дача)의 불들이 마가라치 숲 너머에서 반짝거렸다. 말발굽이 바닷가 돌에 닿는 소리가 들린다. 불이 켜진 발코니를 가리는 사이프러스나무들 가운데 여자의 하얀 실루엣이 두드러지게 보인다. 결핍과 어려움을 참고 산악 거주민의 자유로운 생활을 즐기고, 죽은 시간의 비밀들을 연구하면서 숲속 계곡들을 방황한 것은 아주 좋았지만, 그것보다 마음 기쁜 것은 7일 동안의 오디세이 끝에 드디어 자기 고향집의 난로의 불을 보는 것이다.

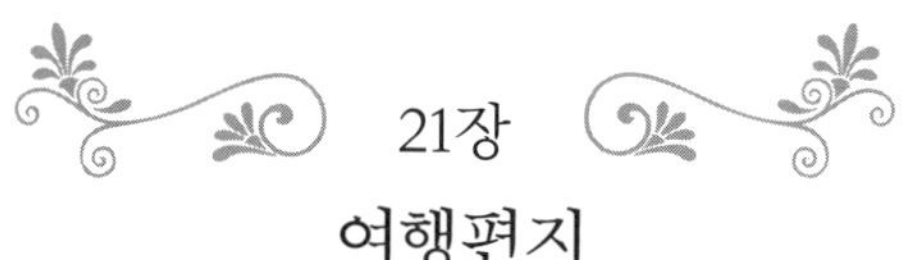

21장 여행편지

남부해안으로부터*

노보러시아 — 상업적 농업과 낭만적 농업 — 우리 변방의 새로운 요소들 — 스스로에 대한 시험 — 크림반도의 말 — 새로운 형태의 도매 — 크림반도와 네바강의 미술아카데미 — 카스텔의 은둔자들 — 자연의 문명화 — 얄타의 현재와 미래의 농업 — 러시아의 남부해안은 어떤 곳인가 — 유행의 중심지로서의 얄타 — 얄타 젬스트보의 변화 — 소심한 사람의 번뇌 — 거리 문명 — '어린 베키르'와 그의 역사 — 타타르 집 — 크림반도의 광대한 사유지 — 삼림벌채 — 아이페트리로 가는 길

벽처럼 늘어진 곡식 더미로 만든 벽이 끝나고, 밭에는 빽빽한 포열같이 곧추선 무거운 선초 더미들의 행렬도 끝났다. 따로 서 있는 무덤들같이

---

* 〔역주〕 1866년부터 1870년까지 크림에서 교육가로 일하며 1~20장을 쓴 저자는 1년간 유럽여행을 하고 1879년 크림으로 다시 돌아와 지방자치 활동을 하며 이 장을 썼다. 1902년판에서는 이 장만 별도로 3부로 되어 있다.

보이는 양 무리들이 가득 차 있는 스텝이 주위에 상보처럼 펼쳐지며 뻗어가기 시작했다. 노보러시아(Новороссия)의 시작이었다.

사람이 우글거리고 건물들이 빽빽한 순수한 러시아 지역 출신 사람은 노보러시아의 갈색의 벌거벗은, 햇볕이 내려쬐는 스텝에서 왠지 을씨년스럽고 아늑하지 못한 느낌이 든다. 여기 스텝에 가을이 찾아오면 과수원과 작은 활엽수 숲은 신선한 곡식 더미들이 가득 찬 우리의 보금자리에 있을 때보다 더 날카롭고 차갑게 보인다. 바람이 황량한 계곡으로 몰고 온 먼지 연무는 드넓은 공간에서 제멋대로 혼자서 날아다니고 있다. 양들, 양들 그리고 또 양들. 보이는 것은 그것뿐이다.

이 잡초와 양들의 나라에서 마음 편하게 지내려면 단조로운 마음이 많이 필요하다. 저기 작은 계곡에 붙어 있는 것은 뭔가 끝없이 슬프고 음울한 지주의 저택과 단출한 농장이다. 열주가 있고 화려하게 칠해진 집이 정원 녹음을 바탕으로 화려한 교회와 함께 연못물에 비치고, 줄지어 서 있는 통나무 농가 앞에 우뚝 서 있는 그런 지주의 저택이 아니다. 그것은 넓은 목조가옥들과 별채가 있는 러시아식 귀족 저택이 아니라 정말 소박한 농장이다.

낮고 긴 집은 초원 바람에 머리를 노출하지 않으려고 땅에 바짝 붙어 누워 있다. 나지막하고 긴 양우리, 겨를 두는 헛간, 외양간들이 그 집을 아무렇게나 빽빽하게 둘러싸고 있다. 한 그루의 나무도, 어떤 소음도 어떤 움직임도 없다. 마치 여기 있는 모든 것들은 스텝 황야처럼 타 버리고 벌거벗은 듯하다. 여기에서 생활은 저절로, 자기를 위해 스스로 뜨겁게 끓어오르지 않고, 사람의 편리함과 쾌락이 아니라 인내심 있는 돌봄, 자신의 이익에 대한 끈기 있고 말없는 기다림이라는 것이 한눈에 보인다. 여기는 양들이 가장 전면에 있고, 사람의 모든 것은 양을 위해 있다. 심지어 사람의 집도 양우리로 보이고, 여기 있는 모든 것들은 양의 요구에 맞추어져 있으며, 모든 것에 양의 취향과 성품이 스며들어 있다.

물론 이 노보러시아 농업은 가끔 우리 쿠르스크 농업을 웃음거리로 만들 수 있다. 저기 스텝 한가운데 벌거벗은 언덕 위에 서 있는 증기 탈곡기가 연기를 내뿜으며 요란하게 꿍꿍거리는 소리를 내고 있다. 그것은 자기 몸 위에 아무도 치우지 않고, 아무에게도 필요 없는 짚을 가득 뿌리고, 그 탈곡기 위에는 우리의 소규모 옛날 농업 관점에서 보면 놀라서 입이 벌어졌을 산더미 같은 곡식 더미가 뿌려져 있다. 여기는 스텝, 파종, 가축무리, 자본금, 이익, 손실, 모든 것들이 대규모다.

그것은 낭만주의도 모르고 어떤 미신으로 자신을 속박하지 않고, 용감하게 미국에서 기계를 얻을 수 있으면 얻어내고, 영국에 털실을 팔고, 상품거래소 게시를 지켜보고, 실라이 라프테브(Силай Лаптев) 같은 부농 대신에 항구, 마르세유와 리버풀 회사들의 대표들과 직접 거래하는 진정한 자본주의식 농업(капиталистическое хозяйство)이다. 이런 자본주의적 농업은 풍경이나 기분 좋은 이웃이나 고대 귀족 목조가옥의 낭만주의적 전설들에는 관심을 가질 여유가 없다.

여기서는 이자의 크기와 유통 속도로 모든 것이 설명된다. 여기서는 모든 것이 새롭고, 모든 것들이 1분 동안에 이루어지고, 아무것도 어떤 것에 얽매이지 않는다. 오늘 일이 시작됐는데 내일 그것이 불이익이라는 사실이 드러나면 내일모레 그것은 버려지고, 과거와의 연관은 어떤 후회나 망설임 없이 끊긴다. 여기서 과거는 없고 오직 현재만 있다. 오늘은 러시아의 여러 지역에서 몰려온 수천 명의 일꾼들이 있다가 내일은 아무도 없었던 어제처럼 사라질 수 있다. 아무도 그들의 이름을 모르고, 그들도 여기서 아무도 알고 싶어 하지 않는다. 토요일에 주급을 받으면 주인이나 일꾼이나 다 계산이 끝난 것이다.

나는 미국 서부의 대초원에 가 본 적 없지만, 노보러시아를 지나가는 동안 미국 서부 농업에 대해 들은 것이 계속 떠올랐다. 여기서는 미국 서부 주들과 마찬가지로 끝없이 펼쳐지는 광활한 공간, 미래에 대한 똑같이 한없는 전망, 이와 똑같이 빠르게 이익을 얻기 위해 겨우 삼킬 수 있을 정도로 게걸스레 거래를 해치우는 자본의 도둑같이 다급한 회사들, 이와 똑같이 대담한 모험과 지칠 줄 모르는 에너지 원리들, 사람들이 물려받는 모든 감성과 관계를 끊어 버린, 차가운 상업적 타산을 하는 유형의 사람들만 있다. 재산은 화학자들의 표현을 빌리면 '계속 불어나는'(*in statu nascendi*) 속성이 있다. 여기서 재산은 거대한 규모로 커졌다가 거대한 규모로 망하고, 사소한 일들도 대충 끝나지 않는다.

그리고 우리가 귀족 저택을 꼼꼼히 돌보는 일, 늙은 할머니가 가꾸어 놓은 척박한 과수원을 자손들이 계속 손해 보면서 분주하게 가꾸는 일, 우리의 가장 청초한 젊은 시절 추억이 서린 연못이나 가로수 길을 제일 높은 가격에 파는 것을 거절하며 손해를 감수하는 목가적 태도는 그들 눈에 불쌍하고 가련하게 보일 것이 틀림없다. 아는 것과 믿는 것이 대차대조표뿐인, 신식 풍습을 대표하는 지주들에게는 가문의 전설이 주렁주렁한 주인의 집구석에서 매달 주인으로부터 양식을 받으며 남은 일생을 보내는 주방관리인 할아버지 하인이 옛 지주들과 농민들에 대해 가진 모든 낭만적 태도처럼 시대에 뒤떨어지고 어리석은 세계의 조각들로 보일 것이다.

여기는 뭔가 유쾌하지 않고 낯선 분위기 느껴지긴 하지만, 그와 동시에 성장과 힘의 분위기도 느껴진다. 넓고 정리가 안 된 우리 조국이 미래에 자라서 뻗어 나갈 곳은 다름 아니라 여기뿐이다. 유럽 절반의 인구가 들어갈 만한, 누구도 손댄 적 없는 풍요의 나라이고, 풍성한 열매를 맺을 수 있는 미래가 준비되어 있는 우리 러시아 땅의 거대한 봄농사 지역인 여기서 재배할 수 없거나 얻을 수 없는 것은 아무것도 없다. 누구도 손댄 적이 없는 그런 예비품을 가진 민족의 힘은 아주 크기 때문에, 없앨 수 있는 것을 모두 없애고, 영적 · 물질적 토지의 마지막 베르쇼크까지 갈아서 재로 변화시킨 늙은 유럽이 이 젊은 민족이 성장하는 것을 그렇게 불안하게 보는 것은 다 그럴 만한 이유가 있는 것이다.

화려한 역들과 프랑스식 요리와 많은 사람이 모인 큰 군중과, 그 모든 소음과 동요가 있는 철도로 이루어진, 화려한 여제의 눈을 사람이 없다는 사실에서 돌리려고 화려한 타브리다 공작이 만든 인공적 마을은 축제 흉내를 내는 무대장치와 같이 황야를 가리는 가식적 무대장치였다. 그렇다. 여기는 아직도 공포를 불러일으키는 음울한, 진정한 황야이다. 이런 것에 당황한 정신은 그렇지 않다고 믿고 싶고, 사람이 없는 이 공간 가운데서 누군가에게 기대고 싶다. 옛날이야기에 나오는 말처럼 "이 들판 위에 살아 있는 사람이 있기는 한가?"라고 물으며 이 끝없는 침묵, 이 한없는 먼 공간에 대한 대꾸로 이렇게 외치고 싶다.

심페로폴까지 철도가 설치되고 난 후 이 도시는 아크메체티[2]라는

---

2 〔역주〕 아크메체티(Ак-мечеть) : '하얀 교회'라는 뜻을 가졌다.

옛날 타타르 마을에서 참된 유럽 소도시로 변했다. 이 도시의 하얗고 깨끗한 작은 집들과 포플러 가로수 길들과 푸른 정원들, 그리고 무엇보다도 하얀 돌로 지어진 이 깔끔한 소도시가 남부 산들의 매력적인 파란색을 배경으로 두드러지게 보이고, 마치 고운 접시 위에 서 있는 듯한 언덕이 풍성한 푸른 스텝과 어울려 이 도시는 사랑스런 인상을 준다. 심페로폴의 타타르 구역(квартал)은 지금 완전히 궁벽한 곳에 틀어박혀 있고, 몇 년 전과 달리 타타르인들이 훨씬 드물게 눈에 띈다. 가게와 집, 학교가 많이 늘었다. 9년 만에 다시 돌아와 보니 많은 지역이 몰라보게 변해 버렸다.

도시 관문으로 다가가는 길에는 울타리 너머 방금 가꾸어진 정원을 가진 크고 예쁜 집이 서 있는데, 나는 이 건물이 폐허로 방치되었던 것을 기억한다. 지금 이 건물에는 새로운 문명의 필요와 정신이 스며 있는 여러 기관들의 모여 있다. 우리나라의 변두리는 전에 만들어진 형태에 매달려 너무 고착된 러시아 내부보다 내적 생활방식이 훨씬 대담하고 독특하고 다양하다.

크림반도에 오래 거주한 주민 중 한 사람인 아렌트(Арендт) 의사가 차지하고 있는 그 건물의 한 부분은 크림반도를 방문하는 결핵 환자를 농축된 공기로 치료하는 병원과 그 병원에서 마유(кумы́с)로 치료하는 치료시설이 꾸며졌다.

그곳의 중앙 건물은 훌륭하게 꾸며진 아렌트 부인의 유치원이 차지하고 있다. 이 유치원은 이미 4단계 연령 층위별 원생들이 있고, 아동들의 능력을 한껏 키워 주는 생생하고 상상력을 자극하는 자료를 사용하여 다양한 방법으로 유치원생들의 관심을 발달시키는 교육을 하며 김나지움 입학 준비를 시키고 있는데, 아쉽게도 요즈음의 공교육은 이런 교육 방식을 반대하고 있다.

아렌트 부인의 교육시설에는 가장 뛰어난 상상력을 자극하는 교육자료들, 특히 박물학적 수집품이 풍부하게 마련되어 있다. 구석마다 아이들의 흥미를 끄는 물건들이 세워져 있는 그 밝고 넓은 건물을 보면 마음이 즐겁다. 아이들이 그런 물건들 가운데서 놀며 공부하면, 몸을 움직일 생각도 못한 채 검은 책상의자에 갇혀 싫증나고 이해되지 않는 것들을 무조건 외우면서 자신의 유년 시절을 매장하거나 건강을 상하게 하지 않고, 가족의 온정과 가정의 즐거움과 게임에서 유리되지 않으면서 많은 것을 배울 수 있을 것이다. 거기에는 다른 교육기관과 마찬가지로 정원과 체조 기구들이 갖추어져 있는 작은 마당도 있다.

정원도 나름대로 구경거리 역할을 한다. 그것은 이 지역의 소형 정원(карликовый сад)의 첫 번째 모델이다. 각각 키가 1.5아르신밖에 안 되는, 2,000그루의 제일 비싼 프랑스 배나무와 사과나무의 다양한 종이 아렌트 의사에 의해 항아리 모양으로 길러지고 있다. 정원의 역사는 5년밖에 되지 않았지만 조그만 나무들에는 벌써 놀라운 크기와 아름다움을 자랑하는 여러 종류 열매들[3]이 매달려 있다. 이런 방법으로 과수를 하면 작은 공간에서도 큰 수익을 올릴 수 있다. 이 부드러운 과실의 값은 그 자리에서 팔아도 이미 1푸드에 10루블을 받을 수 있는데, 몇 년 후면 나무 2,000그루가 각각 1푸드씩 열매를 맺을 수 있기 때문이다.

---

3 〔역주〕 듀세스(дюшес), 베레(бёри), 칼빌(кальвиль), 라네트(ранет) 등의 열매들을 가리킨다.

우리나라에서 기업가 정신이 강한 사람들이 하는 그런 드문 시도에 더 많은 본받음이 따르고, 그것을 통해 우리의 물적인 면에라도 유럽의 문명이 더 많이 들어오기를 진심으로 바라 마지않는다. 정말 자연이 줄 수 있고, 줘야 하는 모든 것들을 자연에서 얻을 수 있는 것은 독일 사람뿐만이 아니고, 그것은 그렇게 어려운 일이 아니라는 것을 우리 러시아인들이 깨달을 때가 벌써 됐다.

내가 크림반도를 보지 못한 지 10년째가 됐다. 10년이란 세월은 우리가 서두르며 늘 뭔가를 찾고, 늘 뭔가 바뀌는 삶의 시대에 한 세기만큼 긴 시간이다. 나는 재시험도, 답을 고치는 일도 있을 수 없는, 어린 시절보다 훨씬 어려운 시험인 자기의식을 대면하는 시험을 보러 간다는 느낌을 가지고 돌아왔다. 이 10년 동안 나는 무엇이 되었는가? 아이의 탐욕스러운 입술이 모유가 가득 넘치는 젖꼭지에 꼭 달라붙어서 목이 메는 것처럼, 한때 크림반도가 주는 환희를 흡수하고 기뻐하면서 목이 메던 그런 떨리는 마음의 감수성이 일상생활의 염려와 경험이 일으키는 실망의 부담 아래서 식어 버린 것일까? 예전의 시적 감수성과 아름다움을 따분하고 늙은이 같은 산문적 생활로 바꾼 주철로 만든 세월의 발꿈치가 나를 눌러 왔는가?

이제 마차가 조용히 흔들리면서 심페로폴 교외에서 익숙한 도로를 따라, 익숙한 남부지역으로 나를 싣고 가는 동안, 내 가슴은 잠에서 깬 새처럼 갑자기 날개를 펄떡이며 아직 아무것도 죽지 않았다고, 예전의 삶이, 인상을 통해서 얻은 예전의 기쁨과 예전의 탐욕이 아직 살아 있다고 나에게 말하고 있었다.

내 뒤에 심페로폴이 있고, 내 앞에 크림이 있다. 도로와 스텝의 쓸

쓸한 단조로움도 끝났다. 크림 골짜기들과 산기슭, 그다음 크림 숲들과 산들의 아름다운 광경들이 내 마음을 아름다운 추억으로 가득 채우며 기대로 흥분시키면서, 신비롭고 영원히 새로운 앨범의 페이지들처럼 서서히 펼쳐지고, 마차의 움직임은 나의 기쁨을 갈수록 크게 만들어 저 구름 아래 산고개까지 나를 들어올리는데, 거기에서는 신비로운 전당을 덮은 막이 갑자기 한 번에 열리듯이 한눈에 담을 수 없는 남부 바다와 그 주위에 버티고 서 있는 거인 같은 산들의 의기양양한 아름다움이 발밑에 펼쳐진다.

우리는 타우샨바자르 고개(Таушанбазарский перевал)를 넘어갔고 이제는 알루슈타 골짜기, 푸시킨이 찬미하던 그곳의 동화 같은 포플러들, 타타르 집들의 둥지 위에 매달려 공중에 떠 있다.

크림반도 남부의 신작로와 말들은 다른 데서 만날 수 없는 신기한 대상이다. 도로에서는 마차의 요동을 전혀 느낄 수 없고, 한 군데도 패인 곳이 없이 마룻바닥처럼 판판하고 부드럽다. 당신은 이 도로를 따라 거의 차티르다그 정상까지 올라갈 수 있는데, 산의 돌출부마다 달팽이처럼 휘감아 도는 수많은 도로의 굽이들이 매우 솜씨 좋게 완만하게 잘 만들어져서, 올라가고 있다는 느낌을 거의 받지 않는다. 심페로폴에서 알루슈타로 이어지는 새 도로는 특별히 그런 편리함으로 깊은 인상을 준다.

그런데 그보다 인상적인 것은 말들이다. 4마리의 말이 수많은 짐이 실린 우리의 무거운 마차를 꽤 빠른 속보로 몇 베르스타를 끌고 가고 있었다. 우리는 속보로 타우샨바자르 고개에 도달했고, 나중에 람바트 고개와 남부해안 신작로의 모든 오르막길도 어김없이 속보로 달렸다.

그런데 아래를 보면 얼마나 아찔한 높이에 신작로를 따라 전봇대가 서 있는지 보이고, 염소 외에는 그곳까지 올라갈 수 있는 존재가 있다는 생각이 들지 않는다. 내리막길도 마찬가지다. 여기서는 우리가 통상 쓰는 방식과 달리 고삐를 당겨 속도를 줄이며 아래로 내려가지 않는다. 솜씨가 뛰어난 마부는 능숙하고 대담하게 다리가 튼튼한 말들이 내리막으로 가는 속도를 가속해서, 당신이 어떤 마차를 타고 내려가든 마치 겨울에 썰매를 타고 눈이 얼어붙은 언덕을 내려가듯이 달려 내려간다.

하지만 목뼈를 부러뜨릴 것만 같은 그런 모험에 몸을 맡기는 것이 제대로 익숙해지기 전에 옆에 펼쳐지는 낭떠러지를 바라보면 처음에는 약간 기가 막힌다. 도로의 굽이들이 가끔 똬리를 튼 뱀처럼 험하고 짧을 때가 있어서 크림 말처럼 불가사의하게 힘세고 날렵해야 무거운 마차가 최대 속도를 유지하며 밑바닥 없는 화구로 달려 내려갈 때 그때그때 적절하게 우회전이나 좌회전을 할 수 있다. 그러나 이런 말을 타고 이런 신작로를 달리는 것은 아주 즐겁고, 이동 속도도 아주 빠르다.

남부해안은 사람들이 점점 더 들어와 살면서 개간되고 문명화되어 가는 모습이 보인다. 10년을 떠나 있다가 돌아오니 그런 변화가 눈에 띈다. 얼마 전만 해도 궁벽하고 사람들이 겨우 방문하는 작은 마을이었던 알루슈타가 스위스, 이탈리아, 프랑스 남부를 유명하게 만든 일종의 '건강의 역참'으로 꾸준히 변해가고 있다.

새로 지어진 수많은 다차들이 골짜기 안과 산기슭까지 차지하며 넓게 자리 잡고 있다. 그사이 여관 4개가 새로 생겼는데, 10년 전에는 이런 평범한 여관조차 하나 없었다. 얼마 전까지 알루슈타를 다 차지했던 타타르 마을은 이제 타타르 지역이라고 불리기 시작했고, 유럽식 알루슈타가 이 지역을 거의 가리고 있다. 오래전부터 건설의 필요가 느껴지던 신작로가 해안을 끼고 알루슈타에서 수다크까지 건설되고 있다. 부서진 선착장의 흔적들도 알루슈타를 기선 항로와 연결시키려는 시도들이 있었다는 것을 보여 준다. 이런 상황은 계속 놀라움을 불러일으킨다.

알루슈타처럼 남부해안 생활의 중요한 중심지를 해상교통 연결망 없이 방치하는 것은 묵과할 수 없는 일이고, 말도 안 되는 일이다. 알루슈타는 사람들이 거주하는 골짜기와 산기슭이 이루는 망의 입지가 가장 좋은 선착장이다. 알루슈타는 이 지역 전체의 포도주 양조와 원예의 중심지다. 만일 레만호라면 집 5채로 이루어진 마을이라 해도 끊임없이 호수를 가로질러 운항하는 수많은 기선들이 구석구석 찾아다니며 선착하고, 정기적으로 호수 변을 왕복하는 기차들이 서지 않는 데가 없을 것이다.

그러나 우리나라에서는 남부해안의 가장 중요한 선착장들조차 여러 해 동안 무관심 속에 방치하고 있다. 운항독점권을 보유한 흑해 기선운항협회는 국고보조금을 받고 이해하기 어려운 독점권을 행사하며 엄청난 돈을 벌어들이고 있지만, 아직도 선착장을 설치하고 남부해안에서 사람들이 가장 많이 찾는 곳을 방문할 수 있도록 항로를 개설하는 데는 돈을 아끼고 있다. 여기 기선들은 발라클라바도 알룹카도 구르주프도 수다크도 기항하지 않는다. 심지어 얄타 여행이 한창인 시기에도 얄타로 1주에 겨우 2회 운항하여 여행객들과 상인들에게 큰 불편을 끼친다.

선착장과 정기 항로를 설치하면 알루슈타 같은 지역 중심지들의 산업 수준이 높아지고, 그에 따라 현재 다른 구석진 곳들을 고생하며 찾아다니는 관광객들뿐만 아니라, 일반 사람들이 그 인근의 땅을 구입하기 시작할 것이고, 그렇게 되면 수많은 사람들이 충분히 편리한 생활을 할 수 있는 여건이 만들어질 것임이 틀림없다. 현재도 한 지역이 무역 시장과 교류가 거의 없으면 다른 면에서는 아주 매력적인 지역이더라도 그런 곳에 용감하게 정착하기 위해서는 스파르타식 취향과 상당한 극기심이 필요하다. 그 대신 알루슈타 내부에서는 어느 정도 소규모 무역을 발달시켜서 가장 기본적인 요구들을 만족시킬 수 있기는 하다.

그런데 남부해안에서 진행되는 현상과 마찬가지로 알루슈타에서 눈에 띄는 가장 큰 발전은 엄청난 속도로 오른 땅값이다. 세상과 분리되어 있는 카스텔산 근처에 있는 돌이 많고 드문드문 작은 숲이 있는 전혀 개척되지 않은 땅 1데샤티나가 요즈음 500루블에 팔리고 있었다. 얄타와 인근에서처럼 알루슈타에서도 땅은 사젠 단위로 팔린다. 그리고 얄타 땅값은 정말 괄목할 만큼 높게 올랐다. 도시 안에서는 10루블 이하로 팔리는 땅 조각은 거의 없고, 1데샤티나가 2만 4,000루블이나 나가고, 좀더 좋은 땅은 1사젠에 12~15루블, 즉 1데샤티나에 3만 6,000루블을 호가한다.

숙소가 부족해서 우리는 이른바 바자르[4] 여관에 묵었는데, 사실 여기도 다른 여관보다 뒤떨어지지 않는다. 밤 내내 달빛이 쏟아져 내리는 타타르식 외랑(外廊)에서 달빛에 비추인 바다, 조각물 같은 절벽들이 있는 장엄하고 거대한 데메르지산, 포플러, 사이프러스, 호두나무 사이에 파묻혀 있는 평화로운 알루슈타의 모습이 한눈에 들어온다.

---

4 〔역주〕 바자르(базар): 러시아의 시장이나 저잣거리를 가리킨다.

이 모든 광경이 더욱 매력적으로 보이는 이유는 진짜 타타르식 바자르의 가부장적인 장면과, 이리저리 돌아다니는 마차와 물소, 장작불 옆에 웅크리고 앉아 있는 타타르인 무리, 소박한 타타르 가게들이 전경을 가득 채우고 있기 때문이다. 여유 있는 화가라면 이곳의 고유한 유형과 장면들을 그리면서 다른 아무데서도 찾을 수 없는 조명과 원근법 효과를 마음대로 발휘할 수 있다.

화가와 조각가를 가르치는 아카데미를 왜 네바 강변[5]에 만들었는지 도대체 이해할 수 없다. 늪 같은 그곳 분위기 안에서 모든 상상력은 멈춰 버릴 것이고, 검은 연미복이나 발꿈치까지 내려오는 코트를 입은 그 거주민들 앞에서 연필과 붓은 미술가의 손에서 빠져나갈 것이다. 크림반도는 그런 곳이 아니다. 크림으로 들어가자마자 손과 눈, 마음도 저절로 크림 사람, 크림 산, 크림 바다, 주위에 있는 모든 것들의 아름다움과 특징을 그릴 수밖에 없다. 크림반도가 예술가를 탄생시킬 수 있는 곳이라면 페테르부르크는 그들을 오직 죽일 수 있는 곳이다.

젊은 러시아 예술가들이 상상력을 기르고, 자연에 대한 살아 있는 공부를 하게 하기 위해서는 이곳, 러시아의 태양의 나라로 파견하기라도 해야 한다. 크림반도에 우연히 왔다가 이후 이곳을 떠나지 않았던 수많은 러시아 화가들을 나는 알고 있다. 얄타, 세바스토폴, 페오도시야에 있는 예술 아카데미는 거의 자연법이나 마찬가지이고, 너무 분명한 필수코스다.

---

5 〔역주〕 상트페테르부르크를 가리킨다. 국립 미술아카데미는 바실렙스키섬 상트페테르부르크대학 본관 옆 네바 강변에 있다.

알루슈타와 멀지 않은 곳, 절벽이 많은 바닷가 구석진 곳에 내가 15년 전에 크림의 바다와, 남부해안의 시적 풍광과 첫 만남을 시작한 암자(пустынька)가 들어앉아 있다. 촐메크치(Чолмекчи) 암자는 현재 일종의 식민지 근원지가 되었다. 청년과 같은 기쁨을 느끼면서 나는 말을 타고 익숙하게 산속 샛길로 들어서서 소중한 추억이 있는 그 장소까지 갔다.

나의 옛날 친구인 촐메크치의 이전 여주인을 꽃과 초목들로 둘러싸인 새로운 보금자리 안에서 발견했다. 그 사람은 유명한 《크림 안내서》의 저자인데 크림에서 오래 산 토박이며 크림을 잘 알고 있는 사람 중 한 사람이다. 남부해안의 신비한 은둔자의 소박하면서 시적인 성격의 생활환경에 나는 감명을 받았다. 그녀는 친척 여자 한 명과 같이 바로 바다의 파도들 위에서, 바로 카스텔 산그늘 아래 이 산속 암자에서 사계절 동안 외롭게 살고 있다. 그녀 옆에 있는 것은 오직 한 명의 여자와 한 명의 타타르 남자와 그녀의 모든 산책을 동행하는 충실한 개뿐이다.

얼마 전만 해도 그 용감한 여자는 연로한 나이에도 병자들을 도우려고 말을 타고 근처 타타르 마을들을 돌아다녔었다. 타타르인들은 그녀를 오래전부터 잘 알고 있어서 그들 가운데 혼자 살아도 위험하지 않다. 그녀는 크림전쟁 기간과 타타르인을 터키로 강제 이주시킨 기간에도 마지막 전쟁 시기에도 타타르인들 가운데 살고 있었다. 불길한 모습을 가진 터키 전함들이 바닷가를 따라 길게 늘어서 있을 때도 그녀는 여전히 타타르인들 가운데 남아 있었고, 그녀 주위에 남아 있던 타타르인들도 여전히 평화로웠다.

촐메크치의 여성 은둔자는 고대 유물들과 흥미로운 고장들을 구경하고, 자신이 쓴 《크림 안내서》에 새로운 자료를 보충하기 위해 아직도 먼 산속으로 여행을 다니고 있다. 의사들은 오래전부터 그녀에게 최악의 상황을 예언했고, 심지어 곧 죽을 것이라는 선고까지 했는데도 그녀는 편안한 웃음을 띠고 자기 포도원과 꽃밭의 땅을 계속 파고, 힘센 남자들이라도 대부분이 포기할 비탈진 산기슭과 샛길들을 청년처럼 가볍고 빠르게 몇 베르스타씩 걸어 다니고 있다.

꽃과 희귀한 남부 나무들과, 바다와 산의 널리 펼쳐진 아름다움이 그녀 집을 둘러싸고 있다. 그 맑은 보금자리로 들어가면 당신은 그림과 희귀 장서와 문명화된 지적인 사람의 서재를 보게 된다. 인생의 문제를 그렇게 간단하고 결단력 있게 풀어 버리고, 우리를 타락시키는 생활 속 사소한 일들의 공허함을 떨쳐 버리고 인간성의 본질이 다 들어 있는, 몇 가지 인간 정신의 거대하고 크고 고귀한 원칙들을 바탕으로 하는 철학적으로 소박한 살림살이에서 만족을 찾을 수 있는 사람을 찾기란 쉽지 않다.

촐메크치 여성 은둔자는 자신의 암자로 다른 사람들의 마음까지 사로잡아서, 마치 그녀가 카스텔산 가부장인 것처럼 황야와 그곳 삶의 매력을 깨달은 사람들이 여기저기서 점차 몰려왔다. 하리코프대학 교수 2명이 촐메크치 산기슭 맨 아래 정착해서 산을 둘러싸는 작은 골짜기들을 자신들이 만든 꼬불꼬불한 포도원들로 덮었다. 촐메크치의 옛 보금자리는 그곳을 사계절 동안 떠나지 않는 새로운 여주인의 손으로 넘어갔다. 그보다 좀더 먼 곳, 카스텔산 절벽들과 가까운 곳, 바다를 바라보는 테라스 같은 땅 위에 여러 러시아 대학에서 온 또 다른 교수 4명의 식민지가 생겨났다. 거기에는 이미 성(城)만 한 건물이 보이고 편리한 도로들이 가설되는 중이다. 이런 식으로 중세기의 신비로운 전설들이 가득하고 수수께끼 같은 고대 유적들이 가득한 카스텔산의 문명화된 곳이, 멀지 않은 미래에 확대될 새로운 정착지의 첫 칸이 된다.

학술적이고 시적인 《작물과 가금류》(*Kulturpflanzen und Hausthiere*)라는 훌륭한 저서에서 빅토르 헨(Victor Hehn)은 자연뿐만 아니라 역사에서도 모든 것들을 오로지 자연력들만으로 설명하려는 현대 자연과학자의 견해에 당연히 분개했다. 지능이 있는 사람의 힘에 대한 숭배는 학식 높은 저자의 뛰어난 작품에 가득 스며들어 있는데, 이것은 위에 말한 현대 학자들의 가설들보다 그의 주장을 훨씬 고상하게 만들고 유쾌하게 만든다.

크림해안의 변덕스러운 길을 달리면서 나는 부지중에 빅토르 헨의 그런 견해들이 생각났다. 정말 사람에 의해 개량되지 않고 다듬어지지 않은, 있는 그대로의 자연에는 즐거움의 많은 요소가 결핍되어 있다. 예를 들어 내 오른쪽에는 황폐하고 단조로운 절벽들이 있고, 그 위에 미개하고 단조로운, 가시가 많고 뿔이 있는, 해풍에 시달려 꺾어진 숲이 자라서 절벽을 덮고 있다. 사람의 마음은 그런 것에서, 사람의 눈은 그런 곳에서 안식을 찾지 못한다.

그런데 달려 내려가면서 산들이 마치 변화무쌍한 계단처럼 바다의 파도 쪽으로 내려가고, 골짜기가 넓어지는 것을 보면서 왼쪽을 돌아보면 당신의 눈길이 뭔가 정답게 환영받는 느낌을 받는다. 회색빛 돌의 단조로움과 녹색 숲의 단조로움은 어떤 곳에서는 검은 수도사들의 합창처럼 친근하게 묶여 서 있고, 어떤 곳에서는 사수들의 행렬처럼 긴 줄로 늘어서 있는 우산 모양의 어두운 사이프러스들에 의해 거기서 아주 알맞게 파괴된다. 어떤 곳에서는 연하고 부드러운 플라타너스, 어떤 곳에서는 재색을 띤 파란색 올리브, 어떤 곳에서는 홍가시나무와 월계수와 목련나무 등 사람의 취향과 노동이 접목되어 만든 온갖 색채를 띤 다양한 초목들은 뭔가 특별히 예쁘고 매력적으로 보인다. 예쁘고 하얀 작은 집들과 무늬로 장식된 창살과 꽃밭과 더불어 그것은 사람에게 더욱 이해되고 친절한 인상을 준다. 인간 지성의 영향을 받으면 자연 자체가 어느 정도 영화(靈化) 하고 문명화되는 듯하다.

크림 남부해안을 기다리고 있는 것은 끝없는 장래성과 끝없는 풍요이다. 예카테리나 2세가 크림반도를 자기 왕관의 가장 아름다운 진주알로 본 것은 까닭이 있었다. 그 돌로 된 언덕들과 테라스들과 비탈들, 산맥과 바다 간에 있는 좁은 공간을 채우는 그 산속 작은 골짜기들도, 그 모든 것들은 끝없는 포도원, 담배밭, 비싼 과수원들이 들어설 수 있는 바탕을 제공한다. 한쪽에서 알루슈타부터 얄타까지, 반대쪽에서 얄타부터 세바스토폴까지, 길이가 거의 150베르스타나 되는 남부해안은 통째로 거대한 포도원이 되어야 한다. 수다크까지, 페오도시야까지 가는 길이 마련되면 바닷가의 새로운 커다란 거리들도 연속적으로 포도로 덮이게 될 것이다.

현재는 포도가 있는 곳은 오직 골짜기들이고 드물게 산기슭에서도 재배된다. 가래와 곡괭이로 개간된 땅의 면적은 아직은 잠들어 있는 산더미처럼 쌓인 미래의 풍요로움의 미미한 부분에 불과하다. 역로를 갈 때면 끊이지 않고 이어지는 사람 손이 닿은 적이 없는 언덕들과 산비탈들 가운데에 드물게 흩어져 있어서 겨우 눈에 띄는 인간이 벌인 농업의 조각들이 얼마나 드물고 규모가 작고 우연한 것인지 당신 눈으로 직접 확인할 수 있다. 포도원들이 습한 계곡과 바닷가 언덕의 평원만 차지하는 것이 아니라, 제네바 호수 주위나 라인 강변을 따라 자리 잡은 것과 마찬가지로 높이 올라가고 넓게 퍼지면 러시아는 더 이상 독일과 프랑스 와인이 필요하지 않을 것이다. 그렇게 되면 러시아에서는 크림반도만 가지고도 마실 것들을 마음껏 공급할 수 있다.

그런데 그렇게 되려면 두 가지의 중요한 요건이 필요한데, 무엇보다 중요한 것은 자본이고, 이와 함께 국민 경제의 합리적 시스템도 필요하다. 지방의 필요에 대한 폭넓은 국가적이고 시민적인 시각을 가지고 있어야 다양한 사업에 열매를 맺을 의미와 공통 목적을 부여할 수 있다. 그러한 관점은 각각의 이익을 통제하여 그들이 사적 목적에 휩쓸리지 않으면서 하나의 중심 목적을 지향하도록 할 것이다. 물론 크림반도에서 그런 관리적 시각과 방향을 제시하는 손이 나오기를 무작정 기다리는 것은 더욱 어렵다. 우리는 크림반도에 효율적 생활에 대한 첫 번째 동기를 부여한 보론초프 공작 같은 뛰어난 행정가들의 관리를 많이 경험하지 못했다.

이해되지 않는 독점 시스템이 지속되는 한, 지역경제의 긴요한 요구를 대놓고 외면하는 기선운항협회가 막대한 국고보조금을 받으면서 국가 안의 국가로 존재하는 한, 또 우리 지역 관료들이 지역에 대한 진정한 연구와 필요에 대한 진지한 봉사 대신 사무적이고 형식적인 회신이나 보내는 관행에 빠져 있는 한, 지방자치단체(젬스트보)[6]들이 동화 속 신데렐라처럼 버려져 손발이 묶이고 아무런 지원과 책임자들 없이

---

6 〔역주〕 젬스트보(земство) : 1864년에 창설된 러시아의 민회이다.

남겨져 있는 한, 대규모 자본이 남부해안 경제로 유입되는 것을 기대하기는 지극히 난망하다.

부끄러운 얘기지만 현재 얄타 지방자치단체의 목록을 보면 군에서 경작되는 군 경작지 면적은 20만 데샤티나에 달하지만, 포도원 면적은 1,200데샤티나에 불과하다. 관청 목록에 따르면 군의 여러 지역에서 타타르인들과 그리스인들에게 유일한 밥벌이가 되는 담배밭 면적은 167데샤티나에 불과한데, 그것은 노보러시아에서 한 부농이 혼자 경작할 수 있는 면적이다. 원래 얄타군에서 경작되는 땅의 면적은 이른바 살수 땅(поливные земли)을 포함하여 경작 가능하고 토지세 부과 대상이 되는 땅이 전체 면적의 10%에도 미치지 못한다. 이런 상황은 경각심을 불러일으키지만, 여건만 개선된다면 얄타 농업이 기대할 수 있는 장래성이 크다는 것을 잘 보여 준다.

관청 자료에 따르면, 얄타 땅의 평균수익도 마찬가지로 미미하다. 군 경작지는 총 16만 6,000데샤티나이고, 농업 수익은 총 30만 루블로 추산된다. 다시 말해, 경작지 1데샤티나가 약 1루블 80코페이카의 생산을 하는 셈이다. 그렇지만 1데샤티나에서 생산되는 와인은 200양동이이고 한 양동이 가격이 2루블 50코페이카인 것을 평균으로 삼아 계산하면, 남부해안에서 양질의 포도원 1데샤티나는 적어도 500루블의 소득을 올려야 한다. 남부해안 과수원들도 부가적 수입 없이 꽤 높은 수익을 올린다. 큰 과수원이라면 과수원 1년 임대료로 1만~1만 5,000루블을 받는 경우가 드물지 않은데, 일례로 벨베크에 있는 잘 관리된 유명한 알렉시아노 선생의 과수원을 꼽을 수 있다.

그것들을 보면 1데샤티나당 수익이 수백 루블에서 1루블 80코페이카로 떨어지는데, 미경작지에 비해 경작된 땅의 면적이 너무 작은 경우 얼마나 큰 손해를 보는지가 분명해진다. 지방자치단체는 경작지의 실제 수익률을 측정할 필요가 없고, 그것을 측정하는 유일한 목적은 오직 여러 종류의 소유지에 일률적으로 14%의 세금을 부과하기 위해서였다고 해도, 고가의 농산물이 좋은 기후 덕분에 러시아의 전체 농업보다 훨씬 우위에 설 수 있는 얄타 경제가 비정상적인 상태에 있다는 상황은 외면할 수 없다.

얄타군의 해안, 즉 이른바 남부해안은 러시아의 커다란 온실이고, 그 안에는 구름까지 솟은 산으로 이루어진 담이 병풍처럼 보호해 주는 뜨거운 남부 햇볕과 남부 바다의 습한 물김이, 돌이 많은 토양 속에 굳게 화합된 비료가 모든 식물들을 힘차게 솟아오르게 한다. 우리의 춥고 바람에 노출된 루스(Русь) 땅이 제공할 수 없는 크림반도의 긴 더위 기간 동안 향기로운 향과 달콤한 즙, 짙은 기름, 화려한 색깔, 짙고 취하게 하는 맛을 가진 식물들이 익어간다.

그와 동시에 얄타군은 러시아의 커다란 별장이기도 한다. 아마도 이렇게 끝없이 넓은 제국에서 그것은 크다기보다 자그마한 다차일 것이다. 우리 루스는 북부의 얼음으로부터, 숲의 짙은 안개로부터, 먼지와 눈이 많은 스텝으로부터, 얇은 널빤지로 된 집들이 있는 소도시들의 메마른 일상으로부터, 짚으로 만든 마을들로부터 벗어나서 이 좁은 구석에서, 좁은 해안지대를 따라서만 부드러운 파란색 바다의 따뜻함과 남부 자연의 아름다움과 화려함에 입술을 댈 수 있다.

사람들은 언젠가 좀더 교양이 높고 이지적으로 될 것이다. 사람들은 포도원에서, 바다 파도 속에서, 산그늘 아래서 다른 무엇과 비교할 수 없는 휴식의 매력과 시적 아름다움을 이해할 것이다. 그들은 나날이 사람을 더욱 무자비하게 짓누르는 삶의 고통에서 벗어나게 하는 그런 휴식의 필요성을 이해할 것이다. 행복하고 어느 정도의 재산을 얻은 모든 사람은 별장이자 건강을 보호하고 개선하는 장소인 남부해안으로 달려갈 것이다. 모든 이지적이고 겸손한 사람들은 수많은 거짓 편의를 건강, 쾌락, 장수의 이익으로 교환하고, 견고한 정착생활을 추구하면서 그곳으로 향할 것이다.

그때가 되면 남부해안에는 모든 원하는 사람들에게 줄 자리가 부족할 것이고, 그곳의 땅 조각들은 경매처럼 앞다투어 팔릴 것이다. 그렇게 될 것이고, 그것도 아주 빠른 시간 안에 그렇게 될 것이라는 예상은 지난 10년의 경험으로 증명되었다.

한 예로 얄타는 심지어 초등학교를 짓거나 산책하기 위한 작은 관목을 심을 곳도 없는 4데샤티나의 땅을 가진 작은 소도시에서 현재 유럽 관광객들이 몰려드는 망통이나 바덴을 연상시킬 정도로 상당히 크고 예쁜 도시로 변했다. 얄타의 한끝에서 다른 끝까지 이제는 몇 베르스타가 된다. 지금 다차들이 빽빽하게 붙어 서 있는 야일라 벽 바로 아래, 엄청나게 높은 곳은 과거에는 멀리 보이던 소나무 숲이었다. 여러 가지 다양한 가구가 갖추어진 여인숙과 작은 여관들을 제외하면 4개의 커다란 호텔들이 한때 관광객들이 비좁게 지내는 유일한 숙소였던 소베즈 선생의 허접한 주막집을 대신하게 됐다.

그 호텔들 중 넓은 산발치에 자리 잡은 호텔 '러시아'는 유럽의 모범적 호텔처럼 화려하게 꾸며져 있는데 독자적 가스시설, 분수, 그리고 지붕까지 이어지는 수도관들을 가지고 있다. 이 호텔은 좋은 입지와 관광객들의 선호 덕분에 얄타의 중심지가 됐다. 호텔 주위에는 모르드비노프(Мордвинов) 백작의 그늘이 많은 넓은 공원이 있는데, 백작은 고맙게도 이 정원을 시민들에게 개방해서 그곳을 통해 호두나무의 녹색 천막을 떠나지 않으면서 얄타 이웃 타타르 마을인 데레코이까지 갈 수 있다. 그 주변에 공중목욕탕이 있는데 그 근처에는 훌륭한 마차와 진짜 바구니처럼 가볍고 귀여운 니스의 바구니(paniers de Nice)를 가진, 수도에서도 보기 드문 얄타의 뛰어난 마부들이 줄지어 서 있다. 여기와 가까운 곳에 아름다운 과일 야시장과 전신국과 공공기관들과 얄타 최고 별장들이 있다.

호텔 '러시아'의 수많은 발코니와 외랑에는 다양한 색 옷차림을 한 화려한 군중이 가득 차 있다. 차르 가족과 신하들이 리바디아에 있는 동안에는 여기서 장군들의 회의가 열릴 정도로 많은 장군들이 내려온다. 소박하고 가난하던 예전의 얄타는 몰라보게 변했다. 신사와 여성 승마자들의 승마 행렬, 유행을 따르는 군중들이 마차를 타고 곳곳을 분주히 돌아다니고 있다. 오케스트라 음향이 거의 매일 저녁마다 세 곳에서 요란하게 울려 퍼진다. 예상하지 못한 데서 가게들, 창고들, 온갖 공예가들이 나타난다. 크고 작은 모든 집들은 고미다락까지 사람으로 가득 차 있다. 작은 방은 한 달에 약 50루블, 하루에 약 3루블까지 값을 매긴다.

타타르인들을 그런 생활을 더없이 행복하게 누린다. 얄타의 오래되고 변함없는 안내원인 비쩍 마른 '키가 큰 베키르'는 차르 가족을 안내한 영광을 한없이 자랑하면서 자신의 위대함을 인식하는 총사령관처럼 자주 그의 조수 타타르인 안내원 무리가 웅크려 앉아 있고 유리한 주문을 기다리는 마차들과 말들이 서 있는 집 마당의 열려 있는 대문 앞을 어슬렁거리고 있다.

이제는 '키가 큰 베키르'가 얄타 관광안내 독점자이던 시대가 끝났고, 이웃집 부자 타타르인이며 젊고 안색이 좋은 셀랴메트(Селямет)가 그보다 인기가 많다. 이 영리한 총각은 감동적 모험을 찾는 외로운 귀족부인들의 숲속 산책에 말을 타고 동행하는 자신만의 독특한 관광상품을 만들어내서 아주 돈을 잘 벌고 있다. 우리 러시아 귀족 여성들이 남부해안에서 찾는 것은 포도나 해수욕뿐만은 아닌가 보다.

얄타의 말들과 마차들은 훌륭하지만 값이 싸지 않다. 마차를 타고 도시 밖의 제일 가깝고 접근이 쉬운 교외로 가는 3시간 산책은 약 5루블이 든다. 승마도 하루에 약 6루블 정도 든다. 10년 전만 해도 여기 얄타에서 하루 말을 빌려 타는 비용은 1루블이면 충분했다.

얄타의 수많은 다차들은 아주 귀엽고 매우 다양한 구조를 가지고 있는데, 꽃과 희귀한 관목과 나무들이 가득 차 있고 작은 발코니, 작은 창살들, 그리고 모든 장식은 순수한 남양 스타일이고, 대부분 이탈리아풍이나 터키풍으로 만들어졌다. 그러나 이 다차들의 가격은 엄청나게 올랐다. 작고 아름다운 정원이 딸려 있는, 장난감처럼 작고 귀여운 집이 이제 값이 2만~2만 5,000루블 나간다. 여기서는 1베르쇼크도 다 계산된다. 얄타의 수많은 전 지주들은 다차를 지어 파는 일로 큰돈을 벌었다.

내가 크림 생활을 할 당시 얇은 코트를 입고 손에 팔레트를 든 주머니가 빈 가난한 화가 한 사람이 얄타로 왔던 것을 나는 기억한다. 그는 약 10년 전에 얄타에 오래 살던 부자로부터 도시 외곽에 크지 않은 공터를 3,000루블을 주고 샀다. 그가 계약금으로 낸 300루블은 친구에게 빌린 것이었고, 나머지 돈은 이 영리한 화가가 매매계약이 맺어지기 전에 땅을 잘게 나누어 판 돈으로 갚았다. 값싼 빈터를 1사젠씩 판 결과, 얄타에 훌륭한 다차들로 이루어진 새로운 구역(квартал)이 형성되었고, 영리한 화가는 현재 자본 8만 루블과 몇 개의 훌륭한 개인 다차를 소유하고 있다고 들었다.

얄타의 오랜 집주인 한 사람은 깨진 기와로 뒤덮인 듯한 여러 개의 텅 빈 작은 언덕과 작은 계곡들을 작은 구획으로 나누어 2만 루블 이상의 수입을 올렸는데, 지금 그 계곡들은 꽃이 만발한 정원을 가진 활짝 웃는 빌라들로 변했다.

그래도 얄타 다차들은 높은 집값을 지속적 수입으로 보답하지 않는다. 얄타 바다와 포도로 치료하는 철이 너무 짧고, 얄타 하인과 작업과 재료 가격이 너무 높기 때문이다. 여기서는 아무 보잘것없는 식모와 보모들이 한 달에 10루블이나 15루블씩 받고 있고, 제구실을 겨우 할 줄 아는 정원사들은 주인에게 양식을 받지 않으면 25루블씩 받으며, 숯 1메르카(мерка)의 작은 자루에 75코페이카이고, 3제곱 사젠의 3분의 2에 해당하는 질이 나쁜 소나무 장작 1사젠은 35~40루블부터이고, 모든 것의 가격이 이 정도 수준이다.

심지어 내가 예카테리노슬라프주(Екатеринославская губерния)에서 1푼트[7]에 4~5코페이카나 6코페이카에 샀던 포도가 심페로폴에서는 8코페이카, 알루슈타에서 10코페이카, 얄타에서는 15코페이카가 나가고, 철 막바지에는 심지어 20코페이카까지 오른다. 질이 꽤 나쁜 배도 1푼트에 25~30코페이카, 즉 한 개에 10코페이카나 한다.

---

7 〔역주〕 푼트(фунт) : 러시아의 옛 중량 단위로 0.41kg에 해당한다.

어쨌든 현재 얄타는 수도와 훌륭한 시멘트 인도, 가로등, 마부, 상점, 호텔이 있는 유럽식 편의시설이 잘 갖추어진 도시가 되었다. 그곳에는 남자와 여자 초등학교,[8] 남자와 여자가 같이 공부하는 남녀공학 학교, 인구가 많은 지역에서 지방자치단체가 관리하는 기본 지식을 가르치는 남녀공학 초등학교들이 있다. 얄타의 일부 지역을 보유하던 모르드비노프 백작이 그런 공공학교(земские училища)와 지방자치단체 행정관청을 위해 땅을 기부했다. 3개의 커다란 지역이 세 방면에서 얄타의 성장을 막고 있다. 서쪽으로 리바디아, 동쪽으로 보론초프 공작의 마산드라, 그리고 중간에는 모르드비노프 백작의 '얄타 골짜기'가 있다. 네 번째 면에서는 바다가 얄타를 막고 있다.

얄타는 성장의 각 단계를 꾸준한 노력과 자본으로 힘들게 성취했다. 얄타의 상당 부분은 마산드라로부터 1사젠당 4~5루블에 사들인 땅 위에 있다. 얄타는 아직도 계속 땅을 사들이고 있고, 힘겹게 지경을 넓히며 산 쪽으로 올라가며 영역을 확대하고 있다. 시가에 비하여 적어도 5배 정도 낮게 매겨진 지방자치단체 평가에 의거해도 얄타시의 땅값은 40만 루블이 나가고 앞으로 그 값어치는 계속 늘어날 것이다. 실제 가격으로 따지면 얄타 땅값의 가치는 적어도 200만 루블이 된다. 지방자치단체의 평가에 의해 120만 루블이라고 값이 매겨진 세바스토폴은 얄타와 마찬가지로 1년에 토지세 5,000루블을 내는데, 이것은 다른 말로 하면 땅값이 40만 루블에 불과한 얄타가 토지에서 세바스토폴보다 3배나 큰 수익을 올리는 것으로 인정된다는 것이다.

---

8 〔역주〕 김나지움 저학년 과정(прогимназия)을 말한다.

알타 지방자치단체는 러시아의 평범한 다른 지방자치단체 운명의 교훈적 표본이라 할 수 있다. 지방자치제가 도입된 초기부터 알타군은 가장 개화되고 적극적인 활동을 펴는 지방 중 하나였다. 활동적이고 방향 감각이 뚜렷한 그룹이 새로운 행정의 관리를 맡고, 군의 발전이 행정이 제대로 살아 있는 길로 가도록 많은 노력을 기울였다. 이런 노력들은 즉각 여러 행정관청(ведомства)들과 심각한 갈등을 일으켰으므로 알타 지방자치단체의 초기 역사는 자신들의 일을 독자적으로 처리할 수 있는 권리를 확보하기 위한 지속적 투쟁으로 점철되었다.

그렇지만 알타 시민들이 시도한 사업 중에서 제대로 행정권을 확보한 일은 얼마 되지 않았다. 예를 들어 지방자치단체는 남부해안 신작로 관리 업무를 현재의 국유 관리에 비해 훨씬 적은 금액으로 스스로 맡고자 했지만, 이것을 관철하는 데는 많은 장애가 있었고, 국고 수입은 감소될 수 없다고 하여 아직도 그 신작로는 교통부 관리 한 사람이 10년 넘게 계속 관리하고 있다. 여기서 언급해야 할 것은 남부해안 신작로처럼 적은 비용으로 만들어진 도로는 없다는 것이다. 그 신작로 건설에 쓰이는 돌은 바로 위와 옆에 널려 있었고, 그런 돌들이 스스로 쏟아져 내려왔다고 해도 과언이 아닐 것이다. 국고를 들여 그런 신작로 수리를 하는 것이 얼마나 유리한지, 또 그런 손쉬운 관리를 포기하는 것은 얼마나 어려운지는 잘 알 수 있다. 산악지역은 아무도 예측할 수 없는 시간에 도로가 파괴될 수 있으므로 수리의 필요가 즉흥곡과 같이 갑자기 생길 수 있다. 그런 일이 생기면 큰 비와 뇌우가 변덕스럽게 한 일을 얼마든지 눈으로 확인할 수 있다. 어쨌든 이 신작로는 아직도 국고 비용으로 계속 잘 건설되고 있는데, 앞으로도 건설 작업이 잘 진행되기를 바랄 뿐이다.

얄타의 '산악당 회원들'은 또 다른 하나의 공동 프로젝트로 작은 이익을 얻어 보려고 시도한 적이 있다. 중개인들과 부농들의 농간을 뿌리치고 농민과 수도 그리고 다른 러시아 시장의 소비자 간 직거래를 위한 과일 생산자 단체를 구성했다. 이 경우에는 정치도 국고 이익도 전혀 관여되지 않은 것처럼 보였다. 그러나 이 프로젝트도 우리나라에서 모든 일들이 마무리되는 식으로 끝났다. 즉, 단체 설립은 허락됐지만 다른 주에 창고를 가지는 것은 허락되지 않았다. 정부는 이런 영리한 방식으로 이 수상한 혁신도 중단시켰다.

주민 교육에 대한 지나친 열성 때문에도 얄타 사람들은 많은 고생을 했다. 원래 이들은 지방자치단체 관리를 받는 학교들을 교육부 관리 학교로 바꾸겠다는 의도는 드러내지 않고, 재정지출뿐만 아니라 학교 주인 역할까지 하겠다는 자기 권리만을 고집스럽게 주장했는데, 이것 때문에 불쌍한 얄타 학교들은 관련기관과 개인들이 보이는 당연한 분노에 얼마나 시달렸는지 추측할 수 있다.

우리나라의 다른 군들과 달리 조그마한 얄타군에는 러시아 주민 수가 적고, 이들도 그나마 다른 지역들에서 이주해온 사람들인데, 인구의 절대다수를 차지하는 타타르인들과 그리스인들, 특히 그중에도 타타르인들은 러시아 학교를 아예 다니지 않고, 그리스인들은 아주 소수만 재학하고 있는데, 주민 교육비용이 1년에 1만 루블 이상 들어간다. 그곳의 학교들은 숫자를 채우기 위해 형식적으로 존재하는 것이 아니라, 정말 편의시설들이 잘 갖추어져 있다.

나는 이 학교들 중 몇 군데를 시찰한 후 지방자치단체가 학교에 대해 깊은 배려를 하고 있다는 확신을 갖게 되었다. 학교마다 여러 교육자료와 훌륭한 건물을 갖추었고, 무엇보다 중요한 것은 예외 없이 중등교육 과정을 마친 선생님들이 수업을 하고 있다. 얄타 남학교의 교장은 대학교육까지 받은 사람이다. 얄타 주민들이 자기 자녀의 선생님에게 내는 돈은 톨스토이 공작이 조언한 바와 달리 한 달에 1루블 반도 아니고 한 체트베릭[9]의 감자도 아닌데, 교사들은 1년에 500~700루블 이상의 급여를 받는 것을 보면 지방자치단체의 지원 규모를 알 수 있다. 교장 선생님은 심지어 900루블까지 월급을 받는다. 주민 교육을 담당하는 겸손한 노동자들에 대한 그런 존경의 표시는 얄타 지방자치단체 품위를 더욱 돋보이게 한다.

그런데 얄타 지방자치단체가 학교로 초빙한 교사가 관련기관들의 요구로 활동을 그만둔 일이 한두 번이 아니었던 것을 보면 이런 상황을 관련기관 모두가 다 같은 관점에서 보지는 않는 것 같다. 한편으로 지방자치단체로부터 좋은 보상을 받고, 다른 한편으로는 교육부에 의해 쫓겨난 그런 추방자들 중 하나는 은행 직원으로 변신했지만 관청의 추적을 피하지 못하고 재판 중 그가 제기한 비판에 대한 열렬한 반론 변호의 결과로 불쌍하게 주 밖으로 추방당하기도 했다. 여기 크림에서 자바로바 부인(госпожа Заварова)을 상대해 본 적이 있는 사람은 누구나 그 행실에 대한 분노를 품고 있다.

추가적으로 주민 교육에 대한 얄타 지방자치단체의 노력 중 주의를 끄는 것은 여성교육을 남성교육과 완전히 똑같이 중요하게 여기는 것

9 〔역주〕 체트베릭(Четверик) : 부피 단위로 1체트베릭은 약 27리터에 해당한다.

이다. 남학교가 만들어진 곳에는 반드시 여학교도 문을 여는데, 얄타 시민들의 이런 관점이 현실 상황에 부합한다는 증거는 여학생 수가 남학생 수에 거의 뒤떨어지지 않는다는 점이다. 심지어 얄타 여학교에서 66명의 소녀들이 공부하고 있는데 반해 남학교에서는 49명의 소년들이 공부하고 있기도 하다.

무엇보다 좋지 못한 것은 여러 관청들과의 갈등과 자체적 프로젝트들을 실천하면서 끊임없이 부딪친 장애로 인해 결국 얄타 지방자치단체가 의욕상실 상태에 빠진 것이다. 청년다운 활기가 넘치던 시절인 얄타 지방자치단체의 첫 3년 기간의 특징이던 활발한 주도적 정신과, 더 나은 사회제도 확립을 향한 생명력 있는 전진이 현재는 그다지 잘 보이지 않는다. 지방자치단체는 자신이 얻은 몇 개의 월계관 위에서, 코앞에 잠겨 있는 문 앞에서 잠이 들었다.

나에 대해 말하자면, 이러한 변호에 매달리지 않고 우리에게 낯익은 러시아 전체에 퍼진 편리한 핑계를 이용해서 자신의 약점을 정당화하는 소극적 태도가 없다고는 할 수 없다. 투쟁과 끈기란 처음에는 열광하다가 큰 장애가 나타나면 다른 사람들 때문에 우리는 아무 일도 할 수 없다고 하면서 일에서 손을 떼고 '우리가 통제할 수 없는 사정'으로 책임을 돌리는 그런 태도가 아니다. 여기에는 과장과 불성실성이 만연해 있다.

아무리 큰 장애라도 우리는 그것들을 잘 알고 있고, 그럼에도 불구하고 우리가 해야 할 일과 앞으로 전진해야 할 공간은 아주 많다. 자신에게 더 많은 것을 요구하고 남들에게 더 적은 것들을 기대하기만 하면 문제는 풀리기 마련이다. 자신에게 엄격한 태도를 가지면 새롭게 움직일 넓은 공간이 얼마든지 있는데, 옛날 좁은 공간에서조차 아직 제대로 이루지 못한 일들이 많다는 것이 드러나는 경우가 허다하다. 정말로 지방자치단체들은 빠짐없이 첫날에만 쓸기를 잘하는 비를 닮으면 안 된다. "마카르(Макар)는 추수 후에는 카샤(каша)를 두 번씩 먹지만, 봄이 될 무렵에는 하나도 제대로 먹지 못한다"라고 평민들의 슬기로운 속담은 갈파하고 있다.

얄타의 타타르인들은 완전히 문명화됐다. 다시 말해 완전히 타락했다. 비속하고 통속적인 의미의 '진보'는 10년 동안 이곳에서 놀라울 정도로 많은 것을 점령했다. 지금은 유럽식 코트나 풀 먹인 셔츠를 입은 타타르인을 만나는 것이 드문 일이 아니다. 젊은이들은 머리를 깎지 않고 타타르인보다 집시처럼 보이려 하고, 나이가 좀 든 사람들도 검은색 난발(亂髮)을 길렀다. 타타르인들의 인식 속에는 러시아인과 다른 생활습관을 유지할 필요가 없다는 확신이 갈수록 더욱 깊게 퍼지고 있다. 얄타의 순혈 타타르인이 수하레바 탑(Сухарева башня) 주위의 모스크바 사람과 거의 비슷할 정도로 사기꾼이 된 것은 그런 신념 때문인 것 같다. 그래도 옛날 자신들의 가부장적 평판 뒤에 숨으려고 많은 타타르인들은 외모상으로 타타르인의 전형적인 멋을 간직하는 것은 필수라고 생각한다. 그래서 황금색 장식끈으로 꾸며진 점퍼를 걸친 타타르인들을 곳곳에서 볼 수 있다.

문명적 차원의 변화 중 제일 눈에 띄고 유익한 것은 남부해안의 타타르 여자들에게 일어난 변화이다. 그렇지 않아도 이곳의 타타르 여인들은 은둔 생활방식에 대한 취향이 별로 없었는데, 지금은 차도르를 완전히 포기하고 외간 남자들 눈앞에서 얼굴이 노출된 채로 우리 러시아 아낙네들처럼 마음대로 돌아다닌다. 이런 경향이 특히 눈에 띄는 시기는 고달픈 타타르식 금식 기간인 라마단, 혹은 타타르말로 우라자(ypaзa)가 끝나고 모든 타타르 여인들이 화려한 차림을 하고 한꺼번에 밖으로 몰려나오는 이드 알아드하[10] 때다. 솔직히 말하면, 내 눈에 그 타타르 부녀자들의 화려한 겉옷[11]과 줄무늬 숄들은 그녀들보다 훨씬 예뻐 보였다.

그래도 남부해안 타타르인의 도덕은 '얄타 문화'로부터 해로운 영향을 아직까지 받지 않았다. 나는 그들에 대해서 우리 러시아인들에게, 특히 원래 칭찬에 인색하고 기독교인이 아니라면 더욱더 그렇지만, 그 대신 편견이 없고 관찰이 정확한 일반인들에게 많이 물어보았다. 모든 사람들이 한결같이 대답하는 얘기는 "타타르인은 믿음직한 사람이다. 절대 속이지 않는다"였다. 러시아 마부나 석공들은 각자 땅, 말, 황소를 가진 타타르인들의 풍요로운 생활을 부러워하면서 말한다. "그들 중에는 우리 러시아인처럼 술꾼과 욕쟁이들이 없고, 러시아인처럼 무례한 놈도 없고, 모두 다 마치 형제처럼 사이좋게 살고 있다"라고 러시아 농민이 나에게 솔직히 말하기도 했다.

나는 평민 타타르인 집에 손님으로 방문한 적이 있는데, 깨끗하고 깔끔한 그의 살림살이에 많이 놀랐다. 그 타타르인은 나의 옛날 친구인 베키르, 변함없는 '수루지', 예전에 깊은 산속을 방황할 때 나를 안

---

10 〔역주〕 이드 알아드하(*Eid al-Adha*) : 이슬람력 12월 10일에 지내는 이슬람 축제이다. '희생의 금식'이라는 뜻을 지닌다.

11 〔역주〕 카프탄과 비슷한 모양의 베쉬메트(бешмет)를 말한다.

내했던 얄타의 '키 큰 베키르'만큼 잘 알려져 있는 '작은 베키르'였다. 약 10년 전에 그는 마가라치에 있는 나의 별장에서 살면서 청소부, 중개인, 마부 일을 했는데, 매일 산으로 5~6베르스타 거리를 뛰어다녀야 했던 여러 가지 심부름의 대가로 한 달에 15루블을 받았다.

어떻게 된 일인지 그가 나를 위해 일한 후에 그에게 아주 큰 행운이 찾아왔고, 그의 동양적 상상력은 삶에서 일어난 우연한 행운을 내 이름과 연관지었다. 베키르는 나에게 특별한 애착을 느꼈다. 누군가가 그에게 그의 이름이 《크림반도 견문록》에 나온다고 이야기해 주자, 그는 자신을 엄청나게 중요한 인물로 생각하면서 의기양양하였다. 그러던 중 그는 가난한 일꾼에서 목재업자와 주인으로 변신했다.

그와 연락이 끊긴 상태에서 나는 크림반도를 떠났는데 역마차를 타고 얄타에서 알루슈타로 출발하는 이참에 그의 생각을 하지 않고 있었다. 나는 생각에 잠겨 앉아 있었는데, 갑자기 웬 타타르인이 필사적인 외침으로 마차를 멈춰 세웠다. 마부는 당황하면서 나를 돌아보았고, 신작로에서 웬 타타르인이 나에게 덤벼들어 인사할 틈도 없이 막 나를 안고 입을 맞추며 더할 수 없는 행복한 미소를 지으면서 내 손을 잡아 흔들었다. 나는 그렇게 베키르와 조우했다.

그때부터 그는 나와 내 가족을 거의 매일 방문했는데, 매번 자기 과수원에서 자라는 복숭아, 배, 호두를 갖다 주고, 나에게 줄 포도를 가져오려고 뛰어다니며 마을에서 말들을 데려오곤 했다. 그는 내 별장의 거실로 거리낌 없이 들어와서 타타르 관습대로 모자를 벗지 않은 채 더러운 손으로 나와 내 아내와 악수했고, 품위가 넘치게 안락의자에 앉았다. 우리가 차를 마시고 있으면 그는 차를 마시려고 앉았고,

점심을 먹고 있으면 우리와 같이 점심을 먹으려고 앉았는데 자기에게 빼앗길 수 없는 평등의 권리가 있다는 완전한 확신을 가지고 있었다.

"당신은 이제 나의 형제입니다."

그는 말했다.

"그래서 나는 당신을 위해 무슨 일이든 하겠습니다. 원하시면 우리 집에서 살아도 됩니다. 나는 돈을 전혀 받지 않을 것이고, 원하시면 내 아들 세이드 빌랼(Сеид-Билял)을 데려가서 급료를 주지 않고 하인으로 써도 됩니다. 그 애는 좋은 소년입니다. 어른보다 똑똑하고 당신을 위해 모든 일을 할 것입니다."

베키르는 내가 그의 집을 방문해서 지금 얼마나 잘사는지 봐 달라고 집요하게 요구했다. 라마단이 끝난 후 나는 그의 집을 방문하기 위해 얄타에서 약 4베르스타 거리로 떨어져 있는 아이바실(Ай-Василь)로 그와 같이 걸어서 출발했다. 베키르는 무슨 이유에서인지 아이바실로 가는 길이라고 주장하며 산에서 쏟아져 내려오는 빗물로 불어난 개울의 돌들을 염소처럼 뛰어넘었는데 나도 마지못해 그를 따라 할 수밖에 없었다. 다행히 이 개울을 따라가는 길은 호두나무 과수원이 끊임없이 그늘을 만들어서 9월 말임에도 돛천을 뚫고 내리쬐는 크림의 뜨거운 햇볕으로 크게 고생할 필요는 없었다.

우리가 아직 산길을 가는 동안 베키르는 갑자기 멈춰 서서 승냥이 눈 같은 작은 눈으로 숲의 여기저기를 돌아보면서 몇 베르스타 밖에서도 알아들을 수 있는 무섭고 날카로운 목소리로 갑자기 마메드(Мамед)와 세이드 빌랼을 부르기 시작했다. 그렇지만 그의 격렬한 외침에 아무도 대꾸하지 않는 것을 보니 그의 아들들은 아마 깊은 숲속에 있었던 모양이다. 베키르는 새 집이 호두나무들과 뽕나무들 아래에 숨겨져 있는 절벽으로 스스로 올라갈 수밖에 없었다.

늙수레한 타타르 여자인 베키르의 부인이 집 앞에서 식기를 닦으면서 부산을 떨다가 우리를 보고는 말없이 가 버렸다. 베키르는 화가 난 듯이 그녀를 향해 고개를 흔들고 의기양양한 미소를 지으며 나를 데리고 계단으로 올라가기 시작했다.

"보십시오, 베키르는 이제 이런 집을 가지고 있습니다."

그는 나에게 방들을 하나하나 보여 주면서 내가 감탄하는 표정을 짓기를 기대하며 나에게 눈을 떼지 않는 채 말했다.

"집에 돌아가시면 베키르가 어떤 집에 살고 있는지 얘기하세요."

이런 것을 떠나 베키르의 집은 정말 마음에 들었다. 놀랄 정도로 깨끗했다. 바닥은 옻칠한 듯이 노란색 진흙을 눌러 만들어졌는데, 어디에도 티끌 하나 없었다. 거실에는 빈틈없이 작은 카펫들이 깔려 있었고, 곳곳에 옥양목, 비단 심지어 금란(*brocade*) 베갯잇들이 씌워져 있는 매트리스와 쿠션들이 놓여 있었다. 벽에도 알록달록한 펠트와 코니스를 대신하는, 무늬를 수놓인 수건들이 열을 지어 있었다. 신발을 벗고 이 아늑하고 부드럽고 작은 방으로, 그곳의 카펫들과 쿠션들 위로 들어가면 기분이 정말 좋았다. 이 방에는 벽난로 같은 것은 흔적도 없지만 베키르와 아들들이 같이 겨울 내내 여기서 잔다.

베키르도 얄타 문화의 영향을 받아서 거실에 러시아 손님들 위한 의자[12] 3개를 마련해 놓았는데, 나는 그 위에 앉는 것을 거절했다. 베키르

---

12 〔역주〕 업체에서 제작한 의자(тонетовские стулья)를 말한다.

는 자신의 유럽식 취향을 나에게 제대로 과시하기 위해 옷걸이에 걸려 있던 도시에서 유행하는 모양의 코트를 나에게 보여 주려고 가져왔다.

"이제는 장화도 신을 거예요. 장화도 주문했어요!"

스스로 만족스런 웃음을 지으며 곁눈으로 조금 부끄러워하듯 방금 구두를 벗은 자신의 맨발을 보면서 그는 덧붙였다.

"타타르식은 이제 필요 없어요. 모든 것을 러시아식으로 하면 돼요."

그는 부연 설명을 했다.

"러시아 집, 러시아 옷… 타타르는 이제 러시아처럼 됐어요."

베키르 부인의 조카인 귀엽고 눈이 큰 소년이 아쉽게도 타타르 블랙 커피가 아닌, 설탕 탄 러시아 차를 가져왔다. 차와 함께 있었던 은제 스푼들을 보면서 베키르는 자랑스러운 표정을 숨길 수 없었다. 진짜 타타르식인 것은 납작빵뿐이었는데 오히려 그것에 대해 베키르는 즉시 사과했다.

"당신이 오실 것을 미리 알았다면 러시아식 흰 빵[13]을 샀을 텐데요."

자신이 모든 얄타식 예의를 잘 알고 있다는 것을 보여 주려고 그는 진지하게 말했다.

심지어 베키르의 부엌, 즉 난로가 있는 유일한 방, 그의 아내가 잠을 자고, 살림살이와 관련한 모든 사소한 갈등이 벌어지는 그곳은 믿기지 않을 정도로 깨끗했다. 타타르인의 그런 청결은 우리 러시아인들에게 아주 교훈적이다. 그렇게 결벽을 좋아하는 마음과 방을 꼼꼼

---

13 〔역주〕 러시아식 흰 빵의 원어인 프란촐(франзоль)은 칼라치(калач)의 오데사 방언이다.

히 꾸미는 습관, 타타르인 가구들의 우아함과, 나아가 작은 사치스러움에는 인간으로서 자신의 품격에 대한 존경, 남들과 평등하게 살 권리에 대한 믿음이 드러난다. 그리고 정말로 이들처럼 윗사람이나 아랫사람과의 관계에서 소탈함과 자연스러운 자유가 더 넘치는 다른 민족은 찾기 어려울 것이다.

얄타군의 타타르인들은 새로운 징병제도가 도입되었을 때 일어난 폭동으로 터키로 이민 간 경우가 거의 없었다. 징병 차례가 된 청년들 중 일부는 무서워 도망갔지만, 결국 그들 대부분이 돌아왔다. 얄타 타타르인은 살기 편하고 더 좋은 것을 찾을 필요가 없다. 대체로 이들은 억압당하지 않고 살고 있다. 지방자치단체, 치안법원은 타타르인들에게 아주 인기가 높고, 내가 알고 있는 대부분의 사건들을 보면, 이 기관들은 타타르 시민들에 대한 업무 집행에서 아주 계몽적 원칙을 유지하고 있다.

타타르인들이 목소리를 크게 내며 불평하는 것이 딱 하나 있는데 그것은 대지주에 의한 속박이다. 내가 얄타에 있는 동안에 타타르인들과 모르드비노프 백작 간의 갈등을 해결하려고 바이다르스카야 골짜기(Байдарская долина)에 고급관리들로 구성된 위원회가 파견된 일도 있었다. 재판을 통해 한 지역 땅이 모르드비노프 백작 소유라는 판결이 내려졌는데, 타타르인들은 고집스레 그것을 계속 자기 것으로 생각하고 있었다. 이와 마찬가지로 얄타 인근 타타르인들은 보론초프 공작에 대한 불만이 많았는데, 그들이 확신하는 바에 따르면, 그는 자기가 산 상층(Верхняя) 마산드라에서 많은 타타르인들을 부당하게 쫓아냈고, 이에 더해 합법적 소유권을 가진 옛 주인들이 절대 판 일이 없는 땅도 무단으로 점유했다고 한다. 그런데 타타르인들이 제일 억울하게 생각하는 것은 그가 물을 장악한 것이다. "우리의 물을 공작이 다 가지고 갔다!"라고 그들은 불평했다.

지주에 대한 불만이 특히 커서 타타르인 강제이주 원인을 조사하려고 정부가 보낸 관료에게 타타르인들은 큰 소리로 자신들의 불만을 표했다고 나는 들었다. 오랜 기간 동안 고집을 부린 타타르 거주자들과의 갈등 끝에 보론초프 공작이 사들인 공작의 소유지와 이것을 둘러싸고 이어지는 아주 긴 산책로와 이제는 텅 빈 옛 마산드라 마을은 어쨌든 아주 슬픈 인상을 준다. 우리가 크림반도에서 바랄 수 있는 것은 이런 것이 아님이 틀림없다. 대농장(латифундии) 들이 이미 얼마나 많은 강국들을 망하게 만들었고, 심지어 영국처럼 강력한 국가조차 내부에서 무너뜨리는 역할을 했는데, 크림반도에서는 이런 일이 절대 필요하지도 않고, 일어나지도 말아야 한다.

담배재배와 과수업이 주산업인 이 지역에서 조금이라도 더 생산적으로 토지를 경작할 수 있는 것은 오직 소규모 농업뿐이다. 과수원들은 아름답지만 시민들은 거기서 별로 수익을 얻지 못하고 있다. 그것들은 대부분 여러 가지 분수와 인공폭포가 줄줄 흐르는 시적인 소리를 만들어내고, 잔디와 꽃밭에 살수하기 위해 생산에 기여하지 않고 손실되는 엄청난 양의 물을 요구하는데, 이것 때문에 아주 풍부한 수역과 제일 좋은 땅도 농업에 사용할 수 없게 만든다.

데레코이, 아이바실, 아우트카에 사는 타타르인들을 구속하는 상황이 하나가 더 있다. 그곳의 타타르인들은 무슨 이유에서인지 자신들의 모든 숲을 국고에 빼앗겼다는 확신을 가지고 있다. 나는 그 이상한 사정에 무척 흥미가 생겨서 그것에 대해 조사해 보았다.

내가 알게 된 것은 훨씬 흥미로우며 훨씬 즐거운 것이었다. 전문적이거나 일반적이거나 우리 문헌들에서 삼림벌채 문제를 해결할 수 있는 방안을 찾으려 노력하고, 정부와 학회에서 위원회를 만들어 회합하며, 많은 발언이 행해지고 채권자 모임이 지정되던 그 시간에 이 문제는 은밀하게 정부에 의해 벌써 해결되었고, 그것도 우리 중 아무도 감히 생각하지 못한 결단적이고 극적인 방법으로 해결됐다는 것이 갑자기 드러났다.

크림반도 남부의 3개 군(심페로폴, 얄타, 페오도시야)의 공유 및 사유의 모든 숲들은 정부의 특별 지시에 따라 지방자치단체의 특별 소유가 되고 국가 삼림관리소의 특별 관할하로 들어갔다. 삼림관리소들은 숲들을 규칙적 구획들로 나누어 오직 일정한 나이의, 일정한 햇수의 기간을 두고 지방자치단체 승인을 받은 후 벌채 허가를 받도록 했다.

그런 극단적 대책이 크림반도의 경제적 풍요와 기후, 시민들의 건강을 위한 구원의 방편이 될 가능성이 크다. 오래전에 삼림벌채는 시민의 개인 의지에 제약을 가하는 것을 포함하여 국가 및 사회의 높은 수준 이익의 관점에서 바라봤어야 했고, 개인이 자의적으로 나라의 장래를 파괴시키는 권리를 빼앗았어야 했다. 크림반도에 적용된 대책은 최소한 러시아 스텝과 흑토지대 주까지 필수적으로 확대되어야 한다.

이런 대책을 마련하게 된 주원인은 크림 강들이 눈에 띄게 수량이 줄어든 것이었지만, 다른 상황도 크게 도움을 주었다. 차르 가족이 리바디아에 체류할 때 주변 숲과 산은 귀족들이 가장 좋아하는 산책 코스가 되었다. 구름 저편의 높은 곳에 매혹적인 에리클리크 궁전(дворец

Эриклик)이 만들어졌고, 그곳으로 올라가는 길에 있는 산속 목초지 가운데 차르의 화려한 목장이 지어졌다. 아름다운 신작로가 멀리 떨어진 그 시원하고 고독한 은신처들을 리바디아와 연결시켰다. 그다음에 똑같이 아름다운 신작로가 우찬수폭포와 옛날 성의 폐허까지, 드디어 크림의 알프스산맥인 야일라 꼭대기까지 건설되었다.

이 귀중한 건설 프로젝트는 정말로 다른 데서 사례를 찾아볼 수 없는 편의를 제공해 준다. 여행자는 이제 마차를 타고 속보로 4,000피트 이상의 높이까지 오르고, 편도로 22베르스타를 올라가면서도 특이하게 경사가 완만하기 때문에 산에 오르는 것을 거의 느끼지 않으면서 비할 데 없는 원시적인 숲들, 사람 손이 닿지 않은 절벽들의 모습과 바다, 야일라 그리고 남부해안을 굽어보는 황홀한 전망을 즐길 수 있다.

얄타와 리바디아를 둘러싼 아름다운 자연에 그런 관심을 가지게 되면 이렇게 아름답고 소중한 숲들을 벌채하고 주변의 최고 풍경들을 발가벗겨 버리는 타타르인들의 야만적 벌목 습관에 주의를 기울이지 않을 수 없는 것이 당연하다. 그렇지 않아도 얼마 전까지 야일라 꼭대기로 가는 수십 베르스타의 길을 따라 서 있던 표현할 수 없이 아름다운 우산소나무들의 검은 열주들이 사라져 버렸다.

성스러운 어둠과 성스러운 정숙이 가득한 예전의 숲이 고스란히 남아 있는 곳은 우찬수폭포와 멀지 않은 곳과 거기서 조금 더 나아가 아이페트리산(Ай-Петри)으로 가는 길인데 이제는 그곳에서 벌채하는 것이 금지되었다. 거기에는 40아르신 높이의 기념탑처럼 잘 정렬된 소나무들이 가파른 경사면을 오르락내리락하며 장식하고 있다.

기쁨과 행복에 가득 찬 청년같이 설레는 마음으로 나는 그 말없는 거인들의 발밑에서, 숲이 만들어 놓은 녹색 천막들의 행렬 안에서 대담한 크림 말을 타고 산을 올라가고 있었다. 나처럼 기분이 좋은 젊은이 무리도 같이 가고 있었다. 아이페트리 산꼭대기까지 가서 폭풍들이 쏠아 놓은 날카로운 절정에서 바다와 남부해안의 광활한 아름다움을 보기 위해 우리는 말에서 내리는 일이 거의 없이 왕복으로 56베르스타의 길을 갔다.

바람은 우리를 절벽에서 떨어뜨릴 듯이 강하게 불었고, 서둘러 집으로 가야 할 구름들이 몰려들었다. 우리는 서로를 보지도 못한 채 앞으로 달리고 있었고, 우리와 같이 날아가듯이 빠르게 달리고 있던 빈틈없는 하얀 김에 둘러싸여 있었다. 그 대담한 질주를 하는 동안과 산속에서 방황하는 동안에는 우리의 청춘을 되찾게 되고, 자기 몸과 마음을 생활의 걱정거리로 건조하게 만드는 나쁜 영향으로부터 우리를 지키게 된다.

크림을 호흡하는 사람은 삶의 기쁨을, 시의 기쁨을, 장수를 호흡하는 것이다. 할 수 있는 사람은, 아직 시간 있는 사람은 크림반도로 서둘러 가길 바란다.

부 록

크림반도의 자연환경과 역사*

1. 크림반도의 자연환경

1) 개 황

크림반도의 면적은 약 2만 7,000km²이고, 인구는 약 230만 명이다. 크림반도 인구의 민족 구성은 2011년 기준으로 러시아인 58.5%, 우크라이나인 24.4%, 크림타타르인 12.1%, 기타 소수민족 5% 정도다. 크림반도에 거주하는 소수민족으로는 벨라루스인, 그리스인, 아르메니아인, 크림차크인, 크림카라이트인, 아슈케나지 유대인, 크림독일인 등이 있고, 약 5,000여 명의 고려인이 크림반도 중부와 북부에 거주하고 있다.

---

* 〔역주〕 이 부록은 위키피디아를 비롯한 인터넷상의 자료와 다양한 크림 안내서를 참고하여 작성했다.

2) 명칭의 기원

그리스 시대에 크림반도의 명칭은 '타우리스'(Tauris) 혹은 '타우리카'(Taurica)였다. 이 명칭은 크림반도에 거주하던 스키타이 키메리아 주민을 뜻하는 '타우리'에서 따온 그리스어 '타우리케'(Ταυρική)에서 온 것이다. 그리스 시대 또 다른 이름은 '키메리아'(Κιμμερία)였다. 스트라보나 프톨레미 같은 역사가들이 이 명칭을 사용했다. 케르치해협은 '키메리코스 보스포루스'(Κιμμερικὸς Βόσπορος)라고 불렸다.

크림이라는 명칭이 처음 사용된 것은 14세기 초반 아랍 역사가 아부 알 피다(Abū al-Fidā)가 "벤 적의 목을 크림으로 보냈다"라고 기록하면서부터다. 이탈리아에서는 크림타타르를 키림(Kirim, Qırım)이라고 불렀는데, 이는 당시 금칸국의 수도였던 스타리크림(Старый Крым)에서 유래한 것이다. 결국 수도 이름이 반도 전체 이름으로 확대되었다. 터키어 명칭인 키림(Kırım)은 '벽'을 뜻하는 몽골어에서 유래한 것으로 추정된다.

근대 이후 영어권에서는 이탈리아어 명칭인 '크리미아'(Crimea)를 그대로 차용해 사용했고, 크림칸국을 '크림타타리'(Crim Tartary)라고 불렀다. 20세기 들어와서는 'the Crimea' 대신 관사가 없는 'Crimea'가 주로 쓰였다. 근대에 들어와 크리미아라는 명칭이 고대 명칭인 '타우리반도'(Tauric Peninsula)를 대신하여 쓰였다. 하지만 크림반도를 복속한 제정러시아는 행정구역 명칭으로 '타브리다 총독 지방'(Таврийдская губерния)을 썼다. 현재 러시아어로는 '크림'(Крым), 우크라이나어로는 '크림'(Крим)이 쓰인다.

크림반도는 스텝과 해양이 만나는 중간 지점이다. 남부해안 지역은 고대로부터 그리스, 페르시아, 로마, 비잔틴, 크림고트족, 제노아, 오스만터키가 차례로 장악했었다. 우크라이나 스텝과 연결되는 내륙지역은 키메리아족, 스키타이족, 사르마티아족, 고트족, 알란족, 불가르족, 훈족, 하자르족, 킵차크족, 몽골족, 금칸국이 점령했었고, 15~18세기에는 크림칸국이 번성했다.

예카테리나 여제(Екатерина II Великая) 때 러시아·터키전쟁(1768~1774)을 승리로 이끈 러시아는 1783년 크림반도를 복속시켰다. 예카테리나 여제는 크림반도를 러시아 왕관의 보석으로 비유하기도 했다. 소련시대 크림반도는 러시아연방공화국 내의 자치공화국이 되었으나, 2차 세계대전 중 지위가 주(州)로 격하되었다. 독일군에 협력한 혐의로 원주민인 크림타타르족 전체가 중앙아시아와 시베리아로 강제 이주되었다가 우크라이나 독립 후 귀환하기도 했다. 1954년 흐루쇼프는 페레야슬라브 조약 300주년을 맞아 크림반도를 우크라이나 공화국으로 이전시켰다. 우크라이나 독립 후 크림반도는 1996년 자치공화국 지위를 획득했으나, 2014년 3월 우크라이나의 야누코비치 친러 정권이 무너지면서 러시아연방에 합병되었다.

3) 지 리

크림반도는 흑해 북부 연안의 반도로 흑해와 아조프해에 둘러싸여 있는 마름모꼴 지형이다. 우크라이나 본토의 헤르손주와 페레코프지협으로 연결되어 있고, 2017년 개통된 다리로 러시아 본토의 쿠반주와 연결된다. 페레코프지협(Перекопский перешеек)은 폭이 5~7km에 불과해서, 이 지역을 차단하면 크림반도는 거의 섬 같은 상황이 된다.

크림반도 왼쪽으로 흑해 건너에는 루마니아, 맞은편에는 터키, 오른쪽에는 조지아가 위치해 있다. 흑해와 아조프해를 잇는 케르치해협 북쪽에는 좁은 띠 모양의 육지인 아라바트 스핏(Арабатская коса)이 아조프해와 분리된 긴 석호인 시바쉬를 만들고 있다. 크림반도는 전체적으로 마름모 모양이지만, 동쪽의 케르치반도가 길게 뻗어서 쿠반주의 타만반도와 마주보고 있다. 2018년 두 반도를 잇는 총연장 19km의 4차선 다리가 완공되어, 러시아 푸틴 대통령이 러시아제 카마즈 트럭을 몰고 이 다리를 건너는 개통식을 했다.

크림반도는 지리 · 기후 · 식생적으로 크게 남부해안 지역, 산악지역, 내륙 스텝지역 등 세 지역으로 나뉜다. 남부해안 지역은 많은 만과 항구가 있고, 아열대기후로 경치가 뛰어나서 제정러시아와 소련시대에 걸쳐 최고 휴양지로 각광받았다. 세바스토폴에서 시작하여 알룹카, 얄타, 구르주프, 알루슈타, 수다크, 노비이스비트, 페오도시야 등 경관이 빼어난 해안과 항구가 이어진다. 해안의 구릉지는 포도농사에 적합해 얄타 인근의 마산드라 등은 와인 산지로 유명하다.

남부해안에서 내륙 쪽으로 8~12km 되는 곳에는 크림산맥이 이어진다. 남쪽의 피오렌테만(Cape Fiolente)에서 시작되어 해안으로부터 급경사를 이루는 산악지형은 600～1, 454m 높이로 이어지며, 웅장한 바위가 산 정상을 이루는 경우가 많다. 남부지역의 우찬수폭포는 크림에서 가장 높은 폭포이다. 산악지역 내륙은 북서쪽으로 완만한 구릉을 이루며 스텝지역이 이어진다. 폰투스카스피(Pontic-Caspian) 스텝의 연장인 스텝지역은 크림반도의 약 75%를 차지한다.

크림반도에는 257개의 크고 작은 강과 개울이 있다. 살기르강, 카차강, 알마강, 벨베크강 등이 대표적이고, 코코즈카강, 인돌강, 초르나야강도 크림타타르족의 생활과 밀접한 관련이 있었다. 가장 긴 강은 살기르강(204km)이고 벨베크강의 수량이 가장 많다. 그러나 여름에 건기가 지속되면서 강의 수량이 급격히 줄어들어 크림반도는 농업용수 상당 부분을 우크라이나 본토로부터 공급받아 왔다. 크림반도에는 50여 개의 호수와 반층(盤層)이 있으나 소금기가 있어 식수나 농업용수로 쓰기에 적당하지 않다.

4) 기 후

크림반도는 온대기후와 아열대기후 사이의 벨트에 위치해 있다. 전체적으로 휴양지로 알맞은 따뜻하고 화창한 날이 많다. 연평균 일조시간은 2,000시간 이상이다. 따뜻한 기후와 소금기 짙은 해풍으로 폐병 등을 치료하기에 좋은 기후 조건을 갖추고 있어서 안톤 체호프를 비롯한 많은 명사들이 크림반도를 찾았다. 크림반도의 북부지역은 온화한 대륙성기후로 짧고 포근한 겨울 날씨와 건조하고 더운 여름 날씨를 보인다. 중부와 산악지역은 대륙성기후와 아열대기후의 전이지대이다. 고도가 낮은 지역은 겨울에도 온화한 날씨이지만, 산악지역은 상당히 춥다. 남부해안 지역은 전형적인 아열대·지중해성 기후로, 온화한 겨울 날씨와 습하지 않은 여름 날씨를 보인다.

1년 평균기온은 10~13도이고, 1월 평균기온은 북쪽이 영하 3도, 얄타 지역은 4도 정도이며, 7월 평균기온은 북쪽이 15.4도, 남부해안은 24.4도이다. 연평균 강수량은 1,000mm가 넘는 곳도 있지만, 크림반도의 88%가 300~500mm라서 늘 물이 부족한 편이다.

5) 경 제

역사적으로 크림반도는 실크로드가 끝나는 곳으로서 아시아에서 온 상품들이 카파(Кафа, 현 페오도시야)를 통해 이탈리아나 중동지역으로 운송되었다. 중앙아시아 내륙지역에서 시작된 흑사병이 유럽에 전파된 것도 카파항을 통해서였다. 남북으로는 발트해나 스칸디나비아 지역과 비잔틴, 중동을 잇은 교역로 역할을 했고, 드네프르강과 볼가강이 상품이 이동되는 주요 수로였다. 현재에도 크림반도에는 12개의 항구가 있다.

크림반도의 경제는 관광산업이 차지하는 비중이 가장 크고, 농업, 식품, 화학, 기계, 금속공업 등이 주산업이다. 연간 관광객은 2012년 600만 명을 넘어섰다가, 러시아 합병 이후 2014년에는 400만 명 이하로 떨어졌으나, 2016년 500만 명 수준을 회복했다. 국제 제재로 외국 관광객과 우크라이나 관광객이 오던 자리를 러시아 관광객이 대신 채우고 있다. 농업은 곡물, 채소, 과실 재배 등이 주를 이루고, 남부해안 지역에서는 포도농사와 와인제조가 활발하다. 소와 양, 가금류 사육 등 목축업도 어느 정도 발달되었으며, 소금, 석회암, 반암, 섬록암, 철광석 등도 채굴된다. 남부해안 앞 흑해 연안에서는 원유와 가스 생산이 이루어지고, 새로운 탐사와 채굴이 추진되고 있다.

전체적으로 경제 수준이 낙후되어 2014년 이전에 우크라이나 중앙 정부의 지원을 많이 받았다. 러시아 합병 후에도 중앙정부로부터 매년 200억~300억 달러의 지원을 받고 있다. 크림반도 전체의 연간 GDP는 약 60억~70억 달러이며, 1인당 GDP는 약 3,000달러다.

2. 크림반도의 역사

1) 고대시대

크림반도에는 중생대 시절부터 사람이 살았던 흔적이 남아 있다. 키익코바 동굴에서 발견된 네안데르탈인 유골은 약 8만 년 전의 것으로 판명되었다. 기원전 10세기경부터 크림반도에는 타우리인(Taurians)이라고 불린 원주민들이 살고 있었던 것으로 전해진다. 이들의 기원과 다른 종족과의 연관성은 불분명하다. 이들은 주로 크림반도의 산악지역에 거주하며 가축을 키우고, 농사를 지으며, 바닷가로 나와서는 물고기를 잡아 생활한 것으로 여겨진다. 그리스 역사가들은 이 주민들의 이름을 따서 크림반도를 타우리카(Tautica) 또는 타우리카 헤르소네스(Tauric Chersonese)라고 불렀다.

기원전 7세기경 동쪽에서 온 유목민인 키메리아족이 크림반도로 들어왔다. 기원전 6세기부터 그리스인들은 크림반도 남부해안과 케르치해협, 아조프해에 식민도시들을 건설하기 시작했다. 드네스트르강 하구인 티라스와 남부 부크강 하구인 올비아에 최초의 식민도시가 건설되었고, 다음으로 세바스토폴 서쪽의 헤르소네스, 크림 북동부 해안의 페오도시야, 케르치해협 인근의 보스포르에 그리스인들이 정착했다. 이 식민도시들은 한동안 독자적으로 발달했지만, 기원전 2세기 케르치해협의 식민도시들이 판티카파움의 주도 아래 통합되어 보스포르왕국을 건설하면서 그 세력이 커졌다가 기원전 1세기 로마제국에 통합되었다.

기원전 7세기 스키타이인들이 동쪽에서 이동해 와서 키메리아족을 물리치고 돈강 하류부터 다뉴브강 하구 삼각지까지 넓은 지역을 장악했다. 기원전 7세기부터 3세기까지 스키타이인들은 흑해 연안 그리스 식민도시들과 우호적 관계를 맺으며 활발한 교역을 벌였다. 스키타이인들의 주도 아래 약 5세기 간 크림반도와 우크라이나 남부에 지속된 평화적 시기를 '팍스스키타이'(Pax-Scythia) 라고 부른다.

기원전 250년경에는 유라시아 내륙에서 세력을 뻗쳐 온 사르마티아족(Sarmatians) 이 우크라이나와 크림지역을 장악한다. 여러 페르시아계 부족들의 연합체인 사르마티아족 중 알란족(Alans) 이 주도적 역할을 했기 때문에 우크라이나 지역을 지배한 민족을 알란족으로 부르기도 한다. 사르마티아족은 여성들도 남성들과 함께 전쟁에 참여했기 때문에 그리스 신화에서는 이들을 '아마조네스'로 묘사되기도 했다. 알란족에게 주도권을 내준 스키타이족의 일부는 크림지역으로 남하하여 해안지역에 정착했는데, 이들을 소(小) 스키타이라고 부른다. 이들은 지금의 심페로폴 인근 언덕에 지은 네아폴리스(Neapolis) 를 중심으로 한동안 그리스 식민도시와 교역관계를 유지했다.

기원전 60년경 그리스를 제압한 로마가 흑해지역의 그리스 식민도시와 보스포르왕국도 장악했다. 사르마티아족은 스키타이인들과 마찬가지로 로마와 교역관계를 맺으며 흑해 연안 그리스-로마계 식민도시와 평화를 유지했다. 카프카스 산악지역과 아조프해 사이의 지역을 근거지로 한 알란족은 2세기부터 서쪽으로 이동하여 크림반도로 들어왔다. 이들은 타타르인들이 추푸트칼레라고 부른 크림 내륙의 산악도시 키르크예르에 정착했고 일부는 해안지역으로 진출하여 수그데아(현 수다크)를 건설했다. 유목민인 알란족은 크림반도에 정착한 후 농경민족으로 바뀌고 일부는 기독교를 받아들였다. 이러한 배경으로 알란족은 다른 기독교계 민족들과 쉽게 동화되었고, 크림반도에 로마제국의 보호 아래 그리스-스키타이-사르마티아 혼합 문화를 정착시키는 데 일조했다.

3세기부터 약 400년간 크림반도는 불안정한 시기를 지난다. 250년경 북쪽에서 내려온 고트족(Goths)이 우크라이나와 크림반도를 장악했다. 원래 스웨덴 남부지역에서 발흥한 고트족은 기원전 50년경 발트해 남부지역으로 이동한 후 계속 남하하여 2세기경에는 우크라이나와 흑해지역으로까지 내려왔다. 고트족은 두 부류가 있었다. 서쪽으로 이동하여 로마제국 지역으로 이동한 부족은 서고트족(Visigoths), 우크라이나 지역에 남은 부족은 동고트족(Ostrogoths)이라 불린다. 고트족은 에르마나릭 왕(King Ermanaric, 재위 350~375) 시기에 전성기에 달했으나, 370년경 중앙아시아에서 동진한 훈족(Huns)은 고트족을 물리치고 우크라이나 스텝지역을 장악했다. 훈족이 유럽지역을 공격할 때 고트족은 훈족의 용병이 되어 전투를 치렀다.

이때 훈족을 따라가지 않고 크림반도 내륙에 숨어든 고트족들은 산악지역에 동굴도시들을 건설하고 은신했다. '크림고트족'(Crimean

Goths)라 불린 크림반도에 정착한 동고트족은 비잔틴제국과 우호적 관계를 맺었다. 4세기에 크림고트족은 기독교를 받아들였고, 5세기 초(400년경) 콘스탄티노플 총주교청은 크림반도를 관장하는 고티아 교구를 설치하고 주교를 파견했다. 아시아에서 침입하는 유목민족들에 대항하기 위해 크림고트족과 알란족은 크림 내륙 산악지대에 동굴도시를 건설했다. 동굴도시 중 대표적인 것은 헤르소네스 북동쪽에 위치한 만구프, 키르크예르, 에스키케르멘 등이다.

크림고트족과 알란족은 북방에서 내려오는 아시아계 유목민의 침입으로부터 크림반도 남부의 그리스-로마계 식민도시들을 보호하는 역할을 했다. 7세기에 로마 교회 내에서 우상을 둘러싼 신앙논쟁이 벌어지자 성상을 신성시하는 신자들이 박해를 피해 크림반도로 이주해 왔다. 이들은 동굴도시와 험준한 산악의 절벽 등에 수도원을 세웠는데, 카치칼리온, 인케르만 지역에 세워진 수도원과 바흐치사라이 근교의 우스펜스키 수도원이 대표적 예이다.

크림반도가 비잔틴정교회의 정치·문화적 영향력 아래 남아 있는 동안 우크라이나 스텝지역은 여러 터키계 유목민족의 침입을 받았다. 우티구르족, 아바르족, 불가르족, 하자르족, 마자르족, 페체네그족, 킵차크족이 차례로 스텝지역을 침입하거나 장악했다. 이 유목민족들은 대부분 우크라이나 지역을 거쳐 유럽지역으로 이동했지만, 하자르족은 카스피해에서 우크라이나에 이르는 지역을 장악하고 정착했다. 8세기에 하자르족은 크림반도 동부지역을 장악했고, 수다크는 하자르들의 중심 도시가 되었다.

북쪽에서는 루스족이 세력을 키우며 점차 남하했다. 850년경부터 루스족은 여러 동슬라브 부족과 세력을 합하여 키예프를 근거로 국가적 조직을 만들기 시작했다. 이들이 만든 최초의 슬라브족 국가를 키예프 루스라고 부른다. 키예프공국 중 하나인 케르치해협 동안(東岸)의 트무토로칸공국이 크림지역과 잦은 교류를 했지만, 동슬라브족이 크림반도를 장악하지는 않았다. 루스족은 크림반도를 당시 귀한 상품이었던 소금 공급지로 여겼다.

988년 키예프의 블라디미르(Владимир) 대공이 기독교를 받아들이기 위해 헤르소네스 지역에 직접 내려왔다고 전해진다. 블라디미르 대공은 비잔틴제국에 군사적 원조를 제공하고, 대신 비잔틴 황제의 딸과 결혼하며 기독교를 수용했다. 이런 배경에서 동슬라브족인 러시아인, 우크라이나인, 벨라루스인에게 크림지역은 정신적, 신앙적으로 특별한 의미를 갖는 역사적 지역이 되었다.

약 200년간 키예프를 중심으로 한 우크라이나 내륙지역은 키예프 루스가 장악했지만, 변방지역은 터키계 유목민족의 침탈을 받았다. 이 유목민족들 중 킵차크족[1]은 우크라이나 동남부지역과 크림반도 내륙지역을 장악했다. 킵차크족은 키예프 루스와 전쟁을 하기도 했지만, 우호적 교역관계를 유지한 시기가 더 길었다. 킵차크족은 크림반도의 얄타와 수다크 항구를 통해 비잔틴제국과 활발한 교역을 벌였다. 비잔틴제국에서 들어온 물품들은 킵차크족이 장악한 스텝지역을 통해 키예프로 운송되었고, 다시 여기서부터 노브고로드로 운송되어 발트해와 스칸디나비아 지역까지 교역로가 이어졌다.

---

1 〔역주〕 킵차크족(Kipchaks) : 슬라브 어원으로는 폴로베츠족(Polovtsians)이다.

2) 몽골 침입과 크림칸국

칭기즈칸 영도 아래 세력을 통합한 몽골족이 중앙아시아를 거쳐 우크라이나 지역으로 진격하면서 키예프 루스는 큰 위기를 맞았다. 1222년 몽골군 선발대가 크림반도로 들어와 수다크 항구를 공격하고 유린하는 사태가 벌어졌고, 1223년 다시 침입한 몽골군을 맞아 키예프 루스-킵차크 연합군이 칼가강에서 큰 전투를 치렀으나 몽골군에게 완패하고 말았다. 몽골군은 키예프로 진격하지 않고 회군했지만, 1238년 칭기즈칸 손자인 바투가 이끄는 2만~14만 명에 이르는 대군이 다시 킵차크가 장악한 스텝과 우크라이나 지역을 공격했다. 1240년 말에 몽골군은 키예프를 함락하여 유린한 다음 폴란드와 헝가리 지역으로 진출했다.

그러나 1242년 바투는 몽골 대칸의 후계 문제로 유럽 공략을 포기하고 회군했다. 바투는 카스피해 연안의 사라이(Saray)를 근거지로 하여 금칸국(Gorden Horde)을 건설하여 중앙아시아와 우크라이나, 동유럽 지역을 장악한 후 조공을 받아들였다. 이러한 상황에서 크림 해안지역의 비잔틴 영향력은 쇠퇴하고 대신 이탈리아의 상업도시인 베네치아와 제노아가 상업 식민지를 건설했다. 금칸국은 수다크 북쪽의 에스키크림(Эски Крым)을 근거지로 크림반도를 장악했지만 크림을 무역중심지로 변화시켰다. 크림반도는 이른바 팍스몽골리아(Pax-Mongolia)를 바탕으로 중국에서 유럽과 중동지역으로 이르는 무역로의 중심지가 되었다. 중국에서 출발하여 중앙아시아를 거쳐 카스피해의 사라이에 이른 상품들은 아조프해 지역을 거쳐 크림해안 항구에 들어온 후 여기서부터 지중해지역과 터키, 중동지역으로 운송되었다.

이때 중심적 무역항 역할을 한 것이 카파이다. 15세기 후반에 카파 인구는 7만 명에 이르렀고, 비잔틴 그리스인, 슬라브인, 블라흐인,[2] 유대계 부족인 크림차크인(Krimchaks)과 카라임인 등이 모여 살았다. 특히 11세기부터 카프카스 서부 근거지를 떠나 크림반도로 들어온 아르메니아인들은 큰 집단을 이루며 살았다. 아르메니아 본토가 셀주크 터키에 의해 점령당하자 아르메니아인들이 크림반도 동부해안 지역으로 대거 이주하여 한때 카파 인구의 3분의 2를 차지하기도 했다. 아르메니아인들이 대거 유입된 후 크림반도는 '해양 아르메니아'(Armenia Maritime) 또는 '대아르메니아'(Armenia Magna)로 불리기도 했다.

그러나 카파의 주도권을 장악하고 교역을 주도한 것은 천여 명에 이르는 제노아 상인들이었다. 이들은 중국에서 건너오는 비단과 향신료의 교역으로 큰 이익을 얻었고, 우크라이나 스텝지역에서 생산되는 곡물, 꿀, 생선 등도 교역했다. 특히 카파에는 내륙지역에서 잡은 노예들을 중동지역으로 수출하는 큰 노예시장이 있었다. 14세기 중반 유럽을 휩쓸어서 유럽 인구의 3분의 1 내지 4분의 1을 절멸시킨 흑사병도 중앙아시아에서 발원하여 카파항을 통해 지중해 지역으로 전파된 것으로 알려져 있다. 제노아인들은 크림 지명을 이탈리아식으로 바꾸어 놓기도 했다. 카파를 비롯하여 솔다이아(Soldaia, 현 수다크), 루피코(Lupico, 현 알룹카), 쳄발로(Cembalo, 현 발라클라바), 체르치

---

2 〔역주〕 블라흐인(Vlachs) : 로망스어를 사용하는 동유럽 민족으로, 루마니아와 몰도바인의 조상이다. 일부 학자들은 다키아인(Dacians)이 블라흐인의 기원이라고 본다. 블라흐인들은 동유럽 여러 지역과 흑해 연안 지역에 흩어져 거주했다.

오(Cerchio, 현 케르치) 등이 대표적 예다.

14세기 후반 비잔틴의 압제를 피해 크림반도로 온 그리스계 이주민들이 이전에 고트족들이 건설한 만구프 동굴도시 지역을 차지하고 테오도로(Theodoro) 공국을 건설했다. 15세기에 이들은 바흐치사라이와 흑해 해안 중간 지점인 도로스를 중심으로 흑해 연안 지역까지 영향력을 확대했다.

15세기 중반부터 금칸국의 세력은 크게 약화되었다. 북쪽에서는 세력을 강화한 리투아니아가 우크라이나와 흑해지역으로 내려왔고, 중앙아시아에서는 칭기즈칸 후계자를 자처한 티무르가 세력을 급격히 확장했다. 1440년대부터 금칸국의 변방지역에는 2개의 칸국, 즉 카잔칸국(Kazan Khanate)과 크림칸국(Crimean Khanate)이 형성되었다. 볼가강 중부지역에는 카잔칸국이, 크림반도에는 크림칸국이 독자적 세력으로 등장했다. 1502년 금칸국이 멸망하자 카스피해 지역에는 아스트라한칸국(Astrakhan Khanate)이 등장했다. 이 세 칸국은 금칸국이 지배하며 조공을 받아들인 지역으로부터 계속 조공을 받으려고 노력했다. 카잔칸국과 아스트라한칸국은 모스크바공국으로부터, 크림칸국은 우크라이나 지역과 리투아니아로부터 조공을 받았다.

크림지역은 금칸국 시절부터 칸 후계 투쟁에서 밀려난 몽골 귀족들의 피란처가 되었다. 이미 14세기 후반에 에스키크림(현 스타리크림)을 근거지로 크림반도에 독자적 정치체제를 설립하려는 시도가 있었고, 15세기 중반 하지 기레이(Haji Giray, 재위 1441~1466)가 독자적 칸국을 건설하는 데 성공했다. 하지 기레이는 칸 후계 투쟁에서 밀려난 후 일시적으로 리투아니아 대공국에 피신했다가 크림타타르인들이 그를 지도자로 초빙하면서 1430년 말 크림반도로 들어와 지도자 자리에 올랐다. 하지 기레이는 약 300년간 크림칸국을 이끈 기레이 왕조의 시조가 되었다.

그러나 크림칸국은 출범한 지 얼마 되지 않아 비잔틴제국을 멸망시킨 오스만터키의 영향력 아래 들어가게 되었다. 1453년 콘스탄티노플을 점령한 술탄 마호메트 2세는 흑해 북쪽으로 진출하여 흑해를 '오스만제국의 호수'로 만들려고 했다. 1475년 흑해 남부해안에 상륙한 오스만터키군은 만구프의 테오도로공국을 점령하여 복속시켰다. 술탄은 해안지역의 제노아 상인들을 몰아내고 주요 무역항을 직접 관할했다. 오스만터키의 후원 아래 카파는 동유럽에서 가장 번성하는 도시 중 하나로 성장했다. 오스만터키는 기레이 왕조를 복종시켜 크림칸국을 봉신국으로 만들었다.

멘글리 기레이(Mengli I Giray, 재위 1478~1515)는 오스만터키의 도움을 받아 크림칸국의 왕좌를 차지했다. 멘글리 기레이는 1502년 금칸국의 수도였인 사라이를 점령한 다음 자신을 '금칸국과 킵차크 스텝의 대칸'로 칭하며 크림칸국이 금칸국의 후계자임을 내세웠다. 크림칸국은 16세기에 전성기를 맞는다. 사힙 기레이(Sahib I Giray, 재위 1532~1551), 데블레트 기레이(Devlet I Giray, 재위 1551~1577), 가지 기레이(Gazi II Giray, 재위 1588~1608) 등 세 지도자는 오스만터키와 우호적 관계를 맺고 안정과 번영을 구가하며 흑해와 아조프해 북쪽 스텝지역을 확고히 장악했다.

새로 부상한 모스크바공국이 1570년대에 카잔칸국과 아스트라한칸국을 정복하면서 금칸국의 영역을 장악하려던 크림 칸들의 꿈은 무산

되었다. 크림칸국 수도도 에스키크림에서 키르크예르 지역의 살라치크(현 스타로실라)로 옮겨졌다가 사힙 기레이 시절에 바흐치사라이로 이동했다. 1532년 사힙 기레이는 바흐치사라이에 왕궁과 아름다운 정원, 모스크, 학교 및 기타 시설을 갖춘 궁전을 건설했다. 이때부터 바흐치사라이는 크림칸국의 정치적 · 문화적 중심지가 되었고, 복원된 바흐치사라이 궁전의 상당 부분은 현재까지 보존되고 있다. 크림칸국은 금칸국의 영역을 놓고 모스크바공국과 충돌했지만, 리투아니아와 폴란드의 관계는 경제적 이익이 우선적 관심이었고, 때로는 폴란드와 연합하여 모스크바공국을 공격하기도 했다.

3) 자포로제 코자크와 크림칸국의 종말

우크라이나 지역에서 세력을 키운 자포로제 코자크 세력은 크림칸국과 자주 충돌했다. 우크라이나 지역은 크림칸국의 중요한 수출품목인 노예의 주요 공급지였다. 크림타타르인들의 공격에 대비하여 자신들의 안전과 재산을 지키려고 노력하면서 코자크 세력은 강해졌다. 크림칸국과 자포로제 코자크는 자주 대립하며 긴장 관계를 유지했지만, 서로의 정치적 · 군사적 이해관계가 일치할 때면 동맹을 맺고 폴란드와 싸웠다.

1648년 우크라이나에 흐멜니츠키 반란이 일어났을 때 크림타타르군은 코자크군과 연합하여 폴란드로 진격했으나 폴란드가 술탄을 회유하면서 동맹에서 이탈하여 코자크군을 궁지에 빠뜨렸다. 그 결과 흐멜니츠키는 1654년 러시아와 페레야슬라브 조약을 맺고 크림칸국에 적대적으로 돌아선다.

17세기 후반부터 세력이 약화된 크림칸국은 러시아의 남하정책에 적절히 대응하지 못했다. 러시아의 골리친(ВасилийГолицын) 공은 1687년과 1689년 두 차례에 걸쳐 크림원정을 했다. 실패로 돌아간 이 원정으로 인해 표트르 대제를 대신한 소피아 여제의 섭정(1682~1689)은 끝나고 표트르 대제가 즉위해 직접 남하정책을 지휘했다. 1696년 아조프 전투에서 러시아가 승리하여 돈강 하류를 장악하면서 크림칸국은 아조프해 연안의 영역을 상실했다. 러시아는 크림칸국을 제압하기 위해 이이제이(以夷制夷) 정책을 써서 불교를 신봉하는 몽골계 유목민인 칼믹족(Kalmyks)을 동원하여 크림타타르인들을 공격하게 했다. 이러한 정책은 큰 성공을 거두어 1700년부터 표트르 대제는 크림칸국에 조공을 바치지 않게 되었다.

1709년 폴타바에서 벌어진 스웨덴과 러시아의 전투에서 러시아가 승리를 거두자, 스웨덴 편을 든 코자크 세력은 러시아에 복속되었다. 러시아의 남하에 대항하여 동맹을 맺을 수 있는 코자크군을 잃은 크림칸국은 러시아의 위협 앞에 더욱 약해졌다. 1730년 독일 출신의 크리스토프(Burchard Christoph von Münnich) 장군이 이끄는 러시아군은 바흐치사라이를 공격하여 바흐치사라이 궁전을 불태웠다. 이것은 크림반도에서 러시아가 오스만터키의 영향력을 격파한 최초의 전투가 되었지만 이후 크림칸국은 쇠락의 길을 벗어나지 못한다.

1768~1774년에 러시아·터키전쟁이 발발하면서 러시아의 돌고루키(Долгорукий) 장군은 일시적으로 크림칸국을 점령했으나 러시아에서 발생한 푸카초프의 난을 진압하기 위해 철수했다. 전쟁이 러시아의 승

리로 끝나면서 1774년 러시아와 오스만터키 사이에 맺어진 퀴취크 카이나르카 조약으로 러시아는 오스만제국 내 기독교인들의 보호자 지위를 얻었고,[3] 크림칸국은 오스만터키 영향에서 벗어나 독립적 지위를 얻었다. 러시아는 크림반도와 인접한 헤르손 지역과 케르치를 획득했고, 흑해의 항행권을 얻었다. 드네프르강 하구에서 부흐강 하구에 이르는 우크라이나 남부해안도 보상금을 지불하고 차지했다.

마지막 크림 칸 사힌 기레이(Sahin Giray, 재위 1777~1783)는 칸 즉위 전인 1771년 상트페테르부르크를 방문하여 예카테리나 여제로부터 융숭한 대접을 받고, 귀로에 2만 루블의 현금과 금으로 만든 칼을 선물로 받았다. 크림칸국의 독자적 지위를 둘러싸고 러시아와 오스만터키의 분쟁이 일어나자, 사힌 기레이는 1783년 자발적으로 칸의 지위에서 물러나 모든 권리를 러시아에 양도했다. 그리하여 러시아는 오랜 숙원인 흑해 북부 해안지역 아조프해 지역과 크림반도를 수중에 넣게 됐다.

4) 러시아제국 내의 크림반도

1783년 크림칸국이 러시아에 완전히 복속되자 예카테리나 여제는 크림반도를 이미 러시아가 장악한 우크라이나 남부지역과 통합하는 작업에 착수했다. 예카테리나 여제는 오데사를 비롯한 흑해 연안과 크림반도를 '차르 왕관의 보석'이라고 부르며 새 영토에 대한 애착을 드러내고 흑해지역으로의 진출을 자랑스러워했다. 예카테리나는 1787년 1월부

---

3 〔역주〕 이 조항은 크림전쟁 발발의 주요한 요인 중 하나가 되었다.

터 7월까지 '새러시아'(Новороссия) 지방과 크림반도를 시찰했다. 이때 여제를 수행한 포템킨(Потёмкин)은 그녀에게 급조한 마을을 보이기 위해 이른바 '포템킨 마을'을 만들었다. 그녀는 흑해 남부해안까지는 가지 않고 바이다르 대문 지역에서 남부해안을 바라본 것으로 전해진다.

러시아는 드네프르강 하구와 페레코프지협 사이의 본토와 크림반도를 합쳐 타브리다 지역을 만들었다. 타브리다 지역은 코자크 세력을 복속시킨 후 우크라이나 동남부에 만들어진 '새러시아' 지역에 포함되었다. 크림 칸의 가족들은 오스만터키로 이주했고, 그 대신 러시아 중앙정부에서 임명한 관리들이 행정을 맡았다. 크림칸국의 수도였던 바흐치사라이 대신 심페로폴이 새로운 행정중심지로 결정되었다. 초기 행정은 '타브리다 공'으로 임명된 포템킨이 맡았다. 그는 러시아 해군의 지중해 진출 기지로 세바스토폴항을 건설했다.

예카테리나 여제는 크림 주민들의 환심을 사기 위해 두 가지 유화정책을 폈다. 첫째, 1773년에 이미 발표된 종교적 관용에 대한 포고령을 통해 이슬람교도들의 권리를 보장했다. 둘째, 1785년 귀족헌장(Charter of Nobility)을 발표하여 귀족들의 국가부역 및 조세를 면제하고 토지소유권을 보장했다. 이 조치로 크림타타르 고위층과 이슬람 사제들은 칸의 소유였던 토지를 분배받고 귀족 지위를 얻으며 러시아 주류사회로 흡수되었다. 그러나 약 2만~3만 명의 지도급 인사들과 이슬람교도들이 크림반도와 우크라이나 남부지역을 떠나 오스만터키로 이주했다.

1796년 예카테리나 여제가 세상을 떠나 후에도 그녀가 추진한 포용정책은 지속되지만, 크림타타르인들의 영향력은 크게 감소되었다. 타타르 농민들은 공식적으로는 농노가 아니라 자유농민 지위를 유지했지만 농노나 크게 다를 바 없는 소작농으로 전락했고, 크림 농업도 크게 쇠락했다. 타타르인들이 남부해안 지방을 떠나 내륙지역으로 이주하거나 오스만터키로 이주하면서 이전까지 주요 무역항이었던 카파와 괴즐레베(현 옙파토리야)는 쇠락했고 러시아인들이 세운 심페로폴과 세바스토폴이 크게 성장했다. 러시아 정부는 적극적 이민정책을 펴서 제국 내 독일인, 불가리아인, 아르메니아인, 그리스인들을 크림반도에 정착시켰으나, 18세기 초 이전까지 러시아인들은 대규모로 이주하지 않았다.

그러나 러시아 귀족들에게 크림반도의 영지를 하사하면서 남부해안 지역에는 이들이 만든 장원과 궁전들이 등장했다. 보론초프를 비롯하여 포토츠키 가문, 나리쉬킨 가문 등이 크림반도에 궁전식 별장을 만든 대표적 귀족들이다. 1828년부터 1854년까지 새러시아와 베사라비아 지방 총독을 맡은 보론초프는 얄타 인근 마산드라에 와인제조장을 만들고 알룹카에 화려한 보론초프 궁전을 건설했다(1833~1848). 나리쉬킨은 심페로폴에 별장을 지었고(1826~1827), 포토츠키는 얄타 인근 리바디아에 장원과 별장을 만들었으며(1834), 골리친도 가스프라에 별장을 지었다(1836).

1820년대부터 러시아인들을 대거 이주시키는 데 성공해 1850년대에는 외부 유입 인구가 거의 절반을 차지했다. 1780년대에 18만 5,000명이던 크림 인구는 1850년대에 25만 명으로 늘었다. 크림 인구 중에 타타르인이 차지하는 비중은 이 기간 동안 90%에서 60%로 감소했다.

1854년 크림전쟁이 발발하면서 크림반도는 세계의 주목을 받는 지역이 되었다. 영국, 프랑스, 오스트리아, 프러시아 등 유럽 열강들은 러시아의 흑해 지역 남하와 보스포루스 해협 장악, 지중해 진출 시도, 발칸 지역으로의 진출을 크게 경계하고 오스만터키를 지원했다. 전쟁의 직접적 원인은 프랑스의 나폴레옹 3세가 프랑스 내 가톨릭교도들의 인기를 얻기 위해 예루살렘 성지(聖地)에서 가톨릭교도의 특권을 터키 술탄에게 요구하자, 그리스정교회의 수호자임을 자처하는 러시아의 니콜라이 1세가 대립한 데 있었다. 1853년 7월 러시아군이 몰다비아-왈라키아를 침입하여 점령하고, 서유럽 열강의 지지를 받은 오스만터키가 10월 러시아에 선전포고를 함으로써 전쟁이 시작되었다.

1854년 9월 영국 · 프랑스 · 오스만터키 연합군은 20만 대군을 크림반도에 상륙시키고, 세바스토폴을 포위했다. 러시아는 개전 초기 알마강 전투에서 패한 이래 전쟁 내내 수세에 몰렸다. 유럽 연합군에 해군력이 열세였던 러시아 함대는, 세바스토폴만에 자국 함정을 침몰시켜 항구를 폐쇄했다. 육상의 러시아군은 진지를 구축하고 적의 포격에 맞서 장장 11개월간이나 버티어 요새를 지켜냈으나, 1855년 8월 말 연합군에 의해 세바스토폴 남쪽을 점거당하고 북방으로 퇴각했다. 1856년이 되자 러시아는 전쟁수행 의지를 상실했다. 병력손실은 급격히 늘어만 갔고, 국가재정이 악화되고 민심이반도 심각해졌다. 수도인 페테르부르크의 해상물류는 영국 해군에 의해 마비되고, 여기에 오스트리아가 공개적으로 참전 위협을 하고, 프로이센과 스웨덴도 이에 동조할 조짐을 보이자 러시아는 더 이상의 항전을 포기했다.

크림전쟁이 초래한 인명피해는 매우 컸다. 그러나 전투에서 사망한 인원보다 콜레라 등 전염병에 의한 사망자 수가 더 많았다. 러시아는 50만 명에 가까운 사상자를 냈으며, 오스만터키가 10만~17만 명, 프랑스가 10만 명, 영국이 2만 명에 가까운 피해를 입었다. 사상자 수 차이는 병력투입 수준에 대체적으로 비례했으나, 질병에 의한 사망자 수는 나이팅게일이 활약한 영국이 1만 6,000여 명이었던 데 비해 프랑스는 6만여 명이었다. 의용군을 이끌고 참전했던 폴란드 시인 아담 미츠키에비치도 콜레라로 사망했다.

러시아 차르 니콜라이 1세는 전쟁 중인 1855년 2월에 사망했으며, 그 뒤를 이은 알렉산드르 2세는 러시아에서의 근본적 개혁의 필요성을 깨닫고, 1856년 3월 파리에서 강화조약을 체결했다. 러시아는 몰다비아에 다뉴브강 하구(河口)와 베사라비아 일부를 양도했고, 흑해가 중립화되면서 러시아 함대를 배치할 수 없게 되었다. 다다넬스-보스포루스 해협은 상선의 자유항행은 인정되었으나, 군함의 통과는 금지되었다. 크림전쟁에서 러시아의 취약점이 드러나면서 러시아는 패전을 계기로 개혁을 추진하는데, 그중 하나가 1861년 알렉산드르 2세의 농노해방령이다.

크림전쟁은 크림반도의 경제를 크게 악화시키고 인구구성에도 큰 변화를 가져왔다. 크림전쟁 중 대부분의 타타르 병사와 주민들은 러시아 편에 서서 싸우고 최전선에서 무용을 발휘했지만, 옙파토리야 등 일부 지역의 타타르 주민들은 상륙한 영국·프랑스군에게 동원되어 병참 등을 도왔다. 그 결과 크림전쟁 후 반타타르 정서가 크게 일어났고, 러시아 관리들의 타타르계 주민 탄압이 이어졌다. 기독교 성지와 같았던 크림반도에 타타르족이 수백 년간 거주한 것을 이교도에 의한 성지 탈취로 여겼던 대주교 인노켄티(Innokentiy, 러시아 이름 보리소프)는 정교회 신앙 수호를 내세우며 반타타르 정서를 선동했다.

이런 상황이 벌어지자 다시 많은 수의 타타르 주민들이 오스만터키와 발칸 지역으로 이주했다. 1863년까지 약 14만 명의 타타르 주민이 크림반도를 떠난 것으로 추정된다. 러시아 정부는 내륙에서 새로운 주민들을 이주시킴으로써 이러한 인구 공백을 메웠다. 러시아 정부가 내세운 여러 특혜 조건에 이끌려 러시아인과 우크라이나인들이 대거 이주했고, 그리스인, 불가리아인, 아르메니아인, 유대인들도 이주 대열에 합류했다. 1897년 인구조사 자료에 따르면 크림반도 전체 인구는 54만 6,000명으로 늘어났지만, 전체 인구에서 타타르인이 차지하는 비율은 35%로 감소했다.

크림반도를 러시아 수도지역과 연결하는 철도도 부설되었다. 1875년 수도인 상트페테르부르크와 모스크바에서 우크라이나 남부지역을 거쳐 다리를 통해 크림반도로 이어지는 철도가 부설되었고, 이 철도는 심페로폴을 거쳐 세바스토폴까지 이어졌다. 1848년에 이미 세바스토폴과 얄타를 연결하는 해안 신작로가 개설되어 얄타 지역은 러시아 황실과 귀족들의 휴양지로 떠올랐다. 마산드라에 알렉산드르 3세의 별궁이 지어졌고(1892~1902), 리바디아에는 니콜라이 2세의 별궁이 지어졌다(1905~1906). 유럽의 귀족과 부호들도 얄타에 별장을 짓기 시작했다. 1902년 독일 사업가 바론 본 스타인겔(Baron von Steingel)이 얄타해안 절벽에 지은 제비둥지성(Lastochkino Gnezdo)은 그 대표적인 예다.

크림반도의 이국적 풍광과 따뜻한 날씨는 수많은 유럽 예술가들을 크림으로 끌어들였다. 19세기 전반 카프카스와 크림, 몰도바 지역으로 유형을 온 푸시킨은 〈바흐치사라이 분수의 눈물〉이라는 시를 남겼다.

폴란드 민족시인 아담 미츠키에비치[4]도 엡파토리아를 여러 번 방문했다. 또한 크림전쟁에 포병장교로 참전하여 《세바스토폴 이야기》를 쓴 톨스토이를 비롯하여, 체호프, 고리키 등의 러시아 문호들도 크림반도에 체류했다. 우크라이나의 대표적 여성시인 레샤 우크라인카와 풍자시인 스테판 루단스키, 벨라루스 시인 막심 보그다노비치도 크림반도에서 얻은 영감으로 시를 썼다.

크림반도 출신의 저명한 학자와 예술가로는 고고학자인 알렉산드르 베르테 델라가르드와 인상주의 화가 콘스탄틴 보가옙스키가 있다. 페오도시야에서 태어난 아르메니아계 화가인 이반 아이바좁스키는 흑해를 소재로 수많은 바다 그림을 남겼다

19세기 후반 크림반도는 러시아 귀족뿐만 아니라 평민들을 위한 새로운 휴양지로 인기를 끌었으며, 사업가들은 크림에서 담배와 과일 재배로 큰돈을 벌었다. 포템킨과 보론초프가 시작한 와인제조업도 더욱 활발해져 마산드라에서 생산되는 와인은 국제적 명성을 얻었다. 러시아정교회는 고대 기독교 유적 발굴과 수도원 및 교회 건설에 적극 나서며 크림을 '러시아의 아토스'[5]로 만들려고 노력했다. 헤르소네스와 인

---

4 〔역주〕 아담 미츠키에비치(Adam Bernard Mickiewicz, 1798~1855) : 폴란드의 시인, 희곡작가, 번역가, 슬라브 문학 교수, 정치운동가로서, 폴란드, 리투아니아, 벨라루스의 민족시인으로 추앙되었다. 폴란드 낭만주의 시대의 대표 시인으로 폴란드의 '3대 서정시인'(*Three Bards*, *Trzej Wieszcze*)이자 바이런이나 괴테에 비견되는 폴란드 대표 시인이다.

5 〔역주〕 아토스산(Mount Athos)은 그리스 반도 북부에 위치한 산으로 동방정교회 수도생활의 중심지다. 아토스산에는 콘스탄티노플 총주교청의 직접 관할을 받는 20개의 수도원이 있다.

케르만, 발라클라바에 수도원이 건설되었고, 바흐치사라이에 '성모승천 수도원'이 세워졌다. 심페로폴과 얄타에 알렉산드르넵스키 교회가 건설되었고, 포로스에 예수부활 교회(1892), 페오도시야에 성 캐서린 교회(1892), 세바스토폴에 성모교회(1892~1905)가 건설되었다. 헤르소네스에서는 고고학적 발굴로 블라디미르 대공이 기독교를 받아들인 터 위에 세워진 수도원의 흔적이 발견되면서 크림반도는 '러시아 기독교의 요람'으로 다시 한 번 조명받았다. 차르 알렉산드르 2세는 이 유적 위에 웅장한 성 블라디미르 교회를 건설했다(1861~1892).

5) 1차 세계대전과 러시아 혁명 시기

1914년 8월 1차 세계대전이 발발하자 러시아 서부지역은 교전장이 되었지만, 그 여파가 크림반도까지는 미치지 않았다. 오스만터키는 연합국과 동맹국 어느 편도 들지 않고 중립적 입장을 취했다. 그러나 1914년 10월 터키 해군이 세바스토폴과 페오도시야 등 남부해안의 항구들을 공격하자 러시아는 터키에 선전포고를 했다. 11월 터키도 자국 및 동맹국과 전쟁에 돌입한 국가들을 상대로 '성전'(Holy War, jihad)을 선포했다. 러시아의 터키의 주 전쟁터는 카프카스 지역이었는데, 크림반도는 카프카스로 이동하는 병사들과 전쟁물자의 출발지가 되었다.

1917년 2월 이른바 '2월 혁명'으로 차르 정부가 붕괴하고 임시정부가 출범하자 크림반도의 상황은 복잡해졌다. 크림반도에는 임시정부를 지지하며 러시아의 통합성을 유지하려는 세력과 독자적 자치정부를 구성하려는 크림타타르 민족주의자들, 급진적 '노동자·병사·수병 소비에트' 세력이 서로 주도권을 잡기 위해 경쟁했다. 10월 혁명으로 볼셰비키가 정권을 장악하자, 크림타타르 민족주의자들은 12월 8일 바흐치사라이에서 크림타타르 쿠릴타이[6]를 소집하고 셀리비 지한과 세이다메트가 이끄는 민족집정 내각을 구성했다. 타타르 지도자들은 12월 25일 '크림민족공화국'의 출범을 선언하고 오스만터키의 지지를 요청했다.

이러한 움직임에 위기감을 느낀 러시아와 우크라이나계 지도자들은 쿠릴타이가 소집되기 직전 크림임시의회를 설립했다. 세바스토폴에서는 수병과 볼셰비키들이 중심이 된 군사혁명위원회가 수립되어 타브리다 지역 전체에 대한 관할권을 선언했다. 볼셰비키가 중심이 된 이 조직은 테러와 강압적 방법으로 해안지역의 주요 항구들을 장악했다. 이들은 수천 명의 타타르 민족주의자, 정교회 지도자, 지주와 기타 부르주와 세력을 처단하고, 타타르 지도자 셀리비 지한도 처형했다.

1918년 3월 군사혁명위원회는 '타브리다소비에트사회주의공화국'의 출범을 선언했다. 그러나 곧이어 동맹국과 볼셰비키 정부 사이에 브레스트 리톱스크 조약이 체결되어 서부전선의 교전이 중단되고 우크라이나의 독립이 인정되자 상황은 급변했다. 4월 독일군은 우크라이나에 이른바 '게트만 정부'를 세우고 우크라이나로 진입한 후 페레코프지협을 통해 크림반도로 들어왔다. 루마니아 도브루자 지역에서 교전하던 술케비치(Мацей Сулькевіч)가 이끄는 이슬람 병단도 독일군과 함께 크림반도로 들어와 볼셰비키 세력을 몰아내고 크림을 장악했다. 6월에는

---

6 〔역주〕 쿠릴타이(*khuriltai*) : 전통적으로 칸을 선출하기 위해 모이는 타타르 부족장들의 회의를 가리킨다.

독일의 통제를 받는 크림 지역정부가 수립되어 술케비치가 수반으로 취임했다.

11월 1차 세계대전이 종전되며 독일군이 귀환하자 크림반도는 러시아 내전의 소용돌이에 휘말렸다. 술케비치의 뒤를 이어 솔로몬 크림이 지역정부를 맡았는데, 그는 데니킨이 이끄는 반혁명 세력인 백군(白軍)의 지원을 받으며 유럽식 민주국가의 설립을 꿈꿨다. 1919년 4월 볼셰비키 적군(赤軍)이 크림반도로 진입하면서 지역정부는 붕괴되었다. 7월 데니킨이 군대를 이끌고 크림으로 들어오면서 크림반도는 백군의 수중에 들어갔다. 차르 체제를 복원하고 크림반도를 반공산주의의 보루로 만들려고 한 데니킨은 타타르 민족주의자들을 탄압하고, 타타르인들은 이에 맞서 '녹색 부대'를 결성하고 백군에 게릴라전을 펼쳤다.

1920년 11월 프룬제(Михаил Фрунзе)가 이끄는 적군 부대가 백군의 방어선을 뚫고 크림반도로 진입하면서 백군은 러시아 내 최후의 보루를 잃게 되었다. 12월 말 약 14만 5,000명의 백군 패잔병과 난민들은 120여 척의 배를 타고 흑해를 건너 콘스탄티노플로 피란한 다음, 유럽 각지에 멀게는 미주대륙에 정착했다.

6) 크림 소비에트자치공화국

크림반도를 장악한 볼셰비키는 크림혁명위원회를 구성했고, 헝가리의 공산주의 지도자였던 벨라 쿤(Béla Kun)이 수반을 맡았다. 벨라 쿤은 헝가리에 소비에트 정권을 수립했으나 1919년 8월 정권이 붕괴되자 소련으로 들어와 1920년 적군 남부군의 정치위원으로 임명되었다.

그는 크림반도를 빠져나가지 못한 약 5만~10만 명의 백군 장교, 병사, 타타르 민족주의자와 성직자들을 처형했다. 약 5년간 지속된 내전(1917~1921)으로 크림 경제는 거의 붕괴되었고, 1921년 발생한 기근으로 2년간 크림인구의 약 20%에 해당하는 10만~11만 명의 주민이 아사하자 크림의 민심은 극도로 악화되었다.

1921년 볼셰비키 정부는 볼가 타타르 출신인 술탄 갈리예프를 특별조사위원회 책임자로 임명하여 크림반도 상황을 개선할 건의안을 올리게 했다. 그는 크림반도의 지위를 자치공화국으로 격상시키고, 탄압정책을 중지하며 토착민인 크림타타르에 대한 유화정책을 펼 것을 건의했다. 모스크바 중앙정부는 이 건의안을 모두 수용하여 1921년 11월에 '크림사회주의소비에트자치공화국'이 출범했고, 5인의 최고위원회와 15인의 인민위원회(내각)이 구성되었다. 크림자치공화국은 인접한 우크라이나가 아니라 러시아연방소비에트사회주의공화국의 관할하에 들어갔다.

이러한 자치공화국의 출범은 토착민족에 바탕을 둔 연방공화국과 자치공화국을 기반으로 연방체제를 구성한 소련의 국가구성 원칙에도 부합했다. 내전 시기를 지나 국가 통합성 유지를 우선한 정책으로 각 지역에는 이른바 '토착화' 정책이 펼쳐졌다. 즉, 각 민족단위 공화국에서 토착민족이 행정 주도권을 잡게 하고, 민족어와 민족문화 지원정책으로 비러시아계 주민들의 호응을 이끌어내는 레닌의 민족정책이 한시적으로나마 실시된 것이다. 또한 경제난을 타개하기 위해 제한적으로 시장경제 체제를 도입한 신경제정책(NEP: New Economic Policy)의 실시로 크림지역의 정치, 경제에 활기가 돌았다.

토착화 정책으로 크림반도의 토착민인 타타르인들이 다수 행정 고위직에 올랐다. 크림타타르민족당의 지도자였다가 볼셰비키로 전향한 벨리 이브라히모프가 행정수반에 올랐고, 타타르인들이 당과 행정기관에 다수 기용되었다. 타타르어를 교육언어로 사용하는 학교도 크게 증설되어 1930년 기준으로 타타르어로 교육하는 초등학교가 387개에 이르렀다. 킵차크 터키어와 현대 터키어에 기반을 둔 당시에 널리 사용되던 타타르 구어가 교육언어로 사용되었다.

1918년 설립된 타브리다대학에는 터키어학과가 창설되고, 1925년에는 사범대학이 설치되어 타타르어로 교육할 수 있는 교사들이 양성되었다. 크림타타르의 문화와 민족적 기원에 대한 연구도 활발히 진행되었다. 크림타타르인이 몽골 침입 이후 정착한 몽골타타르와 터키계 킵차크 후손이라는 좁은 시각에서 벗어나서, 고대로부터 크림반도에 거주한 스키타이인, 사르마티아인, 알란인, 그리스인들의 피를 이어받은 뿌리 깊은 크림 토착민이라는 학설이 제기되었다.

그러나 크림반도 주민 구성에서 타타르인이 차지하는 비율은 19세기에 비해 현저히 줄었다. 1926년 인구조사에 따르면 전체 인구 71만 명 중 가장 큰 비율을 차지한 민족은 인구의 42.2%에 달하는 러시아인이었고, 타타르인의 비율은 25.1%에 불과했다. 다음으로 우크라이나인(10.8%), 독일인(6.1%), 유대인(5.6%), 그리스인(2.3%), 불가리아인(1.6%), 아르메니아인(1.5%) 등이 주요 소수민족이었다. 타타르인들은 1923년부터 1928년까지 토착화 정책에 힘입어 이른바 '재타타르화'가 진행된 시기를 소련시대 중 '황금시기'로 기억한다.

모스크바에서 스탈린이 권력을 공고화하고 농업 집단화 정책을 시작한 1928년에 토착화 정책은 중단되고 중앙의 통제가 강화되었다. 1928년 벨리 이브라히모프가 모스크바 정책에 반기를 들었다는 이유로 숙청되어 처형되었고, 연이어 당, 행정, 교육기관에서 일하던 약 3,500명의 타타르 지도자들이 '벨리 이브라히모프 추종자'로 몰려 체포되거나 처형되었다. 1928년부터 농업 부문에서 강제적 집단화가 시작되었다. 대부분의 농지가 '집단농장'과 '국영농장'으로 재편되었으며, 집단화에 반대하는 농민들은 부농으로 몰려 강제 이주되었다. 1928~1929년 사이 약 3만 5,000~4만 명의 타타르인들이 크림반도에서 추방되어 중앙아시아 지역으로 강제 이주되었다. 오랜 기간 토착민으로서 소규모의 전통적 농사법에 매달려왔던 타타르 농민들은 집단화에 가축을 도살하며 반발했다.

농업 집단화 후유증으로 크림반도의 농업 근간이 흔들리고 농업생산이 크게 감축되었지만, 1932~1933년 우크라이나 지역이 겪은 '대기근' 같은 상황은 발생하지 않았다. 1930년대 중반에는 농업생산이 정상화되어 1차 세계대전 이전 시기와 비교하여 거의 두 배의 생산을 올리기 시작했다. 한편, 공업 기반이 빈약한 크림반도에 1차 5개년 개발계획(1928~1932), 2차 5개년 개발계획(1933~1937), 3차 5개년 개발계획(1938~1941)이 시행되어 많은 공장들이 세워졌다. 심페로폴에 기계공장과 방직공장, 식품가공공장이 세워졌고, 세바스토폴에 조선소와 기계공장이, 케르치에는 철강공장과 화학공장이 세워졌다. 새로 설립된 공장에 전력을 공급하기 위해 잔코이에는 발전소가 세워졌다.

고등교육기관 설립도 가속화되어 기존의 타브리다대학 외에 4개 대학이 세워졌고, 약 40개의 기술학교가 설립되었다. 소련 전체적으로 터키계 언어를 쓰는 소수민족들의 표기문자가 아랍문자에서 라틴문자로 바뀌면서, 1929년부터 모든 크림타타르의 출판물은 라틴알파벳으로 간행되었다. 1938년에 다시 한 번 문자개혁이 단행되어 키릴알파벳이 라틴알파벳을 대신하게 되었다.

1935년부터 시작되어 1937년에 절정에 이른 '대숙청' 물결이 크림반도에도 다다랐다. 이 기간 동안 약 3,000명의 인사들이 숙청되어 처형되거나 시베리아 지역으로 유형되었고, 약 400개의 기관과 단체가 '반혁명적'으로 규정되어 폐쇄되거나 해산되었다.

7) 2차 세계대전 시기의 크림반도

1939년의 독소 불가침조약과 독일과 소련에 의한 폴란드 양분은 크림반도에 직접적 영향을 미치지는 않았다. 그러나 1941년 6월 22일 독일군이 전격적으로 소련 영토를 침공하고, 남부방면군이 우크라이나를 빠르게 점령하면서 크림반도도 독일군의 침공 위협에 직면하게 됐다.

1941년 9월 중순 키예프를 점령하고 계속 동진하던 독일군은 9월 마지막 주에 페레코프지협을 건너 크림반도로 진격해 들어왔다. 한 달 만에 크림반도 대부분을 점령한 독일군도 요새화된 세바스토폴은 쉽게 점령하지 못했다. 이반 페트로프 장군이 지휘한 소련군 방어대는 8개월 동안 결사적으로 항전하며 세바스토폴을 지켜냈다. 크림전쟁 당시 격전지였던 발라클라바에서 여러 차례 진행된 소련군과 독일군 사이의 교전에서 양측은 많은 사상자를 냈다.

1942년 7월 초 세바스토폴이 독일군에게 점령되면서 크림반도 전체가 독일군 수중에 떨어졌다. 1941년 10월과 11월 후퇴하던 소련군과 관리들은 후방으로 이전할 수 없는 산업시설과 전력선, 상하수도 시설 등을 파괴하여 크림반도에 남아 있던 주민들은 1941~1942년 겨울 큰 어려움에 시달렸다. 독일군에 점령된 크림반도는 '우크라이나제국정부'의 관할하에 들어갔다.

히틀러는 크림반도에 대한 특별한 계획을 가지고 있었다. 남부 티롤과 루마니아에 거주하는 독일인들을 크림반도로 이주시켜 순수한 독일인 식민지로 만들어서 고텐란드(Gotenland)를 구축한다는 계획이었다. 이른바 '고텐란드 프로젝트'의 일환으로 독일 점령군 당국은 고대에 고트족들이 거주했던 고대 고트족 중심지인 만구프와 알루슈타, 구르주프, 인케르만에서 고고학적 발굴을 벌였다. 히틀러의 인종정책에 의하면 슬라브족과 같이 열등 민족에 속하는 타타르족은 크림지역에 거주할 수 없었으나, 아직 중립국으로 남아 있는 터키를 우호세력으로 끌어들이기 위해 극단적 인종탄압 정책을 펴지는 않았다. 타타르족에 대한 유화정책으로 터키에 망명 중이던 타타르 민족주의자 키림리를 귀환시켜 괴뢰정부를 이끌게 했고, 심페로폴에 타타르민족극장을 부활시키고 크림타타르어로 간행되는 신문 〈아자트 키림〉[7]의 발행을 허가했다.

크림반도에서 벌어진 전투 중에 독일군 포로가 된 소련군 9만여 명 대부분은 포로수용소로 보냈지만, 크림타타르 출신 병사들은 석방시켜 독일군을 돕는 부대를 편성했다. 약 8,700명의 타타르 포로들이 독일군에 다시 편입되어 여러 전선에서 싸웠다. 약 1,600명의 타타르 자원부

---

7 〔역주〕〈아자트 키림〉(*Azat Kirim*) : '자유 크림'이란 뜻을 지닌 신문이다.

대는 독일 비밀경찰과 경찰의 지휘를 받으며 독일군을 도왔다. 이외에 약 6,000명의 타타르 자원자들이 자경대를 조직하여 200여 개 마을의 치안을 맡았다.

독일군 점령부대를 돕거나 독일군에 편입되어 싸운 이런 타타르 병사들을 근거로 스탈린은 크림타타르족 전체가 독일군에 부역한 것으로 단죄했다. 소련군이 크림반도를 해방한 지 1주일 만인 1944년 5월 18일 18만 8,000명에 이르는 크림타타르족 전체를 우즈베키스탄과 러시아연방공화국 내의 우드무르트자치공화국과 마리자치주로 강제 이주시켰다.[8] 이들의 강제이주 과정은 1937년 고려인 강제이주 과정과 크게 다르지 않아, 가축수송용 화물차에 실려 몇 주에 걸쳐 중앙아시아로 이동하는 동안 많은 타타르인들이 사망했다. 크림타타르인들은 강제이주가 시작된 5월 18일을 '검은 날'로 기억한다. 강제 이주당한 크림타타르인들과 후손들의 상당수는 소련붕괴 시기를 전후하여 크림반도로 돌아왔다.

크림타타르 민족 전체가 독일군에 부역했다는 스탈린의 주장은 실제 사실에 크게 빗나간 것이다. 앞에 설명한 대로 자의 또는 타의로 독일군과 같이 싸우거나 협조한 타타르인들이 있었지만, 이들은 타타르 인구의 일부에 지나지 않았다. 2만 명에 달하는 타타르 병사는 소련군에 편입되어 2차 세계대전 종전 시까지 싸웠고, 일부 병사는 큰

---

8 〔역주〕 크림타타르인 외에도 그리스인, 아르메니아인, 불가리아인 등 약 10만 명의 소수민족이 카자흐스탄과 바시키리아 자치공화국으로 강제 이주되었다. 소련 당국은 1941년 8월 이미 타타르인을 비롯한 8만 1,000명의 소수민족을 스타브로폴과 카프카스 내륙지역, 케르치해협 동안 지역으로 이주시켰다.

공훈을 세워 영웅칭호까지 받았다. 최고 전투기 조종사로 이름을 날린 아흐메트한 술탄은 '소련영웅 훈장'을 두 차례나 받았다. 독일군 치하에서 약 13만 명의 크림 주민들이 처형되었고, 그중 3만~4만 명은 킵차크와 아슈케나지 유대인들[9]이었다.

소련군은 1944년 5월 12일 세바스토폴을 재탈환함으로써 크림반도 전체를 다시 손에 넣었다.

1945년 2월 4~11일 2차 세계대전 종전과 전후 체제를 논의하기 위해 연합국 지도자들은 얄타회담을 진행하였다. 이 회담에는 미국 루스벨트 대통령과 영국 처칠 수상, 스탈린이 참석하였다. 스탈린은 코레이즈 궁전을 숙소로 사용했고, 처칠은 보론초프 궁전을, 루스벨트는 리바디아 궁전을 거처로 정했다. 건강에 큰 문제가 있어 쇠약해진 루스벨트를 위해 회담은 리바디아 궁전에서 열렸다. 여기서 스탈린은 군사적 우위에 바탕을 둔 뛰어난 협상술을 발휘하여 동유럽과 중유럽의 상당 부분을 사실상 소련 영역으로 하는 이른바 '얄타체제'를 만들어냈다.[10]

---

9 〔역주〕 아슈케나지 유대인(Ashkenazi Jews): 유럽에 거주하던 유대인 그룹으로, 중세시대 라인란트에 거주하던 유대인들의 후손이다. '아슈케나지'는 그 당시 히브리어로 독일을 가리키는 말이었다. 세월이 흐르면서 11세기부터 19세기까지의 기간 동안 많은 아슈케나지 유대인들이 헝가리, 폴란드, 벨라루스, 리투아니아, 러시아, 우크라이나 등을 포함한 동유럽 국가들로 이주하여 비독일어권 지역에서 공동체를 형성했고, 크림반도에도 거주하였다.

10 〔역주〕 얄타회담에 대한 상세한 사항은 다음 책을 참조하라. 세르히 플로히, 《얄타: 8일간의 외교 전쟁》, 허승철 역, 역사비평사, 2020.

8) 2차 세계대전 후의 크림반도

2차 세계대전으로 크림반도에 거주하던 대부분의 타타르인들과 다른 소수민족들이 강제 이주되거나 추방되었기 때문에 새로운 행정, 인구, 사회, 경제 정책들이 도움이 되었다. 토착민인 크림타타르족이 모두 타지역으로 이주된 상황에서 민족을 바탕으로 한 자치공화국을 유지할 필요가 없어졌다. 소련 당국은 크림자치공화국을 러시아연방공화국에 속하는 주(州)의 하나로 지위를 격하시켰다. 그리고 타타르인들과 다른 소수민족들이 떠난 자리에 러시아인, 우크라이나인들을 대거 이주시켜 인구구성을 근본적으로 바꾸어 놓았다.

1959년 실시된 인구조사 결과를 살펴보면, 크림반도 주민 중 러시아인 비율은 71.4%, 우크라이나인 비율은 22.3%로 늘어나서 동슬라브족이 크림반도에서 주류 주민이 되었다. 특히 2차 세계대전 후 퇴역한 수병과 군인들이 대거 크림반도에 정착함으로써 크림은 애국주의와 친러시아적 성향이 특히 강한 지역이 되었다. 크림반도의 역사를 기술하는 데도 키예프 루스와 비잔틴제국의 밀접한 관계가 강조되고, 타타르인들의 토착화나 다른 민족들의 거주는 크림을 일정 기간 차지한 '국외적' 사건으로 폄하되었다.

1953년 스탈린이 사망하고 소련공산당 지도자로 올라선 흐루쇼프는 1954년 2월 크림반도 관할권을 러시아연방공화국에서 우크라이나공화국으로 이관하는 결정을 내렸다. 1953년 가을, 크림반도를 방문한 흐루쇼프는 크림에서 바로 우크라이나의 키예프로 가서 우크라이나 공산당 지도부에게 관할권 이전을 제의했고, 우크라이나 수뇌부와 모스크바의 당 지도부도 이 제안에 찬성했다. 몇 달 간의 행정적 절차를 거쳐 1954년 2월 19일 소련최고회의는 크림반도 관할권을 우크라이나로 이전하는 포고령을 발표했다. 1654년 코자크 지도자 흐멜니츠키가 러시아와 동맹을 맺은 페레야슬라브 조약 300주년을 기념해서 러시아 민족과 우크라이나 민족의 형제애를 다시 한 번 확인하는 상징적 조치로 내려진 이 결정에 대해 많은 소련 작가들이 '러시아가 우크라이나에 주는 선물'로 묘사했다.

크림반도 관할권 이전은 우크라이나에서 주로 정치 경력을 쌓은 흐루쇼프가 깊은 사려 없이 내린 즉흥적 결정이라고 비난하는 경우가 많다. 하지만 당시 크림반도는 경제적으로 우크라이나에의 의존성과 연계성이 강했고,[11] 2차 세계대전으로 피폐한 크림 경제를 재건하는 데는 현지 사정에 밝고 스텝지역 영농에 경험이 많은 우크라이나 지도부가 더 적합하다고 생각한 것이 관할권 결정의 주요한 배경이었다. 최고회의 포고령에는 "크림지역과 우크라이나공화국 경제의 공유성, 근접성, 밀접한 경제·문화적 관계"를 고려하여 관할권을 이전한다고 표현되었다. 만의 하나, 먼 훗날 소련이 붕괴하거나 우크라이나가 독립할 가능성을 전혀 생각하지 않은 이 결정은 2014년 3월 러시아에 의한 크림반도 합병과 이른바 '우크라이나 사태'의 불씨를 심어 놓는 결과를 가져왔다.

소련 중앙정부와 우크라이나 수뇌부는 크림 경제 재건에 각별한 노력을 기울였다. 건조한 크림 스텝지역의 농업 환경 개선을 위해 1963년 북

---

11 〔역주〕 당시 크림반도의 물(식수, 농업용수)과 전력 공급의 90% 이상을 우크라이나가 담당하고 있었다.

부크림운하 건설공사를 시작하여 1975년 완공했다. 드네프르강의 지류를 페레코프지협으로 연장한 후 동쪽으로 케르치까지, 서쪽으로는 옙파토리야 북쪽까지 연결하여 크림반도의 만성적 농업용수 부족 문제를 상당 부분 해소했다. 공업과 광공업 건설도 박차를 가해 케르치의 철광석 광산은 철광생산이 비약적으로 늘어났고, 시바쉬해와 북부지역 내륙호수의 소금을 이용한 화학합성물 생산을 위한 화학공장이 아르먄스크(Армянськ)에 세워졌다. 심페로폴에는 텔레비전 공장이 세워져 소련시대 유명했던 '크림과 포톤' 수상기가 생산됐고, 케르치 조선소에서는 유조선이 건조됐다. 전력생산도 크게 늘어서 1960년대 중반에는 주요 공장뿐 아니라 크림반도의 모든 도시와 마을에 전기가 공급되었다.

크림반도는 온화한 기후와 아름다운 풍광 덕분에 소련 최고의 휴양지로서 각광받았다. 1970년 초반까지 105개의 요양소와 24개의 휴양소가 세워져서 4만 6,000명의 환자와 요양자를 수용할 수 있게 되었다. 휴가기간에 크림반도를 찾는 일반 방문객도 크게 늘어나 여름에는 평균 8만 명, 겨울에는 4만 5,000명의 휴양객이 몰렸다. 제정러시아 시대와 마찬가지로 소련 수뇌부도 크림반도를 즐겨 찾았다. 스탈린은 유수포프 궁전이 있는 코레이즈를 즐겨 찾았고, 브레즈네프는 오레안다를 좋아했으며, 고르바초프는 1991년 여름 포로스에 있는 대통령 별장에서 휴가를 즐기던 중에 보수반동파의 쿠데타를 맞아 별장에 감금되었다가 풀려나기도 했다.

스탈린에 의해 우즈베키스탄 등에 강제 이주된 크림타타르인들은 스탈린 사후에 바로 적군에 부역한 죄에서 벗어나지 못했다. 1967년이 되어서야 크림타타르인들은 독일군에게 부역했다는 죄상을 벗고 복권되었다. 그러나 이들은 곧 크림반도로 돌아올 수 없었다. 크림으로 귀환하려는 몇 번의 시도가 있었지만 대부분 실패로 끝났다. 고르바초프가 페레스트로이카 정책을 시작한 이후 여러 번의 건의와 시위를 한 끝에 크림타타르인들은 고향으로 돌아올 수 있었고, 1989년 2만 명에 불과했던 크림타타르 인구는 1991년 6월 13만 5,000명에 이르렀다. 현재까지 약 25만 명의 크림타타르인들이 우즈베키스탄 등에서 귀환하여 크림 인구의 약 12%를 차지하게 되었다.

9) 우크라이나의 독립과 크림반도

1991년 8월 21일 고르바초프가 제안한 새 연방조약안에 반대한 보수반동세력은 크림반도의 별장에서 휴가를 보내던 고르바초프를 연금하고 쿠데타를 일으켰으나 '3일 천하'로 끝나고 말았다. 우크라이나의 의회격인 최고회의는 8월 24일 독립을 선언하고, 1991년 12월 1일 실시된 국민투표에서 90.3%의 압도적 지지로 우크라이나 독립이 확정되었다. 크림반도에서의 독립 지지율도 54%에 달했다.

소련붕괴 당시 크림반도에서는 크림의 지위를 놓고 세 정치세력이 각축을 벌였다. 먼저 크림 의회를 비롯한 공산당원들이 주류를 이루는 보수세력은 소련에 그대로 남아 있거나 독립하는 러시아연방공화국에 소속되기를 희망했다. 진보세력은 크림이 새로 출범하는 우크라이나에 계속 남아야 한다고 주장했다. 마지막으로 크림타타르 민족 세력은 독자성을 가진 크림타타르공화국 출범을 선호했다. 유리 메쉬코프가 이끄는 보수세력인 크림자치공화국운동은 고도의 자치권을 가진 독립적 공화국의 출범을 주장했고, 일부 과격파는 러시아연방공화국과의 합병을 요구했다. 우크라이나의 민주민족 진영인 루흐[12]는 크림이 자치권을 갖되 우크라이나 내에 남아 있어야 한다고 주장했다. 우즈베키스탄에서 대거 귀환한 크림타타르 민족 지도부는 자신들의 의회격인 쿠릴타이를 개최하고 크림타타르 행정기관인 메질리스가 크림 행정을 맡아야 한다고 주장하고, 소련시대 반체제 운동가였던 드제릴레프를 대표자로 선출했다.

전술한 대로 12월 1일 우크라이나 전역에서 실시된 독립찬반 국민투표와 대통령 선거에서 크림 주민들 54%가 독립에 찬성했고, 57%가 우크라이나 초대 대통령으로 크라프추크(Леонід Кравчук)를 지지했다. 국민투표 결과를 보면 크림 주민들은 크림반도를 포함한 채로 독립하는 우크라이나 출범에 과반수가 조금 넘는 지지표를 보냈다. 우크라이나 독립 초기 크림 의회와 지도부는 서로 모순되는 몇 가지 결의를 했다. 1992년 크림 의회는 우크라이나 내 잔류를 전제로 한 크림자치공화국 헌법을 통과시켰다.

그러나 1994년 초에 실시된 자체 선거에서 친러시아 지도자인 메쉬코프가 자치공화국 대통령으로 선출되면서 명실상부한 독립적 지위 획득 또는 러시아와의 합병을 주장하는 친러세력이 득세했다. 이들은 타타르인들이 나치독일에 협력했다는 스탈린의 단죄를 근거로 타타르 주민들과 대립각을 세우며 역사적 요인과 인구구성에서 큰 우위를 차지하는 러시아인들의 지위를 내세워 자신들이 크림을 이끌어야 한다고 주장했

12 〔역주〕 루흐(Рух) : 우크라이나어로 '운동'(*movement*)이라는 뜻이다.

다. 크림타타르 지도부는 극우 노선을 버리고 우크라이나에 잔존하며 우크라이나의 친서방 민족주의 세력과 협력관계를 구축했다. 우크라이나 독립 후 4년간 크림반도 지위를 놓고 벌인 여러 세력의 대립은 우크라이나 쿠치마(Леонід Кучма) 대통령의 강력한 간섭으로 종지부를 찍었다.

1995년 쿠치마 대통령은 크림의 자체 헌법을 무효화하고 메쉬코프를 대통령 지위에서 해임했다. 1996년 6월 통과된 우크라이나 헌법에서는 우크라이나가 연방국가가 아니라 단일적인 영토적 통합성을 유지한 국가임을 천명하면서 하나의 예외로 크림자치공화국의 존재를 인정했다. 1998년 8월에 통과된 크림자치공화국 헌법에서는 크림반도가 '우크라이나와 분리할 수 없는 구성요소'라고 선언했다. 크림반도 자치권은 타타르 지도부가 원한 대로 민족을 근간으로 한 것이 아니라 영토적 단위를 근간으로 보장되었다. 우크라이나는 크림반도 내 러시아어, 타타르어, 기타 소수민족어 사용 권리를 인정했다.

크림반도 지위와 함께 또 다른 문제로 부각된 것은 흑해함대 관할권과 세바스토폴 지위였다. 우크라이나 정부는 1992년 흑해함대 관할권을 선언했지만, 흑해함대 지휘관들은 이를 인정하지 않고 러시아 지휘를 받겠다고 주장했다. 1992년 6월 러시아와 우크라이나는 흑해함대를 50 대 50으로 분할하여 3년간 공동 관리하는 안에 합의했다. 1993년 양국은 세바스토폴항을 러시아가 임차하여 사용한다는 데 합의했지만, 러시아 의회가 이를 인정하지 않아 흑해함대 문제는 해결되지 않았다. 1997년 러시아와 우크라이나 사이에 체결된 우호협력조약에서 흑해함대를 양국이 50 대 50으로 나누어 갖고, 러시아 해군이 우크라이나로부터 함정을 다시 구입하는 형식으로 최종적으로 러시아

82, 우크라이나 18의 비율로 흑해함대 분할이 이루어졌다.

세바스토폴항은 소련시대에도 우크라이나가 아니라 모스크바의 직접 관할을 받는 특별지역 지위를 인정받았다. 우크라이나가 독립한 후 세바스토폴이 어느 나라의 관할하에 특별지휘를 받을 것인가 하는 문제가 제기되었지만, 독립 후 극도의 혼란에 빠진 러시아는 크림반도뿐만 아니라 세바스토폴에 대한 관할권을 강하게 제기할 수 없었다. 결국 세바스토폴은 크림자치공화국 안에 남되 우크라이나 중앙정부의 직접 관할을 받는 특별지역 지위를 얻게 되었다. 세바스토폴시뿐 아니라 주변의 인케르만, 발라클라바와 몇 개의 내륙지역이 특별지역에 포함되었다. 1997년 양국 우호협력조약에서 러시아는 세바스토폴항을 25년간 임차하고 매년 일정액의 임차료를 내기로 합의했다. 이 임차조약은 친러 우크라이나 지도자인 야누코비치 때 다시 25년 연장이 결정되었다. 세바스토폴항의 러시아 해군으로 러시아는 특별지역 내에 2만 5,000명의 자국 병력을 주둔시킬 수 있게 되었다.

우크라이나 독립 후 유엔난민기구 등 국제기구의 도움과 우크라이나 정부의 개방적 정책으로 크림타타르 귀환이 가속화되었다. 2001년 인구조사에는 24만 3,000명의 크림타타르인이 크림반도에 거주하여 인구의 12%를 차지하는 것으로 나타났지만, 일부 학자는 크림타타르 인구가 30만 명에 이를 것으로 추정했다. 2001년 인구조사에 따르면, 크림반도 전체 인구는 240만 1,200명이고 그중 러시아인이 145만 400명(60.4%), 우크라이나인 57만 6,600명(24.0%), 타타르인 25만 8,700명(10.8%), 벨라루스인 3만 5,000명(1.5%), 아르메니아인 1만 명(0.4%), 유대인 5,500명(0.2%)인 것으로 나타났다.

소련붕괴 후 크림지역 경제상황은 급격히 악화되었다. 과거 정부가 운영하던 공장들이 가동을 중단하여 실업률과 물가가 치솟고, 농업생산도 급격히 저하되었다. 소련시대 경제 자립 기반을 갖추지 못하고, 다른 지역으로부터 여러 공산품과 생필품을 공급받던 크림반도는 소련붕괴로 큰 경제적 어려움을 겪었다. 크림반도는 대부분의 전력, 가스, 농업용수, 식수 등을 우크라이나 본토에서 공급받았다. 경제혼란을 틈타 조직범죄 등이 급증하며 사회적 불안이 고조되었고, 체첸 등 외부에서 유입된 조직범죄단도 활개 쳤다. 사회불안과 경제악화로 극우적 경향이 강화되어 러시아와의 통합을 주장하는 정파의 목소리가 커졌다.

관광 외에 특별한 수입 창출원이 없던 크림반도는 소련시대에 지어진 낙후된 관광시설로 외국 관광객을 끌어들이기 힘들었지만, 매년 60만 명 이상의 관광객이 크림반도를 찾아 휴가를 즐겼다. 관광객 대부분은 러시아 등 구소련에서 독립한 국가 국민들이었고, 동유럽과 독일 관광객도 단체로 크림반도를 찾았다. 크림 주민들 중 특히 경제적 어려움에 처한 것은 우크라이나 독립 후 우즈베키스탄 등에서 귀환한 크림타타르인들이었다. 이들은 거주할 주택이 없어 들판에 움막을 짓고 살거나, 우크라이나 정부의 토지사유화 조치를 예상하고 토지를 무단으로 점거하여 가건물을 짓고 토지소유권을 주장하기도 했다.

2013년 11월 우크라이나에서 촉발된 반정부 시위와 이에 대한 과격한 진압으로 야누코비치(Виктор Янукович) 정권이 무너지자, 2014년 3월 러시아는 크림 주민투표를 거쳐 크림반도를 러시아에 합병하고 특별행정구로 만들었다.

옮긴이 해제

크림반도! 아름답고 애절한 땅을 되돌아보며

1. 작품의 개관

예브게니 리보비치 마르코프(Евгений Львович Марков)의 《크림반도 견문록》(Очерки Крыма)은 1873년 볼프(Вольф) 출판사에서 초판을 발행했다. 이 책은 1917년 러시아 혁명 전까지 4판이 발행될 정도로 독자들에게 꾸준히 인기를 끌었다. 초판본에는 저자의 친필 사인과 저자가 그린 스케치 32점이 들어 있었다고 한다. 2판은 1886년에 발행되었고, 3판은 1902년, 4판은 1911년에 발간되었다. 2판에는 저자가 크림반도를 떠난 후 다시 돌아와 지방자치 활동을 하며 느낀 소회를 담은 "여행편지: 남부해안으로부터"라는 제목의 글이 추가되었다. 3판은 내용상 큰 변화가 없으나, 250장 이상의 사진과 그림을 담고 장정을 새롭게 하여 책의 모양을 한층 충실하게 만들었다.

소련 해체 2년 후인 1993년, 크림반도가 속한 우크라이나의 타브리야(Таврия) 출판사는 1902년판을 리프린트 형식으로 출간했다. 80여년 만에 다시 발간된 《크림반도 견문록》은 즉시 큰 관심을 끌어서, 1995년에 재판본이 출간되었다. 이 번역서의 저본으로 쓰인 책은 2009년판〔키예프: 스틸로스(Стилос) 출판사, 512쪽〕이다. 역자는 2010년 키예프의 한 서점에서 이 책을 구입하여 소장하고 있다. 2014년 러시아가 크림반도를 합병하면서 러시아 출판사들도 이 책에 관심을 보여, 2015년과 2016년 러시아에서도 이 책이 출간되었다.

2. 저자의 생애와 작품

마르코프는 1835년 9월 26일(신력 10월 8일) 러시아 중부 쿠르스크주의 파테브니크에서 태어났다. 쿠르스크(Курск)는 제정러시아 시대 모스크바 지역에서 크림반도로 내려가는 길의 갑문과 같은 위치에 있었다. 쿠르스크를 지나면 우크라이나 동부의 관문인 하리코프를 거쳐 크림반도로 내려갈 수 있었다.

선조들의 세습영지에서 유년시절을 보낸 마르코프는 쿠르스크 김나지움을 졸업하고, 우크라이나에 세워진 최초의 근대식 고등교육기관인 하리코프대학에 진학했다. 자연과학을 전공하여 대학원에서 러시아식 박사학위(кандидат)를 받은 마르코프는 2년간 유럽을 돌며 유명 대학에서 강의를 듣고 1859년 러시아로 돌아와 툴라(Тула) 김나지움의 교사가 된다. 유럽여행 경험은 후에 그가 쓴 《크림반도 견문록》을 비롯한 많은 기행작품에서 현지의 풍광과 풍습을 유럽과 대비하는 데 유용하게 활용된다.

교육개혁에 관심이 많던 그는 1862년 야스나야폴랴나(Ясная Поляна)의 레프 톨스토이(Лев Толстой)가 운영하던 학교에 대한 기사를 써서 교육관계자들의 주목을 받았다. 1865년에는 심페로폴 김나지움 및 초등학교 교장으로 임명되어 1866년에 심페로폴로 왔다. 심페로폴에서 5년간 교육가로 일하면서 교육 분야에 여러 업적을 남겼다.

한편 이 기간 동안 그는 크림반도 전역을 여행하며 많은 여행 에세이를 썼다. 그가 크림반도에서 쓴 첫 기행문인 "크림의 인상: 여행일기의 한 페이지"가 1866년 당시 가장 영향력이 큰 잡지인 〈조국 통보〉에 실렸다. 1871년 같은 잡지에 "고대 수로지로의 여행: 크림의 인상 중에서"가, 1872년엔 〈유럽 통보〉에 "크림의 동굴도시: 여행의 인상"이 실렸다.

마르코프의 여행작가로서의 재능을 알아본 당시 영향력 있는 출판가인 볼프는 그의 여행 에세이를 모아 1873년 《크림반도 견문록》을 출간했다. 초판본에는 이 책의 1~20장에 해당하는 내용만 수록되었고, 9년 뒤에 쓴 "여행편지: 남부해안으로부터"는 1886년 발간된 2판에 21장으로 포함되었다. 1870년 교육행정가 생활을 마친 마르코프는 1년간 유럽 여행을 하고 크림반도로 돌아와 한 시골마을에 정착해 지방자치 활동에 집중했다. 이때 그의 경험과 생각은 이 글에 잘 묘사되어 있다.

마르코프는 1870년대에 작품활동에 집중해 여러 소설과 여행기를 남겼다. 소설은 《바르추크》(1875), 《흑토 스텝》(1877), 《바닷가》(1880) 등이 대표적이고, 기행문학은 《카프카스 견문록》(1887), 《동방으로의 여행》(1890), 《성지 여행》(1891) 등을 꼽을 수 있다.

마르코프는 심페로폴 김나지움 교장으로 재직하던 중 동료로 만난 심페로폴 여자 김나지움 교장인 안나 이바노브나 포즈난스카야(Анна Ивановна Познанская)와 후에 결혼했다. 그녀는 마르코프의 크림반도 여행에 자주 동반했고, 작품 속에서 이름이 나오지 않은 채 '아마조네스' 또는 '여자 동반자'라고 자주 언급된다. 마르코프는 1903년 3월 17일(신력 3월 30일) 만 68세로 보로네시에서 생을 마감하고 고향 땅에 묻혔다.

작품 연보

1. "크림의 인상: 여행일기의 한 페이지", 〈조국 통보〉, 1866, 171, 175호.
2. "고대 수로지로의 여행: 크림의 인상 중에서", 〈조국 통보〉, 1871.
3. "크림의 동굴도시: 여행의 인상", 〈유럽 통보〉, 1872, 6, 7권.
4. 《크림반도 견문록》, 상트페테르부르크, 1873.
5. 《바르추크: 지나간 날의 풍경》(자전적 소설), 상트페테르부르크, 1875.
6. 《작품집》, 1권 출판과 비평, 2권 여행과 교육, 상트페테르부르크, 1877.
7. 《흑토 스텝》(소설), 상트페테르부르크, 1877.
8. 《바닷가》(크림생활 소설), 상트페테르부르크, 1880.
9. 《크림반도 견문록》, 2판, 상트페테르부르크·모스크바, 1886.
10. "유럽의 동방 — 여행 견문록 1: 외국에서", 〈유럽 통보〉, 1886, 3호, 116쪽.
11. 《카프카스 견문록》, 상트페테르부르크, 1887.
12. 《동방으로의 여행: 차르그라드와 아르히펠라그, 파라오의 나라》, 상트페테르부르크, 1890.

13. 《성지 여행》, 상트페테르부르크, 1891.
14. "덫: 크림생활 단편", 〈주간 서적〉, 1892, 9, 10월호.
15. 《러시아 교육에서 벨린스키의 의의: 서거 50주년 기념문집》, 카프카스, 1899.
16. 《러시아 교육에서 푸시킨의 의의》, 보로네시, 1899.
17. "러시아 교육에서의 푸시킨의 의의", 《보로네시주 기념책자》, 보로네시, 1900, 53~65쪽.
18. 《바르추크 수업기간》(자전적 연작소설), 상트페테르부르크, 1901.
19. 《중앙아시아의 러시아》, 상트페테르부르크, 1901.
20. 《크림반도 견문록》, 3판, 상트페테르부르크, 1902.
21. 《세르비아 몬테니그로 여행기》, 상트페테르부르크, 1903.
22. 《오렐리호의 여강도》, 상트페테르부르크, 1904.
23. 《크림반도 견문록》, 4판, 상트페테르부르크, 1911.

3. 작품의 구성

《크림반도 견문록》 1902년판은 3부로 구성되었고, 전체 작품의 3분의 2를 차지하는 1부(1~16장)가 작품의 중심 역할을 한다. 여기서는 크림반도에서 가장 경치가 아름다운 남부지역과 해안지역을 다루었다. 2부(17~20장)는 고대인들이 내륙 산악지역에 만들어 놓은 크림의 동굴도시를 방문한 기록을 담았다. 초판 발행 후 9년 뒤에 집필하여 추가된 3부(21장)는 저자가 크림반도로 다시 돌아온 후 펼친 지방자치 운동에 대한 서술이다.

1장은 1866년 초봄 저자가 크림반도로 들어가는 여정을 묘사한다. 겨울 추위가 물러가지 않고 눈이 녹지 않은 상태에서 마차 여행이 얼마나 불편한지 이야기하며, 러시아의 낙후된 도로 사정과 여러 가지 예상치 못한 일이 일어나는 지난한 여행 과정을 다소 희화화해서 서술한다. 2장은 러시아 내륙지방과는 풍광과 사람들이 전혀 다른 크림반도에 대한 첫인상을 다룬다. 말을 타고 가는 크림타타르인, 처음 보는 낙타, 크림타타르인들의 풍습 등을 묘사한다. 3장은 크림 칸들의 주거지 겸 행정수도였던 바흐치사라이 궁전과 인근 지역, 타타르 시장에 대한 상세한 묘사가 전개된다. 수세기 동안 크림반도의 주류 문화였던 이슬람 문화에 대한 인상, 기레이족에 대한 이야기, 바흐치사라이의 분수에 얽힌 이야기들이 흥미롭게 전개된다.

4장부터 6장까지는 10년 전에 끝난 크림전쟁의 흔적에 대한 서술이 이어진다. 황량한 세바스토폴 시내와 방어거점이었던 말라호프 언덕의 전장과 병영 흔적을 돌아보며, 처절했던 크림전쟁과 관련된 여러 이야기를 펼친다. 저자의 감정이 고조된 상태에서 서술된 부분도 많지만, 애국주의적 감정은 최대한 자제한 상태에서 전쟁의 참상을 서술한다. 러시아가 얼마나 준비 없이 전쟁에 임했는지, 도저히 이해할 수 없는 러시아군의 작전 실패와 이로 인한 무고한 병사들의 희생을 객관적 시각에서 다루고, 침략군인 영국군과 프랑스군에 비해 낙후되고 타락한 러시아군의 문화와 후진성도 가감 없이 비판한다.

7장에서는 세바스토폴 인근의 트라헤이반도에 남아 있는 고대 유적들과 성 게오르기 수도원 및 수도사들의 생활을 살펴본다. 8장에서는 인케르만 지역에서 벌어진 크림전쟁 당시의 치열한 전투를 다시 묘사하며, 러시아군의 대패 원인과 전쟁의 후유증을 서술한다.

9장부터 13장까지는 저자의 크림 바닷가에서의 생활, 카스텔산과 차티르다그산으로의 여정, 차티르다그에서의 동굴 탐험, 산속에서 경험한 목동의 생활 등이 매우 서정적으로 묘사된다. 저자의 뛰어난 정경 묘사와 여행자가 가슴으로 느끼는 감정이 잘 결합되어 독자로 하여금 실제 현장을 여행하는 듯한 느낌을 갖게 한다. 각 장을 마무리하면서 저자는 광활한 자연과 제한된 인간 생활에 대한 철학적 사유로 독자들의 가슴에 큰 울림을 준다.

14장은 남부해안의 동쪽 지역인 현재의 수다크과 페오도시야의 역사와 이 지역을 거쳐간 많은 문명과 식민지 정착자에 대한 훌륭한 역사적 서술이다. 15장에서는 "기독교 문명이 이교도 타타르인들에게 베푼 은혜"라는 역설적 제목 아래 크림반도가 러시아에 복속된 후 러시아 정부의 타타르문명에 대한 무지와 일방적 행정조치 등이 어떤 영향을 미쳤는지 밝힌다. 저자는 크림타타르 문화의 친자연성과 순전성을 높이 평가하며 이를 미개 문화로 보는 러시아인들의 시각에 경종을 울린다.

이 책의 백미라고 할 수 있는 16장 "남부해안"은 크림반도에서 가장 경치가 아름답고, 많은 관광객들이 찾는 얄타에서 세바스토폴까지의 해안 구간을 뛰어난 문장으로 묘사한다. 발라클라바에서 시작하여 산악지역에서 내려다본 남부해안의 절경과 오레안다, 리바디아, 얄타 지역의 러시아 귀족 별장들과 해안을 병풍처럼 두른 구르주프와 아유다그 주변을 살펴보고, 마지막으로 알룹카의 보론초프 궁전을 자세히 묘사한다.

이어 크림 내륙 산악지대에 남아 있는 고대 동굴들과 인근 지역에 대한 탐방 이야기가 네 장에 걸쳐 이어진다. 남부해안에 집중적으로 몰리는 관광객들은 보통 이 지역을 찾지 않는다. 러시아인들에게도 잘 알려지지 않은 고대 동굴 지역과 이와 관련된 역사적 사실들이 고고학적 관점에서 훌륭히 서술되어 있어, 저자의 역사, 고고학, 인류학에 대한 지식과 관심이 잘 드러난다.

17장에서는 훈족의 침입을 피해 산악 지역으로 숨어든 독일계 민족인 고트인들이 생활하던 동굴을 묘사하고, 야일라 지역에서 만난 타타르인들의 흥미로운 생활방식과 전통을 살펴본다. 18장에서는 체르케스케르멘과 관련된 전설과 에스키케르멘의 동굴들이 묘사되고, 다시 들른 바흐치사라이에서는 크림타타르의 모스크를 방문한 기록을 서술한다. 추푸트칼레에서는 크림반도에 소수 남아 있는 유대교 신봉 민족인 카라임족에 관한 전설과 생활을 흥미롭게 전한다. 19장과 20장에서는 내륙의 깊숙한 곳에 있는 동굴도시들에 대한 묘사가 이어지고, 남부해안으로 귀환하는 길에 목격한 사냥꾼들의 몰이사냥 모습도 생생하게 펼쳐진다.

21장은 "여행편지: 남부해안으로부터"라는 제목 아래 크림반도가 러시아에 복속된 후 일어난 여러 변화와 행정개혁 등을 다룬다. 1~20장이 자연지리적 관점에서 크림반도를 묘사했다면, 21장은 인문지리적·사회지리적 관점에서 크림반도가 당면한 문제와 앞으로 필요한 조치에 대해 제시했다.

4. 작품의 특징과 장점

예브게니 마르코프의 《크림반도 견문록》은 작품이 여러 번 출간된 러시아 혁명 전 시기뿐만 아니라 현대까지 통틀어, 크림반도에 대한 가장 포괄적이면서 깊이 있고 대중성을 갖춘 여행 스케치다. 작품의 초판이 발행된 지 약 120년 후에 우크라이나에서 출간된 리프린트판 머리말을 쓴 콘코프가 "누구도 크림에 대해 이와 유사한 책을 쓴 적이 없고, 가까운 장래에도 쓸 사람이 없을 것이다"라고 한 것은 전적으로 맞는 말이다. 그는 "이것은 크림에 대한 대중적 독자를 위한 유일한 서술이고, 아직까지 이런 성격의 책으로는 유일무이한 책으로 남아 있다"라고 이 책의 가치를 평가했다.

이 책의 장점은 무엇보다 그림 같은 크림반도의 아름다운 전경을 유려한 필치로 생생하게 묘사한 것이다. 저자 자신이 1887년에 발간된 《카프카스 견문록》 머리말에서 밝혔다시피, 독자들이 보낸 "마르코프가 쓴 크림은 진짜 크림보다 낫다"는 찬사는 크림반도의 자연과 생활에 대한 이 책의 묘사가 얼마나 뛰어난지 잘 말해 준다.

마르코프는 일정한 형식에 얽매이지 않고, 그때그때 필요할 때마다 정감 어린 자연 묘사, 저자의 가슴에서 일어나는 감동과 느낌에 대한 서정적 묘사, 역사적 사실에 대한 진지한 접근을 적절히 배합한다. 일반 관광객들이 놓치기 쉬운 자연과 답사 대상의 세밀한 부분을 생생히 서술한 것은 자연과학 박사학위 소지자인 저자의 학문적 내공이 발휘된 것으로 볼 수 있다.

또한 교육자로서 다년간 현지에서 일하고, 후에 지방자치 발전을 위한 행정개혁가로 봉사한 경험은 크림반도가 처한 상황에 대한 진단과 러시아 당국 행정의 문제점을 객관적이며 깊이 있게 비판하는 데 큰 도움을 주었다. 역사, 전설, 민간전승에 대한 저자의 관심과 깊은 지식 덕에 이 책은 역사 연구서로서도 손색이 없다. 기존의 학설에 대한 의구심이 들 때마다 이에 대한 적절한 의문을 제기하지만, 섣불리 결론을 내놓거나, 독자들에게 자신의 견해를 강요하지 않는다. 뿐만 아니라, 타타르인을 비롯한 토착주민들의 생활양식과 인물에 대한 관찰과 묘사는 인류학적 전문성과 따뜻한 인간애를 보여 준다.

저자는 자신의 글의 성격을 "크림의 스텝, 크림의 산, 크림의 바다, 고대 전설과 유적지들, 새로운 시대의 숙명적 역사의 흔적, 바흐치사라이, 세바스토폴, 남부해안, 동굴도시 등 크림반도의 모든 전형적인 모습들이 이 견문록에 서술되었다. 나는 서술의 일관성을 유지하고 외형적으로 풍부한 모습을 보이기 위해 자신을 속박하지 않았다. 나는 오직 말하고 싶은 것을, 말하고 싶은 방식으로 서술했다. 나는 지리학 사전이나 역사 논문이나 크림 여행안내서를 작성하려고 한 것이 아니다. 어떤 때는 이 지역 생활의 흥미로운 장면을, 어떤 때는 풍경을, 어떤 때는 지나가는 사람들의 모습을, 어떤 때는 어떤 고대 유물을 자세히 모사(模寫)함으로써 내가 감동받은 모든 것들을 여행 스케치북에 그리는 화가처럼 담았다"라는 말로 표현했다.

원제 'Очерки Крыма'의 'Очерки'는 우리말로 '개요', '인상', '보고', '서술' 등으로 옮길 수 있는데, 다소 오래된 느낌이 드는 '견문록'이란 말로 번역한 것은 역자 나름대로 고심한 결과다. 크림반도는 크림전쟁, 얄타회담, 최근의 크림사태 등으로 우리나라 독자들에게 익숙한 이름이다. 하지만 아직 현지를 가 본 사람이 많지 않고 이 책이 쓰인 시기가 1870년대인 것을 감안하여, 새로운 지역이나 나라를 답사하고 쓴 여행 답사기에 '견문록'이라는 이름을 붙인 우리 선배들의 발자취를 따랐다.

이 책의 장점으로 꼽을 수 있는 것은 저자 자신이 러시아인이지만, 크림반도를 거쳐간 많은 문명과 다양한 민족에 대해 불편부당한 입장에서 서술하며, 각 문명의 고유성과 가치를 높이 평가한다는 점이다. 저자는 크림전쟁에서 러시아 병사와 국민들이 입은 피해에 애절하고 애틋한 시각을 보이면서도, 러시아 정부와 군 당국의 실책과 러시아의 후진성에 대해 뼈아픈 질책도 빠뜨리지 않는다. 크림반도라는 그리 크지 않은 지역에 생활의 터전을 잡았다가 사라지거나, 아주 적은 후손만을 남긴 여러 민족과 그 문명을 따뜻하게 관조하며, 아름답고 장엄한 자연에 비해 인간의 노력과 투쟁의 결과는 보잘것없다는 점을 강조한다.

저자는 자신이 세상을 떠난 후 제정러시아의 날도 저문다는 사실을 알지 못했지만, 이런 덧없는 역사적 변혁은 저자가 말하고자 하던 바를 더욱 부각시켜 준다. 1903년에 생을 마감한 마르코프가 향후 역사의 전개를 미리 알았더라면 어떤 감회를 가졌을지 상상해 본다. 10년 뒤 리바디아 궁전이 건설되고, 러시아 차르 가족은 단 두 차례 이 궁전에서 휴가를 보낸 후 1차 세계대전과 볼셰비키 혁명을 맞고 처형된다는 사실을 짐작했다면 어땠을까. 혁명 후 유럽으로 망명하는 차르 친척과 백군에게 크림반도가 마지막으로 밟는 러시아 땅이 되고, 2차 세계대전에서는 크림전쟁의 몇 배 이상 되는 무서운 포격전과 방어전이 세바스토폴에서 벌어진다는 사실을 예측했다면 어땠을까. 크림타타르인 전체가 강제 이주되었다가 50년이 지나서야 일부가 돌아오고, 크림반도가 우크라이나에 넘겨졌다가 소련붕괴 후 다시 러시아에 합병된다는 사실을 알았더라면 어땠을까.

이런 생각을 하면서, 19세기까지 크림반도가 겪은 수많은 사건보다 더 많은 비극을 겪은 20세기 이후의 크림반도를 다룬 새로운 고전이 나오기를 기대해 본다.

찾아보기(용어)

ㄱ~ㄴ

강제이주 319
게트만 정부 312
고대 켈트인 213
고대 핀인 213
고려인 287, 319
고드인 123~127, 129, 176, 180, 181, 209, 217, 219, 220, 222, 225, 236
고트족 126, 214, 289, 295, 300
그리스 식민도시 294
그리스인 39, 49, 60, 157, 180, 213, 219~221, 225, 236, 273, 287, 294, 299, 306, 309, 315
그리스정교회 307
기레이 왕조 301
나바리노 해전 10
네안데르탈인 293
노가이인 181
농노해방령 308
니키타 정원 245

ㄷ~ㅁ

다차 25, 26, 34, 47, 64, 269, 270
대기근 316
대숙청 317
데샤티나 25, 258, 265, 267
도리에 126
독소불가침조약 317
독일인 306, 315
동고트족 295, 296
동굴도시 173, 184, 222, 295, 296
라틴문자 317
러시아군 111
러시아인 277, 297, 309, 315, 321
러시아정교회 310
레바다 43
루블 25, 194, 258, 265, 269, 271, 278
루스족 296, 297
마가리치 와인 58
마귀할멈의 사다리 28
마르후르 111
마므레 92

마자르족 296
만나 231
만코피야 124
모세 5경 165, 166
모스크 100, 101, 116, 152,
153, 201, 302
몽골군 298
몽골족 289, 298
무르작 150
무에진 23, 100, 152, 153
미나레트 152

ㅂ
바자르 258, 259
백군 313
베르쇼크 269
베르스타 26, 27, 34, 55, 86, 102,
126, 140, 182, 183, 208, 255,
263, 267, 278, 279, 285
베쉬메트 90, 91
벨라루스 310
벨라루스인 287, 297
보드카 230
볼셰비키 정부 314
부룬 116
불가르족 289, 296
불가리아인 306, 309, 315
브레스트 리톱스크 조약 312
블라흐인 299
비잔틴인 217
비잔틴정교회 296
빅토리아 아마조니카 68

ㅅ
사르디니아인 13
사르마티아인 124, 315
사르마티아족 289, 294, 295
사젠 25, 26, 49, 185, 270
사크바 81, 95, 104
사클랴 26
샤슬릭 63
서고트족 295
석기시대 213
세바스토폴전쟁 13
소러시아어 43
수루지 81, 277
술탄 100, 301
스칼라 28
스키타이인 28, 214, 294, 295, 315
스키타이족 289, 294
스텝 26, 27, 90, 150, 248, 249,
252, 266, 284, 289~291, 296,
297, 299, 301
슬라브인 299
시나고그 115, 116, 163, 165,
166, 170
신경제정책 314
실크로드 292

ㅇ
아랍문자 317
아르메니아인 287, 299, 306,
309, 315
아르신 177, 285
아바르족 296

아슈케나지 유대인 287
아열대기후 290, 291
아조프 전투 303
알란족 289, 294~296
알바니아인 13
야일라 17, 27, 37, 45, 48~50, 57, 81~83, 86, 87, 226, 236, 267, 285
얄타체제 320
얄타회담 320
에클리세 133, 135, 136, 142
에펜디 95~97, 107~109
오다지 149
온대기후 291
우크라이나인 297, 309, 315, 321
우디구그족 296
유대인 24, 221, 309, 315
이드 알아드하 277
이맘 108, 111
이스라 51
이탈리아인 12, 180, 221, 236

ㅈ~ㅊ

자포로제 코자크 302
제노아인 34, 39, 49, 60, 130, 138, 180, 188, 217, 218, 220
젬스트보 247
주르나 155
중생대 293
차르 38, 40, 42, 111, 119, 268, 284
차야 148
체르케스인 137~139, 205
체트베릭 274

ㅋ~ㅌ

카라임 114, 127
카라임인 114, 115, 122, 123, 144, 160, 167, 169, 170, 171, 299
카바르딘인 138
카바르인 138
칼리프 74
칼믹족 303
코자크 302, 305
코카서스 97
코페이카 194, 265, 270
콘스탄티놉스키 포내 120
콜레라 307
콜롬비아인 212
콥트어 167
쿠릴타이 312
퀴취크 카이나르카 조약 304
크림고트족 289, 295, 296
크림독일인 287
크림전쟁 111, 306~308, 317
크림차크인 287, 299
크림카라이트인 287
크림타타르 311, 315
크림타타르 귀환 327
크림타타르인 300, 302, 305, 315, 323
크림타타르족 289, 321
키메르인 205

키메리아족 214, 289, 293
키클롭스 28, 30, 213
킵차크족 289, 296, 297
타브로스키타이 12
타브르족 62, 213
타브리다대학 315, 316
타우리반도 288
타우리인 205, 293
타우리카(타우리스, 타우리카 헤르소네스) 288, 293
타타르어 315
타타르인 26, 28, 37, 47, 56, 63, 64, 82, 118, 124, 127, 139, 149, 219, 252, 260, 265, 268, 273, 276~278, 281~283, 295, 309, 315, 316
터키인 221, 222
테바이드 은수자 212

ㅍ~ㅎ

팍스몽골리아 298
팍스스키타이 294
페레스트로이카 324
페레야슬라브 조약 289, 302, 322
페체네그족 296
펠라고스 144
폴칸 228, 229
푸카초프의 난 303
푼트 270
피노그리 와인 58
필라레트 교구 167
하늠 82, 158, 174
하렘 109, 148, 152
하리코프대학 330
하자르인 215, 219
하자르족 123, 289, 296
하즈나다르 122
하지 89, 109
헬라스 69
헬렌족 178
훈족 124, 126, 289, 295
흑토지대 22, 284
흑해함대 326

기타

1차 세계대전 311
2월 혁명 311
10월 혁명 312

서명

《구약성서》 108, 162, 168
《세바스토폴 이야기》 310
《이고르의 원정기》 218
《작물과 가금류》 262
《코란》 23, 89, 101, 108, 111, 135, 152, 155
《크림 문집》 192
《크림 안내서》 260, 261
《크림 판사의 휴가》 185
《크림반도 견문록》 215, 218, 222, 278, 329, 330
《타브리다의 역사》 117, 126

찾아보기(지명)

ㄱ~ㄴ
가만데레 112, 116
가스프라 38, 306
갈리아 93
갈릴리 167
게르마니아 92
겔리부룬 112
고르존 217
고르주비타 60, 215
고르주비타성 60
고텐란드 318
고트공국 125
고트바 묘지 173, 176, 178, 179, 181, 193
고티아 125, 217, 220
구르주프 59, 60, 215~217, 257, 290, 318
구르주프만 56, 60, 61
그리스 289, 294
금각만 43
금칸국 289, 298, 300~302
기스바흐 51
나폴리 21, 46
남부해안 16~21, 24~32, 38, 41, 47, 49, 56, 83, 86, 126, 180, 207, 215~217, 247, 255~257, 260, 263, 265~267, 272, 277, 289, 290, 292, 304~306
네바강 247
네아폴리스 294
노보러시아 247~250, 265
노브고로드 297
노비이스비트 290
니스 268
니키타 56, 59
니키타곶 216

ㄷ~ㄹ
다뉴브강 294
다다넬스-보스포루스 해협 308
다마스커스 163
다울지코바다 119
데레코이 49, 83, 268, 283
데레코이강 83
데르벤트 163
데메르지 131

뎬기스 139, 144
뎬기스케르멘 146
도로스 222, 300
돈강 294, 303
동굴도시 79
두나이강 189, 215
두반코이 208
드네스트르강 293
드네프르강 292, 304, 305, 323
라스파 20
라스피 180
라우터브루넨 48
라이헨바흐 폭포 51
라인강 21
러시아 303
레만호 257
레스트리고네스 식인종 11, 28
로마 289, 294, 295
로마 캄파냐 84
루마니아 290
루스 266
루스카 217
루피코 299
리메나 37
리메나 바위 36
리멘에 216
리바디아 9, 40, 42~45, 268, 284, 285, 309
리바디아 궁전 320
리버풀 249
리투아니아 170, 300, 302
림산 173

ㅁ

마가라치 56, 57, 82, 84, 207
마르세유 249
마르타강 182, 226
마리안폴(마리우폴) 133, 157, 224, 225
마무드 술탄 마을 102
마산드라 56, 57, 271, 282, 290, 306, 309, 310
마켄지에바산 120
만구쉬 201~203, 211, 226
만구프 81, 103, 105~107, 110, 112, 114~117, 120, 122~127, 130, 133~135, 137, 139, 140, 142~144, 157, 188, 208~220, 222, 225, 296, 300, 301, 318
만구프산 115
만구프 카달르크 131
만구프칼레 81, 103, 105, 112, 115, 117, 122, 123, 167, 181, 188, 189, 208, 222
말초프 37
메르드벤 9, 28, 30
메호프 124
메흐테브 135
멜라스 34
모스크바 276, 309, 315
모스크바공국 128~302
모즈덕 181
몰다비아-왈라키아 307
몰도바 309
몰로츠나야(몰로츠느예) 보드강 118

무할라트카 34, 216
므샤트카 34
믈리느예 콜로츠 209
미국 249
미스호르 38

ㅂ
바바산 126, 131
바부간 238
바부간야일라 207, 237, 243
바빌론 강가 24
바실사라이 59
바이다르 14, 20, 30, 37, 40
바이다르 대문 9, 14, 16, 18~20, 28, 305
바클라 173, 203, 205, 207, 211
바클라 절벽 202, 203
바흐치사라이 29, 122, 133, 141, 150, 151, 153, 154, 156, 159, 160, 161, 170, 182, 188, 205, 208, 224, 225, 296, 300, 302, 303, 305, 311, 312
발라클라바 9~13, 126, 130, 131, 180, 188, 217, 257, 311, 317, 327
발라클라바만 11, 12
발리클레야 12
발칸 지역 307, 309
발트해 292, 295, 297
뱅센느 93
베네치아 61, 218, 298
베르사유 궁전 74
베사라비아 306, 308
베이키르만 209
벨그라드 215
벨베크 103, 208, 265
벨베크강 103, 138, 182, 208~210, 222, 226, 291
보드라크 202, 209
보드라크강 202, 211, 226
보론초프 궁전 306, 320
보스포루스 215, 218
보스포루스 해협 43, 307
보스포르왕국 294, 295
볼가강 292
부하리야 122
부흐강 304
북부크림운하 322
불가리아 124
비아살라 154, 174, 175, 178, 180, 182, 193
비아살라 골짜기 193
비아카코바 205
비아카코바산 205
비유크 우젠바쉬 95, 102
비유크 우젠바쉬보가즈 82
비유크슈이렌 209
비잔틴제국 297, 301, 321
빌니우스 163
빔바쉬코바(천 개 머리의 동굴) 144

ㅅ
사라맘바쉬칼레 211
사라이 298, 301

사리삽케르멘 211
사블루호수 207, 241
산수시 궁전 74
살기르강 291
살라치크 302
살론추크 154
상트페테르부르크 304, 309
새러시아 21, 305, 306
성 아나스타시아 수도원 190
성 코스마스다미안 수도원 207, 235, 236, 241, 243
성 페오도르 기념 수도원 40
세례 요한 179, 181
세바스토폴항 326, 327
셀주크 터키 299
세바스토폴 9, 25, 87, 120, 134, 183, 202, 208, 209, 259, 263, 271, 290, 294, 306, 307, 309, 311, 312, 316, 317, 320, 327
세바스토폴만 207
세바스토폴항 121
소러시아 21, 175
솔다이아 218, 299
솔로몬 크림 313
솔카트 217
수다크(수그데아) 130, 257, 263, 290, 295~298
수하례바 탑 276
쉔베르크 궁전 74
쉬우류 182
쉬울류강 111
슈렌 125
슈바르츠발트 21
슈이렌 125, 210
슈이렌쿨레 209, 222
슈타우바흐 폭포 48
스바토고레 61
스웨덴 295, 303, 307
스위스 21, 22, 51, 227, 256
스칸디나비아 292, 297
스키바린 124
스키타이 11, 288
스타리크림 122, 161, 288
시나브다그 126, 127, 237
시메이즈 37
시바쉬 290
시바쉬해 323
시칠리아 21
심페로폴 27, 87, 205, 208, 251, 252, 270, 294, 305, 306, 309, 311, 316, 318, 331
심플론 길 18

ㅇ

아라바트 스핏 290
아르먄스크 323
아르메니아 299
아르텍 60~62
아샤가카랄레즈 133
아스트라한칸국 300, 301
아우트카 48, 49, 283
아우트카 폭포 48
아유다그 9, 56, 60~63, 216
아이다닐 57, 59

아이바실 49, 83, 279, 283
아이야 70
아이토도르 20, 39, 40, 56, 70, 111, 112, 144
아이토도르곶 39, 216
아이페트리 64~67, 69, 86, 247, 286
아이페트리산 285
아조프해 180, 219, 289, 290, 293, 295, 298, 301, 303, 304
아크로폴리스 신전 41
아크메체티 251
아테네 41, 66
아티카 해안 41
아흐티아르 131
안달루시아 20
알루슈타 56, 63, 87, 131, 215, 216, 256~258, 263, 270, 278, 290, 318
알루스토스 215, 217
알룹카 9, 20, 25, 27, 36, 38, 40, 42, 64~68, 70, 71, 257, 290, 306
알룹카성 72, 74, 75
알마 209
알마강 102, 202, 205, 207, 211, 226, 291, 307
알말르크데레 112
알프스산맥 285
알함브라 궁전 74
야스나야폴랴나 331
얄리타 49, 217
얄타 9, 20, 25~27, 36, 39, 40, 45~48, 51, 57, 83, 84, 131, 247, 258, 259, 263, 265, 267~274, 276, 278, 285, 290, 297, 306, 309, 311
얄타만 56
에리클리크 궁전 284
에스키보가즈 36
에스키케르멘 127, 133, 139, 140, 143~148, 186, 189, 202, 208, 222, 225, 296
에스키크림 298, 300, 302
여호사밧 골짜기 114, 123, 160, 168, 169
영국 249, 306
예카테리노슬라프주 270
옙파토리야 46, 122, 308, 310, 323
오데사 47, 304
오레안다 9, 40, 42, 46, 323
오벨랜드 48
오스만제국 304
오스만터키 289, 301, 304~307, 309, 311
오스트리아 306, 307
올비아 293
우스펜스키 수도원 156, 157, 190, 224, 296
우젠바쉬 88, 97
우젠바쉬강 103
우즈베키스탄 328
우찬수 48, 49, 51
우찬수이사르 49

우찬수폭포 9, 285, 290
우크라이나 289, 291, 293, 294, 295, 296, 298~300, 302, 304, 312, 321, 328
울루살라 180
유수포프 궁전 323
유카르카랄레즈 133
이사르 49
이사르알트 210
이스탄불 99
이탈리아 20~22, 28, 73, 124, 256
인돌강 291
인케르만 126, 130, 131, 135, 142, 202, 207~209, 220~222, 224, 225, 296, 310, 318, 327

ㅈ~ㅊ

작센 지방 21
잔코이 316
제네바 264
제노아 289, 298, 299
제비둥지성 309
조지아 290
중국 73, 76, 298, 299
중앙아시아 295, 298~300
차티르다그 121, 144, 182, 215, 227
참누크부룬 112, 113, 115
체르치오 299
체르케스 208, 222
체르케스케르멘 133~135, 137~140, 142, 143, 204, 208, 210
체르케스튜스 138, 204
체르케시야 122
쳄발로 12, 13, 217, 299
초르군 209
초르나야 208
초르나야강 207~209, 216, 226, 291
초르나야산 238
촐메크치 260, 261
추루크수 209
추첼 234, 236, 237
추첼산 207, 235, 238
추푸트 114, 133, 156, 157, 160~162, 167~170, 208
추푸트부룬 112, 113
추푸트칼레 114, 122, 123, 133, 142, 154, 156~160, 169, 170, 182, 188, 189, 209, 225, 295
칭기즈케르멘 139

ㅋ

카달르크 131
카라산 63
카라수바자르 215
카라일레즈 103, 133, 138
카라일레즈강 208
카랄레즈 133, 134, 148
카바르드 138, 204, 205
카스텔 216, 247, 260
카스텔산 258, 261
카스트론고티콘 117, 126
카스피해 296, 298, 300
카이로 163

카차 174, 209
카차강 138, 188, 189, 208, 210, 226, 291
카치칼리온 154, 173, 188~192, 205, 208, 209, 211, 225, 296
카파 124, 127, 130, 292, 299, 306
카푸데레 112, 117
카프카스 23, 44, 47, 89, 138, 139, 295, 299, 309, 311
칼가강 298
케르멘 210
케르멘칙 210
케르치 130, 304, 316
케르치반도 214, 290
케르치해협 288, 290, 293, 294, 297
케펜 117, 138, 139, 179~181, 192
코레이즈 궁전 320
코르순 218
코즐로프 221
코지살라 107, 115, 116
코코즈카강 291
콘스탄티노플 124, 128, 130, 296, 313
쿠레이즈 38
쿠르스크 249, 330
쿠마 181
쿠반주 290
쿠추크람바트 64
쿠추크슈이렌 209
쿠축코이 37
크르코르 159~161
크리미아 288
크림민족공화국 312
크림 소비에트자치공화국 313
크림자치공화국 321, 326
크림칸국(크림타타리) 288~300, 302~305
크즈쿨레 135
클라르케 138
키르코르 133
키르크예르 295, 296, 302
키르키엘 160
키리키엘성 209
키림 288
키메리아 288
키슬로보드스크 203, 205
키예프 212, 297, 317, 321
키예프공국 297
키예프 루스 297, 298, 321
키익코바 동굴 293
키키네이즈 28, 35~37, 216

ㅌ

타나이스강 218
타만반도 290
타바나데레 112, 115
타브리다 124, 251, 305
타쉬하바흐 216
타우산바자르 고개 255
타타리아 81
터키 282, 290
테쉬클리부룬 112, 117, 119, 135
테오도로 222, 300
테오도로공국 125, 301

테페케르멘 154, 173, 182, 185, 186~189, 202, 208~211, 225
테페케르멘산 184
톱츄 103
툴라 330
트라페주스 127, 128, 180
트라페지트 188
트라헤이반도 223
트무토로칸공국 297
티라스 293

ㅍ
파르테논 신전 66
파르테니트 62, 63, 217
파르테니트 라옙스키 62
파테브니크 330
팔라스 114, 116, 117, 121, 127, 131, 138, 222
팔라크 214
팔라키온 11
페레코프 22
페레코프지협 289, 290, 305, 317, 323
페르시아 76, 289
페르티니카 217
페오도시야 46, 259, 263, 290, 294, 310, 311
페체르스크 수도원 205
페테르부르크 39, 307
페트르고프 궁전 74
포로스 16, 17, 19, 34, 56, 323
포리 34
포템킨 마을 305
포티살라 103
폰토스 해변 218
폴란드 298, 302
폴타바 303
프랑스 124, 256, 306, 308
프러시아 306
프로이센 307
피오렌테만 290

ㅎ
하리코프 330
하자르공국 114
하자리아 220
헝가리 298
헤르소네스 130, 187, 215, 218, 220, 222, 223, 294, 296, 297, 310, 311
헤르손 289, 304
흑해 289, 294, 295, 300, 301, 304
흑해지역 294, 300, 307

찾아보기(인명)

ㄱ ~ ㄹ

가지 기레이 301
갈리예프 314
고르바초프 323, 324
고리키 310
골리치나 39
골리친 39, 303, 306
그랴즈노이 118
나리쉬킨 306
나고이 118
나폴레옹 3세 307
니콜라예비치 40
니콜라이 1세 18, 307, 308
니콜라이 2세 309
니키포르 총대주교 222
데니킨 313
데블레트 기레이 301
델라가르드 310
돌고루키 303
라마르모라 13
라프테브 249
레이네그스 138
로랭 120
루단스키 310
루브루퀴스 218
루스벨트 320
루이 9세 93, 218
리오도로스 126
리테르 11

ㅁ ~ ㅂ

마르코프 329~331
마트베이 129
마호메트 23, 124
마호메트 2세 301
메쉬코프 324, 325
메흡스키 222
멘글리 기레이 161, 301
멘쉬코프 111
모르드비노프 백작 268, 271, 282
미니흐 210
미트리다테(미트리다테스) 204, 214
미츠키예비치 308, 310
바르바로 218
바이런 65
바투 298

발라투코프 106, 122
베로수스 126
베르제롱 124
베클리미세프 129
베키르 277～281
보가옙스키 310
보그다노비치 310
보론초프 18, 77, 264, 271, 282, 306
보플랑 131
볼셰비키 312, 313
볼프 331
부즈베크 124, 218, 220
뷰싱 125
브레즈네프 323
브로네프스키 115, 117, 127, 148, 220
블라디미르 대공 297
비트센 131

ㅅ～ㅈ

사이프 기레이 161
사힌 기레이 304
사힙 기레이 301, 302
샤긴 기레이 131
성 아나스타시아 173, 193
세스트렌체비치 117, 125, 160, 205
세이다메트 312
셀랴메트 269
셀림 128
소피아 여제 303
수마로코프 148, 185
술케비치 312, 313
술탄스키 12
스탈린 315, 319～321, 323, 325
스트라보 11, 12, 288
쉬카 151
슐레처 160
스킨데르 130
스킬루르 황제 11
스타르코프 129
스타인겔 309
아렌트 252, 253
아리아드네 234
아마조네스 54, 81, 294
아브두라만치크 106
아브라함 81, 92, 107, 169
아이바좁스키 44, 310
아킬레스 213
알기르다스 160
알렉산드르 1세 38
알렉산드르 2세 308, 311
알렉산드르 3세 309
알렉시아노 265
알 피다 288
야누코비치 289, 327, 328
에르마나릭 왕 295
엘리아스베이 217
예카테리나 여제(예카테리나 2세) 18, 219, 263, 289, 305
옙파토르 11
올림푸스 31
우바로프 백작 142
우크라인카 310
유스티니아누스 2세 214, 217, 222
이그나티우스 219

이바노비치 129
이바누슈카 194~197, 200
이반 195, 199
이반 3세 129
이브라히모프 315, 316
이사이코 129
이피게네이아 213
인노켄티 308
자바로바 부인 274

ㅊ ~ ㅌ

처칠 320
체호프 291, 310
칭기즈칸 298
카람진 118, 129, 130
칸타리니 161
케말 130
코젠 139, 146, 147
콘스탄티누스 1세 219
콘스탄티누스 7세 218
쿠치마 326
쿤 313
크라프추크 325
크로노스 32
크류드네르 39
크리스토프 303
클라르크 121, 159
클라우디우스 황제 214
클레멘스 1세 224
테미르스키 179
테오필레 219
토트 남작 187, 188
토흐타미시 칸 158
톨스토이 310, 331
툰만 125, 159, 186
티무르 300

ㅍ ~ ㅎ

파블로브나 40
파샤 130
팔락 12
팔레올로고스 황제 220
페트로프 317
포템킨 18, 61, 305, 310
포토츠키 306
폴리페모스 213
폼페이우스 204
표드르 대제 303
푸시킨 29, 309
푸틴 290
푼드클레이 59
프로코피우스 126, 179, 215, 223
프룬제 313
프톨레미 288
플리니우스 145
피르코비치 123, 160, 165, 167, 171
헤로도토스 126
하지 기레이 300
헨 262
호메로스 213
호스로 1세 215
흐루쇼프 289, 321
흐멜니츠키 302, 322
히틀러 318

지은이 | 예브게니 마르코프 (Евгений Львович Марков, 1835~1903)

러시아 쿠르스크주에서 태어나 쿠르스크 김나지움을 졸업하고 하리코프대학에 진학하여 자연과학 준박사 과정을 마쳤다. 그 후 2년간 유럽으로 나가 유명 대학에서 강의를 듣고 여행을 한 뒤 러시아로 돌아와 1859년에 툴라 김나지움 교사로 교육자의 길에 들어섰다. 1866년 크림반도의 심페로폴 김나지움 및 초등학교 교장에 취임하여 5년간 크림의 교육 일선에서 활동했다. 이때 크림의 여러 곳을 다니며 쓴 기행문을 다양한 잡지에 기고했는데, 이 글들이 《크림반도 견문록》의 원고가 되었다. 1870년 크림을 떠난 그는 1년간 유럽여행을 한 후 다시 크림으로 돌아와 지방자치와 교육에 헌신하며 계속 글을 썼다. 1873년 《크림반도 견문록》이 처음 출간되자 크림전쟁 후 이 지역에 관심을 가졌던 러시아 국민들 사이에서 그는 큰 명성을 얻었다. 이 책은 러시아 혁명 전까지 네 번(1873, 1886, 1902, 1911)이나 출간될 정도로 인기를 끌며 크림에 대한 가장 유명하고 권위 있는 책이 되었다. 그는 소설도 몇 편 썼지만, 러시아, 중앙아시아, 카프카스, 이탈리아, 터키, 그리스, 에게해, 이집트, 팔레스타인 여행의 감동을 기록한 기행문으로 여행작가로서 확고한 입지를 굳혔다. 《카프카스 견문록》은 《크림반도 견문록》 다음으로 인기가 높은 책이다. 소설로는 《흑토 스텝》(1877), 《바닷가》(1880), 기행문으로는 《유럽의 동방》(1886), 《카프카스 견문록》(1887), 《동방으로의 여행》(1890), 《성지 여행》(1891) 등을 남겼다.

옮긴이 | 허승철 (許勝澈)

고려대 노어노문학과를 졸업하고, 미국 버클리대학과 브라운대학에서 석박사 과정을 이수했으며, 브라운대학에서 슬라브어학 박사학위를 받았다. 러시아를 비롯한 구소련권 국가에 대한 강의와 연구를 해왔으며, 러시아, 우크라이나, 코카서스 지역에 대한 연구와 저술에 집중했다. 하버드대 러시아연구소 연구교수(Mellon Fellow), 건국대 러시아어문학과 교수, 우크라이나 대사(조지아·몰도바 대사 겸임, 2006~2008)를 역임했다. 우크라이나 대사 시절 여섯 차례 크림반도를 방문한 것을 포함하여 총 일곱 차례 크림을 방문한 경험이 이 책을 번역한 동기와 배경이 되었다. 현재 고려대 노어노문학과 교수와 한러대화 사무국장을 맡고 있다. 주요 저서로는 《우크라이나 현대사》, 《코카서스 3국의 역사와 문화》, 《제2의 천국, 조지아를 가다》(공저) 등이 있고, 역서로는 《호랑이 가죽을 두른 용사》, 《1991: 공산주의 붕괴와 소련 해체의 결정적 순간들》, 《알타: 8일간의 외교전쟁》(크림 관련 역서) 등이 있다.